GRANDI TASCABILI CONTEMPORANEI
NARRATIVA

101

Titolo originale: *The Hindi-Bindi Club*

Traduzione di Marina Nocilla

Prima edizione in questa collana: luglio 2011

Roma, Casella postale 6214

ISBN 978-88-541-3009-8

www.newtoncompton.com

Realizzazione a cura di Purple Press s.r.l., Roma
Stampato nel luglio 2011 presso Puntoweb s.r.l., Ariccia (Roma)
su carta prodotta con cellulose senza cloro gas provenienti da foreste
controllate e certificate, nel rispetto delle normative ecologiche vigenti

Monica Pradhan

Il gusto proibito della cannella

Newton Compton editori

Per

ASHOK HARISCHANDRA PRADHAN *e* RAJANI YASHWANT KHARKAR

per il sangue, il sudore e lacrime che avete versato,
per il coraggio,
i sacrifici e il senso di avventura
con cui avete lasciato dietro di voi il mondo conosciuto
per ricominciare da capo,
con due valige e nulla più, in una terra straniera.
Dal più profondo del mio cuore, vi ringrazio per avermi dato la vita.

E per

MORSE SALVATORE CALTABIANO *e* THERESA SALVAGE CALTABIANO

per aver allevato l'eroe che adesso è mio marito, e avermi accolto a braccia aperte nella vostra famiglia fin dal primo giorno.

E per

JIM,

un sogno avverato.

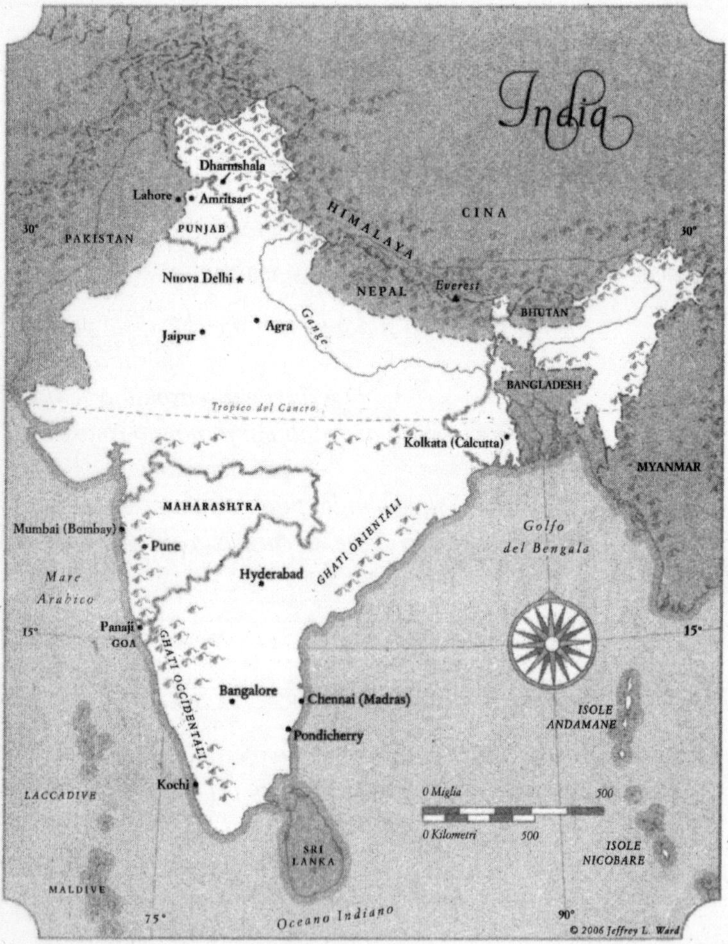
India
CINA
HIMALAYA
PAKISTAN
PUNJAB
Dharmshala
Lahore
Amritsar
30°
30°
Nuova Delhi
NEPAL
Everest
BHUTAN
Jaipur
Agra
Gange
BANGLADESH
Tropico del Cancro
Kolkata (Calcutta)
MYANMAR
MAHARASHTRA
GHATI ORIENTALI
Mumbai (Bombay)
Pune
Golfo
del Bengala
Mare
Arabico
Hyderabad
Panaji
GOA
15°
15°
GHATI OCCIDENTALI
Bangalore
Chennai (Madras)
ISOLE
ANDAMANE
Pondicherry
Kochi
LACCADIVE
0 Miglia
500
0 Kilometri
500
ISOLE
NICOBARE
SRI
LANKA
MALDIVE
75°
Oceano Indiano
90°
© 2006 Jeffrey L. Ward

La verità trova gli abiti dei fatti troppo stretti.
Nella tunica della finzione si sente più a suo agio.

RABINDRANATH TAGORE
Stray Birds, CXL

Le figlie

Kiran Deshpande

Preity Chawla Lindstrom

Rani Mcguiness Tomashot

Le madri

Meenal Deshpande

Saroj Chawla

Uma Basu Mcguiness

PARTE PRIMA

IL NUOVO MONDO

KIRAN DESHPANDE: DI DOVE SEI?

Ho inciso molti foruncoli,
ma nessuno mi ha fatto soffrire come i miei.

DETTO INDIANO

Non ho mai capito bene che cosa vogliono sapere le persone quando mi chiedono: «Di dove sei?».

Non che la domanda mi offenda, anch'io sono molto curiosa nei riguardi della gente. Sono affascinata dalle origini degli alberi genealogici, dalle terre e dai mari in cui i semi migrano, s'incrociano e si riproducono.

Ho trentadue anni, ho viaggiato per tutti e cinquanta gli stati americani, ho vissuto in dieci di essi, in ogni fuso orario: tutto questo più o meno da quando ho lasciato casa a diciassette anni per andare al college e non farvi più ritorno. Come una moderna gitana, ho sviluppato un buon orecchio per gli accenti. Sono affascinata dalle diverse cadenze. Per me è un gioco stabilirne l'origine, individuare il pesce fuor d'acqua.

«Sbaglio o lei ha un accento texano?», chiedo con un sorriso a una signora a Juno in Alaska. Uso sempre il sorriso, è un ambasciatore universale di gentilezza.

Non faccio *mai* quella domanda insidiosa, sapete quale, «Di dove sei?».

A volte invidio le persone capaci di rispondere in non più di due parole a questa domanda così ingannevolmente semplice. «Jersey» o «Chicago», «New Orleans» o «California del Sud». Invidio le persone che hanno vissuto la maggior parte della loro vita nello stesso stato, a volte persino nella stessa città. Persone i cui tratti somatici o i cui cognomi siano ordinari.

Io non appartengo a nessuna di queste categorie.

Quando qualcuno mi fa questa domanda, non sono mai certa di sapere qual è l'informazione che sta cercando. Non succede tutti i giorni, ma più spesso del normale. Forse vuole trovare l'origine del mio accento americano? Il mio retaggio culturale? Il mio cognome da sposata (letto su una carta di credito, su un assegno o su una targhetta)?

Per non sbagliare, rispondo a tutte e tre. Probabilmente esagero, ma credo che la risposta desiderata sia più o meno la seguente: «I miei genitori sono emigrati dall'India negli anni Sessanta, quando mio padre è andato a studiare medicina a Harward. Sono nata a Cambridge ma sono cresciuta nei dintorni di Washington D.C. Il cognome di mo marito è italiano».

Se rispondo con un sorriso genuino, quasi sempre ne ricevo uno a mia volta, il che rafforza la mia fede nel karma.

Una volta un tale mi ha detto che assomigliavo a Jasmine, la principessa disneyana, a parte il fatto che le mie tette non erano abbastanza grandi. Per i primi quattro anni del mio matrimonio, ho ritenuto che avesse esagerato su entrambi i fronti. La principessa Jasmine è sicuramente più bella di me, ma non arriva a una coppa B, grazie tante.

Quando rifletto sulla sua affermazione (cosa che, con il passar del tempo, faccio sempre meno), mi chiedo se per caso il tale non volesse dire che le mie tette non erano abbastanza grandi *per lui*. Questa dovrebbe essere la conclusione più logica, dato che, una volta che sono tornata a casa prima del previsto, l'ho trovato con la faccia affondata in un paio di coppe D. Coppe D *siliconate*, e posso dirlo con cognizione di causa, visto che sono un medico e non soltanto l'ennesima ex moglie tradita dal marito.

Me lo sto chiedendo proprio oggi, mentre ammiro l'ultimo grandioso *water bra* in un camerino di Victoria's Secret. È la prima settimana di dicembre e io ho già comprato quasi tutti i regali di Natale, così mi sto gratificando sperperando un po' di soldi solo per me. "Il water bra fa proprio un bell'effetto", devo ammettere mentre mi muovo di fronte allo specchio. Me lo tolgo e decido che sto benissimo anche senza. Sono giovane. Sono sana. Il mio corpo è in perfetta forma. Non ho nulla di floscio.

Allora perché sto piangendo?

C'è una scatola di fazzolettini su un ripiano, quasi a indicare come il mio sciogliermi in lacrime non sia un fenomeno isolato in questi posti. Ringrazio comunque per l'accortezza e mi asciugo il viso.

"Perché stai piangendo?", chiedo alla donna nello specchio. "Sta andando tutto bene".

"Sì, ma in quale direzione?", replica lei. "E con chi?".

Mi volto perché non sopporto più di vedere quell'immagine di me, ma non posso nemmeno uscire da qui. Non in questo stato. Una volta sono rimasta bloccata nella tromba delle scale dopo aver perso un paziente. Non sarei mai potuta uscire finché non avessi ripreso il controllo, non potevo rischiare che la famiglia mi vedesse in quello stato. Contavano sul fatto che io fossi forte mentre loro erano deboli. Ma su chi posso contare quando sono io a essere debole?

La donna allo specchio mi schernisce: nonostante appaia ancora così giovane, per la prima volta, mi fa sentire il passare del tempo. Non sembra sia passato così tanto dai miei ventidue anni, quando la scuola di medicina e il matrimonio erano i miei sogni. Adesso sono qui, dieci anni dopo, medico, sposata e divorziata. Ho superato i trenta e ho paura che, in un batter d'occhio, mi ritroverò sulla soglia dei quaranta a ripensare a oggi.

«Sembra solo ieri che sono crollata nello spogliatoio di Victoria's Secret», dirò mentre cerco di ricordare i giorni in cui avevo dei seni ancora frizzanti.

L'arida realtà m'incalza, un freddo stetoscopio sulla pelle nuda. Ho i brividi e tremo, incrocio le braccia cercando di farmi passare la pelle d'oca. La verità è che sono terrorizzata. Di dissipare il mio tempo prezioso su questa terra. Di sprecare quel poco che è rimasto della mia gioventù. Di diventare una quarantenne piena di rimpianti.

Sono un medico *di famiglia*. Ogni giorno incontro *famiglie*. Anch'io desidero una famiglia.

Sono piena di salute e sprizzo vitalità, *adesso*, ma ogni anno che passa i miei ovuli invecchiano. Sono stanca di girovagare. Stanca della mia esistenza raminga da viaggiatrice DOC, che si rinvigorisce temporaneamente quando ce n'è bisogno. Stanca di sfuggire davanti al fatto che il mio pazzo cuore mi abbia tradito più di quanto non lo abbia fatto Anthony.

Prendo altri due fazzolettini dalla scatola e mi accorgo che sono gli ultimi. Non è così la vita? Arriva il giorno che i fazzolettini finiscono.

"E quindi Kiran, qual è la tua strategia con i fazzolettini che ti sono rimasti?".

Non voglio congelare i miei ovuli. Non voglio visitare una banca del seme. Non voglio essere una ragazza madre, potendo scegliere. Voglio una famiglia vera. Voglio piantare delle radici, lasciar germinare le mie sementi, guardarle sbocciare e fiorire. Non un giorno, se e quando m'innamorerò di nuovo, ma *adesso*. Finché sono ancora giovane, maledizione.

Getto uno sguardo oltre le mie spalle alla donna con gli occhi gonfi nello specchio. Lentamente, mi volto e la osservo. C'è una soluzione, se lei vorrà rimanere con la mente aperta e pensare con la testa per una volta, invece che con il cuore. Faccio un respiro profondo, lo trattengo e poi annuisco. E proprio lì, nello spogliatoio di Victoria's Secret, da ragazza in carriera nel bel mezzo dell'equivalente di una crisi di mezza età, permetto a me stessa di considerare un'opportunità che avevo sempre scartato, rifiutandola come un concentrato d'insensibilità, un qualcosa di arcaico, di *arretrato*. Il processo di ricerca di un compagno che avevano già seguito i miei genitori, la maggior parte dei loro amici indiani immigrati all'estero e generazioni di loro antenati, per secoli.

Un matrimonio combinato.

Lasciandomi alle spalle il carnevale dello shopping di Georgetown Park, mi ritrovo all'incrocio tra M Street e Wisconsin Avenue e aspetto il verde per attraversare. Penserete che ne abbia avuto abbastanza di centri commerciali, invece no. Quando ho preso la patente, a sedici anni, Georgetown era il luogo ideale da frequentare e, almeno per quanto mi riguarda, non ha mai smesso di affascinarmi. Adoro i negozi e i ristoranti, quell'atmosfera così internazionale e universitaria, l'architettura coloniale. Ogni volta che sono in città, faccio una sosta qui prima di tornare a casa.

Mi dà sicurezza.

Cammino lungo il marciapiede in mattoni verso la 33rd e la Q. Sono passati cinque anni dalla mia ultima visita, ma il mio rituale è immutato. Se riesco a trovare posto, parcheggio di fronte alla casa dei miei sogni, un edificio in stile Tudor che assomiglia a una casa di marzapane, con la staccionata e il cancello interamente avvolti da una giungla di edera ben curata, in modo da rendere visibili le punte affilate dei pioli in ghisa dritti come lance. Quando presi il diploma, oltre a esprimere un desiderio lanciando un penny nella fontana del centro commerciale, misi un avviso nella cassetta della posta su Q Street chiedendo ai proprietari di contattarmi, per favore, nel caso volessero vendere la casa. Speravo che quando fossero stati pronti a venderla, anch'io sarei stata pronta per comprarla. Sto ancora aspettando.

Con i miei acquisti ben sistemati nel sedile del passeggero della mia Saab, una stella di Natale avvolta in una carta verde laminata e un mazzo di rose bianche con dei rametti di felce, imbocco il Key Bridge che attraversa il fangoso fiume Potomac e percorro a velocità di crociera la G.W. Parkway verso la periferia. Sono tentata di fermarmi e di perdere un altro po' di tempo a uno dei belvedere (tipica zona da coppiette). Invece, tiro giù i finestrini, accendo il riscaldamento, metto i Goo Goo Dolls a tutto volume per cercare di calmarmi e mi sforzo di proseguire.

È *così*, non riesco a vedere oltre tutto questo. E come se non fosse già abbastanza difficile tornare a casa con la coda tra le gambe, il pensiero di incontrare i miei genitori con la mente in subbuglio peggiora ulteriormente la situazione. So già cosa mi aspetta. La madre di tutte le ramanzine. Il nonno dei te-l'-avevo-detto. Un'intera vita di autocompiacimento. La rivendicazione del fatto che loro avevano ragione e io torto quando ho deciso di sposare Anthony… Se solo avessi dato loro ascolto… Bla, bla, bla…

Indipendentemente da quanto sia diventata adulta o da quanto il resto del mondo mi rispetti e mi consideri, per i miei genitori sono ancora una bambina esasperante e disubbidiente a cui bisogna tirare sempre le orecchie. E, nel loro mondo, mi sento proprio così. Ecco perché cerco di evitarli il più possibile, ecco perché mi sento come un fuggiasco che ritorna a casa.

A Potomac, la mia città, nel Maryland, rischio di non fermarmi a uno stop che cinque anni fa non c'era. Freno bruscamente. La cintura mi s'incolla addosso. Con il braccio destro cerco di afferrare la stella di Natale prima che cada. Troppo tardi. La pianta vola fuori dal sedile, va a sbattere contro il cruscotto e scivola in basso, riversando terriccio scuro sul tappetino color crema e riempiendo l'aria di odore di terra bagnata.

Credete nei presagi?

Cerco di non pensarci mentre guido attraverso la città, facendo l'inventario delle novità che si sono sovrapposte alle cose che riconosco. Strade più ampie. Alberi abbattuti. Nuovi semafori agli incroci di nuovi quartieri. Una parata di quasi 2000 metri quadri di case, una appiccicata all'altra, su minuscoli appezzamenti di terra impeccabilmente curati. Case a schiera di lusso che forniscono un'alternativa intelligente per coloro che non possono permettersi di spendere più di un milione di dollari, ma non vogliono rinunciare alle comodità. Un sacco di vecchie case graziose, che occupavano i terreni di maggior valore, sono state demolite e rimpiazzate con dei monoliti. Mi immagino i vecchi proprietari svendere tutto e dirigersi verso sud. È scomparsa anche la piccola officina a conduzione familiare dove mio padre aveva il conto aperto: portavo lì la macchina ad aggiustare e il meccanico mi dava un passaggio in città con il carro attrezzi. Al suo posto adesso luccica un benzinaio Mobil a dodici pompe con autolavaggio automatico.

Comunque, anche se molte cose sono cambiate, molte altre sono rimaste le stesse. L'edificio in mattoni color salmone del mio liceo. Le arcate dorate del McDonald's dove facevamo uno spuntino all'uscita da scuola o dopo gli eventi sportivi, la nostra casa lontano da casa. Il negozio 7-Eleven dove tentavamo inutilmente di comprare dei secchielli da ghiaccio per il vino californiano. Lo steccato bianco delle stalle di Shady Creek dove ho imparato ad andare a cavallo su Shokie, una docile giumenta che aveva un debole per le carote: me ne riempivo le tasche apposta per lei. Questi e altri punti di riferimento mi danno il benvenuto come vecchi amici.

Come anticipato, a ogni curva o svolta della tortuosa strada a due corsie che mi sta conducendo a casa avverto una strana sensazione, a metà tra legame e distacco. Casa non è più casa. Non vivo più qui. Sono solo una turista. Quasi un'estranea per i miei. Ancor di più di quando abitavamo insieme. Ho saputo che un bel po' di tempo fa hanno trasformato la mia vecchia camera in una stanza per gli ospiti. Mi chiedo quali, tra le mie foto, tengano in vista, sempre che ne abbiano lasciata qualcuna, e dove possano aver nascosto quelle che hanno tolto, come quelle del mio matrimonio.

I Goo Goo Dolls, grandi filosofi, non potevano scegliere momento più opportuno per cantare *Iris,* il mio pezzo preferito. Mi unisco a loro e mi metto a cantare a squarciagola.

Un chilometro e mezzo più avanti, spengo la musica e tiro su i finestrini. Mentre imbocco il vialetto d'accesso, le mani strette attorno al volante, i muscoli irrigiditi come all'insorgere del *rigor mortis*, mi chiedo per la milionesima volta se vale davvero la pena soffrire per tutto questo. Sono seriamente tentata di sgattaiolare sul retro e arrampicarmi sul graticcio fino al secondo piano di fronte alla finestra dalla mia camera, dove con i miei amici, dopo aver marinato la scuola, mi nascondevo a fumare Marlboro Light. Ho smesso di fumare da un giorno all'altro al secondo anno di college durante gli esami, cosa che non raccomando a nessuno, ma se in questo momento ci fosse una sigaretta nella mia macchina, giuro che non la sprecherei. Mi asciugo le mani umide sui jeans e mi metto una gomma in bocca.

"Ok, Kiran. Sei una gran donna. Ti sei quasi abituata a interventi d'emergenza. Hai a che fare con overdose da droga, punture lombari, parti cesarei, ossa rotte, e lo fai con i nervi d'acciaio. Sicuramente sei in grado di affrontare…".

Toc-toc-toc! Alcuni colpi secchi sul finestrino mi sorprendono nel bel mezzo dei miei pensieri.

«Kiran! Sei proprio tu?».

La mia memoria lotta in cerca di una corrispondenza tra la voce chiassosa e familiare e la donna che mi sta rivolgendo un largo sorriso. Premo un bottone e abbasso il finestrino. È il ciondolo d'oro massiccio che penzola da lunghe file di perline nere e oro, il suo *mangal sutra*, la tipica collana da nozze indù, a chiarirmi ciò che doveva essere ovvio.

«Zia Saroj! Non ti avevo riconosciuto!». Che c'è di diverso? «I tuoi capelli! Hai una nuova pettinatura», sbotto, come se fossi stata via cinque settimane invece di cinque anni. Poi aggiungo, con aria imbarazzata: «O forse è nuova solo per me?».

Saroj Chawla, una delle più vecchie e care amiche di mia madre, mi conosce da quando sono nata. «Ma no, grazie mille». Si passa una mano sulla zazzera di riccioli, raccolti in un caschetto lungo fino al mento che ben si adatta alla sua personalità allegra. «Effettivamente *è* nuova. Perfetta per il nuovo look». Fa un passo indietro e, con un sorriso smagliante, si sbottona il cappotto color cammello, mettendosi in mostra come una star.

Mi rendo conto che è calata di diverse taglie, adesso è una donna decisamente sensuale. «Ho perso quasi venticinque chili seguendo la dieta di South Beach».

Rimango a bocca aperta. «Non è possibile».

Lei ride. «Sì che è possibile».

Per qualche ragione, «South Beach» e «indiano» non sono mai andati d'accordo nella mia testa. Che cosa sarebbe il cibo indiano senza riso, pane, patate...? Quasi boccheggiando le chiedo: «Niente *samosa*?»

«Non all'inizio. Adesso tutto ma con moderazione».

«Wow. Grazie a Dio».

Il mio antipasto indiano preferito, un involtino di sfoglia triangolare imbottito con patate e piselli, è una delle specialità di zia Saroj. Lei non è soltanto un genio in cucina ma, per nostra fortuna, possiede uno dei servizi di catering più famosi del distretto di Washington e forse addirittura di tutta la costa orientale. Aveva cominciato quest'attività già ai tempi di Boston. Tempi di Boston: è così che dicono quando si riferiscono ai loro primi anni negli Stati Uniti, quando mio padre e il marito di zia Saroj erano soltanto dei poveri studenti di master. Lo frequentavano grazie a una borsa di studio accademica, mio padre a Harvard e lo zio Sandeep presso l'Istituto di tecnologia del Massachusetts. Mio padre dice sempre: «Eravamo poveri ma non lo sapevamo, e così eravamo felici». Con i loro stipendi mantenevano le giovani spose e mandavano ciò che riuscivano a risparmiare alle famiglia in India, dove ogni dollaro costituiva un contributo significativo per la spesa, la cura della salute, il vestiario, l'educazione, l'affitto o le bollette.

Giorno dopo giorno, ogni mattina la zia Saroj confezionava il pranzo di zio Sandeep e lo metteva nei *tiffin*, contenitori in acciaio inox rotondi e componibili che contenevano vivande differenti. Erano specialità gastronomiche indiane a portar via. In breve tempo la zia Saroj si guadagnò una reputazione di cuoca eccellente e, grazie al passa parola, in molti cominciarono a richiedere il loro pranzo nel *tiffin*, a pagamento.

Lo zio Sandeep era assolutamente contrario al fatto che sua moglie facesse qualcosa di anche lontanamente simile a un lavoro extrafamiliare: sarebbe stata un'onta enorme per il suo radicato orgoglio virile di uomo delle caverne, cacciatore, raccoglitore, che deve provvedere alla sua donna e proteggerla. Ma la zia Saroj si appellò al suo senso di ospitalità e alle sue buone maniere. Lo convinse che sarebbe stato molto peggio rifiutarsi di cucinare per chi così gentilmente lo richiedeva. Tale rifiuto avrebbe messo in cattiva luce non solo loro ma anche la stessa cultura indiana nei confronti degli americani che invece manifestavano interesse. In fondo, come immigrati, erano un po' gli ambasciatori della cultura indiana. E, poiché non era realistico cucinare a proprie spese per il numero sempre crescente di richieste, quale altra scelta rimaneva se non quella di accettare un onesto pagamento?

Brontolando non poco, alla fine zio Sandeep capitolò. Più gli affari crescevano più lui brontolava, specialmente nel momento in cui arrivò anche il *suo* successo professionale. Ma zia Saroj non si arrese e alla fine l'ebbe vinta.

Mi congratulo con lei per la sua ultima vittoria e sguscio fuori dalla macchina. Come al solito mi avvolge in un grande e morbido abbraccio, spiaccicandomi contro il suo ampio seno, ma nonostante tutti questi gesti della serie io-sto-bene-tu-stai-bene, non riesco a scrollarmi di dosso il fastidioso imbarazzo di un paziente in camice, con il sedere nudo visibile dallo spacco dietro. Anche se la zia Saroj non è a conoscenza dei sordidi dettagli della rottura con i miei genitori (il silenzio è l'unica parola che si adatti agli sporchi segreti di famiglia), essendo una delle amiche più intime di mia madre ne sa sicuramente abbastanza. E sa anche che *io* so che lei sa, nonostante nessuna delle due lo ammetta apertamente.

L'aria di dicembre è dolce e rinvigorente, abbastanza fredda per far evaporare il nostro respiro, ma non così tanto da farci battere i denti. M'infilo la giacca di pelle senza chiudere la zip, e indugiamo un po' cercando di colmare le distanze prima di entrare in casa. Lei mi aggiorna sulle faccende della famiglia Chawla e io le parlo del mio prossimo incarico in Georgia. Solo dopo un po' faccio caso alle BMW, Mercedes, Lexus e ai SUV Volvo parcheggiati sul vialetto e mi chiedo se mia madre non abbia invitato proprio *tutti* i suoi amici indiani. Ops…

«È proprio il…», ma mi blocco prima di aggiungere: «Circolo Hindi-Bindi», il vecchio soprannome che noi figlie, da piccole, avevamo affibbiato alle riunioni familiari convocate dalle nostre mamme. «Stasera ci saranno tutte le mie zie?»

«Sì, sì, vengono tutte, ma non sapevamo che *tu* fossi a casa. O almeno, nessuno l'aveva detto a me». Si poggia una mano sul fianco, lo stesso gesto accattivante che mi ricordo sin dall'infanzia. «Devo sgridare tua madre?».

Il solo pensiero mi fa sorridere. Un sorriso beffardo. Dubito che qualcuno abbia mai osato sgridare mia madre. Non ce ne sarebbe motivo. A differenza di me, lei non ha mai sbagliato nulla nella sua vita, almeno per quanto ne sappia io, e rimarrei scioccata se mi dicessero che non è così. «No, zia. La mamma non sa nulla. È una sorpresa».

«Oh». Una contrazione impercettibile dei suoi occhi. Una smorfia? Prima che possa esserne sicura è già sparita. «Oh! Ma che sorpresa *meravigliosa*!», dice battendo le mani.

Ok, sono di nuovo nervosa, la mia ansia da prestazione è stata ulteriormente aggravata dal pubblico in attesa. Non sono sicura se sia meglio o peggio avere le zie come testimoni del mio ritorno a casa e, tralasciando l'intero circolo Hindi-Bindi, non sono nemmeno sicura di come mi accoglierà mia madre. Andrà a finire che preferiranno ignorarmi per non creare imbarazzi.

La zia Saroj sospira. «Che peccato che Preity non riesca ad arrivare prima e a fermarsi un po' di più. Però sarà qui il giorno subito dopo Natale, insieme a suo marito e ai piccoli».

«Mamma me l'aveva detto». "Wow, la Barbie indiana e Ken in carriera in persona a casa per le vacanze. Cosa potrebbe esserci di meglio?". Mi sforzo di sorridere. «Non vedo l'ora».

Prendendomi una mano fra le sue, zia Saroj mi dà un buffetto affettuoso. «Voi ragazze vi siete sparpagliate per tutto il mondo, non è così? Preity a Minneapolis. Rani a San Francisco». Ne cita anche altri che hanno lasciato la zona. «È difficile per voi rimanere in contatto, avete vite troppo impegnate, vero? Adesso ti do la mail di Preity. Mandale un messaggio più tardi. Dille che sei a casa. Vedrai, sarà emozionatissima».

Ah, le parentele forzate di seconda generazione. Sorrido e annuisco, come tutti noi abbiamo imparato a fare. Le solite stupidaggini. Sposto il peso da un piede all'altro. Prego che la zia Saroj non se ne venga fuori con la brillante idea di *chiamare* Preity stasera stessa e di passarmela al telefono, mettendoci in mezzo, come ai vecchi tempi.

Alcuni genitori di immigrati indiani partono dal presupposto, o forse è proprio una sorta di aspettativa, che se loro sono molto legati anche i *loro figli* debbano essere amici per la pelle. O almeno così dovrebbe essere. Nella mia esperienza, senza parlare a nome di qualcun altro, non è andata per niente così. Imposti l'uno all'altro dai nostri genitori e dalla nostra cultura comune, più che amici al massimo possiamo ritenerci dei conoscenti amichevoli. Cugini, non fratelli.

«Vieni. Vieni», dice zia Saroj. «Ti ho già monopolizzato abbastanza. I tuoi genitori saranno felicissimi di sapere che sei a casa».

"Forse sì, forse no", penso, mentre sollevo le uniche rose sopravvissute e mi carico la borsa a tracolla. Non sono mai stata un angelo come la sua perfetta Preity. Basta chiederlo ai miei genitori che per tutta la vita non hanno mai smesso di paragonarmi a tale modello esemplare. «Ma perché non ti comporti un po' di più come tal dei tali?». Il tal dei tali in questione era quasi sempre Preity Chawla. L'unica ragione per cui non la chiamo Cocca-di-mamma è che è anche la Cocca-di-papà.

Rani, dal canto suo, era ugualmente molto legata ai suoi ma senza quella nauseante perfezione. Era lei la mia grazia salvatrice, un'alternativa a Miss Perfezione in persona, specialmente durante il suo periodo dark. La chiamavo STiNy, cioè Strana tipa in nero. Potevo sempre contrapporre il comportamento di Rani al fulgido esempio di Preity, sebbene ciò riuscisse solo di rado a placare mia madre. Lei attribuiva tutte le trasgressioni di Rani al fatto di avere un padre americano. «Questo è ciò che succede quando si compromettono i nostri valori», avrebbe detto, anche se mai direttamente in faccia alla zia Uma, l'unica che aveva commesso la presunta azione compromettente sposando lo zio Patrick. Il loro era stato un vero «matrimonio d'amore». *Gasp*!

Anche l'incontro tra Uma e Patrick McGuiness risaliva ai tempi di Boston. La zia Uma faceva il dottorato di ricerca al Boston College, e la sua migliore amica nonché compagna di stanza era Colleen, la sorella dello zio Patrick. La famiglia di Colleen viveva nei dintorni di Charleston e praticamente adottarono zia Uma. Con il passare del tempo, lei e lo zio Patrick impararono a conoscersi, molto lentamente, molto candidamente. Secondo i dettami della tradizione indiana, infatti, le brave ragazze indiane non concedono appuntamenti e non scelgono i propri mariti. Una ragazza indù beneducata e di casta elevata che scelga di sposarsi senza considerare casta, religione e nazionalità? *Baap ré*. Traduzione libera: oh mio Dio.

Fu il duplice passaggio, dall'India a Boston e da Boston a Washington D.C., a cementare l'amicizia tra i nostri genitori. E specialmente tra le madri le cui figlie nacquero a un solo anno di differenza l'una dall'altra. Prima è arrivata Preity (ovviamente), poi io, poi Rani. Quando eravamo piccole, avevamo un gruppo di gioco settimanale. Dopo l'inizio della scuola elementare, le nostre mamme ci lasciarono sole e cominciarono a pranzare per conto loro. Le nostre famiglie si radunavano almeno una volta o due al mese per trascorrere un weekend di festa, e spesso passavamo insieme le vacanze. Il «circolo degli amici indiani» includeva anche altre persone, ma le nostre tre famiglie, i Deshpande, i Chawla e i McGuiness, ne formavano il nucleo, il fulcro da cui partivano i raggi.

«Verranno anche Rani e suo marito?», chiedo. «L'ultima volta che ci siamo sentite, la mamma non lo sapeva. Forse avevano un impegno, qualcosa come l'inaugurazione di una galleria?»

«Sì, giusto», dice zia Saroj. «C'è stata un po' di confusione con le date e così via, ma alla fine ce l'hanno fatta. Zia Uma e zio Patrick stanno andando da loro e poi torneranno tutti qui, in tempo per le vacanze».

«Bene», commento. "Un cuscinetto tra me e Preity", penso.

Quando mia madre mi ha raccontato del successo di Rani sono stata molto felice per lei. Le sue opere reinterpretano in chiave moderna l'arte Warli, uno stile indiano, primitivo, molto simile agli antichi geroglifici. Suo marito è un tipo alquanto stravagante, d'altronde anche Rani è sempre stata un po' eccentrica. Dicono sia l'uomo perfetto per lei. «Un bel colpo», mi sembra ancora di sentire la voce di mia madre che con un marcato cambio di tono probabilmente ha voluto lanciarmi l'ennesima frecciatina, a metà tra il passivo e l'aggressivo: "Persino Rani, tra tutti, è riuscita a fare un matrimonio migliore del tuo".

Mi ricordo di quando Rani, ai tempi del college, portò il suo ragazzo di allora per la prima volta a casa per le vacanze, cosa che nessuno di noi avrebbe mai osato fare: introdurre una fidanzata o un fidanzato nella cerchia degli amici indiani. Le zie e gli zii non si erano ancora ripresi dalla sua scelta di abbandonare l'università di Stanford per andare a Berkeley (colpa dell'influenza paganoamericana dello zio Patrick, naturalmente) quando lei annunciò in una cucina stracolma di zie con gli occhi spalancati: «È un cervellone fissato con i computer, ma è il mio cervellone, e io sono pazza di lui». A giudicare dalle loro reazioni, sembrava che avesse detto: «Proprio così! È bravissimo a letto!». Non ho mai visto un gruppo di donne più bisognose di una boccetta di Valium formato famiglia (da notare: non ero presente quando la mamma ha comunicato alle zie di me e di Anthony).

Io e zia Saroj ci incamminiamo verso l'entrata a forma di arco e le doppie porte in noce. A ovest il sole che tramonta brilla fra i pini come un lecca-lecca alla ciliegia. Mio padre piantò quella fila di alberi lungo il perimetro della proprietà l'estate prima che andassi al college, e ognuno di loro era così debole da sembrare l'alberello di Natale di Charlie Brown. Adesso, le cime si elevano più in alto della nostra casa a due piani, i rami si attorcigliano, gli aghi sono un tappeto sul terreno e un aroma frizzante di bosco profuma l'aria invernale.

"Tanti anni volati in un batter d'occhio".

«Ti fermi fino a Capodanno?», mi chiede zia Saroj mentre suono il campanello. Ho la chiave, ma non mi va di usarla.

«Non sono ancora sicura». Dipende da quanto tempo riuscirò a sopportare il colpo di frusta tra passato e presente, visto che non ci sarà nemmeno mio fratello maggiore Vivek. Lui e sua moglie Anisha hanno optato per trascorrere queste vacanze con la famiglia di lei a Houston dal momento che sono stati qui per il giorno del Ringraziamento. Vivek è di gran lunga il figlio prediletto dei miei genitori, cosa di cui dovrei risentirmi se non fosse che, di tutta la famiglia, è anche il mio preferito.

«Se avessi saputo che venivi a casa, ti avrei preparato le tue *samosa* preferite».

«Oh, zietta. Perché me l'hai detto? Adesso mi hai fatto venire voglia».

Mi fa l'occhiolino. «Devo consegnare un pacco molto fragile».

Il mio cipiglio si scioglie e la bambina che è in me viene fuori con un acuto: «Grazie». Proprio mentre la sto abbracciando mia madre apre la porta.

Il mio sorriso si congela. È come se avessi la faccia interamente ricoperta da uno strato di gesso.

"La figlia prodiga è tornata", mi viene in mente, ma, per una volta, il pensiero mi si blocca sulla bocca.

La prima cosa che noto è che ha i capelli più corti. Molto corti. Un taglio un po' impertinente. Per nulla consono alla sua personalità.

Zia Saroj mi stringe le spalle. «Pacco speciale per Yashwant e

Meenal Deshpande», dice con voce melodiosa. «Accetta il suo plico, signora?».

Traballando, le porgo le rose, sperando che le vedrà per quello che sono: un ramo d'ulivo. Le mie mani rimangono salde grazie all'allenamento, ma all'interno sto tremando, come testimonia la mia voce. «I-io passavo da queste parti…».

I grandi occhi di mia madre si velano e il mento s'increspa come una buccia d'arancia.

Ho una stretta allo stomaco per l'apprensione. "Non piangere, mamma. Per favore, non piangere". Non sopporto le sue lacrime. Non le ho mai sopportate. Da piccola, le rare volte che le ho visto cadere anche una sola lacrima dagli occhi, non avevo nemmeno bisogno di conoscerne la causa per cominciare a piagnucolare lì, in un angolo.

Sbattendo le ciglia, accetta la mia offerta di pace, ma solo per passarla a zia Saroj e poi avvolgermi con le sue braccia flessuose in un abbraccio serrato. In qualche maniera mi sembra diversa, anche se non riesco a capirne esattamente il motivo, ma il suo odore è sempre lo stesso. Di shampoo ai chiodi di garofano e borotalco Johnson. Di calde spezie da cucina e d'incenso al sandalo. Di *lei*. Di *casa*. E così, all'improvviso, mi tornano in mente tutte le ferite che mi ha curato da bambina, tutti gli orsetti che ha baciato, tutte le volte che *era* lì per me quando ne avevo bisogno. Evitando di ricordare tutte le altre volte che non c'era, chiudo gli occhi e l'abbraccio anch'io.

Mi ama, anche se la maggior parte delle volte non lo dimostra, anche se non sono all'altezza delle sue implacabili aspettative.

Qualsiasi altra cosa accada, non devo dimenticarmi di questo momento.

"Solo perché le persone non ti amano come tu vorresti, non significa che non ti amino al massimo delle loro capacità".

Saltano fuori nove zie, un grande spettacolo per la notte di un qualsiasi giorno feriale, ciascuna fa i suoi commenti. Sebbene con me si mostrino dolci e sollecite come al solito, riesco a captare le loro fronti corrugate, le loro occhiate ansiose. Sembrano indugiare su di lei. Invece che cercare semplicemente di rendersi utili. Protettive. Api operaie che fanno la guardia alla loro regina.

Credono davvero che abbia bisogno di essere protetta *da me*?

Al pensiero mi sento piccola, ferita, *colpevole*. Ai loro occhi, io sono l'uomo nero. La Figlia cattiva. Mi sento di troppo e mi ritraggo dalla folla.

È mia madre che arriva in mio soccorso, mettendosi accanto a me, la ragazza più famosa della scuola per come trattava amichevolmente i ragazzi emarginati dal campo giochi. Prendendomi sotto la sua ala, mi sfrega una mano sulla spalla, i suoi occhi scintillanti, il naso arricciato nel suo contagioso sorriso.

«È così bello averti a casa», dice, abbastanza forte perché sentano tutti.

«Grazie, mamma», la voce mi viene fuori rauca, un po' forzata. "Mi spiace aver fatto passare così tanto tempo", vorrei dirle, ma non con nove paia di orecchie in ascolto.

Rimaniamo così un altro po', un'isola nel Mare delle zie, poi, stringendomi leggermente il braccio, mi chiede: «Prendi il servizio d'argento, per favore?».

Annuisco, le sono grata perché mi ha dato qualcosa da fare. Da una vetrinetta, tiro fuori un servizio da undici di piatti, scodelle e tazze in argento massiccio, tutti con l'incisione MEENAL DESHPANDE e la data delle nozze dei miei. Li sistemo su una mensola della cucina mentre zia Saroj, con i guanti, sta togliendo delle pietanze dai doppi forni per metterle sul ripiano di granito in attesa delle istruzioni di mia madre.

«Che buon profumo, Meenal!», dice, voce solista di un coro di apprezzamenti che le fa subito eco. Se lo dice zia Saroj, è vero. Non è mai stata una di quelle che distribuisce falsi complimenti solo per educazione, non si fa mai scrupoli quando si tratta di esprimere un'opinione negativa o comunque impopolare. Riesce a essere diretta al punto da diventare scortese, ed estroversa al punto da risultare invadente, ma è una persona talmente carismatica che non si può non amarla. E ha sicuramente ragione su questo profumo delizioso...

Naturalmente dopo dovremo arieggiare tutta la casa, ma chiunque abbia mai provato il cibo indiano sa che ne vale la pena. Esaminando il buffet, mi dimentico persino delle *samosa*. Due antipasti. Tre portate principali. Quattro piatti di verdure. Uno stufato denso e nutriente di *daal*, lenticchie. Grani di riso *basmati*, profumati e burrosi, perfettamente disegnati e separati: non per caso, *basmati* significa «regina di fragranza». Una torre di *chappati* rotondi, un tipo di pane di farina integrale leggero e sottile cotto sulla piastra.

Impazzisco quando vedo uno dei miei piatti preferiti, il pollo al curry, guarnito con foglie di coriandolo fresco, che sanno di zenzero e di salsa al pepe e limone. Ricordo la prima volta che mia madre mi mandò al supermarket per una commissione: fu per il coriandolo. Era nel bel mezzo della preparazione della cena quando si era accorta di averlo dimenticato. «Lo trovi al banco della frutta», disse. Guardai bene ma non riuscii a trovarlo. Allora non c'erano i cellulari, tornai a casa con del prezzemolo: mamma diceva che in apparenza era «il fratello del coriandolo», peccato che non avesse lo stesso aroma e lo stesso sapore. La volta dopo, quando ci andammo insieme, mi mostrò quell'erba difficile da riconoscere. Erano dei mazzetti di gambi verdi e croccanti, con le foglie piatte a forma di ventaglio tenuti insieme da elastici rossi. Guardammo la targhetta: "cilantro".

«È sempre il tuo preferito?», mi chiede, di nuovo accanto a me.

Annuisco e aspetto che zia Saroj si allontani, poi con un filo di voce le confesso: «Nessuno è buono come il tuo. *Nessuno*».

Anche lei abbassa la voce: «Bene, allora vuol dire che lascerò al mondo almeno una specialità». Mi racconta che ha trascritto questa e altre ricette *specificando le quantità*, cosicché anch'io, se mai mi dovesse venir voglia, le possa preparare, nonostante il poco tempo a disposizione e le scarse abilità culinarie. Mi faccio forza per affrontare un commento su come Preity, nonostante un lavoro, un marito e due bambini, prepari tutte le sere una cena magnifica, ma o non le viene in mente o ha preferito lasciar correre. «Non lo facevo da un sacco di tempo», dice, «quindi dovrai dirmi se è buono come te lo ricordavi».

Ne prendo un boccone e subito mi faccio aria davanti alla bocca. «*Garam* o *thikhat*?». Vuole sapere se lo sto facendo perché scotta o perché è troppo piccante.

«*Garam*». Soffio ancora di più. Poi lo mando giù. Alzo il pollice in segno di approvazione.

Mi sorride e mi porge una brocca d'acqua. «Naturale, per favore».

Vado a prenderla in frigorifero. «Dov'è papà stasera?»

«Di turno», mi dice, il che significa che non verrà a casa. Sì! Finalmente, un attimo di respiro!

Mio padre è un chirurgo cardiovascolare. Quando è di turno, o sta in ospedale o nell'appartamento che ha preso lì vicino, perché un solo secondo in più o in meno potrebbe fare la differenza tra la vita e la morte. Al contrario di mia madre, papà non è cresciuto in un ambiente privilegiato della media borghesia di Mumbai, sua città natale, paragonabile a New York City e a Hollywood messe insieme, ma ha compensato questa mancanza con una carriera accademica altamente disciplinata e con una vita intera all'insegna di una rigorosa etica del lavoro.

È cresciuto in un appartamento di due stanze (*stanze*, non camere da letto), maggiore di sei fratelli. Tutti, eccetto mio padre, dormivano in un'unica stanza: lui dormiva in terrazza. In una città dove ricchi, poveri e l'insieme delle categorie intermedie vivevano gomito a gomito, si rese conto molto presto che l'istruzione era l'unico passaporto per una vita migliore. Con quello scopo in mente, si alzava ogni mattina prima dell'alba per studiare e prepararsi per la scuola. I suoi genitori non avevano mai avuto bisogno di assillarlo: era motivato e competitivo per natura. Si aggiudicò una borsa di studio per merito, ottenendo il punteggio più alto della sua classe.

Quando aveva vent'anni, perse il padre per un infarto improvviso. Per questa ragione, optò per la chirurgia cardiovascolare. Dal giorno alla notte diventò il capofamiglia e l'unica fonte di sostentamento in casa. «Sono arrivato in questo paese con due valigie e sette bocche da sfamare», dice sempre. Non si stanca mai di ripeterlo. A causa della sua vita passata dalle stalle alle stelle, è sempre il primo nelle ramanzine, della serie «la strada giusta è sempre in salita».

Nel lavandino, mia madre sta sforbiciando i gambi delle rose per sistemarle in un grande vaso di cristallo con delle pietruzze verde pallido sul fondo. Si piega per annusare il profumo dei boccioli e sorride, riempiendomi il cuore.

Zia Uma arriva disinvolta in cucina, stringendo in ogni mano il collo snello di una bottiglia di vino. Con il suo metro e settanta e i suoi occhi verde muschio, risulta facile identificarla in mezzo a un gruppo di donne indiane minute e dagli occhi scuri. Professoressa presso la George Washington University, la zia Uma ha una presenza imponente, un'intelligenza acuta e una retorica seducente che cattura subito l'attenzione.

Ha uno stile nel vestire che io definisco "chic accademico". Oggi ha abbinato una dolcevita color crema a costine a un pullover di lana blu scuro e si è appuntata i capelli sulla nuca con un fermaglio di tartaruga. Mentre mamma e zia Saroj hanno optato per il corto (non mi sono ancora abituata al taglio sbarazzino di mia madre), zia Uma si è fatta crescere i capelli, così le arrivano due o tre centimetri sotto le spalle. Sulla scriminatura centrale ha spruzzato il *sindoor*, una polvere rosso vermiglio, il che significa che è una donna sposata.

«Menaal? Vuoi del vino?», chiede zia Uma.

«No, grazie».

«Saroj? Rosso o bianco?».

Zia Saroj dà un'occhiata alle scelte, un Riesling o uno Zinfandel. «Rosso, per favore».

«Kiran?».

Guardo mia madre. Anche dopo aver compiuto ventun anni, ha continuato a raccomandarmi, solo a me non a Vivek, di astenermi dall'alcol in compagnia degli amici indiani. Mi ha insegnato a declinare ogni offerta con un: «No, grazie. Non bevo».

Tutto ciò prima che sposassi un aspirante rockstar completo di CODA DI CAVALLO lunga fino alle spalle, ORECCHINO d'oro e TATUAGGIO di una croce sul cuore, che avevo incontrato in un club di SoHo l'estate fatale subito dopo la laurea a Princeton e prima della specializzazione in medicina alla Columbia University.

Sì, lo so. Dov'è quella famosa copia di *Donne intelligenti, scelte stupide* quando ne hai bisogno? Non che, in fin dei conti, il risultato sarebbe cambiato.

Finché un uomo stupendo non vi scriverà poesie meravigliose, non vi suonerà il *Chiaro di luna* di Beethoven su un pianoforte a coda a lume di candela e non vi dedicherà canzoni d'amore sotto la doccia, non credo che riuscirete a capire fino a che punto avevo perso la testa.

Dal momento che le ho già causato abbastanza dolore, non mi costa nulla aspettare un segno da mia madre, una sorta di permesso genitoriale, prima di rispondere alla domanda alcolica. Vivek mi consiglia sempre di fare delle piccole concessioni. Piccoli segni di deferenza possono portare molto lontano.

Mia madre inclina la testa: "Fai pure, se vuoi".

Voglio. Le porgo un calice da vino. «Bianco, per favore».

Formiamo una sorta di catena di montaggio e riempiamo i nostri piatti per portarli in sala da pranzo. Mi servo come mi ha insegnato mia madre, usando la mano sinistra e sistemando ogni cucchiaiata di cibo al suo posto. La carne a ore dieci. Le lenticchie a ore undici. I condimenti, per esempio la salsa di spezie e frutta, il limone, i sottaceti al mango e una presa di sale, sparsi nella parte più estrema delle ore dodici, le verdure fredde e lo yogurt a sud. Le verdure calde sistemate tra l'una e le tre. Il riso o il *chappati* alle sei.

Il pesce fritto, che oggi non c'è, andrebbe messo a ore nove ma può slittare al centro (accanto alla carne e alle lenticchie) nel caso a ore nove ci sia il dessert, una rarità in casa nostra dove «i dolci sono ricompense, non piatti di contorno», come dice sempre mia madre. Cioè sono appropriati solo durante le visite di *sua* madre da Mumbai. Secondo la mia tradizionalista *ajï*, la nonna materna, un pasto ben servito e bilanciato deve includere tutti e sei i *rasa* (gusti): dolce, agro, salato, speziato, amaro e astringente.

La conversazione a cena comincia con i complimenti allo chef, poi continua con pettegolezzi di famiglia, libri e film ed eventi di attualità. Nessuno usa forchette, coltelli o cucchiai. Si mangia con i polpastrelli della mano destra, lasciando la mano sinistra libera per servire, passare e tenere le bevande. Strappo un pezzetto di *chappati*, l'unico atto che ha a che fare col cibo in cui è permesso l'aiuto della mano sinistra, e ci avvolgo un pezzo di pollo, creando un boccone. Sono ferrata nell'arte di Mangiare-con-le-mani ma mi mancano l'eleganza e la finezza delle zie: allo stesso modo, sono in grado di ricucire un paziente ma non sono un chirurgo plastico.

Il pollo al limone mi si scioglie in bocca. L'intingolo è talmente speziato da farmi tirare su con il naso. Normalmente, non sono una grande amante dei fagiolini, delle melanzane o del cavolo, ma i *bhajï* indiani, piatti di verdure cotte, sono così ben conditi che persino le verdure meno saporite diventano deliziose. A volte intingo i miei bocconi nella panna acida oppure li alterno con i *koshimbir*: verdure crude, di solito pomodori o cetrioli, immersi in una salsina rinfrescante a base di yogurt o di panna acida. Così attenuo l'effetto delle spezie piccanti e pulisco il palato.

Quando sto per terminare un pasto indiano, cerco ossessivamente di far finire il *chappati* e le varie pietanze contemporaneamente. Non mi piace mangiare l'uno senza l'altro, non è la stessa cosa. Idem per hamburger e patatine. La ripartizione ottimale del cibo si impossessa del mio subconscio e le zie ne approfittano per indagare sul mio stato di benessere (leggi: mi esaminano al microscopio come una specie mutante).

Zia 1: «Non ti spaventa andare in città nuove da sola, senza conoscere nessuno?»

Io: «No, è divertente conoscere persone nuove, è un po' come ricostruire se stessi».

Zia 2: «Ma non è pericoloso per una giovane donna sola?»

Io: «Ci sto molto attenta e poi ho anche preso lezioni di difesa personale».

Zia 3: «Ti sentirai sola, no?»

Io: «A volte, ma il mio lavoro mi tiene occupata».

Zia 4: «Che cosa fai nel tempo libero?»

Io: «Dormo».

Zia 5: «Ho una nipote in Georgia, la figlia di un signore di Bangalore, un caro amico della moglie di mio fratello. Erano compagni al college. Perché non la chiami? Potreste uscire insieme, qualche volta. Ti darò il suo numero.»

Io: (*Sorriso educato*)

Spiego loro che sono arrivata quasi alla fine del mio periodo contrattuale, e che quando lo avrò terminato lo stato mi ripagherà dei prestiti contratti per pagarmi gli studi. Tralascio il fatto di essere stata costretta a chiedere quei prestiti perché mio padre, quando insistetti a sposarmi contro la sua volontà, decise di tagliarmi fuori dalla sua vita finanziariamente e sentimentalmente. Non aveva approvato il mio matrimonio e non approvò nemmeno il mio divorzio. «Che ti aspettavi?», mi chiese sbigottito. «*Hya* rockstar american*anchi lafdi nehamich astat, hen saglyanach mahtyeh*». "Queste rock star americane hanno sempre e solo delle avventure, lo sanno tutti".

So benissimo che le zie stanno morendo dalla voglia d'impicciarsi della mia (inesistente) vita sentimentale, ma gli incontri amorosi, come tutti gli altri argomenti tabù, hanno bisogno di essere discussi con sussurri furtivi dietro le mie spalle.

«E così ho saputo che organizzate delle serate di cinema e

dei gruppi di lettura», dico, riuscendo a divincolarmi da quella specie di sedia elettrica, almeno per il momento.

Le loro serate di cinema prevedono film indiani o musical di Bollywood e il gruppo di lettura si concentra sui romanzieri della diaspora indiana. Qualcuno rimane invariabilmente offeso da come, in ogni film, vengono rappresentati gli indiani, o gli americani, o gli indiani americani, o gli indiani non residenti, e così prende vita il dibattito.

«Che stupidaggini», dice una zia a proposito del personaggio di un famoso film del genere. «Gli indiani non residenti non sono per niente così».

«Non prendere tutto sul serio», dice un'altra. «È solo divertimento».

«Fare a pezzi la cultura di qualcuno non lo definirei un divertimento».

«La satira esagera sempre un fondo di verità», dice zia Uma.

Alcune sbuffano e scuotono la testa, altre annuiscono.

La zia che ha iniziato la discussione dice: «Non trovo per nulla divertente perpetuare degli stereotipi e delle inesattezze grossolane».

Al lato opposto del tavolo, individuo un diabolico luccichio negli occhi di zia Saroj. «Non dirmi che non hai mai riso a una barzelletta *Sardarji*, o che non ne hai mai raccontata una», le dice, impassibile.

Oooh, ben detto, zia Saroj! Prima che prendesse piede il moderno concetto di *politically correct,* prendere in giro questa sottocultura minoritaria era un passatempo nazionale indiano più che rispettabile. Dopo un po' di imbarazzo e silenzi colpevoli, scoppiano tutte a ridere.

Mia madre chiede quale sarà il prossimo libro che leggeranno. Da quanto ho capito, il processo di selezione dei libri crea più scompiglio della discussione sul libro stesso.

«Per favore. Non di nuovo lei», dice una zia. «Troppo fuori di testa». Propone in alternativa un bestseller internazionale ma un'altra zia alza la mano in segno di protesta.

«No, no. Quella non è un'espatriata. È più che una romanziera e un'attivista politica».

«È fantastica, altroché», dice zia Uma, che insegna letteratura sudasiatica. «Non sono sempre d'accordo con lei, ma che testa. Una gran testa…».

«La mia testa è stanca», dice zia Saroj. «Perché non leggiamo qualcosa di divertente, giusto per cambiare?». E suggerisce un'altra autrice. «La sua prosa è come musica. Poetica. Vigorosa. Evocativa».

Mia madre fa una smorfia. «Troppo romantica, alla Mills & Boon. Non è realistica».

«*Io* trovo i libri della Mills & Boon molto realistici», dice zia Uma con un gran sorriso.

Mia madre salta su dalla sedia come un pupazzo a molla. «Volete qualcos'altro? Un altro po' di *chappati*?»

«Tranquilla, stai seduta. Ci serviamo da sole», protestano le zie, ma lei le ignora e si ritira in cucina.

«L'aiuto io». Visto che sono rimasta senza *chappati*, abbandono gli ultimi bocconi di fagiolini e seguo mia madre in cucina.

Sta in piedi con la testa un po' piegata, la mano sinistra aggrappata al ripiano della cucina. Incastrato dentro l'alcova nell'angolo di fronte a lei, un altare in legno massiccio, il *mandir*. O, come lo chiama zio Patrick, la «capanna indù». Foto dei miei defunti nonni paterni e santini di Sai Baba con la barba bianca corrono per tutto il perimetro del *mandir*. All'interno, idoli d'argento carichi di petali di rosa: Ganpati, o Ganesh, il dio dei nuovi inizi che aiuta a superare gli ostacoli; Krishna, il dio dell'amore; Lakshmi, la dea della ricchezza e della bellezza; Saraswati, la dea della saggezza. Gli indù credono in un unico Dio supremo ma riconoscono differenti nomi, forme, interpretazioni e percorsi verso il divino.

«Mamma? C'è qualcosa che non va?».

Sorpresa, si raddrizza e si volta verso di me. «Niente. Niente. Solo un po' di stanchezza».

«*Hawa gayli*?», le chiedo, e le strappo un sorriso orgoglioso perché mi sono ricordata quest'espressione che significa aver esaurito le forze.

Annuisce. «*Ho*».

«È comprensibile. Hai fatto tutto da sola. In che modo posso aiutarti?»

«Mangia. Per favore mangia qualcos'altro. Sei troppo magra».

«Non è vero». Sollevo l'orlo del maglione e le mostro la pancia. «Vedi? Sono *in forma*».

«Sì, un passerotto in forma». Mi dà un colpetto sulla pancia col dito indice. «Prendi un altro mezzo *chappati*, così puoi finire il tuo *bhaji*».

I nostri sguardi si incrociano e l'emozione mi serra la gola. Com'è possibile che mia madre a volte mi conosca così bene e altre volte non mi conosca per niente? È lei la prima a sfuggire, girandosi verso il rubinetto per lavarsi le mani. Il baccano delle zie svanisce in sottofondo come il silenzio che cala all'improvviso su un uditorio. Il mondo si restringe per racchiudere solo noi due. Io e mia madre, insieme sullo stesso palco per la prima volta dopo cinque anni. Insieme, e tuttavia ognuna sola sotto il proprio riflettore. Persino l'aria sembra trattenere il respiro, in trepida attesa.

«Sei *tu* che devi mangiare di più», dico con voce grossa. «Non vedo nemmeno un po' di pollo al curry nel *tuo* piatto».

«Perché sono vegetariana».

«Da quando?»

«Da...», si morde le labbra, cercando di ricordare. «Dalla scorsa primavera».

Aggrotto le sopracciglia. «Non me l'hai mai detto».

«Davvero?». Scrolla le spalle delicatamente. «Avevo intenzione di dirtelo». Strappa un pezzo di carta dal rotolo e si asciuga le mani. «È difficile dirsi tutto al telefono, non è vero?». Di fronte al suo sorriso stanco mi si stringe il cuore. Noto che le sono aumentate le rughe, le occhiaie sono più profonde, la pelle più cascante. Sembra più bassa, adesso, nella sua postura c'è un lieve accenno di gobba.

"Non sono l'unica che sta invecchiando".

Deglutisco. Una volta, due. «Stai prendendo le vitamine? Assumi abbastanza proteine? Calcio? Magnesio?»

«Ma certo, Kiran. Sono la moglie di un medico professionista».

Vorrebbe essere spiritosa o ironica? Non riesco a decifrare la sua espressione e la cosa mi rattrista. Non mi piace questa distanza tra noi. Non la voglio *più*. Questa situazione di "vite separate" ha fatto il suo corso.

«Mamma?»

«Hmmm?». Sta facendo riscaldare un *tawa* – teglia – per il *chappati*.

«Io... Dai qua, lascia fare a me. È uno dei pochi lavori domestici che so fare».

«Va bene, ma...».

«Davvero, mi fa piacere». Mi lavo le mani e le asciugo, la scosto dai fornelli e prendo il suo posto. Mi aspetto che dica qualcosa sul fatto che ho ancora qualche speranza di diventare brava in cucina, invece si limita a stringermi il braccio e a ringraziarmi.

Chi è questo clone e che cosa hanno fatto gli alieni alla mia vera mamma?

Mi viene da ridere, pensando che probabilmente lei si sta chiedendo la stessa cosa di me.

Uno alla volta rigiro i *chappati* che lei ha sistemato sul *tawa*. Come mi ha insegnato, conto ogni giro che faccio: uno, due, tre. Finito. Mentre la guardo che si affaccenda per la cucina, vorrei dirle qualcos'altro, ma non so cosa. Vorrei espormi, ma non so come rompere i vari strati di ghiaccio che si sono accumulati per troppi anni. Ho paura: di caderci dentro, di aver bisogno d'aiuto, di morire da sola.

Da dietro le mie spalle, mia madre mi sussurra: «Mi sei mancata».

Le lacrime mi scendono dagli occhi, sbatto le palpebre e annuisco. «Anche tu mi sei mancata mamma, spero che tu lo sappia...».

«Lo so», dice lei, e per il momento, è più che abbastanza.

"È un inizio".

Appena finito, porto il piatto con i *chappati* caldi caldi in sala da pranzo, ritornando al nostro programma già in fase di svolgimento.

«Stiamo esaurendo gli autori», dice una zia.

«La lista è troppo corta», si lamenta un'altra.

«Perché, secondo te?».

Salto fuori io: «Perché i genitori indiani scelgono per i loro figli solo due carriere: medico o ingegnere». È uno scherzo ma non ride nessuno. Bevo un sorso di vino. «Come non detto».

So benissimo che posso bere vino e sedermi al loro tavolo ma non sarò mai una di loro. Saranno sempre le compagne di mia madre, non le mie. Loro sono le senior, io la junior. Non le conquisterò mai completamente e loro non mi comprenderanno mai del tutto. Così torno a sedermi e cerco di fare quello che mi hanno sempre insegnato (con scarso successo): tenere la bocca chiusa, ascoltare le persone più grandi e cercare di imparare qualcosa.

Le età delle zie vanno dai quasi sessanta ai quasi settanta, tutte indiane e immigrate, tutte nate nel lontano Oriente, terra di spezie alla ricerca della quale Colombo alzò le vele e che pensò erroneamente di aver scoperto. Loro invece approdarono sulle coste americane solo molti secoli dopo, nelle grandi ondate successive al 1965, risultato immediato delle nuove, super selettive leggi sull'immigrazione promulgate negli Stati Uniti.

«Mi stai dicendo che non *tutti* gli uomini indiani sono medici o ingegneri?», dissi una volta, *en passant*, allo zio Sandeep.

Fu lui il primo a spiegarmi il fenomeno. «Ai nostri tempi, erano le sole cose che *permettevano* di fare in questo paese a chi proveniva dall'India. Mio fratello maggiore era il più bravo del college. Uomo brillante. Avvocato. Ha chiesto ben tre volte di essere ammesso qui, ma l'immigrazione lo ha sempre rifiutato. Alla fine è andato in Canada».

Un motivo in più per cui i genitori indiani *incoraggiavano fortemente* i loro figli a diventare medici o ingegneri, professioni che offrivano maggiori chance di successo economico. E i figli americani nati da questi medici e ingegneri immigrati dall'India? Difficile azzardare una previsione su quali carriere le nuove generazioni *fossero fortemente* incoraggiate a intraprendere?

Avete già capito.

I miei genitori si sentivano progressisti perché avevano dato a me e a Vivek la possibilità di scegliere *quale* branca di medicina o ingegneria da seguire. Tanto per la cronaca, io sono diventata un medico *malgrado* i miei genitori, non *a causa* loro. Ma che rimanga tra noi, ok?

La maggior parte delle madri fondatrici del circolo Hindi-Bindi erano emigrate durante quelle prime grandi ondate che l'India aveva denominato "fuga di cervelli". Adesso regnano come matriarche nella comunità di immigrati indiani, tenutarie delle tradizioni e delle storie pionieristiche, di quando ancora non c'erano i cellulari né internet, e prima che si potesse comprare il riso basmati al supermercato.

Dalle loro animate conversazioni, noto che alcune (mia mamma) hanno ancora un forte accento indiano, altre (zia Uma) non sembrano nemmeno indiane, altre ancora (zia Saroj) hanno un accento indianoamericano *khitchadi*, mélange. Le zie parlano un inglese a raffica, condito da una dose di indù a piacere che non sono in grado di capire a eccezione di qualche nome qua e là, ma che a volte riesco a decifrare dal contesto, dal tono e dal linguaggio corporeo.

Mia madre mi ha raccontato che quando è arrivata negli Stati Uniti, a poco più di vent'anni, la sua padronanza dell'inglese, già consolidata dopo aver frequentato una scuola gestita dalle suore, era migliorata esponenzialmente. Ma una delle cose che le mancava di più dell'India era proprio l'hindi. «È una lingua così dolce», mi diceva, «con tantissime espressioni che non hanno una traduzione soddisfacente in inglese».

Nella nostra cerchia di amici indiani, quasi tutti quelli nati americani come me sono bilingue, ma la nostra seconda lingua differisce a seconda del luogo da cui proveniamo. Gli stati indiani sono infatti come i paesi europei, ognuno ha la propria lingua e la propria cultura. Immaginatevi se lo stato di New York, il Mississippi, il Nord Dakota e la California avessero davvero ognuno la propria lingua e non soltanto un *accento* diverso! Gli indiani istruiti che vivono in città parlano come minimo tre lingue: inglese e hindi, cioè lingua ufficiale e lingua nazionale, più la lingua regionale dei propri avi, la cosiddetta *lingua madre*.

La lingua madre è la seconda lingua più utilizzata nelle case degli indiani americani. In casa nostra, ascoltereste il marathi. A casa di zia Saroj il punjabi. A casa di zia Uma il bengali, che parlano lei e Rani, mentre il repertorio di zio Patrick è pari a quello di un cane: «Andiamo». «Siediti». «Abbastanza». «Stop». «Molto bello».

Quando indiani di differenti culture si riuniscono, spesso passano dall'inglese all'hindi con estrema facilità. Quelli di noi che non capiscono l'hindi vengono tagliati fuori da ciò che, alle nostre orecchie, suona come un linguaggio speciale, segreto. Da qui nasce il soprannome dato alle nostre madri, il circolo Hindi-Bindi: parlavano hindi e a volte portavano il *bindi,* il punto rosso, sulla fronte.

Nella mia classe di storia internazionale, al primo anno delle superiori, ci soffermammo circa mezz'ora sull'India. Venni a sapere della povera gente nei villaggi, e mi suonava totalmente nuovo. Appresi anche che il "punto sulla fronte" era una specie di "terzo occhio". Anche questo era del tutto nuovo per me – prima che diventassi una fan dei Third Eye Blind – e più che altro mi faceva pensare al bar di *Guerre stellari*. (Piccola divagazione: *yoda* è l'antica parola in sanscrito per guerriero, *jedi* è la parola moderna hindi. Quindi *yoda* sta per guerriero antico, *jedi* sta per guerriero moderno).

Al ritorno da scuola consultai l'esperta di casa. «Mamma? Mi ridici qual è il significato del *bindi*? Pensavo che tradizionalmente significasse che una donna indù è sposata, e adesso pare sia diventato un accessorio di moda, come i gioielli o il trucco. Inoltre, nella religione *puja* è una sorta di benedizione. Ho dimenticato qualcosa? Cosa c'entra col terzo occhio?»

«Tutto quello che hai detto è giusto», disse mia madre. «Anche l'interpretazione del terzo occhio. Simboleggia la capacità della coscienza umana di vedere oltre le cose ovvie, di percepire oltre ciò che è visibile e tangibile, di sfruttare la sorgente interiore di ognuno di noi che è la fonte del potere e dell'energia divina. Cioè il significato metafisico».

«Oh. Ma può anche essere *solo* un accessorio di moda, vero? Senza un significato più profondo? Perché la mia insegnante non ne ha parlato, né di questo né del segno di riconoscimento per le donne sposate».

«Sì, Kiran».

Stasera mia madre porta un *bindi* di quelli adesivi: ha la forma di una raffinata lacrima di smeraldo ed è perfettamente abbinato al suo completo di cashmere. I *bindi*, insieme ai *sari*, facevano parte della famosa lista di cose che le mancavano quando si trasferì in America. Cioè le mancava il fatto di poterli indossarli senza destare la curiosità e i bisbigli della gente. «In India», mi diceva, «quando gli uomini fissano le donne è una cosa volgare e fastidiosa ma sfortunatamente fa parte della cultura. Qui, dove fissare le persone non fa parte della cultura e ci si aspetterebbe che la gente fosse più educata, mi sento osservata come un'attrazione da circo».

Adesso i tempi sono diversi. A quarant'anni di distanza, vedere una donna indiana in una città non è così raro. Ciò nonostante, mia madre adora queste riunioni con le zie che la comprendono come i suoi amici e i suoi figli nati in America non potranno mai fare. Qui può usare le espressioni hindi senza doverle tradurre, e inoltre portare un *sari* e un *bindi* accresce il suo buonumore e non la fa sentire straniera. Persino dopo avere trascorso in America la sua intera vita da adulta ed essere diventata una cittadina naturalizzata, ancora dice, con la sua cadenza indiana: «Non potrò mai dimenticare da dove vengo, la mai eredità culturale. Sarà sempre parte di me, come i primi fili colorati intessuti nell'arazzo della mia vita».

Quando le zie cominciano a prepararsi per andar via, zia Uma mi chiama in disparte. Mi prende sottobraccio e dice: «Posso portarti via per qualche minuto?»

«Certo. Dove?»

«In un luogo un po' appartato. Di sopra?».

Arrivate nella mia ex camera, la zia Uma chiude la porta dietro di noi. Devo ammettere che, dopo il risentimento iniziale, mi piace come mia madre ha trasformato la mia camera. È molto accogliente. Un letto matrimoniale in mogano con un soffice piumone bianco e cuscini sparsi in abbondanza. Comodini con lucenti portacandele. Su una mensola, c'è una processione molto carina di cinque file di elefanti in sandalo, dal più grande al più piccolo.

«Non deve essere stato facile per te, stasera», dice zia Uma.

Le rivolgo un sorriso teso, non sapendo dove voglia andare a parare. «No. No, non lo è stato».

«Persino Madre Teresa ha chi la critica», mi dice. «Questo è ciò che ripeto sempre a me stessa. Non importa quello che fai, ci sarà sempre qualcuno da qualche parte che troverà qualcosa da ridire. E ognuno di noi deve decidere quali opinioni tenere in considerazione e quali no. Perché, lo sa Dio, non si può far contenti tutti. È un tentativo inutile. Vieni a sederti». Avvicinandomi, mi appoggio sul bordo del letto per starle di fronte. «Non sai quante volte avrei voluto chiamarti, ma mi sono sempre fermata per una ragione o per l'altra. Non era compito mio. Tua madre non avrebbe gradito la mia interferenza. Avevo promesso...», scuote la testa.

«Non è un problema», le dico.

«Lo è stato invece, ma va tutto bene ora che sei a casa». Mi sorride. «Non ci sono parole per esprimere quanto mi sollevi il tuo ritorno e che lo hai deciso spontaneamente. Sono orgogliosa di te, Kiran. Mi sono fatta un'idea di quanto devono essere stati difficili per te questi anni. Fra tutti, sono l'unica che possa mettersi nei tuoi panni. Se zio Patrick e il mio matrimonio non fossero sopravvissuti...». Butta fuori l'aria sgonfiando le guance. «Ecco perché, fra tutte le tue zie, sono l'unica che si intromette. Perché posso darti un punto di vista diverso».

«Ok...».

Dal piano di sotto arrivano i suoni di un trambusto un po' ovattato. Degli addii rumorosi. La porta d'ingresso che si chiude sbattendo. Gli occhi verdi della zia Uma fissano i miei con grande concentrazione. «Per quanto i tuoi genitori possano essere scontenti di te», mi dice, «per quanto possa essere tesa la tua relazione con loro o quanto pensi che siano stati duri con te... Nel caso peggiore, la tua situazione sarebbe sempre migliore, anni luce, di quello che ho passato io con mio padre».

Deglutisco a fatica. Zia Uma non mi aveva mai parlato dei suoi genitori. Rani, anni fa, mi aveva detto che l'argomento era severamente off-limits e da quel momento io l'avevo sempre considerato una sorta di scheletro nell'armadio. Curiosa, l'avevo chiesto a mia madre ma nemmeno lei ne sapeva nulla.

«I tuoi genitori non ti hanno, e non ti avrebbero mai, in nessuna circostanza, disconosciuto», dice zia Uma con calma. «Non ti hanno... bandito... dalle loro vite».

Mi si blocca il respiro. «I tuoi...?».

Mi rivolge un sorriso tremante. «Dopo che io e zio Patrick ci sposammo, *Baba* mi disse che per lui ero morta. Pensai che col tempo ci avrebbe ripensato. Sicuramente almeno in occasione della nascita di Rani... Non lo fece mai».

«Zia Uma. Mi dispiace tanto».

«Anche a me», dice. «Perché non sono riuscita a sistemare le cose con mio padre mentre era ancora vivo, e dopo era troppo tardi. Non è ancora troppo tardi per te, Kiran. I tuoi genitori ti hanno aspettato e hanno pregato perché tu tornassi a casa. Tutti noi lo abbiamo fatto. Non te ne andare senza prima aver rimesso a posto le cose. Altrimenti rischi di rimpiangerlo per il resto della tua vita».

DA: "Kiran Deshpande" <Kiran.Deshpande@yahoo.com>
A: Preity Lindstrom; Rani Tomashot
INVIATO: 9 dicembre 20xx, 23:17
OGGETTO: Un attacco dal passato…

Come va, care sconosciute! Un sacco di tempo che non ci vediamo/parliamo. Comunque vi ho scritto queste due righe solo dirvi: sono a casa! :)

Stasera mia madre aveva l'intero circolo Hindi-Bindi a cena, così sono sicura che vi prenderete una bella tirata d'orecchi dalle VOSTRE mamme.

Ho-ho-ho e spero di vedervi presto,

Kiran

POLLO AL CURRY DI MEENAL

Ingredienti per 4 porzioni:

MARINATA:

½ chilo di petto di pollo spellato e senza ossa, lavato e tagliato a cubetti
2 cucchiaini di aglio fresco, pelato e tritato oppure 1 cucchiaino di aglio in polvere
½ cucchiaino di pepe di cayenna (aggiustare a piacere)
2 cucchiaini di zenzero fresco, pelato e grattugiato oppure 1 cucchiaino di zenzero in polvere
½ cucchiaino di coriandolo in polvere
1 cucchiaino di sale (aggiustare a piacere)
¼ cucchiaino di curcuma in polvere

In un'ampia scodella di vetro, mescolate tutti gli ingredienti.

Coprite con la pellicola trasparente e mettete in frigo per almeno 1 ora, ma per non più di 24 ore.

SALSA:

2 cucchiai di olio di semi di arachide
1 foglia di alloro
1 bastoncino di cannella
4 chiodi di garofano
2 tazze di cipolla gialla, finemente tritata
½ tazza di pomodoro a dadini
3 tazze d'acqua divise in ¼, ¼, ½, 1 e 1
¼ cucchiaino di pepe di cayenna (aggiustare a piacere)
½ cucchiaino di pepe nero
1 cucchiaino di coriandolo in polvere
½ cucchiaino di cumino in polvere
¼ cucchiaino di curcuma in polvere
¾ tazza di coriandolo fresco, tritato e diviso in ½, ¼
1 cucchiaino di garam masala
½ cucchiainodi succo di limone
fettine di limone

Sistemate ogni ingrediente in una ciotolina e allineatele in ordine di uso.

Nel wok o in una padella profonda almeno trenta centimetri, riscaldate l'olio a fuoco medio. Aggiungete la foglia di alloro, la cannella e i chiodi di garofano.

Rosolate per 2 minuti. Aggiungete la cipolla, fatela indorare e poi aggiungete il pomodoro mescolando. Abbassate il fuoco e fate cuocere per 5 minuti, mescolando di tanto in tanto.

Adesso fate addensare la salsa. Aggiungete ¼ di tazza di acqua, coprite e lasciate cuocere per 3 minuti, poi aggiungete l'altro ¼ di acqua.

Cospargete di pepe nero, pepe di cayenna, coriandolo in polvere, cumino e curcuma. Coprite e fate cuocere altri 5 minuti, mescolando di tanto in tanto.

Aggiungete ½ tazza di acqua. Coprite e fate cuocere finché non evapora, sempre mescolando di tanto in tanto. Stessa cosa con 1 tazza intera di acqua.

Dopo che tutta l'acqua è evaporata, sistemate nella padella il pollo marinato, ½ tazza di coriandolo fresco e il *garam masala*.

Alzate la fiamma riportandola a fuoco medio.

Coprite e fate cuocere finché il pollo diventa tenero, dai 10 ai 15 minuti.

Aggiungete l'ultima tazza di acqua e il succo di limone. Riducete il fuoco al minimo. Coprite e fate cuocere finché la salsa si addensa.

Togliete la padella dal fuoco. Togliete la foglia di alloro, la cannella e i chiodi di garofano. Versate il tutto in una ciotola. Guarnite con il coriandolo fresco rimasto e con delle fettine di limone a lato.

Al momento del pranzo, accompagnate con del *chappati*, oppure versate su riso bollito.

SUGGERIMENTI DELLA MAMMA:

La curcuma è color giallo acceso e macchia ripiani, vestiti, plastica ecc. State molto attenti quando la maneggiate e pulite le eventuali fuoriuscite immediatamente.

Tra i *garam masala* già pronti, preferisco quello di Kitchen King.

Non comprate mai, in nessun caso, il "curry in polvere".

KOSHIMBIR DI POMODORI

Ingredienti per 4 porzioni:

2 tazze di pomodoro a dadini
1 tazza di cipolla gialla tritata
¾ tazza di coriandolo fresco, tritato e diviso in ½ e ¼
¼ tazza di panna acida o yogurt bianco
2 cucchiaini di zucchero
½ cucchiaino di sale

Mettete tutti gli ingredienti in una scodella, eccetto ¼ di tazza di coriandolo fresco. Mescolate bene.

Si può servire subito o far raffreddare per 1 ora.

Prima di servire, guarnite con il coriandolo fresco rimasto.

PREITY CHAWLA LINDSTROM: L'ALTRA PARTE DEL MONDO

I cuori sono più profondi degli oceani –
chi conosce i loro segreti?

PROVERBIO PUNJABI

«C'era una volta, tanto, tanto tempo fa, in una terra molto, molto lontana». Tutte le sere, questa settimana, leggo la stessa favola per fare addormentare i miei figli: Lina, di quattro anni, e Jack, di tre. L'hanno scelta loro e se ometto una sola parola se ne accorgono e mi correggono. L'hanno imparata a memoria. Stiamo tutti e tre, stretti stretti, sul lettino di Lina, un letto a baldacchino con il pizzo rosa. Al piano di sotto mio marito Eric rimette a posto la cucina. Di solito, io cucino e lui pulisce, una divisione dei lavori domestici che funziona per entrambi. Non è certo la prima volta che ringrazio il cielo per tutto questo.

«Di nuovo, mamma. Leggilo un'altra volta», dice Lina.

«Per *favooore*», dice Jack, prevenendomi dal sollecitare la parolina magica.

«Un'altra volta e poi spengo la luce», dico. «Affare fatto?»

«Affare fatto!».

«Ok, ecco qua... C'era una volta, tanto, tanto tempo fa, in una terra molto, molto lontana...». Quando arrivo alla fine per la seconda volta, Jack si è già addormentato mentre Lina è ancora pimpante. Eric appare sulla porta, pronto nel caso servano rinforzi. "Ehi bambina, niente storie stasera. Mamma e papà hanno grandi progetti". Eric rimbocca le coperte a Lina e porta Jack nella sua cameretta, poi lo mette a letto. Aspettiamo che *entrambi* dormano profondamente.

«Controlla», sussurro. «Controlla di nuovo». La nostra Lina

è una gran sorniona, ce la troviamo sempre in camera da letto mentre protesta che vuole un bicchiere d'acqua o che deve andare sul vasino, non importa se c'è appena stata.

Eric sbircia di nuovo nella stanza di Lina e mi fa segno che è tutto ok.

Soffocando le nostre risate come bambini monelli, sgusciamo al piano inferiore e andiamo in garage.

«Ma guarda cosa tocca fare, quando si è genitori», dice Eric.

«A chi lo dici», mi fermo, andandogli addosso. «Le chiavi. Ce le hai le chiavi?».

Lui ammicca inarcando le sopracciglia.

«Sei *proprio* uno stallone».

Ride e mi bacia.

«Ti ricordi qual è stato il primo regalo che hai chiesto a Babbo Natale?», gli chiedo.

«Le costruzioni. E tu?»

«Indovina».

«Dai, non farmi…»

«Dai, indovina!».

«Hummm… Un carillon».

«No».

«Un servizio da tè».

«No».

«E dai moglie, dammi un indizio».

«Un indizio, maritino? Vediamo…». Do una pacca sul bagagliaio della mia auto.

«Prova a guardare qua dentro».

«Ma davvero?». Alza lo sportello del bagagliaio e passa in rassegna i regali dei bambini che dobbiamo impacchettare e poi nascondere di nuovo.

«Hummm…». Il suo sguardo ha individuato qualcosa. Un lento sorriso. «Un mappamondo».

«*Ding*, *ding*, *ding*. Hai vinto».

Eric ridacchia e scuote la testa. «Che cosa non si fa per amore».

«Senza contare le prestazioni sessuali».

«Già, pure quelle».

Ci vogliono un bel po' di viaggi per trasportare dentro il carico di Babbo Natale. Ci sediamo per terra vicino all'albero di Natale e, di tanto in tanto, andiamo di sopra in punta di piedi per controllare i bambini. Ancora immersi nel sonno? Bene. Eric mi passa il mappamondo di Jack in modo che io possa trattarlo con tutti gli onori.

Quanto mi piaceva il mio mappamondo, ricordo mentre sto incartando quello di Jack. Avevo quattro anni quando Babbo Natale me lo portò. «Che fortunata», come direbbe mio padre. Mi mostrò dove aveva vissuto e i luoghi dove lui e la mamma erano nati e cresciuti, anzi: «Nati e educati».

«Questa è l'America», disse mio padre. «Noi siamo qui, appena fuori dalla capitale, Washington, D.C.». Poi fece girare il mappamondo fino alla parte opposta. Indicò una penisola dalla forma simile al Texas, analogia che feci solo molti anni dopo, dislocata sopra l'oceano Indiano e sotto la Cina. «Questa è l'India. Io e la mamma vivevamo poco lontano dalla sua capitale, Nuova Delhi».

Rimasi affascinata. M'intrigava qualsiasi cosa riguardasse la geografia. Gli stati e le loro capitali. La terraferma e i mari. Specialmente il fatto che la terra fosse rotonda, e che ci fossero persone che vivevano dall'altra parte del mondo. Se per me era giorno per loro era notte, e se per me era notte per loro era giorno. Il fatto che guardavamo tutti lo stesso sole, la stessa luna e le medesime stelle. E poi, la cosa più incredibile di tutte: la possibilità che migliaia di chilometri sotto i miei piedi camminassero *i piedi di altre persone*!

Un sacco di domande spuntavano in continuazione, nel fertile terreno della mia mente. Perché le persone non cadevano dalla Terra nello stesso modo in cui i miei omini Fisher-Price cadevano dal mappamondo? Se si scavava un tunnel dritto dentro il terreno, si sarebbe poi ricomparsi dall'altra parte come i conigli? Cercai di rispondere da sola a quest'ultima domanda e cominciai a scavare un buco nel cortile ma, incappando in un masso dopo l'altro, conclusi che per arrivare in India mi serviva una pala più grande. E poi se "il resto della nostra famiglia", nonni, zie, zii e cugini, viveva dal lato opposto, non è che là avevo anche un fratellino o una sorellina?

Avevo quattro anni. Ve l'ho detto, no?

Be', tutto ciò accadeva ventinove anni fa. Oggi ho i miei piccoli scolari. Lina non nutre il minimo interesse per i mappamondi. Il suo è relegato in cima alla libreria color lavanda, nella sua stanza, con la doppia utilità di fermalibro e di raccoglipolvere. Non lo può vestire a festa, né invitare per un tè, o giocarci in alcun modo: insomma, i giochi di geografia non hanno nulla a che fare con la sua idea di divertimento. È Jack che ha preso il mio posto per quanto riguarda questo argomento. Lui è il sognatore, l'esploratore, quello che vuole sempre sapere come funzionano le cose. Ho visto come cova il mappamondo di sua sorella, ma Lina si rifiuta di cederglielo. E il concetto di altruismo? Diciamo che ci stiamo ancora lavorando.

Loro due costituiscono il mio informale *focus group* fatto in casa. Faccio la *brand manager* per un'azienda di giocattoli e i miei figli sono un concentrato di opinioni forti e contrastanti. L'unica cosa su cui vanno d'accordo sono i libri. Entrambi adorano le favole, i miti e le leggende, proprio come me. Sorrido mentre avvolgo con un nastro le novità che andranno ad arricchire la nostra libreria.

Finito il giro di impacchettamento e nascondiglio, io ed Eric ci avviamo mano nella mano in camera nostra. Fra tutti i momenti questo è quello che preferisco. Il momento in cui mi rannicchio nel letto accanto a mio marito e scivolo nel sonno con la consapevolezza di amare ed essere amata smisuratamente.

È stato così fin dall'inizio, tra me ed Eric. Ci siamo incontrati durante il dottorato in Business Administration alla Northwestern University. Lui aveva detto qualcosa di molto brillante alla lezione di marketing. Eravamo seduti in file concentriche a forma di ferro di cavallo, io davanti, lui dietro. Mi girai per vedere chi aveva parlato e catturai il suo sguardo. Gli sorrisi.

“Ben detto”. Anche lui sorrise. “Grazie”. Quando ritornò a concentrarsi sul suo portatile scrivendo qualcosa, le sue guance si arrossarono leggermente: un dettaglio che mi conquistò immediatamente. Brillante, carino e timido.

«Voglio uscire con quel ragazzo», sussurrai alla mia amica. Lei gli buttò una rapida occhiata. «Ok, allora io mi prendo quello seduto accanto».

Lei non lo fece, io sì. Ci scherziamo ancora.

Quel venerdì, durante l’happy hour, invitai Eric a cena a casa mia. Il menu era composto da una bistecca senza osso alla griglia con contorno di baby-patate rosse all’aneto, *lemon butter* e zucchine gialle. Dopo cena studiammo insieme e poi, come ricompensa, guardammo *Forrest Gump*. In seguito mi disse che era stato il più bel primo appuntamento della sua vita, e che era rimasto così frastornato dal nostro bacio della buonanotte che avrebbe fatto meglio a non guidare.

Entrambi eravamo arrivati a un punto delle nostre vite in cui avevamo testato un numero di persone sufficiente a farci capire quello che volevamo, e in brevissimo tempo ognuno di noi trovò nell’altro ciò che stava cercando. Eric si dichiarò durante gli esami finali. Un anno dopo ci sposammo. Entrambi abbiamo trovato dei lavori che ci entusiasmano a Minneapolis. Eric è del Minnesota. Non è certo il luogo dove mi ero immaginata di vivere ma, dopo aver scoperto questo gioiello inaspettato, adesso non voglio più andar via.

A volte la gente ci chiede se abbiamo mai avuto contrasti a causa delle religioni diverse. La risposta è no. Mai nessun problema.

Vorrei che fosse sempre così. Sono felice che nessuno mi faccia quella domanda, perché dentro di me, sotterrata in profondità, c’è una macchia che ho tentato di rimuovere, un ricordo che occasionalmente ancora si affaccia alla mia coscienza, proveniente da un altro tempo, da un altro luogo.

“C’era una volta, tanto, tanto tempo fa, in una terra lontana, molto lontana…”.

Nel bel mezzo della notte succede qualcosa di strano. Così, dal nulla, mi viene in mente un libro per bambini. Non di quelli comprati in negozio e prodotti in serie, ma uno in particolare, che mi era stato regalato.

"Che fortunata...".

È come se il panico mi tirasse su per la collottola. All'improvviso, sono completamente sveglia. Dove l'ho messo? Ho un sentore, ma è passato così tanto tempo. Sarà ancora lì? "Ti prego, dimmi che non l'ho perso". Fisso la luminescenza rossa della sveglia digitale sul comodino. Sono le due del mattino, ma non ce la faccio ad aspettare fino a un'ora decente. Sento dentro di me l'urgenza di trovare il libro immediatamente, di sapere che è al sicuro. Scivolo fuori dal letto facendo attenzione a non svegliare Eric, scendo di sotto a passi felpati e mi aggiro per la casa, silenziosamente, in calzettoni.

È perché sto di nuovo pensando all'India... Da quando ho ricevuto la mail di Kiran.

Il mio cuore sobbalza appena trovo il libro, avvolto in due metri di seta viola scuro, assolutamente familiare. Tocco il bordo delicato con i ricami d'oro. Si tratta del *duppatta* che s'intonava perfettamente col mio *salwar-kameez* preferito. Mi stavano benissimo. Avevo comprato l'intero set composto da pantaloni, tunica e scialle l'ultima volta che ero stata in India. Avevo diciotto anni. C'ero stata anche altre due volte, la prima quando ero in fasce, la seconda quando andavo all'asilo, per un totale di ben tre mesi in tutta la mia vita.

I miei genitori non sono il tipo di immigrati che tornano spesso, in pellegrinaggio, nel loro paese d'origine. Ci vuole troppo tempo e costa troppo: con le tariffe aeree a più di 1000 $ a tratta. Ma più di ogni altra cosa, per mia madre stare là è troppo scombussolante e per mio padre lo è partire, così preferiscono far venire qui i loro parenti e risparmiarsi la pena.

La mia nostalgia è diminuita man mano che sono cresciuta, ho proseguito gli studi e mi sono concentrata sul terreno che avevo sotto i piedi, assicurandomi un punto d'appoggio e facendomi strada per trovare il mio posto su questa terra. Ma ci sono state delle volte in cui non riuscivo a pensare ad altro, in cui mi struggevo dal desiderio di tornare, come la Wendy di Peter Pan quando ripensa all'Isola che non c'è.

Adesso, nella quiete di una notte invernale, mi siedo a gambe incrociate di fronte al caminetto nello studio, con la mia "macchina del tempo" in grembo. Faccio un respiro profondo e apro il mio prezioso regalo. Dall'involucro di seta che lo protegge emerge un libro. Fatto a mano. Legato con una cordicella verde smeraldo. Rimango a fissarlo piena di stupore, paralizzata dal suo incantesimo. Quasi mi aspetto che il libro si apra da solo, sfogli le sue pagine e si sollevi in aria come una farfalla incantata.

Gli anni ne hanno ingiallito i bordi e indurito la carta, così scricchiola un po' quando giro le pagine, ma per il resto sembra ben conservato. Le mie dita muoiono dalla voglia di toccare le scritte bellissime e fluenti e le illustrazioni meticolose di una città costiera dell'India occidentale, ma non voglio rischiare di sbavare l'inchiostro. C'è qualcosa di mistico nelle parole scritte su una pagina, la loro eredità duratura, il loro potere di deformare lo spazio e il tempo, risvegliando ricordi a lungo sopiti, dando l'illusione che siano state scritte solo ieri...

Il fragore e il sibilo del mar Arabico che s'infrange contro gli scogli. Palme sinuose, risaie verdi e lussureggianti che ondeggiano nella brezza tropicale. Sabbia bianca, soffice e fina come zucchero, che mi accarezza le dita dei piedi. Le macchie della terra rossa e del curry rosso. Il *bebinca*, almeno mille calorie e tutti e sette i peccati per ogni singola, dolce cucchiaiata. Il *feni* di anacardo, pungente liquore locale che andava giù come fuoco liquido, mi faceva venir voglia di tuffarmi nell'Artico e mi fuoriusciva dai pori. Ma più di tutto ricordo la furia inebriante del primo amore.

Il libro è una sua creazione.

«Le persone muoiono», mi disse una notte mentre eravamo distesi su una panchina sotto una coperta di stelle e una falce di luna calante, parlando della vita e delle ramificazioni dell'esistenza nell'universo. «Ma le loro storie vivono per sempre».

Leggo ogni riga del suo libro, e anche gli spazi tra le righe, alcune più e più volte, alcune trattenendo il respiro, altre a occhi chiusi perché, come i miei figli, lo conosco tutto a memoria. E proprio come loro, anch'io voglio che la mia favola preferita si ripeta, per assaporarla di nuovo.

Dopo averlo letto dall'inizio alla fine per tre volte, metto giù il libro e spengo la luce. Vado alla grande finestra ad arco e tirando indietro la testa scruto il cielo notturno. Sta nevicando ed è coperto, così non riesco a vedere la luna o le stelle ma so che sono lì, proprio come so che migliaia di chilometri sotto i miei piedi camminano i piedi di altre persone.

Tocco il vetro freddo della finestra. Cerchietti di condensa si formano intorno alla punta delle dita. "Sto pensando a te. Tu pensi mai a me? Quel vecchio ragazzo di vent'anni è ancora vivo da qualche parte dentro di te? Si ricorda di me, come la diciottenne che è dentro di me si ricorda di te?".

Alla luce della lampada, i fiocchi di neve sembrano scendere dal paradiso come ali d'angelo. Mentre fisso ipnotizzata la meravigliosa terra invernale del Minnesota, mi sento un po' confusa. Un tappeto magico si materializza nella mia mente. Sorrido segretamente fra me e me e immagino di aprire la finestra, salire sul tappeto volante con il mio pigiamone di flanella a scacchi blu e verdi e farmi dare un passaggio dall'altra parte del mondo.

"L'altra parte del mondo...".

«È meglio se ci separiamo», disse Riya-*didi.* «I negozi chiudono a mezzogiorno». Riya non era davvero mia cugina, ma la cugina di mia cugina. Nonostante ciò mi disse che avrei potuto chiamarla *didi*, sorella maggiore, cosa che mi diede subito una calda, soffice sensazione di vicinanza che non avevo mai provato nei diciotto anni trascorsi a casa con i miei.

La mia famiglia incarnava lo stereotipo della popolazione dei sobborghi americani per molte ragioni, tra cui: due bambini, un maschio e una femmina, un labrador nero di nome Ash, un padre fissato con il calcio e una madre che ci catapultava da un'attività a un'altra nella sua Volvo station wagon.

Adesso probabilmente vi aspetterete che io mi lanci in qualche stereotipata differenza, per esempio che la nostra casa odorava di curry e d'incenso invece che di biscotti al cioccolato o di torta di mele (sì, a volte), oppure che i miei genitori mi proibivano di bere e di uscire con i ragazzi (no, mai... ok, *una volta*, ma è stata un'eccezione), o che il fatto di non essere né bianchi né cristiani ci poneva al di fuori dalla maggioranza *cool* (questo non era un problema, nei sobborghi del nostro distretto cosmopolita a McLean, in Virginia).

No, nella mia famiglia non si dava molta importanza a simili questioni. Certamente, non ci hanno esclusi. La cosa è un po' più sottile: a differenza della maggior parte delle famiglie americane, noi non avevamo parenti che risiedessero nel paese, a parte una strettissima cerchia. Quindi niente famiglia allargata. E proprio quello più di ogni altra cosa ci faceva sentire, a volte, privi di un vero senso di appartenenza.

La comunità di immigrati indiani a cui i miei genitori erano legati a doppio filo costituiva un meraviglioso surrogato della parentela mancante. Gli estranei di solito pensavano che fossimo davvero parenti. Ma non era la stessa cosa. In India mi accorsi della differenza. Capii che cosa mancava.

Quell'anno cadeva il cinquantesimo anniversario di matrimonio dei miei nonni paterni, *Dadaji* e *Dadiji,* un'occasione che richiedeva la nostra presenza. La maggior parte della nostra grande famiglia allargata era emigrata da Nuova Delhi a Bombay, la metropoli sulla costa occidentale che adesso si chiama Mumbai. Mezzo secolo dopo l'indipendenza dal governo inglese, molte città si sono riprese i loro nomi indiani. Bombay è Mumbai, Calcutta è Kolkata, Madras è Chennai. Allora però, era Bombay.

I miei genitori, mio fratello Tarun di tredici anni e io volammo attorno al globo per partecipare alle celebrazioni: una vacanza invernale sulle spiagge baciate dal sole di Goa, una località turistica molto popolare a sud di Bombay. Io avevo appena terminato il mio primo semestre presso la University of Virginia e il mio cervello era talmente spappolato dagli esami finali, orali e scritti, che in aereo crollai e dormii per quasi tutte le ventiquattro ore di viaggio. Come conseguenza, fui l'unica a non soffrire il jet lag.

Mentre gli altri si adeguavano al fuso orario sonnecchiando durante il giorno come gufi, mi godei tutte le attenzioni che mi prodigavano i nostri parenti. *Dadiji,* famosa per le sue trasformazioni tipo Dr. Jekill/Mr. Hyde da dolce nonnina a suocera tirannica, mi viziò con tutto l'affetto di una nonna verso la nipote. Riya-*didi*, più grande di me di quattro anni, si assunse il ruolo di ambasciatrice culturale/traduttrice e dopo avermi lasciato indossare uno dei suoi *salwar-kameez* in fresco cotone mi portò in giro con lei.

Sebbene gli indiani occidentalizzati andassero in giro in jeans, gonne lunghe o vestiti più o meno come negli Stati Uniti, non apprezzai molto la cosa, anzi la trovai alquanto noiosa: preferivo di gran lunga il loro abbigliamento tradizionale. Non ebbi il coraggio di tirar fuori il *sari*, che lasciava la pancia scoperta, ma il *salwar-kameez* mi stava divinamente. Che bellezza agghindarsi con tutto quello splendore! Dovevo assolutamente comprarne uno: spesi quasi tutti i pochi soldi che avevo in vestiti. Mia madre mi raccomandò di non comprarne molti, tanto sarebbero rimasti inutilizzati, una volta tornati a casa. Aveva ragione, non ne ho mai messo uno da allora.

«Perché i negozi chiudono così presto, oggi?», mi ricordo di aver chiesto a Riya quel giorno. Pensai che forse era come le nostre scuole elementari, che di lunedì chiudevano prima.

«Non solo oggi», disse lei. «Tutti i giorni. Da mezzogiorno alle cinque è tempo di siesta. Un'usanza portoghese che ha preso piede ovunque».

La mia ignoranza mi fece sentire strana. Durante gli esami finali, mia madre mi aveva mandato un pacco con una guida di Goa, dei biscotti all'avena fatti in casa, delle croccanti mele Smith e un tubetto di burro di arachidi, ma fino a quel momento non ero riuscita a trovare nemmeno un attimo per staccare la spina. Sapevo solo le poche cose basilari, per esempio che Goa era stata una colonia portoghese per quattro secoli, fino all'inizio degli anni Sessanta. «Sto facendo sfoggio della mia ignoranza?», le chiesi, confessando che non avevo letto nemmeno la guida.

Riya rise. «No, sei carina. È divertente vedere il mondo attraverso i tuoi occhi. E poi, alcune cose è molto più entusiasmante apprenderle dalla vita reale piuttosto che dai libri». Mi indicò un negozio di cartoline. «Entra pure lì. Io vado in quello accanto. Ci ritroviamo fuori».

Guardai il mio orologio. Riya non lo portava. «Aspetta, sono solo le undici e mezzo. Abbiamo mezz'ora». Non avevamo ancora così tante commissioni da doverci dividere. Forse voleva restare sola? Doveva fare qualche acquisto imbarazzante? La mia mente saltò dall'igiene intima ai contraccettivi. Sembrava troppo innocente per quest'ultimo articolo, ma durante il mio primo semestre avevo imparato un paio di cosette riguardo alla finta innocenza. E riguardo alla perdita dell'innocenza. Stavo per ricordarle che andavo al college, adesso, che ero una donna di mondo, quando lei rise di nuovo.

«Fidati», mi disse. «Ci vorrà almeno mezz'ora».

«Solo per le cartoline e le caramelle?»

«Vedrai».

«Ma... ma...». Cominciai a dondolarmi sulla punta dei piedi con la stessa ansia da separazione che mi aveva preso a sette anni quando mia madre mi aveva lasciato a lezione di danza. «E se mi serve qualcuno che parli hindi?»

«Tutti parlano inglese qui», disse Riya, mollandomi là.

Lo sapevo. In ogni caso preferivo avere un sostegno. Gli accenti, il mio e il loro, potevano essere insidiosi.

Dentro al negozio, scelsi una dozzina di cartoline e mi misi in fila per pagare con gli ultimi risparmi, colorate rupie indiane che sembravano i soldi finti di un gioco da tavola. Avevo solo due persone davanti a me, pensai che sarei uscita in un attimo. Non avevo considerato le loro *chiacchierate*. Dieci minuti ciascuna. Contati!

Mi misi a giocherellare con le cartoline che avevo scelto, sistemandole e risistemandole, leggendo e rileggendo le scritte. Il mio piede cominciò a battere da solo. Resistetti a stento dallo schiarirmi la gola per attrarre l'attenzione. Non che sarebbe servito a qualcosa. Né il padrone, né i clienti sembravano avere alcuna fretta. Pensai di cominciare a scrivere le cartoline. Con quell'andazzo, avrei anche potuto scrivere un poema, prima di uscire dal negozio.

Cara Jen, namaste *dall'altra parte del mondo. Invece di scriverti mentre me ne sto sdraiata su una spiaggia a sorseggiare latte di cocco fresco con una cannuccia, mi ritrovo in piedi con una cartolina tra le mani in una fila che scorre più lenta della melassa…*

Guardai il mio orologio per l'ennesima volta. A una lieve risatina dietro di me, mi voltai.

Fu il suo sorriso la prima cosa che notai, le sue dolci fossette, disarmanti, da ragazzino. Furono i suoi occhi ad agganciarmi. Inchiostro nero. Intensi. Profondi. Aveva in mano un blocco da disegno e delle matite colorate. Poteva avere un'età compresa fra me e Riya.

«Prima volta a Goa?», chiese. Al mio cenno di assenso, il suo sorriso si allargò, aumentando le fossette e sollevando le guance tanto da raggrinzirgli la pelle sotto gli occhi. «Ci vuole un po' prima di prendere il ritmo. Qui l'orologio ha la stessa funzione di un braccialetto. Puramente ornamentale».

«Sì». Pensai al polso nudo di Riya. «Lo sto imparando».

Le sue sopracciglia si aggrottarono. «Sei… straniera?».

Sorrisi, compiaciuta del fatto che non se ne fosse accorto finché non avevo parlato. «Posso fare la parte, ma l'accento mi tradisce». Chiacchierammo un bel po'. Mi disse che il suo nome era Arsallan, che la sua famiglia era di Bombay e che di solito trascorrevano le vacanze al mare oppure in una località di montagna. Gli diedi alcuni dettagli sulla mia famiglia.

«Ah. Così tu sei una specie di indiana da esportazione», disse lui.

«Una specie», ripetei, divertita come sempre dall'uso differente della stessa lingua inglese.

«Tu sei un artista?», indicai il blocco e le matite.

«Non di professione. Sto studiando medicina. Questo», disse mostrandomi il set da disegno, «è solo un passatempo. Per divertire le mie nipotine e i miei nipotini. Mi sembra già di sentirli: "*Chachu, Chachu*, fammi un disegno", "*Chachu, Chachu*, raccontaci una storia", "*Chachu, Chachu*, facciamo volare gli aquiloni"».

«Quanti sono?»

«Dodici».

«Una buona dozzina».

«No, piuttosto una *strana* dozzina». Fece un sorriso sgargiante.

Riya entrò proprio nel momento in cui *finalmente* stavo pagando i miei acquisti. Le presentai Arsallan. «Anche lui è di Bombay», dissi. Venne fuori che avevano degli amici in comune nei rispettivi college. Sei gradi di separazione e così via.

Arsallan chiese se avevamo progetti per la serata e ci invitò a una festa sulla spiaggia. Era un invito informale, della serie: «Ehi, passate se ne avete voglia». Ma, non appena le sue parole incuranti e leggere toccarono l'aria, una piuma di eccitazione mi solleticò la pancia. Mi piaceva molto l'idea che i nostri cammini si incrociassero di nuovo.

Così fu. Quella notte alla festa e per almeno qualche ora ogni giorno, da quel momento in poi.

Il più delle volte camminavamo per chilometri lungo la spiaggia, lasciando le nostre orme sulla sabbia e guardando la marea che se le portava via.

Quasi subito, in maniera inspiegabile, sentii verso di lui una familiarità sorprendente, un legame che cresceva di pari passo con il tempo che trascorrevamo insieme. Non era semplicemente un nuovo amico. Piuttosto, era come se ci fossimo incontrati molto, molto prima, in un altro tempo e in un altro spazio, e che stessimo ricominciando da dove eravamo rimasti.

«Abbiamo già fatto questo un'altra volta?», gli chiesi un giorno.

«Certo, abbiamo fatto una passeggiata qui anche ieri».

Scossi la testa. «Prima di ieri. Prima che io arrivassi qui. Da qualche altra parte. In qualche altro momento».

Si fermò, inclinò la testa, sostenne il mio sguardo. «Allora non sono solo io».

Scrollai le spalle. «Non so spiegarlo».

Sorrise, i suoi occhi caldi sul mio viso. «Non ce n'è bisogno. Qualsiasi cosa sia, anch'io provo la stessa sensazione».

Si inventò, come tirandole fuori dal cappello, innumerevoli storie sulle nostre vite passate insieme. Racconti che spaziavano dai palazzi rosa e dalle dune del deserto del Rajasthan fino alle grandi piramidi dell'antico Egitto. Erano storie così ricche di avventure e magia da rivaleggiare con *Le mille e una notte.*

Quando passeggiavamo non ci toccavamo né ci tenevamo per mano. Tuttavia lo sentivo accanto a me. Sentivo il suo cuore.

A Green Bay c'è la partita di football tra i Vikings e i Packers, e io cerco di non affettarmi un dito mentre sminuzzo le verdure per cena sbirciando il mini televisore sul ripiano. Ma a distrarmi non sono solo la partita, la mia mente nel passato, il mio coltello nel presente.

Muoio dalla voglia di chiamare mia madre e di raccontarle del libro di Arsallan, ma non potrei dirle adesso nulla di più di quello che le dissi quindici anni fa. Mi lacrimano gli occhi, e so che non è propriamente per le esalazioni della cipolla.

Soltanto perché si sceglie di non parlare di qualcosa, non significa che la cosa scompaia.

Mescolo il curry di gamberi, ricetta di Goa, avvicino il naso alla pentola, annuso e poi assaggio la salsa al cocco. Manca qualcosa, ma non riesco a capire che cosa. "Mamma lo saprebbe". Fisso il telefono. Dovrei? Non dovrei? No. Meglio di no. Per come mi sento, ho paura di perdere il controllo, di dire qualcosa, presa da una foga momentanea, che potrei rimpiangere tutta la vita. Presto saremo lì, il giorno dopo Natale. Annuso di nuovo, assaggio ancora e rifletto. L'ingrediente mancante volteggia tra i miei sensi. Una lucciola sfuggente che mi dice: "Ora mi vedi, ora non mi vedi più. Acchiappami se ti riesce". Accetto la sfida: "Ti prenderò, piccola monella...".

Un fine settimana sì e uno no cucino indiano. A casa nostra è un'occasione speciale persino per me, anche se quando ero piccola Tarun e io dovevamo implorare per mangiare un piatto di maccheroni al formaggio della Kraft. I miei bambini, tutti e tre, adorano mangiare con le mani. Ogni scusa è buona per giocare col cibo.

Distribuisco le *samosa* dorate in quattro piatti. Seguo la ricetta di mia madre per il ripieno di patate, a parte i piselli che non piacciono a nessuno di noi. Per comodità, imbroglio un po' e uso la pasta surgelata per la sfoglia, inoltre le passo al forno invece di friggerle.

A mia madre viene un attacco isterico quando americanizzo le sue ricette. Non esiste qualcuno più meticoloso di mia madre. Specialmente in cucina, non fa che dirmi: «Oh bambina, stai attenta!». Come lei stessa insegna, ci sono maniere giuste e sbagliate per fare ogni cosa, e voglio dire *ogni* cosa. Tagliare, mescolare, posizionare, servire, pulire. Probabilmente anche respirare. «Non puoi chiamarle *samosa*», mi dice. «Quelli sono calzoni caldi».

In ogni caso è la mia cucina. Faccio quello che mi pare.

Oggi ho preparato un tipo di pane speziato da intingere nella salsa piccante alla menta e coriandolo o in quella al tamarindo e zucchero di canna per noi grandi, e un altro tipo di pane semplice per i bambini, da intingere nel ketchup. Tiro fuori dal freezer due boccali ghiacciati e ci verso la birra Taj Mahal ben fredda: è sempre d'esportazione, in India non si trova.

«Nocciolina, porta questo a papà, per favore», dico a Lina, mia assistente chef in addestramento. Un giorno diventerò con lei tanto puntigliosa come mia madre è con me? Giuro solennemente di *no*, *mai*, anche se le raccomando: «Attenzione. Cammina piano. Non saltellare o la verserai». Lina è una bambina così effervescente che saltella sempre, non cammina quasi mai di sua volontà.

«Ah, questa sì che è vita», dice Eric dalla sua tana, sdraiato sul divano di fronte al nuovo televisore a schermo piatto. Ha fatto lui la spesa, e così si è guadagnato il diritto a poltrire.

«Ah, questa sì che è vita», gli fa eco Jack, mentre gioca con il suo camion della nettezza urbana spingendolo sul pavimento.

«Ah, questa sì che è vita», dice Lina, mentre torna saltellando in cucina.

Sorrido e così, dal nulla, mi viene in mente l'ingrediente mancante. «Eric? Quanto mi ami?»

«Abbastanza da andarti a comprare qualsiasi cosa tu abbia dimenticato, se puoi aspettare fino alla fine del primo tempo».

«Questo sì che è amore», sorrido e mi appoggio al bancone della cucina. Mi verso un altro po' di birra e faccio un lungo sorso. La vita è bella.

"Non aprire il vaso di Pandora".

Bastò l'intercettazione di una telefonata mentre eravamo ancora a Goa a far finire tutto.

«Chi è?», chiese mia madre. Di fronte ai suoi occhi spalancati, i miei capelli, che scendevano lungo le braccia, si rizzarono per l'apprensione. Mi guardò dritta negli occhi. «Preity non può venire al telefono in questo momento. Le riferirò che hai chiamato». Mise giù. «Arsallan Khan. Un tuo amico?».

Annuii.

«*Solo* un amico». Più che una domanda, era un'affermazione che voleva le confermassi.

Ero incapace di mentire. Scossi la testa.

«Preity», pronunciò le due sillabe del mio nome a raffica, come due pallottole. «Khan è un nome musulmano. Lui è *musulmano*».

«Lo so».

«*Lo sai*?». Indurì la mascella. «Come puoi saperlo e considerarlo più di un amico?». Fece una pausa, le guance rosse e il respiro affannato. «Lo sai ma ovviamente non capisci. *Non puoi* comprendere le cicatrici lasciate dalla Scissione». Scosse la testa, i suoi occhi contratti in un'espressione di dolore. «È colpa mia. Questo è quello che diranno tutti. Io e tuo padre non avremmo dovuto far crescere i nostri figli in America. Abbiamo svenduto il nostro patrimonio culturale».

Provavo pena per lei mentre diceva queste cose. «Ma non è vero…».

«Guarda come rispondi! Questo non sarebbe mai successo in India. I figli non contraddicono mai i loro genitori!».

Non potevo difendermi, sarebbe stata un'ulteriore insolenza, quindi rimasi lì con lo sguardo basso a sorbirmi un'altra delle sue prediche, dovere di buon genitore indiano: amore severo.

«Della storia americana conosci anche i più banali dettagli, mentre della storia indiana non sai nemmeno le cose fondamentali», disse. «A scuola non ti hanno insegnato *niente di niente* sul *nostro* olocausto, le *nostre* guerre, la *nostra* indipendenza, i *nostri* leader. È *molto* più importante che i leader di domani sappiano il nome delle tre caravelle di Colombo, o dell'uccello, dell'albero e del fiore dello stato in cui sei nata. Sicuramente *così* riusciranno a evitare la prossima crisi degli ostaggi, i dirottamenti, o gli attacchi nucleari della *tua* generazione».

Aveva ragione sul fatto che, fino ad allora, ogni avvenimento indiano di qualche rilevanza o effetto, ovvero ogni evento fondamentale per comprendere i problemi del mondo moderno, l'avevo appreso solo dai miei genitori. Da quello che mi facevano studiare a casa. Persino il significato e l'importanza di Gandhi.

Quando il film *Gandhi* uscì nelle sale, i miei mi portarono alla prima. Piansero per quasi tutto il film, anche nelle parti che non mi lasciarono particolarmente colpita. Più tardi, appresi che le loro lacrime erano dovute soprattutto all'epico spargimento di sangue *seguito* a un'indipendenza così fieramente raggiunta.

Per me, l'indipendenza dell'India non era solo una lezione di storia, qualche pagina di un freddo libro di testo. I miei genitori, la mia famiglia, l'avevano vissuta. La Scissione non è *una* storia qualsiasi. È la *loro* storia.

Nel 1947, dopo quasi due secoli di governo britannico, l'India ottenne l'indipendenza, conseguenza del trionfo di un massiccio movimento per la libertà chiamata resistenza *nonviolenta* e guidato da Mohandas Gandhi, passato alla storia come il Mahatma, "grande anima" in sanscrito. «Sono pronto a morire per questa causa», diceva Gandhi, «ma nessuna causa potrà portarmi a uccidere». Albert Einstein disse di lui: «Credo che la visione di Gandhi sia la più illuminata tra quelle degli uomini politici del nostro tempo. Dovremmo sforzarci di seguire la sua filosofia: rinunciare alla violenza nella lotta per la nostra causa, limitandoci alla non-partecipazione alle attività che riteniamo malvagie».

Allo scoccare della mezzanotte del 15 agosto 1947, il Raj britannico riconsegnò le chiavi del regno, restituendo lo "scettro" rubato ai suoi legittimi proprietari. Ben pulito e lucidato, ma ridotto in mille pezzi.

Scissione.

Tagliando in grosse fette la parte nordoccidentale e quella nordorientale, si arrivò alla creazione di due stati. L'India secolare e democratica rimaneva nel mezzo, fiancheggiata da entrambi i lati dal Pakistan islamico, "terra dei puri": fu una vittoria per la Lega musulmana. *La teoria*: un territorio separato per la minoranza islamica, nel caso volesse abbandonare l'India a maggioranza induista. *La realtà*: la più colossale migrazione umana e il più sanguinoso scambio di popolazioni della storia. Una carneficina senza precedenti.

Come successe? Di chi fu la colpa? Chiedendo a cinque persone diverse si otterrebbero cinque risposte diverse. Secondo i miei genitori e altre famiglie che sono sopravvissute per poterlo raccontare, leader fanatici e gruppi di milizie fomentarono la paura e il sospetto, e persone di religioni diverse che da secoli convivevano in pace si sollevarono le une contro le altre. Per i milioni di persone che all'improvviso si trovarono "dalla parte sbagliata della barricata", rimanere nelle loro case non era un'opzione praticabile. Mosse dalla speranza di un futuro migliore o dalla paura di soccombere, abbandonarono rapidamente le loro case.

Nel Punjab, lo stato del nord-ovest di cui era originaria la mia famiglia, la linea divisoria che la commissione britannica incaricata di stabilire le frontiere tracciò su una cartina come un coltello da macellaio taglierebbe la gola a una vacca sacra indù o a una capra sacrificale islamica, generò dieci milioni di senza tetto. Fra loro c'era la famiglia di mia madre.

Obbligati a lasciare la loro amata Lahore, "la Parigi dell'India", furono tra i milioni di indù e sikh che migrarono verso est. Contemporaneamente milioni di musulmani migrarono verso ovest.

E lungo la strada…

Come mi raccontò mia madre a Goa con atroci dettagli: «Un milione di morti. Ventimila stupri riportati. Quasi duecentocinquantamila persone dichiarate disperse». Poi, come se tutto ciò non fosse abbastanza orribile, la sua voce s'incrinò, spezzandomi il cuore: «*Nanaji. Naniji*». Molto più personale e doloroso di un asettico numero complessivo: i miei bisnonni, le nostre vittime.

Mi prese la nausea e dovetti sedermi. Avevo assimilato la storia. Avevo imparato che l'aver usurpato la terra natia di una famiglia, forzato le persone a lasciare le loro case, torturato e ucciso degli innocenti, imposto conversioni religiose con la forza, aveva lasciato dietro di sé non poche conseguenze. L'educazione all'odio. La sete di giustizia, o di vendetta, dipende dai punti di vista.

Fondamentalmente, i miei genitori cercavano di farmi capire che la Scissione era alla radice delle tensioni attuali che correvano tra India e Pakistan in materia di armamenti nucleari. Le dispute sui territori del Kashmir ne erano gli effetti in corso. E i problemi di terre lontane, come pietre lanciate in uno stagno, un giorno avrebbero potuto, sotto il cielo blu, arrivare fin sulle nostre coste con risultati devastanti.

Gandhi diceva: «A forza di occhio per occhio, il mondo intero rimarrà cieco». Ma mia madre, nonostante riverisse quell'uomo, non perse tempo a farmi notare che né lui né io avevamo passato quello che era successo alla sua famiglia.

Se Gandhi non era riuscito a farle cambiare idea, io che possibilità avevo?

Prima di parlare, scelsi le mie parole con cura, consapevole di quanto fosse delicato l'argomento. «Lo so che ci sono state atrocità che non posso nemmeno immaginare. Hai ragione, non riuscirò mai a capire la Scissione perché non l'ho vissuta, né sono cresciuta circondata da famiglie che l'hanno subita. Ma mamma», dissi con dolcezza, «l'odio generalizzato... È come la faida tra il clan degli Hatfield e quello dei McCoy, che ha trasmesso odio e pregiudizio alle generazioni successive, generazioni *innocenti*. Non è giusto. Non lo era allora e non lo è adesso».

«Oh, Preity», mia madre fece un sospiro stanco. «Se solo fosse così semplice. Bene e male. Giusto e sbagliato. Amico e nemico. Vedi ancora il mondo attraverso gli occhiali rosa. Le lenti non ti si sono ancora frantumate».

«Ogni grande religione, be', eccetto il Buddismo, ogni grande religione ha le sue frange estremiste. Induismo, Islamismo, religione sikh, Ebraismo, Cristianesimo...».

«Alcune più di altre».

«Anche se così fosse, non significa che siano tutti estremisti. La maggior parte non lo sono e io mi rifiuto di punire una persona per crimini che non ha commesso».

«Humpf». Alzò lo sguardo al soffitto dove il ventilatore girava pigramente, in sintonia con il ritmo lento di Goa. «Se ti avessi allevato qui, sarebbe tutto diverso. Ti proibirei di vedere questo ragazzo e tu mi obbediresti senza indugio, senza polemizzare». Sollevò un sopracciglio per puntualizzare: «Che tu fossi *maggiorenne* o no».

Mi morsi il labbro per evitare di sorridere.

«Le brave ragazze indiane non concedono appuntamenti, lo sai».

«Veramente, di questi tempi, lo fanno. Riya-*didi* ha detto che...».

«Riya-*didi* non è tua madre», replicò seccamente. «*Io* ti ho allevato. *Io* sono responsabile per te. Sono *io* quella fa una brutta figura con la gente se tu dai scandalo. Le tue azioni si riflettono su di *me*».

Abbassai la testa. «Mi dispiace, mamma».

«Anche a me». Mi sedette vicino, mi strinse così forte da impedirmi di respirare e mi stampò una serie di baci sulla fronte. «*Beta* mia». Blaterò dei vezzeggiativi senza senso in punjabi. «Ti amo *tantiiissimo*. Lo sai, vero?»

«Mh-mh».

«Bene». Si sciolse dall'abbraccio. «Ti proibisco di rivederlo».

«*Cosa*?». Saltai su dal divano e mi girai sui tacchi.

«Mi hai sentito».

«Ma tu non puoi! Vado al *college*. Sono maggiorenne. Tu non puoi *limitarmi* così!».

Incrociò le braccia e sporse il mento in fuori. «L'ho appena fatto».

«Arsallan si merita almeno una spiegazione», dissi a Riya-*didi*. Le avevo raccontato soltanto che mia madre aveva dato di matto e mi aveva proibito di rivederlo. Riya sembrò capire senza bisogno di ulteriori spiegazioni. «Non posso scomparire dalla faccia della terra così, senza nemmeno una parola».

«Non lo so... Se tua madre lo scopre...».

Non c'era bisogno che terminasse la frase, io non volevo nemmeno pensare a cosa sarebbe successo se mia madre avesse scoperto che avevo tradito la sua fiducia incontrando Arsallan, anche solo per salutarlo. Se almeno avessi avuto il suo numero di stanza... Cercai di richiamarlo, ma c'erano troppi Khan nel suo hotel, così tanti che l'operatore si rifiutò categoricamente di passarmi una stanza a caso.

«Potresti andare tu? Ti prego, *Didi*. Per favore, lo cercheresti per me?».

Aggrottò le sopracciglia per nulla entusiasta, ma annuì. «Sicuramente è meglio che vada io piuttosto che tu. Ma non so cosa dirgli».

«Gli scriverò una lettera. Tu dovresti soltanto consegnargliela e farti dare i suoi contatti...». Annuì, e l'abbracciai.

La lettera richiese ben sette bozze, accartocciate e poi cestinate, perché continuavo a girare intorno alla verità. Mi vergognavo troppo. Non volevo rivelare, nemmeno a me stessa, le brutte parole che mi rimbombavano in testa.

"Mia madre è una persona piena di pregiudizi".

"Mia madre è una persona piena di pregiudizi".

"Mia madre è una persona piena di pregiudizi".

Alla fine, optai per una bugia: gli dissi che i miei impegni familiari si erano intensificati e non avrei avuto più tempo per i nostri incontri negli ultimi giorni di vacanza. Mi scusai, espressi un profondo rammarico per non poterlo salutare di persona, lo ringraziai per la sua amicizia, gli dissi che non avrei mai dimenticato né lui né i momenti meravigliosi trascorsi insieme, e conclusi con: «Per favore, rimaniamo in contatto. Con affetto, Preity». Gli lasciai l'indirizzo del mio dormitorio al college.

Riya perlustrò la lobby del suo hotel per ore, ma lui non si fece vivo. Non lo trovò nemmeno nel negozietto dove andavamo a prendere il *chai*, e in nessuno degli altri posti che eravamo soliti frequentare. «Mi dispiace tanto», mi disse. «Cercherò di trovare il suo indirizzo e gli spedirò la lettera quando torno a casa».

Poi, il giorno prima della nostra partenza, ricevetti un pacco: era il libro di fiabe fatto a mano da Arsallan. Cercai una lettera, una nota o almeno i suoi contatti, ma non c'era nulla.

Strappai la prima lettera e gliene scrissi un'altra, più bella, in cui mettevo a nudo il mio cuore di diciottenne. Lo ringraziai per essere così meraviglioso e gli dissi che avrei conservato il suo dono per sempre. Cercai di evitare che le lacrime bagnassero le pagine, ma una andò a finire sull'angolo in basso a sinistra e offuscò due delle stelline che avevo disegnato accanto alla luna. Scrissi: «Ricordati sempre che guardiamo lo stesso sole, la stessa luna e le stesse stelle. Ricordati sempre che c'è qualcuno dall'altra parte del mondo che ti augura tutto il bene possibile. Dal mio cuore al tuo, ti amerò per sempre, Preity».

Ancora oggi, non so se Arsallan ricevette mai la mia lettera. Riya si rivelò una corrispondente molto scarsa. Non rispose mai alle mie lettere né Arsallan mi contattò. Tutto questo successe prima che inventassero le email. Prima dell'esistenza di tariffe telefoniche economiche per le chiamate intercontinentali. Il silenzio mi ferì, l'incertezza mi tormentò e l'assenza della mia nuova famiglia e degli amici appena ritrovati e subito perduti mi sembrò solo un gioco crudele. Per mesi, il mio cuore fu pesante come un macigno, affondato in un mare torbido e freddo. Ma la vita proseguì, come sempre succede: le correnti ti trascinano lontano che tu lo voglia o no.

Con il passar del tempo, nuove persone entrarono e uscirono dalla mia vita, nuove esperienze fecero volare il mio cuore in alto e poi lo affondarono di nuovo. Come i piccoli drammi che accadono quotidianamente, gli *oggi* si trasformarono in *ieri* in maniera sempre più rapida. Gli eventi presenti conquistarono tutto lo spazio e relegarono il passato nella memoria. Pensai a Goa e alle mie vacanze sempre di meno, ma non le dimenticai mai.

"Non ho mai dimenticato".

DA: "Preity Lindstrom" <ToyGirl@comcast.net>
A: Kiran Deshpande; Rani Tomashot
INVIATO: 10 dicembre 20xx, 09:25
OGGETTO: RE: Un attacco dal passato…

Kiran, che bello avere tue notizie. Bentornata a casa. Ebbene sì, l'avevo sentito dire in giro dalle Hindi-Bindi.

;-) A dirla tutta, un uccellino mi ha tenuto informata sugli avvenimenti delle vostre vite duranti tutti questi anni… A proposito, Rani, devo farti le mie congratulazioni!

Una mostra personale. URRÀ PER TE!!!

È passato davvero troppo tempo dall'ultima volta che tutte e tre siamo state nello stesso posto nello stesso momento. Dobbiamo recuperare, dobbiamo assolutamente rivederci. ;-)

Preity

CURRY DI GAMBERI GOA STYLE DI PREITY

Ingredienti per 4-6 porzioni:

GAMBERI:

750 grammi circa di gamberoni crudi, sgusciati e puliti
½ cucchiaino di curcuma
1 cucchiaino di pepe di cayenna (aggiustare a piacere)

Usate un paio di guanti da cucina così non vi puzzeranno le mani.

Utilizzando lo scolapasta lavate i gamberi sotto l'acqua. Trasferite i gamberi asciugati e scongelati in un'ampia scodella.

Cospargeteli di pepe di cayenna e curcuma. Usate le mani per fare in modo che siano completamente ricoperti dalle spezie. Coprite con una pellicola trasparente e mettete in frigo per 30 minuti.

SALSA:

1 pezzettino di tamarindo (a cubetti)
1 tazza di acqua calda
2 cucchiai di olio di semi di arachide
2 cipolle gialle di media grandezza a fettine
5 foglie di curry (kadhi patta)
2 cucchiai di radice di zenzero, fresca, pelata e tagliata a dadini
2 teste d'aglio tritate
1 peperoncino verde fresco, tagliato a pezzettini (a piacere)
1 cucchiaino di coriandolo in polvere
1 cucchiaino di cumino in polvere
1 lattina (circa 300 cl) di latte di cocco
½ cucchiaino di sale
1 cucchiaino di zucchero (aggiustare assaggiando)
pezzetti di cocco fresco (facoltativo)

Mettete a bagno il tamarindo in una ciotolina di acqua calda. Lasciate da parte.

Nel wok o in una padella profonda almeno 30 centimetri, fate riscaldare l'olio a fuoco medio-alto. Aggiungete la cipolla e soffriggetela finché non diventa trasparente, per 2-3 minuti.

Cuocete a fuoco medio. Aggiungete le foglie di curry, l'aglio, lo zenzero e il peperoncino. Fate rosolare per 1 minuto.

Aggiungete il coriandolo e il cumino. Fate rosolare per 2 minuti.

Aggiungete il latte di cocco e portate a ebollizione a fuoco medio-alto.

Abbassate al minimo, coprite parzialmente e fate bollire finché la salsa non si addensa, per 10-15 minuti.

Quando il tamarindo si è ammorbidito, frullatelo. Mettete da parte la polpa e il succo. Eliminate le bucce.

Aggiungete alla salsa i gamberi, il tamarindo, il sale e lo zucchero. Fate bollire senza coperchio finché i gamberi non diventano rosa, dai 2 ai 5 minuti.

Spegnete il fuoco. Togliete le foglie di curry. Guarnite con i pezzettini di cocco. Servite con riso bianco bollito.

SUGGERIMENTI DI PREITY:

Usare sempre guanti da cucina quando si maneggia il pesce o si taglia il peperoncino.

Solo per bambini e pappamolle: aggiungete del semplice yogurt magro nei piatti per attutire il piccante delle spezie.

Se non riuscite a trovare le foglie di curry non importa, questo piatto è incredibilmente delizioso anche senza!

RANI MCGUINESS TOMASHOT: LA TERRA DELLE OPPORTUNITÀ

Chi non si arrampica, non rischia di cadere.

PROVERBIO INDIANO

Voglio morire. La sveglia ha ricominciato a suonare e io ho già premuto lo *snooze* due volte. Annaspo nel buio per zittirla, mi tiro su e appoggio i piedi sul pavimento di legno massiccio. *Aag doom! Baag-doom!* Mi ricordo di quando ero piccola e mia madre mi svegliava con una cantilena bengali per bambini.

Aag-doom! Baag-doom! Via ai cavalli!
Suonano gong, cimbali e tamburelli!
Crash! Boom! La banda del rumore
sta già marciando per la Terra dell'amore.
Un raggio dorato sull'ala del pappagallo
nel giorno delle nozze del Sole giallo.
Io e te insieme al mercato andiam
le foglie arrotolate di Betel mastichiam.
Un vermetto dal Betel scivola via
mamma e figlia fanno una follia.
Fiori di zafferano sbocciano all'ingiù
Zucche dolci e fresche bollono, glu, glu
Dai, piccolina, salta su!

Emetto un gemito di protesta e crollo di nuovo con la testa sul letto, come un albero abbattuto. Ma che dico, come un'intera foresta! Mio marito Bryan sotterra il viso sotto il cuscino. Non sopporta di assistere alle mie lotte per svegliarmi. Troppo patetico, troppo strappacuore, dice. Lui piuttosto mi lascerebbe dormire in pace. Ma oggi non è proprio possibile. Ho delle cose da fare, delle persone… ah… delle persone da intrattenere, da agganciare.

Piagnucolando un po', riesco a sollevare dal letto la mia pesante carcassa e mi avvicino incespicando verso il bagno. Non sono ancora le sette e, mentre sto per uscire a fare un po' di stretching, noto una busta che qualcuno deve aver infilato sotto la porta. La apro e mi viene un tuffo al cuore. Passo in rassegna le ultime foto di Anjali, detta Anju, la bambina di tre anni che la coppia di fronte sta adottando da un orfanotrofio di Kolkata, la città natale di mia madre. Lo chiamano orfanotrofio anche se in realtà è popolato quasi solo da ragazzine non orfane, bensì abbandonate e salvate dalla strada… O ancora peggio.

«È bellissima», dico all'orgoglioso quasi-genitore che sta facendo riscaldamento nell'ingresso fra i nostri condomini. Mentre mi aspettava, George, il mio compagno di jogging, ha già fatto stretching e corsa sul posto. Sebbene glielo abbia già detto varie volte, non mi stanco mai di ripeterglielo: «State facendo una cosa stupenda. Salvare una vita. Siete fantastici, George. Anju è una bambina davvero fortunata».

Come al solito George mi sorride e dice: «Grazie, ma i veri fortunati siamo noi». Aspetto che depositi la busta sul tavolo di mogano del suo ingresso. Chiudendosi la porta dietro le spalle, mi chiede: «Eccitata e nervosa per stasera?»

«Sì», dico, portandomi l'indice davanti alla bocca, poi picchietto il mio orologio. Non essendo entrambi dei mattinieri, abbiamo adottato una specie di regola del tipo non-si-parla-fino-a-quando-non-abbiamo-attraversato-il-Golden-Gate. Mi fa già male la testa per lo sforzo mentale del nostro breve scambio, e quella di George non deve stare meglio.

Annuisce e, senza bisogno di aggiungere altro, siamo fuori.

Corriamo giù per Laguna Street, attraversiamo Lombard e Bay Street, poi andiamo a ovest lungo la marina, oltrepassiamo i surfisti mattutini e ci ritroviamo ai piedi del ponte più bello del mondo. Arrivando sempre così presto, spesso troviamo il Golden Gate ammantato da una nebbiolina misteriosa come fosse il ponte fantasma di un altro mondo, stamattina però l'Artista ha disegnato per noi un limpido panorama.

Sulla rampa, diamo la precedenza ai ciclisti che vengono da ovest, e poi saliamo verso est. Alla nostra sinistra, l'oceano Pacifico s'impenna spumeggiando in enormi cavalloni. Teniamo gli occhi aperti in vista delle balene: il mese scorso siamo riusciti a scorgere una coda. Alla nostra destra si estendono lo *skyline* della città e la Coit Tower solitaria, che sporge dalla cima della Telegraph Hill come fosse un enorme pollice all'insù, un segno di approvazione sull'intera penisola.

Sotto i miei piedi, il ponte a sospensione elastica vibra come un trampolino scosso da un forte vento. All'inizio, queste vibrazioni mi spaventavano così tanto che non arrivavo nemmeno al primo pilastro. Mi ci è voluto del tempo prima di riuscire ad arrivare dall'altro lato, in gran parte grazie alla pazienza e all'allenamento di George.

Corriamo per tutta la lunghezza del ponte oltrepassando le impalcature sempre presenti (dipingono il ponte di arancio in continuazione) e facendo una pausa sufficiente a farmi soffiare il naso e permettere a George di tracannare un po' d'acqua.

«Tutto bene?», mi chiede.

Annuisco e ricominciamo a correre. Impressionante per un'ex asmatica, penso sempre.

Quando avevo dieci anni, durante il nostro primo e unico viaggio familiare in India mi venne l'asma. All'inizio pensammo fosse a causa dello smog ma, quando tornammo a casa, i sintomi non scomparirono. Per anni mi sono svegliata in piena notte, boccheggiando e ansimando. Peggio ancora, nelle lezioni di ginnastica venivo sempre considerata come ultima scelta. Fortunatamente ne sono uscita, salutando per sempre il mio ultimo inalatore quando ero al college.

«Verrete, vero?», dico a George. «Tutti e due?»

«Certo che sì. Come potremmo perderci la tua grande serata?».

«Grazie. Ci tengo moltissimo. Ancora non ci credo, che tutto questo stia succedendo davvero. Il mio lavoro finalmente apprezzato, esposto in una personale, in una galleria di quelle serie, venduto per soldi veri».

«Finalmente la gloria».

«Non era a quello che pensavo quando ho iniziato, ma devo ammettere che l'ho segretamente sognata. E adesso che il mio sogno si è realizzato...». So benissimo quello che dovrei dire. «Adesso che è diventato realtà...». Volgo il mio sguardo verso l'oceano.

«Che c'è?», chiede George.

Scrollo le spalle. «È come hai detto tu. Sono eccitata e nervosa allo stesso tempo. Ma basta parlare di me. Starò fin troppo sotto i riflettori, stasera». Sorrido. «Dai racconta, come vanno le vostre lezioni per diventare bravi genitori...?»

«No. Non cambiare argomento. E, per l'amor di Dio, non farmi quel sorriso finto da cocktail party».

Gli do una pacca sul braccio con il dorso della mano. «Ultimamente non ti ho detto quanto sei fastidioso?»

«Uh-uh. Allora, vuoi sputare il rospo, o no?»

«Ma perché mi conosci così bene? Eppure non ci conosciamo da *così* tanto tempo». È passato solo un anno da quando io e Bryan abbiamo venduto la nostra mini villetta a Pacific Heights e ci siamo comprati un appartamento con due stanze da letto in un condominio.

«Rischio professionale».

Sorrido, stavolta sul serio. «Magari avessi avuto un consulente come te quando andavo alla scuola secondaria». Fortunatamente ho avuto dei genitori fantastici. Che mi mancano terribilmente, specialmente durante le vacanze. Non so proprio come abbia fatto mia madre a lasciare tutta la sua famiglia e a trasferirsi all'altro capo del mondo, mentre io mi sono già pentita di essere soltanto dall'altro lato del continente.

«C'entra Bryan?», chiede George.

«No. Sì. Forse. Non lo so». Cerco di sincronizzare le mie parole con il respiro, un'altra abilità che mi ci è voluto un po' per padroneggiare.

«Lui mi ha sostenuto, passo dopo passo. Questa vittoria è sua tanto quanto mia. Però mi sento così colpevole. Non riesco a gioirne con la coscienza a posto. Come posso essere felice quando so che lui non lo è? Voglio dire, è felice per me ma lui, personalmente, non è felice. È una cosa che mi spezza il cuore. Io ho il privilegio di seguire la mia passione ogni giorno, mentre mio marito si trascina in un lavoro che odia».

«Ahhh. Il lavoro non va ancora bene?»

«Un periodaccio, e non solo per la riduzione del salario… Per lui non è mai stata *solo* una questione di soldi. Non sopporta di essere sottoutilizzato. È un imprenditore, un visionario».

«Un leader, non un gregario».

«Esatto. È ancora in lutto… e forse non smetterà *mai* di esserlo. Per la compagnia, per gli impiegati e per gli azionisti. Era come un figlio, e gran parte di lui è morta con lei. Lo sa che deve andare avanti, ma non ci riesce. Ha bisogno di un nuovo sogno, e finché non lo trova…». Svoltiamo a un angolo. La mia voce si incrina la voce. «È così smarrito… E io non posso aiutarlo. Non riesco a comunicare con lui. Qualsiasi cosa io dica o faccia non fa alcuna differenza».

Vorrei piangere, ma non lì. Il naso mi colerebbe ancora di più e non ho abbastanza fazzolettini. E poi, dov'è finita la mia maledetta euforia del corridore? Di solito mi arriva quando sono a metà del ponte, ma ultimamente mi sta evitando. Non importa quanto corra lontano o quanto mi sforzi, non riesco a oltrepassare la barriera magica. È per questa ragione che corro, per trovare una cura miracolosa. "Ma dov'è?".

«L'hai detto tu stessa, cara», dice George dietro di me. «È in lutto. E il lutto ha bisogno di tempo. Continua ad applicare il tuo balsamo, ma non aspettarti risultati immediati. L'ultima cosa che devi fare è precipitare nel pozzo della disperazione insieme a Bryan. Non servirebbe a nessuno».

«Lo so», dico. «Lo so. È solo che... È difficile».

«Be', *c'è* qualcosa che potresti fare. E non mi sembra sia quello che stai facendo...».

«Cioè?»

«Sii felice. Non devi sforzarti ma nemmeno impedirti di esserlo. Non hai nessuna ragione per sentirti colpevole. Bryan non è geloso o risentito verso di te. Lui è davvero felice per te. E, sai cosa? La tua felicità, in questo momento, è l'unica cosa che lo avvicina alla sua stessa felicità. Quindi, non privarlo anche di questo».

Guardo George di sottecchi. «Non l'avevo mai pensata in questo modo». Dopo un attimo, aggiungo: «Hai fatto un gioco di prestigio. Hai reindirizzato il mio senso di colpa per ottenere un risultato opposto». Sorrido. «Se uno è bravo, è bravo. E tu sei davvero bravo, George».

«Lo so». Mi abbaglia con un sorrisone. «Per questo mi pagano quei pochi dollari».

«Accidenti. Lo sapevo che mi ero dimenticata qualcosa. Dimmi che ti sei portato dietro un po' di quei pochi dollari perché io me ne sono scordata. Di nuovo».

«Ecco qua, amica».

«Grazie. Di tutto».

Corriamo fino allo Starbucks su Union St. dove compriamo quattro caffelatte a portar via (due per noi e due per i nostri compagni), poi camminiamo fino a casa. La porta di George si apre proprio nel momento in cui stiamo rientrando.

«Wow», dico. «Chi è quell'uomo così raffinato?».

Alla mia battuta l'uomo elegante ridacchia. «'Giorno, Rani».

«'Giorno, Walker. Adoro il tuo completo».

«Grazie. Allora ci vediamo stasera».

«A stasera». Mentre George gli porge il suo caffelatte io saluto ed entro in casa.

«*Tonight, tonight, won't be just any night...*». Con la sua calda voce baritonale Bryan canta a squarciagola la famosa canzone di *West Side Story*, e io mi unisco con la voce raffreddata, da soprano stonata.

Mentre mi gira attorno in cucina, mi ricordo del nostro periodo iniziale, quando facevamo sempre gli stupidi. Era la cosa di Bryan che amavo di più. Non aveva paura di passare per un cretino totale. Anzi, ne era orgoglioso, si accettava per quello che era. Aveva un tale coraggio e una tale convinzione, una tale forza di carattere. Ma quando il suo sogno è andato in frantumi, anche la sua sicurezza è crollata. E con lei anche la sua *joie de vivre*, come dicono i francesi, o il suo *masti*, come dice zia Saroj. Amore per la vita. Quanto vorrei essere capace di restituirglielo.

Ridare luccichio ai suoi occhi. Riaccendere il suo entusiasmo. Resuscitare il suo *masti*.

«Passo a prenderti alle cinque», mi dice, afferrando la borsa con il computer portatile.

Ci siamo incontrati il primo giorno del nostro primo anno a Berkeley. Nonostante nel dormitorio fossimo allo stesso piano, siamo usciti insieme solo due anni dopo. Per due anni lui è rimasto a guardare la mia parata di fidanzati, se posso chiamarli così visto che in media duravano dalle due alle quattro settimane. Pareva proprio che tutti i bravi ragazzi fossero già impegnati in qualche relazione, come d'altronde Bryan, che aveva una fidanzatina di due anni più giovane che andava ancora alle superiori. E così il mercato rimanente era saturato da una folla di ho-troppa-paura-di-impegnarmi oppure di voglio-solo-scopare.

Mi guardai attorno e pensai: "Che io sappia sono l'unica vergine in tutto il campus". Le ragazze vergini erano una specie in via di estinzione. Tutti i miei amici erano sessualmente attivi, il che non vuol dire che "scopavano in giro", anche se sicuramente è successo anche quello. La maggior parte delle relazioni impegnate e monogame, come avrei voluto io, implicavano anche un rapporto sessuale. Così mi feci delle avventure che posero definitivamente fine ai miei interessi romantici. I ragazzi con cui uscivo consideravano il sesso come il prerequisito assoluto per una relazione: cosa, a mio parere, completamente sbagliata. Su questo concordo al cento per cento con mia madre: perché uno dovrebbe comprare una mucca se il latte è gratis?

Adesso, prima di darmi una pacca di approvazione sulla spalla o sulla testa, dovreste sapere che non posso attribuire alla mia "rettitudine morale" o alla superiorità dei miei "sani valori" il merito per aver conservato la mia preziosa verginità fino alla bella età di vent'anni. Non crediate nemmeno per un secondo che sia stata una lotta coraggiosa. Non lo è stata. La verità è che non ero molto attraente e quindi mi è stato facile mantenere le gambe chiuse. Non ci è voluto molto, fino a Bryan.

«Non c'è nessuna fidanzatina che va alle superiori», mi disse un giorno.

«Avete rotto?».

Scosse la testa: «Me la sono inventata».

«Perché?»

«Perché sono un secchione e non ho una vita sociale. Così è stato più facile...».

«No. *Perché* vieni a dirlo proprio a me? Perché non portare la storia fino alla sua naturale conclusione e dire che tu e la tua Ragazza immaginaria vi siete lasciati?»

«Be', ecco. Forse è perché sono innamorato di te. Follemente. Profondamente. Appassionatamente. Irrevocabilmente. Pateticamente, suppongo, se tu adesso non mi dai nemmeno una chance...».

Quando ripresi la mia mascella dal pavimento dove era caduta, le colombe volarono, le conchiglie marine soffiarono e le porte del paradiso si aprirono davanti a me.

Adoro mio marito. Fino all'ultimo respiro. Con ogni fibra del mio essere. E anche di più. Ogni giorno. Per dieci anni, siamo praticamente cresciuti insieme. Spero che non ci separeremo mai, ma ultimamente sono molto preoccupata. Siamo entrambi in un momento di stasi, ci stiamo chiedendo quale direzione prenderanno le nostre vite. Che cosa ci succederà come individui, e come coppia? Penso alle amiche della mia infanzia, Kiran e Preity, la prima non la vedo da anni ma so che ha appena divorziato, l'altra è felicemente sposata con due bambini.

Come andrà a finire fra me e Bryan?

Sulla porta d'ingresso, accarezzo le sue guance appena rasate, gli strofino la faccia sul collo respirando il suo aroma di fresco e di pulito. «Ti amo Bry», gli dico. Parole totalmente inadeguate per ciò che provo.

«Anch'io ti amo». Mi bacia le labbra ma io mi sollevo sulle punte, gli butto le braccia al collo e gli do un bacio più profondo. Lui si allontana e solleva la testa con un gemito. «Tienilo per dopo. Devo correre, il bus degli yuppie mi aspetta».

«Buona giornata», gli dico.

«Anche a te. In bocca al lupo».

Appena se ne va, sento il vuoto crescere dentro di me. Un grande buco nero che minaccia di inghiottirmi del tutto. Vorrei rannicchiarmi di nuovo a letto e tirare le coperte fin sulla testa.

"No, no, no". Scuoto la testa. "Devi venirne fuori".

Qualsiasi artista vorrebbe essere nei miei panni. Avere un'opportunità come la mia. Nessuna preoccupazione finanziaria. Tempo e mezzi a disposizione. Sono maledettamente fortunata. Devo sfruttare al massimo le mie doti, usare bene la mia fortuna. Mi dirigo, decisa, verso il mio studio.

Determinata, mi faccio una doccia e mi cambio, ingurgito uno *smoothie* al latte di soya, cioccolato e banana e vado nello studio che ho ricavato dalla stanza degli ospiti. La luce del mattino è perfetta. Accendo un bastoncino di incenso al sandalo e metto su un po' di musica rilassante. Il primo pezzo è L.S.D. degli Enigma. *Love Sensuality Devotion*. La stanza risuona di un mix inebriante di musica new age, ritmi da club, canti gregoriani e arie dei nativi americani. Assorbo l'atmosfera, i miei fianchi ondeggiano al ritmo e provo a lavorare.

Provo e riprovo. E continuo a fare dei pastrocchi. Altri pastrocchi.

"Va bene", dico a me stessa, cercando di scrollarmi di dosso quella sensazione d'impasse. "Ti stai riscaldando. Verrà fuori".

Invece non viene fuori proprio nulla. Ed è così da giorni, settimane, mesi.

Ero così entusiasta quando ho cominciato la mia serie di divinità femminili, reinterpretazioni moderne di dee mitologiche. È bastato il primo assaggio di successo commerciale a trasformarmi in un'artista stitica. Per la prima volta nella vita, non riesco a imbavagliare gli spiritelli maligni che alimentano le voci della mia testa, voci che criticano costantemente il mio lavoro.

«Credi davvero che sia arte?»

«Piacerà a qualcuno?»

«Troppo simile all'ultima che hai fatto».

«Troppo diversa».

«Abbozzata, Rani, davvero abbozzata».

È così svilente. Non che la mia arte mi abbia sempre portato sulle vette dell'estasi: è *difficile*, dopotutto. Ma, ultimamente, non succede proprio mai. Ne ho il terrore. Ho segretamente paura di aver perso la mia passione da qualche parte sulla strada del Successo. Bryan ha perso la sua a causa del fallimento. Possibile che io l'abbia persa a causa del successo?

"Jack cadde e si ruppe la corona, e subito dopo crollò Jill".

No no no. Non posso perdere la mia passione; è semplicemente fuori discussione. La troverò di nuovo. Devo.

Faccio una pausa e vado in cucina. Sono tentata di aprire il frigo e darmi per vinta (sarebbe come accendere il forno e infilarci la testa), ma resisto. Raduno gli ingredienti per i *sandesh,* tartufi al cioccolato che ho deciso di portare per accompagnare lo champagne e le fragole da intingere nella *fondue* di cioccolato offerti dalla galleria. Bisogna assumere proteine, giusto?

Uno non lo direbbe mai, ma questi dolcetti sono fatti con un formaggio fresco artigianale che si chiama *chhana* e che assomiglia molto, anche se non per il sapore, alla ricotta o ai fiocchi di latte.

I *sandesh* sono dolci da cerimonia e in lingua bengali significano "buone notizie".

La "s" in bengali si pronuncia "sh" e la "a" spesso si pronuncia "o". Ci sarebbero anche altre regole che vi farebbero incrociare gli occhi, ma forse è meglio limitarci a questa lezione di fonetica in versione ridotta. Per cui prendetela per buona quando dico che i bengalesi hanno le loro buone ragioni per pronunciare *sandesh* come *scion-deissh*.

Ho apportato delle piccole modifiche, a mio piacere, alla ricetta originale di mia madre. I *sandesh* che ho assaggiato quando abbiamo visitato Kolkata erano stati preparati per celebrare gli esami superati brillantemente dai miei cugini. Addolciti con lo zucchero di canna estratto dal nuovo raccolto, fatti a forma di conchiglia e impacchettati nel riso per mantenere la freschezza. Ho eliminato questi passaggi e ho aggiunto il cioccolato: sono convinta che qualsiasi cosa sia più buona se intinta o ricoperta di cioccolato.

Mentre preparo il *chhana*, cerco di pensare positivo, di concentrarmi su cose piacevoli, ma sono attanagliata da una bieca disperazione. Se non ci riesco? Che succede se non riesco a produrre quello che tutti si aspettano da me?

L'arte è tutta la mia vita. Senza... Scuoto la testa. Non voglio andarci.

Mi concentro sui *sandesh*. Ricopro i tartufi con la polvere di cacao e le scaglie di pistacchio. Li cospargo con gocce di cioccolato fuso.

Mi prendo un altro *smoothie*, ci aggiungo una piccola dose di rum e poi un'altra dose più generosa. Torno nel mio studio. Riprovo a lavorare. Creo della roba che piacerebbe solo a mia madre. Ritorno in cucina. Un altro sorso di rum. Brindo. Comunque, nulla che valga la pena di conservare. Mi lascio cadere pesantemente sul divano, coprendomi gli occhi con un braccio.

"Voglio la mia mamma".

Quando ero piccola, ero l'ombra di mia madre. Essendo figlia unica, io ero al centro del suo mondo e lei era di mia proprietà. La seguivo ovunque. Quando non mi lasciava entrare nel bagno con lei, rimanevo seduta di fronte la porta a piangere, a guaire come un cagnolino, cercando d'infilare le dita sotto la porta finché non usciva. Tutte le settimane mi portava in gita didattica: al parco, alla biblioteca, al negozio di alimentari, al mercato del pesce. Adoravo guardarla mentre preparava i piatti della cucina bengali. Quando cucinava, si toglieva gli anelli e li metteva a bagno in acqua e sale in una ciotolina sul davanzale. Alla mano sinistra portava il suo anello nuziale, una fede d'oro con una fila di sette diamanti incastonati. Al dito medio della mano destra portava uno zaffiro bianco, e un corallo rosso chiamato *paula* all'anulare. Quando preparava da mangiare in grandi quantità, si sedeva sul pavimento della cucina e impilava vari tipi di verdure, cavolfiori, patate e melanzane su un *bonti,* un aggeggio dotato di una lama ricurva verso l'alto, una specie di tritatutto manuale un po' antiquato. Piatti diversi richiedevano forme diverse per le verdure.

«Quando sarò grande taglierò io tutte le verdure, mami», le dicevo impettita.

«Va bene, ma fino a quel momento non muovere il culetto da quello sgabello». Sistemava lo sgabello a una distanza di sicurezza, e non ero autorizzata ad alzarmi finché non aveva rimesso a posto, fuori dalla mia portata, il coltello dentellato.

Mi permetteva di stare su una sedia accanto al ripiano dove stendeva la pasta, per poi ritagliarne dei cerchi perfetti per i *luchi*, sorta di ravioli di pane fritto. Mi dava sempre una pallina da impastare e da stendere con il mio mini matterello: era sempre meglio di quella di Play-Doh perché almeno potevo mangiarla, ma in realtà non sono mai riuscita a creare una forma che assomigliasse anche lontanamente a un cerchio. Mia madre rideva quando le mostravo le strane forme che mi erano venute fuori, e diceva sempre: «Se vuoi sposare un uomo bengali, ho paura che dovrai impegnarti molto di più».

Il pesce era il piatto forte nei menu di mia madre. La sua specialità era quello in salsa di mostarda dolce. Non mangiava mai carne, né la cucinava. Diceva che per lei mangiare carne bovina era come mangiare carne di cane o carne di cavallo. «Se un giorno dovessi trasferirti in un altro paese dove la gente, pur avendo a disposizione molte altre opzioni, sceglie di mangiare hamburger di cane o bistecche di cavallo, ti ci abitueresti?».

No, non potrei. E non ha potuto neanche lei.

Se non fosse stato per me e per mio padre che avevamo bisogno di un po' più di varietà, avrebbe cucinato pesce ogni giorno, sia a pranzo che a cena e magari anche a colazione, per quanto ci andava matta. Tutte le volte che io o papà le facevamo i complimenti per un particolare piatto a base di pesce, lei ci diceva: «Un giorno visiteremo Calcutta e lì assaggerete l'*hilsa*, il pesce più buono al mondo».

Mio padre le prendeva la mano, l'abbracciava o la baciava sulle guance. «Lo faremo, amore. Lo faremo».

Non andammo a Calcutta finché non ebbi compiuto dieci anni perché, dopo che mia madre era fuggita per sposare mio padre, il nonno le aveva detto che per lui era morta e che non sarebbe mai potuta tornare a casa finché lui fosse stato in vita. Lei ritornò, una sola volta, dietro richiesta di zia Anandita-*mashi*, quando il nonno era in punto di morte.

Negli anni, mia madre aveva scritto regolarmente a casa, ma il nonno si era sempre rifiutato di leggere le sue lettere. Anandita-*mashi* però le aveva conservate e gliele lesse, una per una, mentre lui se ne stava andando. Quando ascoltò le parole di mia madre, il nonno pianse. Poi, quando seppe da Anandita-*mashi* che erano stati mia madre e il suo marito americano a provvedere segretamente al mantenimento del loro tenore di vita da classe medio-alta, e non quel fannullone di suo nipote come tutti gli avevano fatto credere, mio nonno finalmente chiese di vederla.

Quando lei arrivò al suo capezzale, lui le disse che aveva dovuto sopportare la disapprovazione di tutta la comunità per permetterle, ancora molto giovane, nubile e sola, di inseguire il suo sogno e perfezionare gli studi in America. Il padre *di lui* alla fine aveva prevalso e accordato il permesso a mia madre. In cambio lei gli aveva dimostrato che tutte le sue paure erano più che giustificate. Lo aveva riempito di vergogna quando si era sposata un americano e nessuna quantità di denaro, di sporco denaro, avrebbe mai potuto cancellare la sua sofferenza.

Nella cultura indiana, il rispetto e il dovere di un figlio nei confronti di un genitore sono superiori a tutto il resto: lei lo aveva disonorato e aveva macchiato per sempre il buon nome della famiglia. Per questo non l'avrebbe mai perdonata. Le ultime parole che le disse citavano un proverbio indiano: «Le ho dato un bastone per sostenersi e lei lo ha usato per rompermi la testa». Il giorno seguente morì.

Mio padre disse che ebbe un tempismo perfetto, altrimenti avrebbe potuto ucciderlo lui stesso.

Per molto tempo non seppi nulla di tutto ciò. È un argomento che tuttora ossessiona mia madre e fa inferocire mio padre.

Non siamo mai più tornati in India, sebbene mia madre scriva ancora, e mandi ancora soldi alla sua famiglia. (I miei genitori provvedono totalmente al supporto economico di Anandita-*mashi*, che non si è mia sposata a causa del suo "difetto": l'epilessia).

Entrambi i miei genitori provenivano da famiglie numerose e a volte, quando ero sola e nessun bambino giocava con me, chiedevo loro un fratellino o una sorellina. Le mie amiche indiane Kiran e Preity avevano entrambe dei fratelli, quindi ne volevo uno anch'io. In quei casi mio padre mi afferrava, mi faceva il solletico e diceva: «E perché mai, quando Dio ci ha dato una bambina così perfetta?». A quella frase gli occhi di mia madre si addolcivano e le si leggeva in faccia tutto l'amore che aveva per lui.

La verità è che ero stata una gravidanza sofferta e un parto difficile. Prima che nascessi, mia madre aveva avuto due aborti spontanei, e dopo di me le avevano detto che non avrebbe più potuto avere figli. In India, ciò sarebbe stato il Bacio della morte. L'ostracismo sociale. Come ci spiegava mia madre, l'unica sorte considerata peggiore del non avere figli maschi era essere sterili. Ma nulla di tutto ciò importava a mio padre. Per lui la nostra famiglia era perfetta. *Rani* significa "regina".

Per la maggior parte del tempo, fui più che felice di non dover condividere i miei genitori e le mie cose con nessuno.

Mia madre rimase con me finché non andai all'asilo, poi cominciò a lavorare part-time, così la trovavo sempre a casa quando tornavo da scuola. Tutto ciò andò benissimo finché, da adolescente, non cominciai a sviluppare la mia forte personalità. Non ero più la bambina docile del passato e spesso ci trovavamo in contrasto. Lei, di contro, era una madre iperprotettiva. Spesso interpretava il disaccordo e la discussione come una forma di non rispetto e di insolenza, cosa che frustrava entrambe e a volte degenerava in scontri violenti.

Un giorno orribile, nel pieno di una crisi di angoscia esistenziale e ormonale, le urlai: «In questo paese esiste la libertà di parola! Ho il diritto di esprimere la mia opinione anche se è contraria alla tua! Perché non sei come le altre madri? Ti odio! Odio la mia vita! Vorrei non essere mai nata!». Infuriata, andai nella mia stanza e sbattei la porta. Poi la chiusi a chiave, perché mi resi immediatamente conto di essermi cacciata in un pasticcio. Con mia madre, e con mio padre una volta che glielo avesse riferito. Persino nelle discussioni più tranquille, di cui ovviamente quest'ultima non faceva parte, erano sempre stati compatti contro di me.

Mezz'ora dopo, quando sentii bussare alla porta, stavo tremando. Qualsiasi punizione mi attendesse là fuori, sarebbe stata sicuramente orribile.

«Rani, apri la porta», disse mia madre.

Non risposi.

Dopo un minuto, la porta si aprì e mia madre stava là, con in mano una forcina per capelli. Aveva pianto, cosa che mi fece piangere ancor più che se mi avesse picchiato con i suoi *chappal,* i sandali di pelle. Per la cronaca, non lo fece mai, anche se ogni tanto minacciava di farlo.

«M-mi dispiace. N-non avrei dovuto dire quelle cose».

«No, non avresti dovuto dirle», disse con voce flebile. «I miei genitori mi avrebbero gettato in mezzo alla strada a mendicare, se avessi mai osato parlar loro in quel modo».

«Mi dispiace tanto. Sono stata irrispettosa».

«Sì, e sei stata anche molto offensiva».

Piansi ancora di più. «Anch'*io* sono stata offesa!».

Incrociò le braccia e si sedette sul bordo del mio letto. «Lo so che ti senti ferita, Rani. Lo so che è un periodo difficile. Per te. Per tutti noi. Ma voglio che tu comprenda bene alcune cose».

Abbassai lo sguardo e mi feci forza.

Si sporse in avanti e mi sollevò il mento con le mani perché la guardassi. Fissandomi negli occhi, mi disse: «Che ti piaccia o no, sono io la madre in questo momento. Tu sei la figlia. Un giorno, avrai la libertà che desideri così tanto. Non dovrai più chiedere il mio permesso o discutere le tue scelte con me, e io posso solo sperare che prenderai le decisioni giuste. Se agisci in maniera avventata e segui i tuoi impulsi senza pensare bene alle conseguenze puoi ferire gli altri e te stessa, e molto gravemente. Insieme alla libertà arriva anche la responsabilità. Ricordatelo».

Annuii.

«Ricordati anche questo... Qualsiasi cosa succeda, adesso o in seguito, per quanto le cose si possano mettere male, io sarò sempre tua madre, tu sarai sempre mia figlia e io ti amerò sempre. Tu sei la cosa più preziosa della mia vita, e ringrazio Dio che ti ha fatto nascere».

La fissai, incredula. Come poteva dirmi delle cose così belle dopo che mi ero comportata in maniera tanto orribile? Non meritavo la sua gentilezza. Ma quando aprì le braccia, non polemizzai né esitai. Mi lanciai verso di lei e la strinsi forte.

Lei mi abbracciò e disse: «Anche se non andiamo d'accordo, anche se discutiamo, perfino se ci offendiamo a vicenda, dobbiamo promettere che ci riconcilieremo, non importa quanto sia difficile. Non ti volterò mai le spalle. Non vorrei mai perderti, per nulla al mondo. Lo so che sono diversa dalle altre madri. Che siano mamme indiane o americane».

«No, tu sei *migliore*! Tu sei la mamma più meravigliosa del mondo! Ti voglio bene, mamma!». Rimanemmo abbracciate per un bel po' di tempo, cullandoci e piangendo. Io continuavo a dirle: «Mi dispiace. Mi dispiace *così tanto*».

Allora lei mi disse le parole che suo padre non aveva mai voluto dirle: «Ti perdono».

DA: "Uma Basu" <ubasu@gwu.edu>
A: Rani Tomashot
INVIATO: 10 dicembre 20xx, 11:44
OGGETTO: In bocca al lupo!

Cara Boo-Boo,

Ciao, tesoro! Come stai? Oggi è il tuo giorno e non posso non pensarti! Papà e io avremmo tanto voluto essere lì con te, ma è come se ci fossimo col pensiero… E contiamo i giorni pregustando i nostri pass VIP della prossima settimana!

Gli esami sono cominciati, e il campus è diventato una fabbrica di stress.
Papà è atterrato in Germania sano e salvo. Proverò a chiamarti più tardi nel pomeriggio, ma so che hai un sacco da fare, e in caso non riuscissimo a sentirci: mi raccomando, divertiti tanto. E in bocca al lupo!

Con amore,

mamma e papà

Nella galleria, un magazzino in disuso ristrutturato in maniera molto chic, con soffitti altissimi, travi a vista e parquet luccicante, mi aggiro come inebetita. Sembra tutto così irreale. Gente dappertutto. Tutti questi estranei sono venuti per vedere il mio lavoro, per incontrarmi. Prima che mi presentino, io e Bryan ci muoviamo un po' in mezzo alla folla origliando brani di conversazione, osservando le persone che annuiscono mentre valutano le mie pitture e mormorano il loro apprezzamento.

«Stanno mangiando i miei *sandesh*», dico a Bryan.

«Certo, sono affamati», mi prende in giro e io gli do una gomitata.

Bryan indossa un abito grigio di seta e una camicia verde mare che richiama le striature verdi dei suoi occhi nocciola. Io indosso una *ghagara-choli* ricamata color bronzo chiaro, una gonna lunga fino ai piedi, ampia e morbida, una maglietta attillata a maniche corte che lascia l'ombelico scoperto e un lungo scialle trasparente che dalle spalle mi ricade elegantemente sulle braccia. Ho messo pochi gioielli. Nessuna collana, non sopporto nulla attorno al collo, che siano sciarpe, dolcevita o gioielli. Comunque, quei pochi che indosso mi fanno sentire come fossi una famosa star del cinema. Due smeraldi a goccia fanno brillare i miei lobi. Un unico braccialetto in ferro battuto, un *loha* che apparteneva alla mia nonna materna, mi abbellisce il polso. Sul naso ho un piccolo diamantino.

Quando ero una teenager, seguivo lo stile dark-gothic, mi vestivo tutta di nero, sembravo un vampiro. Mia madre si mise a piangere la prima volta che mi vide con i capelli tinti di nero corvino e piena di piercing. «Perché una bella ragazza dovrebbe fare questo a se stessa?», mi chiese. «Spiegamelo, voglio capire».

Le dissi che per me era esattamente la stessa cosa dei gargoyle di cui facevo collezione. All'apparenza sembravano malvagi ma in realtà il loro proposito era proprio quello di scongiurare il male. «Non ho tempo da perdere con persone arroganti e criticone, così se qualcuno si rifiuta di parlarmi a causa del mio aspetto, allora vale la pena adottare il mio look».

Oggi, basta un orecchino di diamante sul naso a rendermi lo stesso servigio.

«Sono il prodotto di un padre cattolico mezzo irlandese e mezzo italiano nato a Boston, e di una madre indiana di religione induista nata a Calcutta», dico rivolgendomi al mio pubblico rapito. «Quest'eredità multiculturale ha influenzato profondamente la mia arte. Crescendo, non mi sono mai sentita diversa a meno che qualcuno non me lo abbia fatto notare. Non ho mai sentito di dover scegliere tra: "Sono questo o sono quest'altro?". Ho sempre pensato: "Sono entrambe le cose", e i miei genitori me lo hanno ribadito ogni volta. Nella mia famiglia tutto ciò è avvenuto spontaneamente, nella normalità».

Mi tremano le ginocchia. Ho fatto le prove davanti allo specchio e poi anche con Bryan. "Non suonerà troppo sentimentale? Ne sei sicuro? Perché questa sono io, sono davvero io. Dal profondo del mio cuore...".

«È facile individuare le differenze tra le persone, specialmente quando parlano, mangiano, si vestono in maniera diversa, hanno tratti somatici e religioni differenti. È facile etichettarci. Ma nonostante le diversità più evidenti, c'è quasi sempre qualcosa che ci accomuna se si va oltre l'evidenza. Intimamente, noi esseri umani, qualsiasi sia il nostro percorso di vita, siamo molto più simili di quanto si creda. La mia arte è un tentativo di evidenziare la sinergia che deriva dalla fusione culturale, quell'incontro che supera le differenze, e i legami universali che fanno di tutti noi una sola razza, la razza umana».

Scroscio di applausi.

È la notte più strana della mia vita. Sono in vetta alla montagna. Adesso mi viene da pensare: "Posso solo tornare verso il basso".

Mentre giaccio, ancora sveglia, sotto il peso del braccio addormentato di mio marito, questa sensazione aumenta, scava dentro di me come l'attrezzo per fare le palline di melone.

Penso a tutti gli immigrati che sono arrivati in questa terra straniera, la terra delle opportunità, con nient'altro che un sogno. Il Sogno americano.

La sfida non consiste soltanto nel cercare di raggiungerlo, ma nel non mollare mai. Custodire il proprio sogno. Oppure crearsene uno nuovo.

Non so se avrò mai il loro coraggio… di ricominciare. Di ricostruire. Di scalare una montagna dopo l'altra.

Loro, quelle del circolo Hindi-Bindi, ci sono riuscite. Come hanno fatto?

DA: "Rani Tomashot" <RaniTomashot@hotmail.com>
A: Kiran Deshpande; Preity Lindstrom
INVIATO: 12 dicembre 20xx, 09:23
OGGETTO: RE: Un attacco dal passato…

Ciao, ragazze!

Scusate per la risposta tardiva. Per me è un periodo un po' caotico. Che bello avere vostre notizie… non vedo l'ora di rivedervi! Sono sicura che riprenderemo esattamente da dove c'eravamo lasciate, come sempre. Nel bene e nel male. :P

A prestissimo!

XOXOXO, Rani

SANDESH AL CIOCCOLATO DI RANI

Ingredienti per 24 *sandesh*:

½ tazza di polvere di cacao amaro
25 pistacchi finemente tritati
½ chilo di chhana *(formaggio fresco, segue ricetta)*
½ tazza di polvere di cacao dolce
10 chicchi di cardamomo verde, solo i semi tritati
200-250 grammi di cioccolato

Stendete la carta da forno su una teglia. Mettete da parte.

Sistemate la polvere di cacao amaro e i pistacchi tritati su due piattini. Mettete da parte.

In una padella antiaderente, a fuoco basso, mescolate il *chhana* e la polvere di cacao dolce fino a ottenere la consistenza di una mousse di formaggio.

Quando il composto si stacca dalla padella, spegnete il fuoco e aggiungete il cardamomo.

Usando il cucchiaio da gelato, sistemate sulla teglia dei tartufi rotondi di circa 2 centimetri e mezzo di diametro. Fate raffreddare a temperatura ambiente.

Per ogni tartufo: arrotolate coi palmi delle mani per fare delle palline uniformi, ricoprite con la polvere di cacao amaro e i pistacchi, risistemate sulla teglia.

Sciogliete il cioccolato a fuoco basso, spruzzate a pioggia sui tartufi.

Servite a temperatura ambiente, ogni tartufo sistemato singolarmente in una piccola vaschetta di carta da dolci.

CHHANA (FORMAGGIO FRESCO)

Ingredienti per ½ chilo:

12 tazze di latte intero | *¼ di tazza di aceto bianco*

Prendete una pentola con il fondo spesso. Imburratela.

Portate il latte a ebollizione a fuoco medio-alto, rimescolando spesso per evitare che si attacchi, che sappia di bruciato, che crei la patina.

Riducete il fuoco al minimo, continuando a mescolare. Un cucchiaio per volta, aggiungete l'aceto per dividere il caglio dal siero.

Togliete dal fuoco e lasciate riposare per 15 minuti.

Nel lavello, mettete lo scolapasta con tre strati di tela. Rovesciateci dentro l'impasto.

Unite i bordi della tela a formare un sacchetto. Strizzatelo fino a far fuoriuscire il liquido in eccesso (siero). Piazzateci sopra una latta un po' pesante, di quelle da 5 litri, così da spremerlo ancora di più. Fate asciugare il caglio per circa 20-30 minuti.

Togliete la tela esterna. Eliminate il liquido. A questo punto il formaggio dovrebbe essere soffice e pastoso.

Continuate a lavorarlo su una superficie asciutta per 10 minuti.

SUGGERIMENTI DI RANI:

Per ottenere il miglior risultato, usarlo immediatamente.

Per il secondo miglior risultato, avvolgerlo nella carta trasparente e conservarlo in frigo per 2 giorni al massimo.

Dopo 3 giorni, non venite a dirmi che non vi avevo avvertito.

PARTE SECONDA

IL VECCHIO MONDO

MEENAL DESHPANDE: COS'È MEGLIO?

Il flusso vitale che scorre nelle mie vene notte e giorno è lo stesso che scorre attraverso il mondo e danza in battute ritmiche. È la vita stessa cullata nell'oceano della nascita e della morte, nel flusso e nel riflusso.

RABINDRANATH TAGORE

Nelle ore che precedono l'alba, la casa è pervasa dal silenzio, com'è sempre stato. Al piano di sopra, alla fine del corridoio, Kiran dorme ancora, con la porta aperta, mentre dal bagno vicino brilla un lumino da notte. Rimango nel corridoio ad ascoltare il suono leggero del suo respiro, poi mi avvio verso la doccia con il cuore colmo di gioia.

Faccio scorrere l'acqua, prendo un asciugamano pulito fra quelli ripiegati nel cestino di vimini e lo metto a riscaldare dentro l'asciugatrice. Mentre mi lavo i denti, il vapore riempie la cabina doccia, appannando la porta a vetri. Mi svesto rapidamente evitando di guardarmi allo specchio, e m'infilo dentro, godendomi l'abbraccio di quella nebbia calda.

In pochi minuti i miei muscoli si rilassano e comincio il mio nuovo gioco. Mi arrampico in alto con le dita, sulle piastrelle di fronte a me, conto ogni diamante, ogni pietra che supero mentre avanzo, sempre più in alto. Sto scalando una montagna, immagino, una presa instabile dopo l'altra. "Fino a dove arriverà questa donna? Nessuno lo sa". Alzo le braccia sopra la testa, la vittoria è mia. Gusto la sua dolcezza, *amrit*, nettare degli dèi, sulla mia lingua. Assaporo il mio trionfo. Sono un'atleta olimpionica che ha sconfitto i cattivi auspici, ho vinto una medaglia d'oro, non solo per me stessa ma per tutte le donne del mio paese. La folla impazzisce. Faccio un inchino e mando baci ai miei fan.

Quanto sono diventata stupida! Rido di me stessa. Ma non m'importa.

Non ho forse fatto sempre il mio dovere, fino ad ora? Non mi sono forse guadagnata i privilegi che arrivano quando si vive fino a tarda età? Tra questi non c'è forse il diritto a fare un po' gli stupidi? Però sono sempre io, e non riesco a non chiedermi: "Che cosa penserebbe la gente se lo sapesse?".

"Che cosa penserà Kiran quando glielo dirò?".

Adesso che è a casa, lo devo fare. Non posso rimandare ulteriormente l'argomento. In ogni caso se ne accorgerebbe da sola, e sarebbe la maniera peggiore di scoprirlo. Appoggio la fronte calda contro le piastrelle fresche. Chiudo gli occhi. *Haré Ram...*

Dal momento che il mio sangue indiano, abituato ai tropici, si rifiuta ostinatamente di addensarsi nonostante i molti inverni superati, mi vesto a strati. Fasciata da una tuta termica felpata e con i calzettoni doppi appena presi dall'asciugatrice, mi avvio al piano di sotto, nell'angolo della cucina rivolto a nord-est, per le mie preghiere. Nord-est è la direzione del dio Shiva. Dal nord arriva l'energia magnetica positiva e da est l'energia positiva del sole.

Anche se quest'anno non ho ancora cominciato il rito giornaliero del *puja*, inizierò da oggi, per Kiran.

I miei *puja* non sono così elaborati come quelli che faceva mia madre, ma trovo grande conforto e serenità in molti di questi antichi rituali. Lavo e asciugo le statuette che rappresentano gli dèi. Uso l'anulare per applicare il *gandha* (pasta di sandalo) e le *haldi-kumkum* (polveri giallo curcuma e rosso vermiglio) sulla loro fronte. Cospargo l'altare di riso e fiori freschi. Brucio l'incenso. Accendo un *diwa*, una piccola fiaccola alimentata a *ghee*. Offro loro i *prasad*, dolciumi, noci, frutta, o latte concentrato, in una ciotola d'argento perché siano benedetti. Prendo un *prasad* come sacramento. Poi unisco i palmi in *namaskar.* In preghiera.

Da ragazza, non vedevo l'ora che mia madre preparasse un *puja*, non per ragioni spirituali ma perché avevo un debole per i dolci. Se io e i miei due fratelli maggiori ci comportavamo bene, *Ai* ci permetteva di mangiare i *prasad* rimasti. Io facevo sempre la brava, i miei fratelli no. Si dimenticavano sempre di togliersi i *chappal* prima di entrare nella stanza del *puja,* oppure sdraiavano le statuette dicendo che avevano bisogno di un sonnellino, o ancora, per fargli fare il bagno, le immergevano nell'acqua a testa in giù invece di usare il *pali* d'argento. Tutto ciò significava: più *prasad* per me.

Mi piaceva anche radunare le offerte dal nostro bellissimo *baag.* Foglie di *bel* per il dio Shiva. Ventuno gambi di *durva* per Ganesh. Foglie di *tulsi* per Krishna. Una rosa rossa per Lakshmi. E per tutti, qualsiasi fiore fresco di stagione: calendule, mammole, tuberose, gelsomini e gigli bianchi.

Se chiudo gli occhi, riesco ancora a sentire il profumo della stanza del *puja* di *Ai,* quella mescolanza paradisiaca di fiori, pasta di sandalo e incenso. Quando eseguiva l'*aarti*, *Ai* cantava un inno, mentre uno di noi faceva ruotare in senso orario il *diwa* di fronte agli dèi, per mostrare rispetto e invocare benedizioni, e un altro suonava una campanella. Facevamo di tutto pur di ottenere questi incarichi privilegiati, nello stesso modo in cui Vivek e Kiran litigavano per chi, in macchina, doveva sedersi sul sedile del passeggero. Poi facevamo i nostri *namaskar* e pregavamo.

Al tempo pregavo per ottenere *shakti* e *buddhi*, la forza e la saggezza, e affinché i miei genitori mi scegliessero un buon marito. Adesso prego ancora per *shakti* e *buddhi*, ma anche per godere di buona salute, sia io che i miei cari.

Dopo il mio *puja,* metto il bollitore sul fornello e tiro fuori una tazza e un piattino. Il mio buon servizio cinese. Acquistato pian pianino, pezzo dopo pezzo, ai tempi di Boston, un dollaro qui e due là, qualsiasi cifra riuscissi a mettere da parte dai pochi soldi che Yash mi dava ogni settimana per la spesa. Quando, alla fine, riuscimmo ad avere una vera sala da pranzo, un mobile a vetrina, e un prezioso servizio da dodici al completo, io sistemai ogni pezzo come fosse esposto in un museo:

"Non toccare". Sì, ero una di quelle donne che mette da parte avidamente l'argenteria per tirarla fuori sono nelle occasioni molto speciali.

Adesso che ho capito, tutte le mattine verso il mio Darjeeling verde deteinato nella teiera cinese della Lenox. Mentre aspiro l'odore dello zenzero fresco che aggiungo alla miscela, vado a prendere tazza e piattino in sala da pranzo, mi siedo a capotavola e mi lascio inondare di pace e di serenità.

Assaporo questo momento in cui il mondo è ancora immobile, quando riesco a sentire anche il più piccolo rumore, il ronzio del frigorifero, il ticchettio dell'orologio a muro, la casa che si mette in moto, il riscaldamento che si accende. Ma non sarà mai come quando tre delle stanze di sopra erano occupate e i miei momenti di solitudine assai rari. Sono sempre profondamente grata a Dio per ogni nuovo giorno che mi regala, ma di questi tempi scambierei volentieri la mia quiete con i rumori delle voci dei miei cari.

Ieri notte, al telefono, Yash mi ha chiesto: «Gliel'hai detto?»

«Non ancora». Andavo avanti e indietro per la cucina. «È appena tornata a casa. Dopo tanto tempo... Non sarebbe meglio un altro giorno?».

Voleva discuterne, lo so che voleva, ma era tardi e lui era stanco. Per questo, non sono per niente sorpresa quando, stamattina, squilla il telefono. Anticipando la nostra conversazione, dico a Yash che sto andando da lui.

«E Kiran?»

«Sta dormendo. Le ho lasciato un biglietto».

Una volta arrivata al suo appartamento, mi apre la porta ancora in pigiama. Mi bacia sulla guancia e sento l'immancabile odore di dentifricio e di Listerine. Fedele alla marca, se potesse userebbe ancora tutti i prodotti con cui siamo cresciuti.

Anche in mia assenza, Yash mantiene la sua casa meticolosamente in ordine. Le sue scarpe sono ben allineate dentro lo sgabuzzino dove tiene anche cappotti e giacche. Nel lavello, nemmeno un cucchiaino sporco. Il letto sempre rifatto a meno che non ci stia dormendo. Le camicie pulite e inamidate appese alle grucce e ricoperte di plastica trasparente. Gli indumenti usati nel cesto per i panni sporchi. La tavoletta del WC abbassata.

Un marito indipendente. Figli indipendenti. Ideali americani, non indiani. Non *miei*.

«Buongiorno», cinguetto entrando disinvolta.

«Buongiorno». Si stiracchia, portando le braccia in alto sulla testa calva, e osserva il piccolo contenitore che ho in mano. I piedi nudi gli spuntano dai pantaloni del pigiama azzurro che ha abbinato con una maglietta bianca a maniche corte e scollo a V. Le unghie dei piedi ben curate.

«La colazione», rispondo, anticipando la sua domanda.

Mi aiuta a togliermi il cappotto. «Meena. Non avresti dovuto. Il bar qui all'angolo...».

«Fa le consegne a domicilio. Lo so. Ma mi sono svegliata con la voglia di preparare dei dolci». Mi dirigo in cucina, lanciandogli un'occhiata da dietro le spalle. «Cibo *sattvic*».

Ridacchia. «Naturalmente». Lui è quello che mi ha sempre incoraggiato alla pratica dell'ayurveda e dello yoga, antiche discipline indiane che regolamentano dieta e stile di vita e che disintossicano e armonizzano corpo, mente e spirito. Io sono qui oggi, prima di tutto per volontà di Dio, ma in gran parte anche grazie a quest'uomo che mi sta di fronte, un tempo un estraneo la cui carta astrologica indicava come il mio compagno ideale.

Quante volte ho interrogato le stelle? Mai, in India. Ma in America, quando notavo tutte le attenzioni che gli uomini dedicavano alle proprie mogli o fidanzate... mi vergogno a dirlo, davvero troppe. Adesso però non lo faccio più. Perché ora ho capito. Quest'anno ho avuto la risposta definitiva.

In cucina, preparo il tè di Yash come piace a lui, bollente con tanto latte e zucchero, poi con il frullatore faccio un *lassi* al mango, una specie di frappé a base di yogurt. I mango che si trovano qui non sono profumati e saporiti come quelli indiani, i mango

Alphonso in particolare, così succosi, che mi evocano tanti bei ricordi. Fortunatamente qui riesco a trovarne la polpa in scatola.

Yash e io ci sediamo a tavola. Mentre sorseggia il suo *lassi*, si apre in un largo sorriso. «Ah. Delizioso. Molto meglio di quello del bar».

«Assaggia un *muffin*».

Ne prende un pezzetto e lo assapora. «Mmmh. Buono».

Dove siamo cresciuti noi, il cibo più di qualsiasi altra cosa veniva utilizzato per dimostrare affetto, ma anche per negarlo. A casa dei miei, se *Ai* era arrabbiata con *Baba* si rifiutava di cucinare i suoi piatti preferiti. Se *Baba* ce l'aveva con *Ai* si rifiutava di mangiare, oppure mangiava fuori casa, di solito da qualche parente. Sandeep Chawla mi ha raccontato di quando Yash assaggiò per la prima volta uno dei pranzi preparati da Saroj, ai tempi di Boston. Commentò il suo *aloo ghoobi*, un piatto speziato a base di patate e cavolfiore, dicendo: «Molto buono, davvero, ma preferisco come lo fa mia moglie». Quello è stato il momento in cui ho capito di amare mio marito. Ho avuto bisogno di molto, *molto più tempo*, per avere la certezza che anche mio marito mi amava.

Io e Yash cerchiamo di prendere un tovagliolino contemporaneamente. Lui si ritrae e io gliene porgo uno.

«Grazie», mi dice.

«Di niente».

Quanto ci viene automatico l'uso di queste espressioni: "per favore", "grazie", "prego". Con quanta libertà le usiamo. Quanto ci abbiamo messo ad apprezzarle. Le stesse espressioni di cui ci prendevamo gioco ai tempi di Boston, quando ci sembravano così gratuite!

Sul bordo del bicchiere di Yash i nostri sguardi s'incontrano e si fermano.

«Lo sai perché sono venuta qui», gli dico. «Vorrei che tu facessi uno sforzo con Kiran. Rivoglio nostra figlia nella nostra vita. Voglio vederla più spesso di una volta ogni cinque anni. Se questo vuol dire andarle un po' incontro...».

Yash emette una specie di grugnito e dà un altro morso al suo *muffin*. «Questi figli americani. Si aspettano che tutto gli venga servito su un piatto d'argento. Pensano di averne il diritto. Ma dov'è finito il nostro diritto come genitori?». Si punta il pollice sul petto. Mi preparo a sorbirmi una filippica. Eccola, come previsto. «Dopo tutto quello che facciamo per i nostri figli. Dopo tutti i sacrifici, che cosa ci arriva in cambio? Li viziamo e loro si sentono soggiogati. Più crescono e più si allontanano da noi. Avere dei figli adulti nella nostra vita è diventato un privilegio, non un diritto. E quali sono i diritti dei genitori in questo paese? Nessuno. Abbiamo pensato di dare ai nostri figli una vita migliore crescendoli qui. Migliore sì, lo è davvero, ma solo per le cose materiali, non per quel che riguarda il rispetto né per i valori familiari». Sbatte una mano sul tavolo di legno per puntualizzare la sua conclusione: «Nessun rispetto per gli anziani e per la famiglia».

Raccolgo le mani in grembo. L'argomento non mi è nuovo. Sono anni che discutiamo di queste cose. Sebbene le parentesi diventino sempre più grandi e i punti di vista cambino con il tempo e con l'esperienza, la nostra sorte è quella di confrontarci e dissentire, valutare e rivalutare. Siamo nati in una delle civiltà più antiche al mondo, cinquemila anni di storia, e siamo emigrati in una delle più recenti. Quali valori, quali tradizioni sono superiori: quelli della nostra terra natia o quelli del paese dove abbiamo deciso di stabilirci? Quali dovremmo adottare? Quali dovremmo rifiutare? Quali dovremmo preservare? E quali dovremmo abbandonare?

Le risposte non sono così ovvie come si potrebbe pensare. Sono enigmi. Rompicapo. Puzzle. Ti sembra che un pezzo stia al posto giusto ma poi guardi di nuovo e ti rendi conto che ce l'hai fatto entrare a forza. Ciò che è considerato una virtù in un luogo, diventa un vizio nell'altro. In India la deferenza significa rispetto, forza di carattere, non debolezza. E il concetto americano che tutti gli uomini nascono uguali? In India non è così. In India le persone riconoscono apertamente le differenze innate secondo una gerarchia di potere e rispetto, e la maggior parte crede che ognuno debba giocare la mano che gli è toccata in sorte, come in una partita a carte. Le regole del gioco sono tante. Gli anziani hanno la meglio sui giovani. I maschi sulle femmine. I sacerdoti sui nobili e sui guerrieri. I nobili e i guerrieri sui mercanti. I mercanti sui semplici lavoratori.

Non ho mai approvato Uma. Uma e i suoi compromessi. Uma e le sue concessioni che hanno permesso alla figlia di crescere senza controllo. Adesso mi chiedo di chi è la figlia che ha sposato un aspirante rockstar, e di chi quella che invece ha sposato un aspirante Bill Gates. Mi chiedo chi, nella cerchia dei nostri amici, è rimasta più vicina alla figlia. Non io, e nemmeno Saroj. È Uma.

Ed è stata Uma quella a cui mi sono rivolta, più che a ogni altro, negli anni passati. Uma quella che mi ha aiutato di più.

A volte le soluzioni giuste sono le più irragionevoli, penso mentre osservo Yash che finisce il suo *lassi*. Per lo stesso motivo per cui bisogna girare le ruote nella direzione in cui si sta sbandando. Per lo stesso motivo per cui si inietta un virus nel corpo per creare l'immunità. Per lo stesso motivo per cui certi batteri o certe tossine sono utili, perché attaccano le cellule più dannose. Per lo stesso motivo per cui a volte bisogna *lasciar andare* se vogliamo *ritrovare* qualcosa. O *qualcuno*.

«Quando torni a casa?», gli chiedo quando si alza per lavare i piatti.

«Quando l'avrai detto a Kiran».

«Di me?», scuoto la testa. «Voglio che ci sia anche tu».

«Ma avrai bisogno di un po' di tempo per stare da sola con tua figlia».

«Dopo. Più tardi. Non posso dirglielo da sola. Ho bisogno...».

«Ok, va bene», mi dice. «Sarò lì con te».

«E farai del tuo meglio per andare d'accordo con Kiran. Lo farai per me? Per favore, Yash. Mi è mancata così tanto. Mi manca... avere la mia famiglia... a casa... tutti insieme».

Mi guarda di sbieco e si acciglia come un ragazzino. Me lo immagino a sei anni con la stessa espressione. «Lo faccio solo per te, Meenu», dice, facendomi rimpiangere ancora una volta di aver imparato la mia lezione sull'amore così tardi.

Quando Yash torna a casa, cerca di essere di buonumore e di facilitare le cose con Kiran. Lei procede con la stessa cautela. Sembrano due porcospini dentro una fragile bolla di sapone, hanno paura di avvicinarsi troppo. Quella sera a cena siamo seduti tutti e tre allo stesso tavolo per la prima volta dopo cinque anni.

«Mamma? Papà?», Kiran è la prima a parlare. «Mi è venuta un'idea un po' pazza... Che ne direste se io... eventualmente...».

Quando mi accorgo che non ha terminato la frase, la osservo giocherellare con il cibo nel piatto. Con la coda dell'occhio, sta guardando il padre, tutto preso dal suo *bhaji* di melanzane. Con le sue agili dita da chirurgo mescola abilmente il latte, il riso e le melanzane.

Kiran non ha mai amato molto il riso, ha sempre preferito accompagnare i *bhaji* e i *daal* con il *chappati*, un morso di uno e un morso dell'altro. La sprono: «Eventualmente cosa?»

«Hum, venire a vivere... in questa zona... quando finisce il mio contratto?».

Mi viene il dubbio che non sia questa la domanda che voleva farci, ma non riesco ugualmente a contenere la gioia. «Ne saremmo felicissimi! Vero, papà?».

Yash ha il boccone in bocca. Smette di masticare, guarda prima me e poi Kiran. Annuisce senza troppa enfasi, riabbassa lo sguardo sul piatto e ricomincia a mangiare. «Sarebbe bello», dice. «Meglio tardi che mai. Meena, del *dhai* per favore».

Prendo il contenitore dello yogurt bianco e gliene verso qualche cucchiaio nel piatto.

«Be', visto che siamo entrati nell'argomento meglio tardi che mai...», dice Kiran.

«*Bas*», dice Yash. Basta così.

Guardo Kiran e aspetto. Yash continua a mangiare.

Lei si schiarisce la voce. «Che ne direste se io, ehm, se facessi un matrimonio semi-combinato?».

Rimango a bocca aperta. La chiudo di colpo. Deglutisco.

«Hai solo dieci anni di ritardo», dice Yash.

Gli do una spinta con il piede sotto il tavolo.

Lui grugnisce.

«Kiran? Ma davvero intendevi...? Stavi scherzando?»

«Non sto scherzando. Sono serissima. C'è o no questa possibilità?»

«No», dice Yash.

Gli do un altro spintone, questa volta più forte.

«Che c'è, Meena?». Mi fa un gesto come d'impotenza. «Mi ha fatto una domanda, le ho dato una risposta. Dieci anni fa poteva scegliere tra un bel numero di ragazzi, tutti bravi ragazzi. Le abbiamo sempre detto che la cosa migliore per la famiglia sarebbe stata sposare un bel ragazzo indiano. Qualcuno come lei, nato qui, con gli stessi valori e lo stesso background. Guarda Vivek e Anisha. Suo fratello ci ha ascoltati, ma Kiran? No, che non l'ha fatto! Ha detto che per lei tutti i ragazzi indiani erano come cugini. Ci ha bollato come persone troppo conservatrici e dalla *mente ristretta*. Ha detto che era la sua vita e che stava a lei decidere chi voleva sposare. Bene, noi certamente non l'avremmo costretta. Non siamo poi così antiquati. Ma poi ha fatto la scelta giusta? Come Preity? O come Rani? No. E anche se non eravamo d'accordo, chi se ne importa! Non glien'è fregato un bel niente di quello che pensavamo. E adesso, dopo che ha rovinato la sua vita, adesso che è troppo vecchia e per giunta divorziata... Adesso viene da noi. Che cosa possiamo fare, adesso? *Jyacha haat modla to tyachaach galyaat padla*». Un proverbio marathi, che significa: "Chi si rompe un braccio deve portarlo legato al collo". Scuote la testa. «Lei ormai è un avanzo. Il massimo a cui può aspirare sono altri avanzi, e non è nemmeno detto».

Mi sento male. Tanto male da aver voglia di vomitare.

Nostra figlia serra le mascelle, arrotola il tovagliolo e lo butta dentro al piatto. «Se è questo l'incoraggiamento...». Spinge indietro la sedia.

«Kiran, aspetta». Mi sporgo sul tavolo verso di lei. «Non andartene». Quando sta per scappar via, il sapore metallico della paura, ormai familiare, mi serra le labbra.

Mi ricordo di cinque anni fa, quando uscì di casa come una furia dopo una brutta discussione con il padre. E dopo essersi confidata con noi: aveva trovato il marito a letto con un'altra donna e aveva cominciato le pratiche per il divorzio.

«Ti ha mai picchiata?», le chiese il padre. Alla sua risposta negativa apparve visibilmente sollevato e le consigliò di provare a risolvere la situazione. Ma Kiran fu irremovibile: la sua fiducia si era disintegrata, il matrimonio era fallito, per lei era finita.

«Proprio così?», chiese lui.

«Proprio così», disse lei.

Yash fece una smorfia di disgusto. «Questi figli americani», disse. «Nessun rispetto per la famiglia. Vivete in una società usa e getta. Stanchi dei vostri vestiti? Li buttate via e ne comprate di nuovi. Le vostre apparecchiature elettroniche o i vostri beni di lusso sono superati? Li buttate via e ne comprate di nuovi. Non siete soddisfatti del vostro matrimonio? Divorziate e cercate subito un'altra persona. Proprio come te, non è vero? Hai avuto tanto eppure non sei mai soddisfatta. Sei ossessionata da ciò che non hai. Vuoi tutto. Credi che sia un tuo diritto. Pensi solo a te stessa, alla tua felicità e mai al tuo dovere. Il dovere verso la famiglia qui è una concetto contraddittorio. La famiglia è un optional. Sei viziata. Egoista. Dedita solo a gratificare te stessa».

E Kiran stava lì. Kiran, che non aveva mai abbassato lo sguardo. Kiran, che era rimasta lì con le braccia incrociate e con lo sguardo fiero mentre emanava lampi di fuoco. «Non tirarti indietro adesso, papà. Vai avanti, dimmi ciò che senti veramente. Il rispetto non si applica ai subordinati, non è così? E, sempre parlando delle regole che valgono solo per alcuni, Dio ce ne scampi e liberi se le cose fossero andate al contrario, cioè fossi stata io l'infedele e *Anthony* mi avesse chiesto il divorzio. Avresti detto che me lo meritavo, vero? *È vero o non è vero?*».

Avrei voluto zittirli e separarli per farli sbollire un po' ma, prima che riuscissi a calmare almeno uno dei due, Kiran aveva già fatto le valigie e se n'era andata sbattendo la porta, senza nemmeno salutare.

Non lascerò che succeda di nuovo. *Non succederà.* Mi alzo in piedi, la testa che mi vacilla per il movimento brusco, e cerco di fare da arbitro: «Per favore, non andartene», le dico di nuovo, fulminando con lo sguardo Yash, che stavolta non dice una parola.

«Non me ne sto andando, mamma», dice Kiran con un sorriso teso. «Sto solo andando di sopra. Ho perso l'appetito».

Sono sollevata ma stordita, mentre la osservo che riporta in cucina il suo piatto mezzo pieno. *Strap.* Strappa un pezzo di pellicola di alluminio, ci copre il piatto e lo mette nel frigorifero. Yash ricomincia a mangiare. Dopo che Kiran se n'è andata, mi siedo.

«Meena, un po' di *dhai*, per favore».

Non mi muovo.

«Meena? Per favore, posso avere un po' di *dhai*?».

Guardo di fronte a me il posto vuoto lasciato da Kiran. Yash sospira e si allunga sul tavolo. Sposto il contenitore di yogurt fuori dalla sua portata.

Ricade pesantemente sulla sua sedia. Sospira di nuovo. «E va bene, che c'è che non va?»

«*Che c'è che non va*?», gli faccio eco. Per essere un uomo brillante, quale in realtà è per tutto il resto, continua stupirmi la sua totale incapacità nel gestire le relazioni. «È così che ti sforzi di andare d'accordo con tua figlia?».

Lui alza le spalle. «Si piega sempre di fronte alle difficoltà.

Saltella solo quando le cose vanno bene», risponde in marathi, un'espressione per dire che Kiran si umilia solo quando si ritrova di fronte a un problema che non riesce a risolvere da sola, altrimenti fa la donna indipendente.

«E tutte le volte che lei cade», gli rispondo in marathi, «tu le assesti un bel calcio».

«Non è vero...! Io...!», balbetta in inglese, poi sembra riflettere.

«Sì, Yash», gli dico dolcemente tornando anch'io all'inglese, «fai proprio così. La riempi di calci quando è già a terra».

Si acciglia. «Cosa dovrei fare? Dimmelo tu».

«Non puoi dire sempre quello che ti passa per la testa, quando ti gira».

«Perché no? Sono suo padre. Se non le dico a lei queste cose a chi dovrei dirle? Lei ha chiesto la nostra opinione. Le ho forse mentito? Le ho forse detto una sola cosa che non sia vera? Dobbiamo essere onesti, o no?»

«*Kamaal aaché*!». Incredibile! «Continui a comportarti come hai sempre fatto e ti sorprendi se ottieni sempre lo stesso risultato».

Mescoliamo frasi metà in una lingua e metà in un'altra, a volte anche parole a cavallo fra i due idiomi, sfruttando tutto il vocabolario a nostra disposizione nel tentativo di esprimere al meglio ciò che vogliamo dire. Non sempre è possibile. Le mie convinzioni sono differenti da quelle dei miei figli per ragioni culturali, e da quelle di mio marito per ragioni biologiche. Quello che è ovvio o evidente per me, non necessariamente lo è per loro. E viceversa.

«Non capisco che cosa vuoi da me», dice Yash, frustrato, e mi appare chiaro che *davvero* non lo sa. È un maestro nelle operazioni chirurgiche delicate e complesse, ma è pessimo nel capire lo stato emotivo delle persone.

In passato mi ci arrabbiavo tantissimo, costretta a spiegarmi sempre e continuamente per cercare di essere capita. Spesso ci rinunciavo. Qual era il punto? Ovviamente non avrebbero potuto capire ogni parola in ogni lingua. Se avessi parlato al muro sarebbe stato lo stesso. Ma quest'anno in terapia ho imparato come affrontare qualcosa di grande e di pauroso, qualcosa di travolgente, riducendolo in tanti piccoli pezzi, gestibili uno alla volta. Molto più facili da masticare. Digerisci. Lascia andare. Questo è quello che devo fare adesso, per mio marito.

Faccio un bel respiro, trovo il mio equilibrio, addolcisco la voce. «*Aho*...». Rispettosamente gli chiedo di ascoltarmi, spuntando gli argomenti con le dita. «Primo, vorrei che tu, per favore, evitassi di criticare Kiran...».

«Ma...».

«Anche se pensi che sia costruttivo. Non solo non l'aiuti, ma l'allontani sempre di più. Secondo, se proprio senti il bisogno di sfogarti, di dare fiato ai polmoni, allora per favore sfogati con me, non con lei. Terzo, se vuoi migliorare la relazione con tua figlia, una donna adulta e *americana*, devi imparare a bilanciare l'onestà con la diplomazia. A fare dei *compromessi*».

«In altre parole, dovrei autocensurarmi».

«Se è così che vuoi metterla, sì».

Queste sono le parole che i suoi supervisori hanno usato per valutare il suo lavoro. Le parole che hanno dato senso a ciò che i precedenti supervisori avevano invano cercato di trasmettere. Le parole che finalmente sono riuscite a comunicare quello che volevano comunicare.

Yash fa una faccia, come se stesse succhiando una fettina di limone. «Non credo di dovermi autocensurare con i miei figli».

"E io non credo di dover *dichiarare* sempre i miei sentimenti. I miei bisogni". Questo è quello che ho sempre pensato, prima della terapia.

«Giusto o sbagliato, rimane il fatto che *devi* farlo», dico. «Le nostre convinzioni non sempre funzionano, alcune non funzioneranno mai, non qui e non con le persone che qui sono nate e cresciute. Alla luce di ciò, per favore, cercherai un modo nuovo di comunicare con Kiran, lo farai per me?»

«Non è così facile, Meena». Si sfrega il naso come faceva

sempre quando si toglieva gli occhiali, prima delle lenti a contatto, prima della chirurgia correttiva della vista. «Sono un vecchio cane. Come posso imparare dei nuovi trucchi?»

«Puoi farlo se ci provi. Devi solo *provarci*».

«Ok, *baba*. Farò del mio meglio».

«Grazie».

«Ma non stasera. Stasera torno a dormire nel mio appartamento...».

«No! Yash...».

«Sì, Meenu. Qui rendo le cose ancora più difficili. Lo sai che è così. Tu e Kiran avete bisogno di stare un po' di tempo insieme, solo voi due».

Ha ragione, ma sono molto tesa. Ho il terrore di dover dire tutto a Kiran, da sola.

Yash posa la mano sinistra sul mio braccio. Il suo tocco è forte, esperto, rassicurante. «Ormai il peggio è passato. Ricordatelo».

Annuisco, ma da lontano, sento come il fragore di un tuono. Il monsone sta arrivando. Si prega sempre per il meglio, ma non si è mai sicuri di cosa *sia* il meglio...

Mi ricordo di quando ero ragazza e osservavo mia madre che accudiva mio padre, lo assisteva completamente, gli serviva i pasti, lo aiutava a vestirsi... Oggi una donna del genere sarebbe definita "sottomessa". E un uomo del genere sarebbe un maschilista. Tuttavia se chiedessimo ad *Ai*, ci risponderebbe che per lei non esiste un'altra maniera. Che *preferisce* di gran lunga una netta divisione di responsabilità e di campi d'azione fra uomo e donna, che preferisce ruoli complementari più che ripetitivi o, come accade spesso, *competitivi*. Per *Ai,* occuparsi della casa ed essere una moglie rispettosa sono fonte d'immensa soddisfazione e di grande piacere. «Si sentirebbe perso senza di me», dice piena d'orgoglio, e *Baba* concorda annuendo.

Per loro, *Baba* non è un oppressore ma colui che provvede al mantenimento della famiglia, *Ai* non è un uccello in gabbia ma una compagna rispettata. Sono convinti che l'interdipendenza sia alla base di un matrimonio solido. Per loro, *bisogno* equivale ad *amore*. E per la maggior parte della mia vita adulta anch'io ho creduto che la loro equazione, la loro definizione fosse l'unica possibile. Quindi: "L'indipendenza della mia famiglia significa che la mia famiglia non ha più bisogno di me, non mi ama più".

Avevo torto. L'amore, come Dio, assume molte forme.

Nessuno può avere la certezza che una forma sia migliore di un'altra. Solo Dio può deciderlo. Dio ha l'ultima parola.

LASSI AL MANGO DI MEENAL

Ingredienti per 4 porzioni:

2 tazze di polpa di mango Alphonso oppure di mango fresco maturo, in poltiglia
4 tazze di yogurt bianco magro
1 tazza di acqua (secondo la densità desiderata)
1 tazza di cubetti di ghiaccio (o più, secondo la densità desiderata)
4 foglie di menta fresca (guarnizione a piacere)

Miscelate, nel frullatore, il mango, lo yogurt e l'acqua finché il composto diventa cremoso.

Aggiungete i cubetti di ghiaccio poco per volta. Frullate ancora finché diventa cremoso.

Versate in bicchieri alti con delle cannucce, eventualmente guarnite con la menta.

Servite immediatamente.

SAROJ CHAWLA: LA SCISSIONE: UNA DIVISIONE DI CUORI

Oggi dico a Waris Shah:
parla dalla tua tomba.
Oggi ti supplico di aggiungere una nuova pagina
al tuo Libro dell'amore.
Una volta una figlia del Punjab ha pianto,
e tu hai composto versi su versi;
oggi a migliaia stanno piangendo e ti stanno invocando,
Waris Shah.
Risorgi, amico degli oppressi,
Risorgi, e guarda il tuo Punjab.

AMRITA PRITAM

B*eta,* la notte scorsa ho sognato di nuovo Lahore... Di correre a piedi nudi attraverso i campi sulle rive del Ravi, di aquiloni che si aggrovigliavano nell'alto del più blu dei cieli, del *kulfiwallah* che suonava la campanella della sua bicicletta e di me e Zarkha, la mia migliore amica, che abbandonavamo la cerimonia di nozze delle nostre bambole per il gelato al pistacchio di una volta.

Ho sognato di attraversare il Vialone in un *tonga*, di superare il Zamzama, il cannone Mughal, e i giocatori di cricket nei campi del palazzo di Gol Bagh. Quando il cocchiere mi lasciava a Kapoor Road, pagavo la corsa con della cioccolata Cadbury e saltellavo fino a casa con la brezza che mi faceva increspare la bianca *dupatta* ricamata sulla testa.

Dal nostro cancello di ferro pendeva un chiavistello. Suonavo il campanello e aspettavo, ma non arrivava nessuno. Mettevo le mani attorno alla bocca e chiamavo mia madre: «*Biji*! Apri il cancello!». Un vento caldo e umido soffiava sulle foglie degli alberi di *peepal* e di *sheshams* e mi portava il profumo di *raat ki rani*, la "regina della notte". Mi appoggiavo al cancello incollando il viso tra le sbarre per annusare il profumo dei piccoli boccioli bianchi, e quando vedevo un cobra che dormiva sotto il cespuglio facevo un salto indietro. «*Biji*! Apri il cancello!».

«Va' via!», gridava una voce irritata. Non era quella di *Biji*. Non era nessuno che io conoscessi.

Cercando di mettere a fuoco, individuavo una donna anziana, pesantemente segnata dagli anni, accovacciata sulla veranda. «E tu, chi sei?», le chiedevo. «Che cosa ci fai lì?»

«Chi sono *io*?», chiedeva la vecchia megera con la mia stessa indignazione. «Chi sei *tu*?»

«Io vivo qui!».

Al che, lei portava indietro la testa e sghignazzava rumorosamente. Le sue labbra, la sua lingua e quei pochi denti che le rimanevano erano tutti macchiati dal succo rosso sangue delle noci di *betel*. «*Tu* non vivi qui. *Io* vivo qui. E adesso levati dai piedi! Prima che chiami la polizia!».

E subito apparivano dei poliziotti baffuti per portarmi via.

«Ma questa è la *mia* casa!», urlavo piangendo. «È la *mia* casa, non la sua!».

Ogni due o tre anni, mi capitano sogni di questo tipo. E anche di peggiori. L'ultimo è stato il mese scorso, quindi sono sorpresa di averne fatto un altro così presto.

Sappiamo tutti cos'è che a volte provoca gli incubi. Mangiare troppo tardi. Le medicine per il raffreddore. Un film inquietante. Lo scorso mese so benissimo cosa è stato: Meenal.

Ultimamente mi sta riportando alla mente… cose che non vorrei ricordare. E, sebbene ciò mi faccia sentire una persona orribile, sto evitando la mia migliore amica. Le lascio un pacchetto con le *samosa* che ho promesso a Kiran e invento delle scuse per non rimanere: «Non sai quanto vorrei, ma ho una lista infinita di commissioni da sbrigare. Sai com'è, nei giorni di festa. Folla, folla, folla dappertutto». Abbraccio Meenal velocemente, ringraziando il pacchetto di *samosa* che c'è fra noi.

«Motore in marcia, si parte. Ci vediamo a Capodanno, se non prima».

A metà strada, tiro fuori il cellulare e faccio una chiamata. "Rispondi, per favore. Ti prego, rispondi". Maledetta segreteria. Appoggio la testa sullo schienale in pelle e aspetto il bip per lasciare un messaggio. «Ciao, caro. Non è che per caso sei libero a pranzo? Sto venendo verso la galleria Tyson per degli acquisti. Ho il cellulare acceso. Ti amo. Ciao».

Beta, ti ho mai parlato della città fortificata? Veni qui, siediti vicino a me per un po' e ti racconterò del luogo che ossessiona i miei sogni...

A Lahore, vivevamo fuori dalla città fortificata in una villetta a due piani che avevano costruito mio padre e i suoi due fratelli. La vecchia Lahore, dov'erano nati e cresciuti i miei genitori, e dove vivevano i nonni, *Nanaji* e *Naniji,* era un labirinto affollato e coloratissimo. Varie famiglie si erano unite e occupavano delle case a schiera di quattro piani, o *makam*, che si affacciavano su viuzze strette e serpeggianti chiamate *gullis*. Sempre più gente, dalle famiglie benestanti in su, abbandonava quelle stradine superaffollate per avventurarsi verso gli spazi aperti e le moderne costruzioni disponibili subito fuori le mura. Il nostro vicinato, il *mohalla*, si era trasferito in una nuova area chiamata Krishanagar.

Kapoor Road era un bel viale ampio e alberato con tre villette su ogni lato, quattro famiglie in tutto, ognuna legata al governo per vari motivi. Mio padre, *Bauji*, era un ingegnere civile, come suo padre. Uno dei suoi fratelli lavorava per le ferrovie, l'altro insegnava al college di stato. Avevano anche due sorelle sposate, una viveva vicino ad Amritsar, l'altra a Delhi. *Dadaji* e *Dadiji*, i miei nonni paterni, vivevano nella casa accanto alla nostra con il figlio più grande, lo zio professore.

Accanto a loro viveva un medico musulmano originario di Ferozepur. Aveva due mogli, segno di grande prosperità. Una era la sua prima cugina, usanza molto comune fra i musulmani, l'altra, una vedova del Kashmir dagli occhi blu, così tanto più giovane di lui che avrebbe potuto essere sua figlia. Sorprendentemente le due mogli andavano molto d'accordo.

Dall'altra parte della strada viveva la mia migliore amica, Zarkha Ansari. Eravamo nate nello stesso mese, Zarkha il 6 e io il 15, entrambe dei numeri 6 stando alla numerologia. I nostri padri, tutti e due ingegneri che avevano studiato a Londra, giocavano a tennis e a carte nello stesso club. Ed entrambe avevamo dei fratelli più grandi che avrebbero volentieri marinato la scuola per giocare a cricket, *guli danda*, calcio, *bantay* (bocce), *lattoo* (yo-yo), *kabbadi,* o al loro sport invernale preferito: la lotta di aquiloni.

Accanto a Zarkha vivevano i figli di un ricco proprietario terriero. Un funzionario del governo in pensione che riuscì incredibilmente a infiltrarsi nell'esclusivo club Gimkhana. La tessera di socio non era in vendita, a nessun prezzo. L'entrata era strettamente riservata agli europei. Un cartello all'entrata diceva: "Vietato l'ingresso a cani e indiani". Nessuno è mai riuscito a capire come ci sia riuscito, ma le congetture sull'argomento non sono mai finite. Mentre abitava ancora nel Cantt, come chiamavano il distretto di Lahore, fece costruire, oltre alla sua tenuta in campagna, due villette a Krishanagar, in modo che i suoi nipoti potessero andare alla St. Anthony o al Sacro Cuore, due delle scuole medie inglesi migliori di Lahore. Raramente abbiamo visto una ragazza della loro famiglia indossare due volte lo stesso *salwar kameez*, mai e poi mai cucito in casa con stoffe riciclate come la maggior parte di quelli miei e di Zarkha. «Sono più inglesi degli inglesi», diceva *Bauji*.

In quei primi anni della mia vita, ogni giorno era una nuova avventura piena di divertimento. Adesso voglio condividere con te uno dei miei ricordi più cari. Successe quando io e Zarkha avevamo quattro anni.

Penserai che una donna della mia età non possa andare, con la memoria, così indietro nel tempo? Io ricordo *tutto*. Persone, luoghi, conversazioni... Una buona memoria è allo stesso tempo un dono e una maledizione.

Adesso, torniamo alla mia storia...

A Kapoor Road c'erano molti bambini, ma la maggior parte erano o troppo giovani, o troppo vecchi, o troppo maschi per giocare con me e Zarkha, e in ogni caso noi preferivamo sempre l'una la compagnia dell'altra. Una sera, dopo esserci stancate del *kokla-chhaki* (qualcosa di simile al gioco delle sedie), Zarkha e io stavamo giocando a *kikli*, cioè tenersi le mani, inclinarsi all'indietro e girare vorticosamente. I suoi fratelli, Tariq, Basit e Usman, stavano giocando a *guli-danda*, un gioco di strada simile al football americano dove uno colpisce una piccola mazza con i bordi arrotondati (*guli*) con una mazza più lunga da battitore (*danda*). Anche i miei fratelli ci avrebbero giocato volentieri, ma stavano in casa a sorbirsi le prediche di *Biji* per aver trascurato gli studi.

Con il suo *danda*, Tariq colpì il bordo conico di un *guli* di quindici centimetri. Quando volò in alto, lui lo deviò e lo mandò in direzione delle teste dei suoi fratelli. Fu allora che notammo il cane randagio.

«Ehi!».

«Guarda là! Guarda là!».

«Da dov'è sbucato?».

Quando il *guli* atterrò, il cane lo prese. Scodinzolando, trotterellò da Tariq, lo depositò ai suoi piedi, e col naso lo spinse in avanti un po' di volte. Era proprio un bel cane. Sembrava una palla di cotone rotolata nel fango.

Tariq rise. «Guarda, abbiamo un nuovo giocatore».

«Odora di carne di montone», disse Basit. «Il *biryani* di *Ammiji*».

«Anche se fosse, pezzente affamato che non sei altro?». Tariq tirò il *guli* e il cane corse di nuovo a raccoglierlo.

«Io verrei di corsa da Anarkali per il *biryani* di *Ammiji*», disse Basit.

«Io verrei di corsa da Rawalpindi», disse Tariq.

«Io verrei di corsa da… dal Kashmir», disse Usman. Era il più giovane dei fratelli e non gli piaceva rimanere indietro quando si presentava una qualsiasi occasione per primeggiare.

Zarkha si voltò verso di me. «Mi è venuta fame».

«Anche a me», dissi. Di solito noi mangiavamo più tardi rispetto alla famiglia di Zarkha.

Mi trascinò per mano e mi portò sul retro di casa loro. A quei tempi avevamo le cucine separate dal resto delle stanze. «*Ammiji,* abbiamo fame», disse Zarkha a sua madre. «Possiamo mangiare un po' di *biryani?*».

La mamma di Zarkha portava sempre con sé un mazzo di chiavi, *guchcha*, legate al bordo del *dupatta* che le copriva le spalle. Impegnata a supervisionare il *naukarani* che stava rigirando il *chappati* su un *tawa* caldo, rispose senza quasi guardarci: «Sì, andate a lavarvi le mani».

Un po' dimenticando, un po' ignorando le regole di *Biji* che vietavano di mangiare e bere fuori casa, seguii la mia amica. Ci lavammo le mani a turno con la pompa dell'acqua e ci sedemmo al *chauki* su dei cuscini di iuta intrecciata. Solo allora la madre di Zarkha si accorse di me. Sembrò sorpresa ma mi accolse calorosamente, come al solito.

«*Namaste*», mi disse.

«*Namaste*», risposi io.

Le buone maniere dicono che la persona che parla per prima deve salutare l'altra secondo la religione di quest'ultima: la regola d'oro della buona educazione vuole infatti che ognuno rispetti la religione dell'altro. Quando ero io a salutare per prima la mamma di Zarkha, dicevo: «*Salaam alaikum*», e lei rispondeva: «*Walaikum as-salaam*». La pace sia con te.

La madre di Zarkha mi sorrise. «Credo che tua madre ti stia chiamando».

«Io non l'ho sentita», disse Zarkha.

«Zarkha. Per Sonia è ora di tornare a casa».

«Ma stiamo mangiando il *biryani*… Avevi detto…».

I suoi occhi si offuscarono. «Sonia non può mangiare con noi. Ai suoi genitori non piacerebbe. Non è vero?».

"Come fa a sapere le regole di Biji?". Per qualche motivo misterioso le mamme sapevano sempre tutto!

Abbassai la testa. «Devo andare a casa. *Khuda hafiz*», dissi mentre mi congedavo. Al cancello, diedi una sbirciatina dietro le spalle e mi accorsi dell'espressione addolorata della mamma di Zarkha. Una volta a casa, chiesi a *Biji*: «Perché non posso mangiare o bere a casa di Zarkha?».

Alzò lo sguardo dal suo lavoro a maglia. «Perché ti ammaleresti».

Non sapevo bene come dirle che Zarkha, di nascosto, mi portava sempre dei deliziosi *bakarkhani* provenienti da Gawalmandi, la strada del cibo al centro di Lahore, e che nemmeno una volta avevo sperimentato dei brutti effetti dopo aver mangiato quei panini croccanti, fatti da un panettiere musulmano, che avevano la stessa forma e grandezza di un *chappati*.

«Ma Zarkha non si ammala», dissi. «Tariq non si ammala. Basit...».

«Indù e musulmani non condividono né il cibo né le bevande. *Bas*». Punto. Fine della discussione. In quel momento mi resi conto che, sebbene a casa nostra venisse un sacco di gente poiché la nostra famiglia era molto socievole, amichevole e aperta, gli ospiti delle nostre cene non erano mai dei musulmani.

Nei giorni seguenti adottammo il cane. O meglio, il cane adottò noi. Trascorreva i pomeriggi dormendo in ogni pezzettino d'ombra che riusciva a scovare. Lo chiamammo Moti, cioè perla.

«Moti è un cane indù o un cane musulmano?», chiesi a Zarkha. «Mangia i nostri rifiuti ma anche i vostri».

«Secondo me è tutti e due», disse Zarkha. «Alcuni giorni è indù. Altri giorni è musulmano».

Ma certo. Era ovvio. «Lunedì è un cane indù. Martedì un cane musulmano». Avevo imparato i giorni della settimana e li contavo con la punta delle dita. «Mercoledì, indù. Giovedì musulmano. Venerdì...».

«Il venerdì deve essere musulmano».

«Ok». E ricominciai. «Lunedì musulmano. Martedì...».

Zarkha si unì a me e, ridacchiando, cantammo insieme quella cantilena seguendo la melodia di una canzone famosa.

Non mi ci volle molto prima di arrivare al ragionamento che se Moti poteva essere sia indù che musulmano, lo stesso valeva anche per me. Un venerdì mattina, mentre separava la panna dal latte per fare il burro, annunciai a *Biji*: «Oggi sono musulmana. Non posso mangiare qui, ma solo a casa di Zarkha». Speravo che la mamma di Zarkha avesse preparato di nuovo il suo *biryani.* Forse avrei dovuto aspettare un altro po' per esserne sicura.

Biji interruppe ciò che stava facendo. «Sonia, tu non puoi essere musulmana. Sei nata indù. E in questa vita puoi essere solo indù».

«Ma Moti è tutti e due...».

«Moti è un cane. Moti non ha una religione. Solo le persone hanno una religione».

Aggrottai le sopracciglia. La risposta di mia madre mi aveva confuso. Le persone mi confondevano sempre di più.

Nella mia prossima vita avrei voluto essere un uccello, o una mucca, o un gatto. Però non lo dissi a B*iji.* Il sudore imperlava il suo labbro superiore, e sembrava pallida. Pensai che forse si stava ammalando.

Quando ripenso a quei primi anni trascorsi a Lahore, a Kapoor Road, li annovero fra i più felici e spensierati della mia vita. Ecco perché sono così triste. Fra le tante cose che mi sono lasciata alle spalle c'è la mia innocenza di bambina.

Alla Galleria, fisso con bramosia la vetrina di Godiva, carica di prelibatezze al cioccolato. "Non farlo. Non farlo. Sii forte". Con un gemito, mi obbligo ad allontanarmi, ordinando ai miei piedi di smuoversi. Davanti all'entrata di Nordstrom, un Babbo Natale dell'esercito della salvezza suona il suo campanello per invogliare a fare una donazione. Cerco nel portafoglio e infilo una banconota da 20 nel cesto di raccolta.

«Grazie tante. Dio ti benedica», dice lui.

«Anche a te. Buon Natale».

Prossima cosa nella lista: "comprare pigiami". Ogni anno, a Natale, compro dei pigiami nuovi per tutta la famiglia. Quando Preity e Tarun erano piccoli, era l'unico regalo che gli permettevamo di aprire la vigilia di Natale. Avrebbero fatto il bagno prima di andare a letto e si sarebbero svegliati la mattina di Natale puliti e freschi con i loro pigiamini nuovi. Fu Uma che mi diede l'idea di stabilire questa tradizione, ai tempi di Boston.

Tutte noi soffrivamo un ulteriore attacco di nostalgia di casa quando pensavamo alle feste indù: erano fra le cose che ci mancavano maggiormente. Diwali, ovviamente, la nostra festa delle luci che durava cinque giorni. A Uma mancava anche il Durga Puja. Meeenal rimpiangeva il Ganpati. E io avevo nostalgia del Lohri. Cominciammo a scambiarci storie sulle nostre tradizioni familiari. Uma ci fece notare che, proiettandoci nel futuro, avremmo potuto creare delle nuove tradizioni che avrebbero incorporato quelle vecchie, dandogli però nuova linfa. Dopo tutto, i temi comuni delle festività erano il trionfo dello spirito umano e il senso di riconoscenza per la bellezza della vita.

Lasciate fare a Uma. Lei ha davvero la capacità di trasformare i limoni in limonata. Quando scappò con Patrick, si ritrovò al centro dei pettegolezzi di tutta la nostra cerchia di amici indiani. Se Uma sia una donna coraggiosa o solo una sfrontata, la gente ancora ne discute. Ma devo ammettere che io l'ammiro molto. La prima volta che ci siamo incontrate, pensavo fosse una bengalese snob, sapientona e pedante, con la testa sempre per aria o infilata dentro a un libro, e il naso in su a esprimere il suo disdegno verso i sempliciotti che la circondavano. Quanto mi sbagliavo! Invece, era come se Uma avesse forzato con un piede di porco una finestra chiusa da tempo, aerando così le nostre stanze che stavano soffocando, oppresse da un innato fatalismo. Di certo, tossii per un po' ma poi i miei polmoni si aprirono.

Quindici minuti al telefono con Uma possono sollevare il tuo spirito più di un'ora di yoga o di meditazione. Fra le mie amiche è quella con la mente più aperta. Ovviamente. Ha sfidato le convenzioni e ha sposato un *firangi*, un occidentale. Il che non vuol dire che io le confidi proprio tutto. Persino una chiacchierona come me sa che certi argomenti sono tabù, finanche con le persone con cui si ha grande intimità.

In ogni caso, è grazie a Uma che sono riuscita a convogliare alcune amate tradizioni del Lohri nella festa di Halloween, il Diwali nel 4 luglio, e per Natale ho riciclato la sua tradizione familiare del Durga Puja di indossare vestiti nuovi.

Mentre attraverso il settore della *lingerie*, una camicia da notte di seta attira il mio sguardo. Rossa. Festosa. Sexy. Trovo la mia taglia (urrà!) e tolgo la gruccia dall'attaccapanni.

Una vocetta dentro di me dice: «Vecchia signora, ma non ti vergogni?»

«Stai zitta», dico alla voce. «Ho intenzione di sfruttare questo corpo, finché ce l'ho». Come dice il proverbio punjabi: "*Wakt noon hath naen phar-da*". Non esiste mano capace di acchiappare il tempo.

Meenal, forse, sarà pronta a rinunciare ai piaceri terreni, ma io no. E il buon sesso, a differenza del buon cioccolato, brucia le calorie.

Lo sai, *beta*, che ovunque abbia vissuto, l'inverno è sempre stata la mia stagione preferita? Adoro le vacanze invernali...

A Delhi c'era il Lohri, la festa dei falò in occasione della mietitura del raccolto invernale, che celebrava la fertilità e la buona volontà. Sebbene in tutta l'India si celebri il solstizio d'inverno il 14 gennaio, giorno in cui, secondo l'astrologia indù, il sole entra nel Capricorno, regioni differenti hanno nomi e tradizioni differenti per questo giorno. Nel Punjab è il Lohri.

Alcune delle nostre tradizioni Lohri sono simili alle celebrazioni che fanno qui per il raccolto autunnale. La mattina, i bambini vanno di casa in casa, cantando filastrocche su una specie di Robin Hood punjabi e chiedendo il *lohri*, cioè un po' di soldini, sulla falsa riga di dolcetto-o-scherzetto. Quando ci davano del denaro e dei dolcetti, cantavamo: «*Ai ghar ameera da*». Questa casa è piena di ricchezze. Se non ci davano nulla, cantavamo: «*Ai ghar bhukka*». Questa casa è piena di miseria.

La sera, ci vestivamo con i nostri vestiti migliori e più pesanti e ci radunavamo con la famiglia e gli amici attorno ai falò festivi. Accendevamo candele e petardi. Gettavamo nelle fiamme riso soffiato, popcorn, bastoncini di zucchero di canna, snack, dolcetti e cantavamo: «*Aadar aye, dilather jaye!*». Possa l'onore venire e la povertà sparire. Mentre l'aria fredda si riempiva dell'aroma dolce e affumicato dei semi di sesamo e dello zucchero grezzo, ballavamo e cantavamo per tutta la notte. Questi simpatici falò della festa del Lohri hanno anche il merito di avermi aiutato a superare la fobia del fuoco, sebbene abbia ancora i miei momenti...

Beta, non chiedermelo per favore. Non ho voglia di parlarne.

Vi ho mai raccontato del Basant a Lahore? La festa degli aquiloni e dei colori per festeggiare l'inizio della primavera. Diremmo: «*Aaya basant, paala udant*». Arriva il caldo e il freddo se ne va. La lotta degli aquiloni era uno sport da clima freddo, quasi esclusivamente per ragazzi. In inverno, i ragazzi di Kapoor Road tornavano a casa da scuola e si precipitavano di corsa sulle terrazze più in alto per lanciare i loro aquiloni. Immediatamente il nostra *mohalla* risuonava di grida: «*Bo-khata*! *Bo-khata*!». L'aquilone è stato tagliato! Vedete, le corde degli aquiloni venivano rivestite con una pasta finissima di polvere di vetro, normalmente innocua ma, con la velocità, abbastanza tagliente da far sanguinare le dita, più o meno come la carta o il cartoncino... Ahi! I contendenti combattevano cercando di tagliare ognuno la corda dell'aquilone dell'altro, poi inseguivano il bottino che cadeva dal cielo e chi lo trovava per primo ne diveniva il padrone.

Una volta, io e Zarkha stavamo giocando a *stapu*, a campana, nel cortile dietro casa mia quando un bellissimo aquilone multicolore cadde con un tonfo proprio di fronte a noi. I nostri occhi si illuminarono. Quello non era un aquilone qualunque. Era un *patang*, il re degli aquiloni. Molto più appariscenti e molto più costosi dei comuni *guddi* e *pari*, i *patang* costituivano il bottino più ambito.

Grida di entusiasmo risuonarono dal parapetto di legno: erano i miei fratelli Sunil e Harinder, il cugino Shankar, soprannominato Sunny, Dimples e Chhotu. Mentre Dimples e Chhotu si fiondavano giù per le scale, Sunny, il più grande, saltò giù da un fico bengalese con l'agilità di una scimmia! Mentre le urla di battaglia si avvicinavano: «*Bo-khata*!», io e Zarkha, strillando, corremmo a rinchiuderci in casa perché sapevamo che da un secondo all'altro il cortile sarebbe stato invaso da uno sciame di ragazzi. E così fu, finché *Biji* non uscì fuori e li cacciò via, visto che stavano spaventando i bufali che tenevamo per il latte fresco.

Non c'è bisogno di dire che il Basant era una ricorrenza i cui festeggiamenti cominciavano con molto anticipo, non solo nel nostro *mohalla* ma in ogni angolo di Lahore. Prima dell'alba, ci svegliavamo al suono dei tamburi, mentre il *dhol-wallah* veniva giù per la strada segnalando l'arrivo del Basant. I nostri sguardi si alzavano verso il cielo, tutto pieno di aquiloni e lanterne. Una visione di pace, di serenità e di incredibile bellezza. Come fossero stelle, guardavamo quelle lanterne luminose che scintillavano, unico momento da svegli in cui nessuno di noi proferiva parola.

Appena arrivava la luce del giorno, ci radunavamo in terrazza, tutti vestiti di giallo, il primo colore a venir fuori, dopo il freddo polare dell'inverno, nei fiori intensi della senape, nei *peeli chambeli*, gelsomini gialli non profumati, e negli alberi di cassia che sbocciavano a nuova vita. In pochi minuti, gli aquiloni diventavano così tanti che non si vedeva più il cielo! Ce n'erano di tutti i colori, forme e dimensioni. Ballerini e guerrieri del vento. Perdevano quota, sbandavano e si aggrovigliavano. Guardare un aquilone che saliva al cielo toglieva il respiro. Il mio cuore volava sempre più in alto insieme all'aquilone, come se stesse salendo la scala che portava in paradiso.

Non c'era una sola terrazza vuota in tutta Lahore. A prescindere dalle differenze di età, religione, genere, casta, o posizione sociale, tutti gli abitanti di Lahore partecipavano alle feste principali, Basant, Holi, Diwali, Eid e Natale. In nessun altro luogo sono stata testimone di così tanta allegria e armonia collettiva.

In nessun altro luogo e mai più.

«Tanti anni fa, abbiamo fatto un patto col destino, e adesso è arrivato il tempo di riscattare il nostro pegno...».

Queste sono parole, *beta*, che ogni indiano istruito conosce. Tu le sapresti già, se fossi stata allevata in India. Comunque, anche se sei cresciuta qui, e non lì, devi conoscere la tua eredità culturale. Cioè, *come* sei arrivata qui.

Alla vigilia dell'indipendenza dell'India dall'Impero britannico, mentre a Lahore impazzavano rivolte e disordini, la mia famiglia era tutta riunita attorno alla radio ad ascoltare Pandit Jawaharlal Nehru, primo ministro indiano e padre del futuro primo ministro Indira Gandhi.

Ricordo che *Dadaji*, di solito sempre per conto suo, si toglieva gli occhiali per tamponarsi le lacrime mentre brontolava sulla decisione di Pandit di tenere il suo discorso in inglese, la lingua straniera dei nostri ex dominatori, un linguaggio che la gran parte degli indiani non poteva capire. Le famiglie di Kapoor Road essendo punjabi erano della stessa madrelingua. La mia generazione parlava anche l'inglese, o "inglese *gulabi*", come chiamavamo l'inglese spruzzato di punjabi. Mio padre parlava anche inglese, ma mia madre no: la maggior parte delle persone della loro generazione e quelli più anziani parlavano esclusivamente punjabi.

«Allo scoccare della mezzanotte», rimbombò la voce sicura di Pandit, «quando tutto il mondo sta dormendo, l'India si risveglierà alla vita e alla libertà. Un momento come questo arriva raramente nella storia, quando si passa dal vecchio al nuovo, quando finisce un'era, quando l'anima di una nazione, a lungo soppressa, trova finalmente espressione…».

A sei anni, non capivo il significato di queste parole, né la mescolanza di emozioni che potevano scatenare nella gente. Adesso capisco tutto, fin troppo bene.

«Oggi finisce un periodo di cattiva sorte, e l'India riscopre se stessa…».

Sfortunatamente, la nostra cattiva sorte non era ancora finita.

Nel 1947 il mio mondo impazzì. Lahore, città moderna, ricca di cultura, affascinante, progressista e tollerante, sprofondò nel caos. Sebbene Lahore fosse stata assegnata al Pakistan, la mia famiglia non aveva nessuna intenzione di andarsene. E nonostante fummo costretti a fuggire per evitare le violenze, non immaginavamo che la situazione si sarebbe rivelata definitiva, che i confini sarebbero stati blindati e che saremmo stati esiliati per sempre. Più che indiani o pakistani eravamo punjabi, gente di Lahore. Per generazioni, la terra dei cinque fiumi era scorsa nelle nostre vene, finché il coltello della Scissione non era affondato nei nostri polsi.

Il prezzo dell'indipendenza.

Una notte, mio padre arrivò a casa pallido e tremante. Alla stazione di Lahore era arrivato un treno. Un treno di fantasmi. Tutti i passeggeri erano morti. Ammazzati. Erano profughi musulmani che stavano migrando verso ovest. Tutti uomini, nemmeno una giovane donna tra i corpi. Ma poi vennero trovate valigie e valigie piene zeppe di mammelle mozzate e sanguinanti.

Era una «rappresaglia» che portò ad altre «rappresaglie», un circolo vizioso della serie: «Tu fai del male alla mia gente, io alla tua». La gente combatteva il terrore con altro terrore.

Con il crollo dell'apparato amministrativo e la mancanza di adeguate forze di pace, ci fu un'escalation della barbarie su entrambi i lati dei due nuovi confini. Indù, musulmani e sikh, tutti si sporcarono le mani con il sangue e piansero la morte dei loro cari. Risse, rivolte e saccheggi dilagarono violentemente. Molte case vennero bruciate. Ricoperti di benzina e poi dati alle fiamme, interi quartieri furono ridotti in cenere. Da Amritsar a Lahore, sui lati opposti del confine attraversato dalla Wagah (la strada che collegava India e Pakistan), i treni entravano nelle stazioni come cripte contenenti profughi menomati e uccisi, indù e sikh che migravano verso est e musulmani che andavano a ovest.

Spesso gli uomini erano obbligati a spogliarsi per provare la loro religione. Gli indù non erano circoncisi, i musulmani sì. Le donne venivano rapite, spogliate, depredate dei loro gioielli, violentate e poi uccise. Alcuni si affogavano gettandosi nei pozzi: si suicidavano, piuttosto che essere obbligati a convertirsi, cosa che temevano più della morte. Molte donne optarono per farsi dare una «morte pietosa» da un uomo della famiglia e così «preservare l'onore».

Centinaia di migliaia di persone vennero massacrate, milioni violentate. Alcune persone sequestrate vennero, in seguito, tratte in salvo. Molte altre risultano ancora disperse. Alcune donne, tragicamente, riuscirono a tornare dalle proprie famiglie solo per esserne ricacciate via, cancellate come dei beni sfortunati, danneggiati, di cui vergognarsi.

Per essere onesti, ci furono anche molti casi di eroismo e reciproca compassione, persone che rischiarono di morire pur di salvare altre vite umane, senza guardare a differenze di religione o di casta. Il nostro *mohalla* a Krishanagar organizzò una ronda di ventiquattr'ore su ventiquattro e la gente, a turno, si occupava della vigilanza. I nostri amici e vicini musulmani ci aiutarono come poterono, nascondendo i nostri averi, ospitandoci nelle loro case, aiutandoci a scappare. Dall'altro lato del confine, molti indù e sikh fecero lo stesso con i musulmani innocenti.

Ma la maggioranza schiacciante di tutti gli altri casi terribili mette in evidenza la bassezza della natura umana, e ciò mi perseguita. Ciò mi insegna che la tolleranza troppo spesso è solo esteriore. In tempi di pace e prosperità, persone appartenenti a comunità differenti possono vivere e lasciar vivere, ma in tempi di paura e d'incertezza molti, assolutamente troppi, si uniscono con i propri simili e si rivoltano contro chi ha ideologie e tradizioni culturali diverse dalle proprie. Veramente troppi caddero nella lotta, per seguire i leader che li arringavano: «O con noi, con la "nostra razza", o contro di noi». Vale a dire: «Morte a un'intera nazione, a tutte le persone che non sono della "nostra razza"».

Avevo solo sei anni, ma ho visto tutto. Ci sono passata. Ad altri non è successo.

Nanaji e *Naniji* si rifiutarono di lasciare Lahore. «Sono nato qui e morirò qui, se questo è il mio karma», disse *Nanaji.* E *Naniji* si rifiutò di lasciare *Nanaji.*

Parenti, amici e conoscenti li implorarono invano. Il fratello maggiore di mia madre, dopo aver scortato la famiglia fino al confine, rischiò la vita per ben due volte, tornando indietro a cercare di convincere i suoi genitori. La prima volta gli affidarono una ragazza del vicinato che in seguito divenne sua moglie. La seconda, li trovò fra le rovine carbonizzate della loro vecchia casa nella città fortificata.

Raramente dormivano nello stesso letto, ma lo fecero la loro ultima notte. Morirono uno accanto all'altra nel letto singolo di *Nanaji.*

Una volta a Delhi, dovemmo ricostruire la nostra vita dal nulla e adattarci a una nuova cultura e a una nuova terra in cui non sempre eravamo i benvenuti, dove i locali consideravano rumorosa e volgare la nostra comunità traboccante di profughi, la nostra parlata troppo marcata, le nostre maniere rozze. Ma eravamo dei sopravvissuti, lo dimostravamo ogni giorno.

Biji aveva una scatola di gioielli in legno di noce, finemente intarsiata, che *Bauji* le aveva regalato in occasione di una festa di famiglia nel Kashmir. La svuotò e vendette tutti i gioielli del suo matrimonio per finanziare la nostra nuova vita. *Bauji* ci mise altri dieci anni per riempirgliela di nuovo.

Ricordo di quando guardavo *Via col vento* con le mie compagne di college. Quanto mi ritrovavo in Rossella O' Hara! Adoravo specialmente la fine quando, dopo essere sopravvissuta alla guerra civile, l'eroina del film solleva un manciata di terra e giura solennemente che non patirà mai più la fame.

Con il passare del tempo, mettemmo le radici nella nostra nuova madre terra. Le veglie funebri con le donne che si battevano il petto in segno di lutto diminuirono e le risate presero il posto delle storie tristi e orribili. Nonostante ciò, i ricordi di quel 1947 pendevano sulla testa della nostra comunità punjabi, erano il silenzio che si annidava in mezzo ai nostri momenti gioiosi.

Oltre mezzo secolo dopo, ancora mi perseguitano.

Chiudo gli occhi e vedo Lahore, Kapoor Road, la nostra villetta. Zarkha e io che ci appendiamo al cancello e dondoliamo, che tiriamo legnetti a Moti, che giochiamo a *stapu* e a *kikli*, che organizziamo i matrimoni delle nostre bambole, che ci vestiamo di giallo per il Basant, che mangiamo *kulfi* di pistacchio e sbocconcelliamo *babarkhani*.

Ricordo un vecchio detto punjabi: "Se soltanto si potessero buttare giù per sempre queste pareti di acciaio, forse potremo guardarci in faccia gli uni gli altri, ancora una volta".

LE FAMOSE SAMOSA DI SAROJ

Ingredienti per 16 *samosa*:

IMPASTO:

2 tazze di farina per tutti gli usi, più un po' da spolverare sulla superficie dove si impasta
½ cucchiaino di semi di ajowan
½ cucchiaino di sale
⅓ tazza di margarina vegetale, fredda
⅓ tazza di burro, freddo
4-8 cucchiai di acqua molto fredda

In una scodella larga per impastare, mescolate farina, semi di *ajowan* e sale. Aggiungete il burro e la margarina tagliati a fettine sottili. Usate la punta delle dita o un impastatore elettrico per ottenere una consistenza spessa e friabile.

Cominciando con 3 cucchiai, aggiungete l'acqua e lavorate la pasta con le mani o con un cucchiaio di legno. Aggiungete gli altri cucchiai di acqua finché la pasta diventa compatta: non deve appiccicarsi né essere troppo secca. Finite di impastare su una superficie leggermente infarinata per 5-7 minuti finché non si ammorbidisce.

Avvolgete le palle di pasta con la pellicola trasparente e mettete in frigo per 1 ora.

RIPIENO:

2 cucchiai di olio di semi di arachide
1 cucchiaino di semi di cumino
1 cucchiaino di semi di finocchio
1 cipolla gialla, finemente tritata
1 cucchiaio di radice di zenzero fresco, pelata e macinata

1-3 peperoncini verdi freschi, finemente tritati (quantità a piacere)
4-5 patate pelate, bollite, raffreddate e tagliate a dadini
¾ tazza di piselli verdi scongelati
1 cucchiaio di coriandolo in polvere
1 cucchiaino di polvere di cumino
1 cucchiaino di garam masala
½ cucchiaino di sale (aggiustare a piacere)
½ cucchiaino di zucchero (aggiustare a piacere)
½ cucchiaino di curcuma
½ tazza di acqua
¼ tazza di coriandolo fresco finemente tritato ⅛ tazza di menta fresca finemente tritata
1 cucchiaio di polvere di anardana *(semi di melograno essiccati) o polvere di* amchur *(mango essiccato) o succo di limone*

In un wok o in una padella profonda almeno trenta centimetri, fate riscaldare 2 cucchiai di olio a fuoco medio-alto.

Aggiungete i semi di cumino e di finocchio. Quando cambiano colore, dopo circa 30 secondi, riducete il calore portando la cottura a fuoco medio.

Aggiungete la cipolla, lo zenzero e i peperoncini. Mescolate bene. Fate soffriggere finché la cipolla non diventa dorata.

Aggiungete le patate e i piselli. Mescolate bene.

Aggiungete coriandolo in polvere, polvere di cumino, *garam masala*, sale, zucchero, curcuma e acqua. Mescolate bene. Coprite e mettete a fuoco medio-basso. Fate bollire mescolando di tanto in tanto finché l'acqua non viene assorbita.

Togliete dal fuoco. Aggiungete mescolando il coriandolo fresco, la menta e l'*anardana*. Coprite e lasciate riposare per 5 minuti. Scoprite e lasciate raffreddare completamente, dai 20 ai 30 minuti.

PREPARAZIONE DELLE SAMOSA:

Su una superficie leggermente infarinata, lavorate la pasta dai 3 ai 5 minuti. Dividete la pasta in 8 porzioni uguali. Lavoratele una alla volta.

Tagliate ogni porzione in cerchi di circa 15 centimetri di diametro. Dividete in 2 mezze lune, i bordi dritti che guardano verso di voi.

Sistemate nel centro di ognuna 2 cucchiai di ripieno. Ripiegate i bordi destro e sinistro a formare un cono.

Ripiegate in dentro il risvolto superiore, come una busta. La *samosa* dovrebbe assomigliare a una piramide rovesciata.

Chiudete con attenzione il risvolto usando un po' d'acqua (nota bene: il contenuto si disperderà nell'olio se il rivolto non è ben chiuso).

Mettete la *samosa* in un piatto infarinato per evitare che si attacchi.

COTTURA DELLE SAMOSA:

1 tazza di olio di semi di arachide per friggere

In un wok o in una padella profonda almeno 30 centimetri, fate riscaldare l'olio a fuoco medio-alto. Con molta attenzione disponete 4 *samosa* nell'olio. Giratele frequentemente finché non diventano dorate.

Toglietele dalla padella facendo scolare l'olio. Asciugate con la carta da cucina. Servite con del *chutney* (salsa piccante a base di spezie o frutta).

CHUTNEY ALLA MENTA E CORIANDOLO

Ingredienti per 2 tazze:

2 tazze di coriandolo fresco tritato
1 tazza di menta fresca tritata
½ tazza di cipolla gialla finemente tritata
2 teste d'aglio finemente tritate
1 cucchiaino di radice di zenzero fresco, pelato e finemente tritato
1 e ½ cucchiaio di zucchero (aggiustare a piacere)
1 peperoncino verde fresco finemente tritato (aggiustare a piacere)
¾ cucchiaino di sale (aggiustare a piacere)
¼ tazza di succo di lime
¼ tazza di acqua

Frullate tutti gli ingredienti finché non diventano una purea. Mettete la purea ottenuta in una scodella.

Servite immediatamente oppure coprite e conservate in frigorifero fino al momento di servire.

CHUTNEY AL TAMARINDO

Ingredienti per 1 e ½ tazza:

⅓ tazza di tamarindo
1 tazza di acqua bollente
1 cucchiaino di radice di zenzero fresco pelata e triturata
¾ tazza di zucchero di canna
½ cucchiaino di pepe di cayenna (aggiustare a piacere)
½ cucchiaino di sale (aggiustare a piacere)
2 cucchiai di coriandolo fresco, tritato

In una piccola scodella di vetro, immergete il tamarindo nell'acqua bollente finché non si ammorbidisce, dai 10 a i 15 minuti. Riducetelo a una purea con il passino elettrico. Mettete da parte polpa e succo e scartate i residui solidi.

Frullate tutti gli ingredienti, incluso la purea di tamarindo ed escluso il coriandolo fresco. Mettete la purea così ottenuta in una ciotola.

Aggiungete il coriandolo fresco. Servite immediatamente o coprite e mettete in frigo finché non è il momento di servire.

SUGGERIMENTI DI SAROY:

Le *samosa* andrebbero fritte e mangiate subito, però si possono anche preparare, congelare e friggere appena tirate fuori dal freezer, senza bisogno di scongelarle.

Il *chutney* andrebbe mangiato subito, ma si può anche conservare in frigo non oltre 2 giorni.

UMA BASU MCGUINESS: LA MADRE DI CENTO FIGLIE

Quanto vorrei essere sposata con Krishna!
Mio marito non è né
Krishna né Vishnu, ma il nipote di Faringa,
il buffone tessitore.

PROVERBIO BENGALI

Rosso è il colore dell'amore. Della passione. Della rabbia.

Rosso è il colore del *sari* di una sposa indiana. *Sindoor* sulla scriminatura delle donne sposate. Sangue se la donna non riesce a concepire.

Rosso è il colore che vedo quando penso a mia madre. Rosso, rosso, rosso…

Tutti pensavano che *Ma* fosse pazza, io inclusa. Anche prima dell'Innominabile, segnali che qualcosa non andava turbinavano sollevando dei mulinelli di polvere onnipresente nell'aria stantia della casa di Ballygunge, quartiere a sud di Calcutta, dove viveva la nostra famiglia allargata.

Ignorammo le prime avvisaglie, respingendole come si fa con un venticello che spegne la sacra fiamma del *prodeep* e fa piombare la stanza in un'oscurità infausta. Ma i segnali più forti ci perseguitarono per notti e giorni, irremovibili come le predizioni dell'oroscopo.

Dapprima lottammo per dissimulare, poi per contenere e alla fine per sopravvivere, perché nessun segreto, nemmeno il più piccolo, rimane a lungo tale nella comunità bengalese di Calcutta. E nessuno, nemmeno se appartiene alla più ricca delle famiglie, può sfuggire al proprio destino.

Il prossimo semestre comincerà il mio periodo sabbatico di

ricerca e intraprenderò un viaggio di scoperta per soddisfare un'ambizione personale e professionale: tradurre i diari e le poesie di mia madre dal bengali all'inglese. Vorrei preservare l'enorme ricchezza della letteratura bengali, scoprire e documentare voci nuove e recuperare altre voci dimenticate, specialmente quelle delle donne. Vorrei che la letteratura bengali fosse accessibile anche fuori dal Bengala, come avvenne quando Rabindranath Tagore vinse il Nobel per la letteratura, dopo che W.B. Yeats aveva tradotto in inglese *Gitanjali.* Spero che la mia sarà un'esperienza catartica, di grande arricchimento. Per adesso è solamente scoraggiante.

Mia madre era una persona molto creativa. Dipingeva, scriveva versi, narrava storie favolose, danzava e cantava con la voce di una dea. Poiché era la figlia di un ricco *zamindar*, proprietario terriero, era assolutamente fuori discussione che lei potesse perseguire professionalmente uno di questi talenti artistici: era una cosa che le donne rispettabili non facevano. Però si esibiva per la famiglia e per gli ospiti invitati a cena a casa sua. Dopo il matrimonio, una volta stabilitasi nella *sasur bari,* la casa del suocero, mia madre incoraggiò (o dovrei dire *obbligò?*) noi bambini a mettere in scena parodie, canti e danze tratti dalle opere di Tagore.

Dalle tradizioni di famiglia abbiamo appreso che *Baba*, che cantava anche molto bene, aveva sposato *Ma* per la sua bellissima voce. Dopo averla ascoltata cantare aveva deciso che non voleva sposare nessun'altra. Implorò *Thakurda*, il mio nonno paterno, di fare tutto il possibile per convincere il padre di *Ma* ad accettare la loro proposta. *Ma* aveva molti contendenti e *Baba* aveva paura che, data la forte competizione, avrebbe potuto perdere con qualcuno di loro. In seguito *Thakurma*, la mia nonna paterna, disse che *Ma* aveva fatto un incantesimo su tutti i presenti quando aveva cantato per la presentazione della sposa. Più che un incantesimo, però, intendeva dire un maleficio.

Nei suoi diari, *Ma* confessa che, sebbene *Baba* non fosse la sua prima scelta, non aveva obiettato quando il padre glielo aveva proposto e così la loro unione era stata fissata. In seguito, aveva a lungo rimpianto l'errore di non aver parlato quando ne aveva la possibilità, di non aver espresso nemmeno una piccola riserva, per esempio l'odore dell'olio per capelli di mio padre, che col passare del tempo le diventò addirittura nauseabondo.

Scriveva della sua vita quotidiana. Le contrattazioni per l'acquisto di un *sari*. Le lucertole le cui code continuavano a dimenarsi dopo che le avevano mozzate. I catenacci alle porte e le sbarre alle finestre per "chiudere fuori i ladri e chiudere dentro le donne". Il desiderio di partecipare a una manifestazione e la delusione di non averne il permesso. Far bruciare il riso accidentalmente. Rovinare deliberatamente uno dei piatti preferiti. Lodi modeste e severe reprimende. I massaggi ai neonati con l'olio di senape. L'interruzione della corrente nei momenti più inopportuni. La solitudine in una casa affollata. Le fantasie sulle star del cinema e sui giocatori di cricket. I pettegolezzi, gli ornamenti, gli inganni delle donne. L'evasione attraverso i romanzi. Il piacere di possedere delle qualità, come saper leggere, scrivere, cantare, che sua suocera non aveva.

Queste cose non sono molto difficili da tradurre. Altre... non riesco nemmeno a immaginare come possano essere uscite dalla sua bocca, non da quella della *Ma* che conoscevo.

Mi ricordo che la sua voce era sempre dolce, sia quando cantava che quando parlava. Persino quando piangeva sembrava una melodia agrodolce. *Ma* diceva che era a causa del miele che le aveva dato *Thakurma* durante la cerimonia di benvenuto, quando lei e *Baba* erano entrati a casa per la prima volta come novelli sposi. *Thakurma* le aveva messo un po' di miele sulla lingua e una goccia dentro le orecchie, così *Ma* avrebbe sempre parlato dolcemente e ascoltato sempre cose dolci nella sua *sasur-bari*. «Ha funzionato», ci raccontò *Ma*, e noi eravamo troppo giovani per capire di più di quello che lei diceva.

Gli scritti di *Ma* esprimono la sua voce autentica, una voce imprigionata nel corpo di una donna bengali di metà Novecento. Lo spirito che spero di riuscire a liberare.

Mia madre morì giovanissima, davvero troppo giovane, quando io avevo solo dodici anni. Come per... Questo è il motivo per cui devo tornare indietro di un anno, quando ne avevo undici.

Allora i miei genitori avevano cinque figlie. La primogenita aveva la carnagione chiara ed era brutta. La seconda era di carnagione scura ed era attraente. Io ero quella di mezzo, troppo alta, ma per il resto priva di particolari caratteristiche estetiche. Finalmente, dopo di me la dea Parvati aveva elargito loro la combinazione femminile più desiderabile: due ragazze, entrambe belle e di carnagione chiara. Ma era già troppo tardi.

Tutti sapevano che tre figlie significavano una tripla sfortuna, e allora *cinque* figlie? *Cinque* doti? E nemmeno un pene per accendere la pira funeraria? Quella non era solo sfortuna. Era una *maledizione*.

Nella cultura indiana tradizionale le figlie sono un peso, da allevare perché siano cedute in seguito a un'altra famiglia. I figli maschi sono un bene, utile per il mantenimento della famiglia. Per gli indù, solo i figli maschi possono compiere i riti funebri dei genitori. Una benedizione indiana molto diffusa è: "Che tu possa essere la madre di cento figli maschi".

«Quel pover'uomo», diceva la gente di mio padre. «Sua moglie non può avere figli maschi». Dai negozianti agli uomini di mondo, dai servi analfabeti ai *babus* ben vestiti da capo a piedi, tutti ne parlavano.

Qualche sera, quando ci ammucchiavamo tutti nell'Ambassador di *Baba* e andavamo fino al Victoria Memorial per una gita familiare in quei giardini lussureggianti, ci sentivamo addosso gli sguardi della gente, i loro sussurri, a volte i loro sorrissetti, quando *Baba* attraversava il Maidan (pensate al Central Park di New York ma pieno di immondizia) per comprare panini, *jhaal muri*, o *phuchka* da una bancarella. *Baba* era un uomo molto conosciuto. Eravamo una famiglia molto conosciuta.

Quando andavamo a fare shopping a Chowringhee o a Park Street, oppure quando giocavamo fuori con i fratelli, i cugini o le amiche del nostro *paara,* il vicinato, io carpivo per caso le chiacchiere sulle condizioni di mia madre.

«Di notte si lamenta. L'avrai sentita».

«Pensavo fosse un gatto randagio o un bambino che piangeva».

«No, è lei. Dicono che sia matta. L'hanno chiusa in casa».

«È una malattia? Sarà contagiosa?».

Nessuno lo sapeva con certezza. Sapevano soltanto che c'era qualcosa che non andava.

Anche noi lo sapevamo. Per quanto posso ricordare, *Ma* soffriva di una malattia che nessun dottore era riuscito a diagnosticare né a curare, e che periodicamente la costringeva a letto per giorni, settimane, a volte anche mesi. Durante questo periodo faceva fatica a mangiare e a lavarsi, anche se assistita.

A volte a *Thakurma* non dispiaceva così tanto di avere la nuora indisposta. Con *Ma* fuori gioco, *Thakurma* poteva occuparsi di *Baba*, il figlio prediletto, come aveva sempre fatto quando era ancora scapolo, traendo grande piacere da alcune semplici espressioni di affetto, tipo fargli vento con un ventaglio a mano mentre mangiava.

Ma altre volte, *Thakurma* diventava scettica e accusava *Ma* di inventarsi la sua malattia. «Perché si ammala improvvisamente nei giorni grigi e coperti? Dopo il parto, perché le ci vuole così tanto tempo per rimettersi? È una gran pigra. Ecco che cos'è». Oppure: «Si vergogna. Non riesce a sopportare l'umiliazione di non aver avuto figli maschi».

In alcune occasioni perfino mio padre, che stravedeva per le figlie, si lasciava influenzare dalle pressioni sociali e attaccava mia madre.

Intervenne *Thakurda*. Lui era l'unico che poteva, l'unico che deteneva il potere. Sebbene come regola generale si tenesse alla larga dai bisticci di casa, *Thakurda* aveva un debole per la sua *bouma*, la nuora, che gli massaggiava i piedi, gli toglieva i capelli grigi e leggeva ad alta voce per lui, anche per ore se lo desiderava. «*Bouma* non farebbe mai una cosa del genere di proposito», disse *Thakurda* in difesa di *Ma*. «Non è nella sua natura».

Thakurma poteva anche non essere d'accordo, poiché era stata testimone dei repentini sbalzi d'umore di *Ma*, ma non replicò. *Thakurda* aveva parlato e nessuno poteva contraddirlo, men che meno una moglie che si rispetti. Fare una cosa del genere non sarebbe stato dignitoso. Allo stesso modo, per *Baba* il suo dovere di bravo figlio lo obbligava a obbedire ai genitori.

«*Shuncho*?», *Thakurma* chiamò *Thakurda* in un caldo pomeriggio. (Né lei né *Ma* si rivolgevano ai propri mariti chiamandoli per nome, ma attraverso quest'espressione che si potrebbe tradurre con: «Mi stai ascoltando?»). *Thakurma* porse a *Thakurda* un bicchiere ghiacciato di acqua e lime e rimuginò sul fatto che mia madre era di nuovo costretta a letto: «Deve avere una maledizione. Non c'è altra spiegazione».

Thakurda si limitò ad alzare lo sguardo dal cruciverba di «Statesman», il suo quotidiano, ma col passare del tempo l'idea di una maledizione si impadronì completamente di *Thakurma*. Un giorno trascinò *Ma* a consultare un guru molto rispettato, che confermò i suoi sospetti: era vero, a mia madre era stato fatto un malocchio nella sua vita precedente. La benedizione: «Che tu possa essere la madre di cento figli maschi», era stata invertita in: «Che tu possa essere la madre di cento figlie».

Per eliminare la maledizione, si dovevano eseguire vari rituali. Fra le altre cose, mia madre doveva portare alcuni ciondoli, digiunare e fare offerte al tempio di Kalighat.

Seguì tutte le istruzioni alla lettera e, nella gravidanza successiva, la sua pancia crebbe a dismisura. A quel punto tutti furono certi che, dopo tanta attesa, portasse in grembo l'erede di famiglia. Improvvisamente la trattarono come una regina invece che come una serva. *Thakurma* la viziava e si impegnava nel soddisfare tutte le sue voglie. *Thakurma* si sentiva fiera che la sua diagnosi fosse risultata giusta. L'anello pieno di chiavi che portava appeso al *palloo*, l'estremità lunga del suo *sari*, tintinnava mentre camminava saltellando e lei canticchiava quando massaggiava i piedi gonfi di *Ma* con l'olio di senape.

Come per tutte le sue gravidanze precedenti, negli ultimi tre mesi *Ma* preparò le valigie e si trasferì per il parto a casa di *Dadu* e *Dida*, i miei nonni materni.

Conservo il ricordo di tutte noi affacciate sulla veranda e poi accorse sul prato per vederla partire. Ricordo *Ma* che ci salutava dall'Ambassador di Baba. Il *palloo* del suo *taant*, il *sari* bengali, che le copriva la testa in maniera dimessa. I *loha*, braccialettini di ferro, che adornavano il suo polso fino. La felicità ritrovata sul suo viso rotondo. La speranza nei suoi occhi. Il sollievo quando si appoggiò al sedile e l'Ambassador partì.

Quella è stata l'ultima volta che ho visto mia madre.

Dopo aver dato alla luce due gemelline, scelse uno dei suoi *taant* favoriti, lo legò al ventilatore appeso al soffitto e s'impiccò.

Quando facevo il dottorato al Boston College, Coleen, allora la mia migliore amica americana e adesso mia cognata, mi chiese se biasimavo i miei genitori, se ero arrabbiata con loro. Le dissi di no, assolutamente no.

Mentii.

Non riesco a ricordarmi un giorno in cui non abbia lottato contro la mia stessa rabbia. Una battaglia persistente. Una battaglia che ogni volta mi piace pensare di aver vinto, per poi accorgermi un attimo dopo che c'è sempre il prossimo round. Chiedetemelo di nuovo, e la mia risposta potrebbe cambiare.

I demoni che abbiamo dentro non scompaiono mai del tutto. Ve ne siete accorti? Vivono e prosperano nell'ombra. Si moltiplicano se glielo permetti, se non impari a disperdere il loro potere, a controllarli in modo che non si riproducano come conigli, che non riescano a sopraffarti, a controllarti. In modo che non facciano diventare il tuo cuore di ghiaccio, o di fuoco. Che non ti distruggano.

Me lo ha insegnato Patrick. Lui lo sapeva bene. Quando tornò dal Vietnam era un vero esperto in demoni.

Dico a me stessa che è *normale* che io abbia desiderato e continui a desiderare che le cose con i miei genitori fossero andate diversamente. Come potrebbe essere altrimenti? Ma i miei genitori erano prodotti del loro tempo, della loro cultura, come ognuno di noi. Non posso biasimarli per ciò che è successo. È ciò che dico a me stessa. La maggior parte delle volte, funziona. Molte volte, ma non sempre.

Quando la razionalità non basta più, Patrick mi trascina al piano di sotto, nello scantinato dove le pareti di calcestruzzo attutiscono le urla. Mi tiene fermo il sacco da pugile e io posso finalmente sfogarmi. Lasciar libero l'animale che è in me, quell'animale che una brava moglie indù, una donna a modo, non dovrebbe possedere né tanto meno conoscere. Quell'animale di cui ho sempre negato l'esistenza, finché mio marito non lo ha reso visibile.

«Così non lo stai aspirando», mi diceva Patrick. «Così lo stai inspirando». Mi mostrò la differenza. Mi mostrò quello che potevo fare, alla maniera dei guerrieri, la casta in cui ero nata, come gli avevano insegnato i suoi compagni veterani di guerra, la sua comitiva di fratelli e sorelle.

Nello scantinato sferro calci e pugni, urlo e piango. Maledico. Se poteste vedermi, pensereste che ho completamente perso la testa, e avreste ragione. Ma adesso vi confesserò un piccolo segreto, un paradosso. Sono certa che anche mia madre lo conosceva: a volte uno deve diventare pazzo, danzare guancia a guancia con i propri demoni per poterli sconfiggere, per riconquistare la sanità mentale. Questa è la saggezza che mi ha trasmesso mio marito. Adesso io la trasmetto a voi.

SHORSHE SALMON MAACHH DI UMA (SALMONE ALLA GRIGLIA CON GLASSA DI SENAPE SPEZIATA)

Ingredienti per 4 porzioni:

3 cucchiai di paanch phoron *(miscela bengalese di cinque spezie, segue ricetta)*
2 peperoncini rossi secchi (aggiustare a piacere)
¾ cucchiaino di sale (aggiustare a piacere)
¼ tazza di acqua
4 filetti di salmone (circa 170 grammi ciascuno)
2 cucchiai di olio di senape
foglie di banana (optional)

Frullate *paanch phoron*, peperoncini, sale e acqua fino a ottenere una pasta morbida.

Spennellate i filetti con l'olio su entrambi i lati. Rigirateli nella pasta di spezie.

Sistemate i filetti in una scodella di vetro. Ricoprite con la pellicola trasparente e mettete in frigo per almeno 1 ora, ma non oltre 24 ore.

Cospargete d'olio la griglia perché non si attacchi. Cuocete a fuoco alto. Sistemate i filetti a circa 12-15 centimetri dal calore. Fate rosolare su ogni lato finché non diventano leggermente abbrustoliti, 1 o 2 minuti per lato.

Togliete dalla griglia e avvolgete ogni filetto in una foglia di banana (o in una pellicola di alluminio). Chiudete le foglie con dello spago e rimettete i filetti sulla griglia, con l'apertura rivolta verso l'alto.

Fate rosolare ogni lato dai 5 ai 7 minuti, finché il pesce non si sfalda facilmente con una forchetta (attenzione: non fatelo cuocere troppo!). Servite con il riso.

PAANCH PHORON (5 SPEZIE BENGALESI)

Ingredienti per ¼ tazza:

1 cucchiaio di semi di cumino
1 cucchiaio di semi di senape scura
1 cucchiaio di semi di finocchio
1 cucchiaio di semi di fenugreek
1 cucchiaio di semi di nigella

In un piccolo contenitore di plastica a chiusura ermetica, mescolate tutti gli ingredienti.

Chiudete bene e agitate.

Usate immediatamente o conservate in un contenitore a chiusura ermetica. Si mantiene fino a 6 mesi a temperatura ambiente, 1 anno in frigorifero.

SUGGERIMENTI DELLA MAMMA:

I semi di senape scura a volte sono chiamati senape cinese.

Attenzione: la nigella spesso viene erroneamente chiamata/confusa con il cumino nero, con il cumino reale, con i semi di cipolla o con il *caraway*, il cumino persiano.

Fra i *paanch phoron* che si possono comprare già preparati, il migliore è quello della marca Maya.

MEENAL DESHPANDE: RICORDI DEI MONSONI

Le nostre brutte esperienze forniscono il giusto contrasto che ci mette in condizione di riconoscere la bontà. Se si scrive un messaggio con un gesso bianco su una lavagna bianca, nessuno lo vedrà. Senza la lavagna nera del male, le cose buone del mondo non risalterebbero per niente.

PARAMAHANSA YOGANANDA

Prima di uscire per tornare nel suo appartamento, Yash mi dice: «È come aspettare il monsone. Arriverà oggi? Domani? Dopodomani?».

Ha ragione. Il pensiero di dare a Kiran la brutta notizia mi fa sentire proprio come se stessi aspettando il monsone. Aspettando e interrogando me stessa. Le piogge purificheranno e porteranno nuova vita? Oppure travolgeranno e distruggeranno?

Lei è a casa adesso, e adesso devo dirglielo.

Kiran si lava i denti davanti allo specchio del bagno. «Tutti si chiedono perché non torno mai a casa. Ecco perché». Sputa nel lavandino, si asciuga la bocca e prende un asciugamano. «Non ho bisogno di questo dolore».

Sto sulla porta, con il giornale arrotolato in mano. «No, non ne hai proprio bisogno. Mi spiace tanto».

Si spazzola energicamente i capelli. «Perché ti scusi? Tu non hai fatto nulla. Non fai mai nulla», dice, poi trasale, non so se a causa delle sue stesse parole o semplicemente per un nodo nei capelli.

Aspetto che finisca, poi prendo la spazzola e tiro via alcuni dei suoi lunghi capelli, con nostalgia. «Non ho voglia di discutere, Kiran».

«Nemmeno io».

«La vita è troppo breve».

«Sì, è così».

Incontro il suo sguardo nello specchio. «Com'è che ti è venuta in mente l'idea di un matrimonio combinato?»

«Per la disperazione», dice. «Il mio orologio biologico continua a ticchettare. Vorrei farmi una famiglia, ma non c'è nessun possibile marito all'orizzonte. E non so quando e nemmeno se…».

Annuisco e rimetto a posto la spazzola. «Voglio farti vedere una cosa». Le faccio segno di seguirmi e mi avvio verso la porta, ma quando mi volto vedo che non si è mossa.

«Mamma?», chiede con voce esitante. «Pensi che abbia mandato a rotoli la mia vita?». Con i pantaloni della tuta, la felpa dei Redskins, la coda di cavallo e la faccia acqua e sapone, potrebbe sembrare una teenager. Ma non lo è. Non lo è più da anni.

Uno costruisce la propria vita attorno ai figli, poi un giorno loro diventano grandi. Non hanno più bisogno di te e non si fanno scrupoli a dirtelo. È così che vanno le cose in America.

Adesso mia figlia è qui, è adulta e indipendente, per la prima volta dopo Dio solo sa quanto tempo ha bisogno dei suoi genitori. Ha bisogno di *me*.

Sento che per lei potrei smuovere anche le montagne.

«Penso che tu l'abbia resa più complicata», dico. «Non che l'abbia mandata all'aria. No davvero. E che le prospettive per un tuo secondo matrimonio siano impegnative e ambiziose, ma non prive di speranza. *Assolutamente* non prive di speranza».

Il sorriso di Kiran è incerto, esprime sollievo misto a rimpianto. «Non avrei mai dovuto sposare Anthony. È stato il più grosso errore della mia vita, lo so. Lo sai anche tu. Tutti lo sanno. Avevate ragione. Ho sbagliato. Adesso puoi dirmi: "Te l'avevo detto"».

Schiocco la lingua e inspiro l'aria attraverso i denti. «Non volevamo avere ragione, Kiran. Volevamo solo il meglio per te. E lo vogliamo ancora. Perdonaci, se… se noi…». Cerco le parole giuste. «Perdonaci per non essere stati i genitori che avresti voluto».

Le si inumidiscono gli occhi ma ricaccia indietro le lacrime. Anche da ragazza, non sopportava che qualcuno la vedesse piangere. Che qualcuno *scoprisse la sua vulnerabilità*.

«Lo so che quello che ha detto papà è stato duro, ma per favore cerca di comprendere che non lo ha detto per ferirti. Lo sai come siamo stati educati, i più anziani dicevano sempre quello che pensavano, era un diritto che si conquistava con l'età. Siamo stati abituati così e quindi non ci ha mai ferito nel modo in cui tu, adesso, ti senti ferita».

«Sì, ma dopo quarant'anni e passa in questo paese, lui dovrebbe...».

«Questo non vuol dire niente. Se ti trasferissi in un paese dove le donne non hanno gli stessi diritti di cui tu godi oggi, riusciresti a dimenticare la libertà nella quale sei cresciuta? In India gli anziani meritano rispetto, rispetto incondizionato. Fuori da casa un uomo deve rispettare le regole stabilite da altri, adeguarsi alle loro usanze, ma dentro casa è lui a fare le regole e sono gli altri che devono adeguarsi. Dentro di sé, papà sente di avere il diritto di dire tutto ciò che pensa, nella maniera più schietta. Proprio come tu senti sempre di avere certi "diritti inalienabili" che fanno parte di questa cultura. Capisci cosa voglio dire?».

Annuisce. A malincuore.

«Ho parlato con tuo padre e mi ha promesso che si impegnerà per essere più diplomatico».

«Va bene. Ci crederò solo quando lo vedrò».

«È già abbastanza», dico. «Vieni. Spostiamo la nostra conversazione fuori da questo bagno, vuoi?»

«Non sono ancora pronta per un altro round con papà».

«Papà è tornato nell'appartamento. Siamo solo io e te».

La sua postura rigida si ammorbidisce, si rilassa. «Bene», dice, e mi sfiora oltrepassando la porta.

«Avremo bisogno del tuo portatile», dico, sedendomi sul letto di Kiran. Mentre si gira verso il suo computer, apro il giornale, «India Abroad», su un annuncio che ho segnato piegando il bordo della pagina. «Vai qui».

«Che cos'è?»

«Un'interpretazione moderna delle vecchie usanze. Un sito indiano di annunci matrimoniali. Sai, tipo le persone che si conoscono in chat».

«Non ci credo», ride incredula. «I matrimoni combinati sono diventati high-tech».

«Perché no? Internet ha trasformato il mondo in un piccolo villaggio, e con tutti gli ingegneri informatici che produce l'India era solo una questione di tempo». Sorrido. «Secondo questo annuncio, tu puoi immettere delle richieste specifiche e cercare nel loro database. Gente come noi, solo cittadini americani».

«Interessante», dice Kiran. «Molto interessante».

«Credo che sia un buon punto di partenza. Farsi un'idea dei pesci che ci sono nel mare. E poi tu sei brava a comunicare via mail. Ti potrebbe anche divertire».

Facciamo una prova. Lei seleziona «cercare marito» e una fascia d'età che ritiene accettabile. Vengono fuori cinquanta pagine di profili. Venti profili a pagina. Celibi, divorziati e vedovi. *Mille uomini a disposizione.*

Kiran sposta di colpo la testa all'indietro. «Wow. Questo sembra un sacco di pesce».

Si piega in avanti per vedere meglio. «Bene, bene, bene... Sembra proprio un mercato "dell'usato" più che decente».

«Continua», le dico. «Fai la tua scelta».

Seleziona un medico trentacinquenne divorziato di New York. «Istruzione, occupazione, religione, casta, luogo di nascita, valori, lingue, domicilio, residenza, carnagione, altezza, tipo fisico...». Legge il suo profilo a voce alta, incluso i vari attributi che cerca nella sua partner ideale.

«Esauriente», dice lei.

«L'idea è proprio questa. Nei matrimoni combinati si mettono tutte le carte in tavola, in modo da poter valutare al meglio la compatibilità di una potenziale coppia. Non vogliamo dover scoprire qualche informazione vitale dopo il matrimonio».

«Un'informazione vitale, oh, per esempio *monogamia a rischio*».

«Devi parlare di tutto ciò che è importante per te, apertamente e onestamente».

Annuisce e si volta di nuovo verso lo schermo per leggere qualche altro profilo, dieci anni di saggezza accumulata si riflettono nel suo sguardo assorto. Ha smesso di piangere sul suo Khrisna *chaalu* che rincorre tutte le gonnelle. Adesso è pronta per uno Shiva stabile e affidabile.

Avrei preferito che non avesse dovuto imparare in un modo così difficile e doloroso che il sole brucia se ne prendi troppo. Avrei preferito che avesse ascoltato i ripetuti avvertimenti, miei e di Yash, le nostre suppliche, ma a volte bisogna sbagliare per capire se è quello il nostro karma.

«Non è per niente una cattiva idea, Kiran. Cercare un'altra via, una via che funziona per molti. Potrebbe funzionare benissimo anche per te…».

Il pomeriggio seguente, incoraggiate dalla fase preliminare della nostra ricerca, Kiran e io ci prendiamo una pausa. Mettiamo su la colonna sonora di *Charlie Brown Christmas* e facciamo l'albero di Natale. È un albero artificiale alto circa due metri che conserviamo in cantina. Non ho mai avuto l'energia necessaria per gestire un albero vero, e poi è così triste vedere tutti quegli alberelli ammucchiati lungo i marciapiedi dopo Capodanno.

«Non ci posso credere che avete conservato queste», dice Kiran, mentre apre una scatola piena di decorazioni fatte a mano da lei e suo fratello quando erano piccoli.

«Oh, sì. Regalerò tutte le altre alla Goodwill quando venderemo la casa, ma non queste». Sollevo il laccetto dorato di un bastoncino di zucchero di ceramica con la scritta: "a mamma e papà – con tanto amore, Kiran –1979". «Queste sono le mie preferite».

«Vendere la casa?», mi fa eco Kiran.

La mia mano rimane sospesa a mezz'aria. Dovrei darmi uno schiaffo in fronte. «Non avevo intenzione di spiattellartelo così a bruciapelo».

«Mi stai dicendo che avete intenzione di vendere la casa nell'*immediato futuro*?»

«Be', a dir la verità è un po' che ci stiamo pensando...».

«E perché?», domanda. «Pensavo che adorassi questa casa. L'avete disegnata tu e papà. È la casa dei vostri sogni».

«È vero, ma ha fatto il suo tempo. Voi ragazzi non ci siete più...».

«Ho sempre pensato che avreste trascorso qui la vostra pensione».

«È troppo grande, Kiran. Richiede troppo lavoro». "È troppo vuota senza te e Vivek".

«Wow». Si guarda attorno, confusa. «Non riesco a immaginare che altre persone abitino nella nostra casa».

«Lo so, nemmeno io. Ma è tempo di andare avanti, verso la prossima fase della vita».

Si morde il labbro inferiore. Mi vien voglia di dirle di smetterla. *Ai* riusciva sempre a bloccare i miei comportamenti indesiderabili dicendomi che nessuno avrebbe voluto sposare una ragazza che faceva cose simili. Ma con Kiran non funzionerebbe. Mi risponderebbe che è lei la prima a non voler sposare un uomo che non sposerebbe una ragazza per ragioni talmente futili.

«Quindi, quale sarebbe esattamente il piano?», chiede.

«Non abbiamo ancora deciso. Probabilmente metteremo in vendita la casa quest'estate».

«*Quest*'estate?». Quando annuisco lei aggrotta le sopracciglia.

«Dopo la vendita, compreremo un appartamento o una villetta a schiera qui nei paggi e poi qualcos'altro in un posto caldo. Florida. Arizona. Forse India».

«Wow», dice di nuovo. «State davvero prendendo in considerazione di andare a svernare in India?»

«Devo dire che sono molto propensa a quest'ultima soluzione». E così la metto al corrente del mio progetto di trascorrere l'inverno in India, quest'anno. Ho intenzione di partire subito dopo Capodanno e di rimanerci per tre mesi. I miei genitori, benché in forma smagliante per la loro età, sono entrambi ottantenni e invecchiano ogni anno di più. Quest'anno *Baba* esce di casa sempre più raramente. «*Aji* e *Ajoba* stanno vivendo una specie di anno premio», le dico. «E io voglio trascorrere con loro più tempo possibile. Vedremo. Anche papà è d'accordo».

Quando fu combinato il mio matrimonio con Yash, il nostro accordo era: rimanere in America per dieci anni, mettere da parte abbastanza denaro e poi tornare in India. Poi abbiamo avuto i nostri figli. Bambini americani in scuole americane con compagni americani. Livello d'istruzione eccellente. Così tanti cari amici. Come avremmo potuto portarli via da tutto ciò che conoscevano e amavano? Non potevamo. Così siamo rimasti. Per loro. E loro appena hanno potuto se ne sono andati. Tuttavia, noi siamo ancora qui...

Kiran e io indietreggiamo per ammirare il nostro albero decorato. Siamo sedute sul bellissimo tappeto del Kashmir, intessuto a mano, che abbiamo portato dall'India (e srotolato per l'ispezione alla dogana) l'unica volta in cui io e Yash avevamo ritenuto sicuro portare i bambini nella magnifica valle del Kashmir, accoccolata sotto l'Himalaya. (Talmente sconvolgente, quella situazione. Talmente tragico il sangue che l'uomo versa nella terra di Dio).

Quando la musica finisce, rimaniamo in silenzio a fissare il nostro albero con in cima un angioletto.

Guardo Kiran. Lei guarda me. Non posso più evitare l'inevitabile.

«Kiran, devo dirti una cosa». Mi giro verso di lei, mettendomi in ginocchio. «Lo so che non è facile da digerire in una sola volta».

«Perché, c'è dell'altro?»
«Sì...».
«Merda. Adesso mi stai spaventando».
«No, niente paura». Ormai sono andata troppo oltre per riprenderla sul suo linguaggio sboccato. «Va tutto bene...».
«Tu e papà vi separate?»
«Ma no! Per l'amor di Dio».
«E allora dimmi, mamma».
«Se smetti d'interrompermi, lo farò».
Incrocia le braccia e contrae le labbra. Io mi passo le dita tra i capelli, mi aspetto di trovare dei centimetri che non ci sono più ormai da mesi. Entrambe facciamo un gran sospiro. Vorrei che Yash fosse qui.
Ho provato e riprovato milioni di volte cosa dire, come dirlo. La soluzione migliore forse è mostrarle qualcosa che parla da sé. Sollevo il collo del maglione e arrivo al reggiseno di cotone Pima. Una dopo l'altra rimuovo entrambe le protesi e le faccio vedere a mia figlia il medico.
Kiran rimane di sasso. La calma ingannevole e inquietante che precede la tempesta. I suoi grandi occhi fissano gli oggetti nella mia mano senza tradire emozioni. Sa benissimo che cosa sono. E anche che cosa significano. Preferirebbe non saperlo. Sul suo viso si stanno addensando delle nubi cariche di pioggia. Il cielo si scurisce, diventa minaccioso.
Apre la bocca ma non ne esce alcun suono. Si copre le labbra con una mano. È scioccata, come lo ero io. Sbalordita. Pietrificata. Terrorizzata. I suoi occhi cercano, scrutano dentro i miei. Una bambina che non vuole guardare per paura dei mostri. Un medico spinto a guardare perché preferisce dei mostri conosciuti a quelli che non conosce.
Di nuovo, apre la bocca e cerca di parlare. Un'unica parola. Udibile a malapena. Tranne che per una mamma, il cui udito è naturalmente portato a sentire i propri figli, come i cani che captano suoni che gli umani non possono percepire. In una folla rumorosa. Da lontano. Sveglia o addormentata. A qual-

siasi ora, in qualsiasi luogo. La sua voce è il mio cercapersone. Mi si drizzano le orecchie, attente, in allarme: «*Mamma*».

«Me l'hanno diagnosticato per la prima volta a febbraio. Solo a un seno». Sento la bocca impastata. Vorrei dell'acqua, ma non ho il coraggio di interrompermi proprio adesso. «Non... non me lo sarei mai aspettato. Non mi sono accorta di nulla. Lo sai che non abbiamo mai avuto dei casi di cancro in famiglia. Avevo sempre fatto tutti i controlli, regolarmente, e non ho mai *sentito* nessun sintomo strano. È stata la mammografia a scovarlo». Unisco le mani in *namaskar*. «Grazie a Dio, quest'anno l'avevo prenotata in tempo.

Il dottore mi ha prescritto una mastectomia parziale, un ciclo di chemioterapia e le radiazioni. Dopo tutto ciò, il cancro è ricomparso nell'altro seno. A quel punto ci siamo decisi per la mastectomia bilaterale». Guardo i miei seni finti. «Non ho voluto fare la ricostruzione per varie ragioni. Principalmente perché non volevo, nel caso il cancro si ripresentasse, che potesse nascondersi dietro a un impianto».

Nel respiro corto di Kiran, avverto l'ululato spettrale del vento. «Ma adesso...», la sua voce ondeggia come i flutti dell'oceano. In balia fra le correnti di figlia e di medico, si àncora mettendosi una mano sul cuore e cerca di stabilizzare il suo respiro. «Qual è la prognosi?»

«Eccellente. Sia i bordi che i nodi linfatici sono puliti». Questo significa niente più chemioterapia o radiazioni. Il cancro non mi ha invaso il sangue né le ossa.

Butta fuori il respiro emettendo un gemito di sollievo e si copre gli occhi. «Oh, grazie a Dio. Grazie a Dio. Grazie a Dio».

«Puoi dirlo. Sono stata molto fortunata. Ho riacquistato la mobilità, lentamente ma definitivamente, con l'aiuto dello yoga. Non ho più la forza di una volta, ma con il tempo andrà meglio».

Quando riabbassa le mani le sue ciglia sono umide, appuntite. Mi guarda negli occhi accendendo fra noi una specie di crepitio, e chiede: «Quando… quando ti sei sottoposta all'intervento chirurgico?».

Ho la bocca completamente secca. Sono divorata dal senso di colpa. «Ottobre».

Ta-ta-boom! Un tuono scuote il nostro mondo.

Grosse lacrime vengono giù dagli occhi di Kiran. Non si preoccupa di asciugarle. Come due ruscelli gemelli le bagnano le guance e le cadono sul grembo. «Ma perché, mamma? Perché non me l'hai detto? Perché nessuno me l'ha detto?». Il dolore che trapela dalla sua voce e che contrae il suo viso è come l'umidità che s'insinua nelle mie ossa e mi fa male dappertutto. Non credevo che sarei riuscita a sopportare anche la sua sofferenza, dopo tutto quello che ho passato. Adesso so che posso, che devo.

«Kiran…», le prendo le mani.

Adesso singhiozza apertamente. «Vivek lo sa?»

«Sì».

«Da quando…?».

Esito un secondo di troppo.

Le sue sopracciglia prendono la forma di due frecce. Ritrae di colpo le mani, si asciuga il naso che cola. «Lui lo sapeva! Lo ha saputo per tutto questo tempo! A lui lo hai detto e a me no!».

«È venuto a casa per il giorno del Ringraziamento…».

«Ah, lui è venuto a casa e io no, e questa è la mia punizione…».

«*Arré baba*, ma che dici. Non è assolutamente così». Lo so che la sua rabbia è inevitabile, ma voglio che sia causata solo dalla verità, non da false percezioni. Le prendo di nuovo le mani, ma lei scivola via e si alza vacillando.

«Ho bisogno di un minuto. Torno subito. Ho soltanto… bisogno… solo un attimo».

Scappa di corsa dalla stanza. I suoi passi risuonano per le scale e al piano di sopra. La sento al telefono mentre urla con suo fratello, visto che non può urlare contro di me.

Quanta rabbia. Quanto dolore. Quanto amore.

Chiudo gli occhi e porto la testa indietro, verso il cielo. *Pausachi zad aali.*

Il diluvio è arrivato.

La stagione delle piogge a Mumbai dura da giugno a settembre. Tutti aspettano il monsone e si preparano a riceverlo. Si vendono ombrelli ovunque. Dopo mesi di calore afoso e soffocante, la gente guarda il cielo con sollievo.

Ma spesso il cielo si diverte a prenderci un po' in giro, prima d'inviarci i suoi doni. Nubi scure si addensano sulle nostre teste, poi continuano semplicemente a addensarsi senza rilasciare una sola preziosa goccia. Poi arrivano le "spruzzate", pioggerelline che s'intrufolano e sgattaiolano in punta di piedi. "*Pausachi sar aali*", diciamo noi.

Quando ero ragazza, i miei fratelli Dilip e Girish (Dilu-*dada* e Giru-*dada*), mi portavano spesso alla spiaggia a pochi isolati da casa nostra. Sorseggiavamo l'acqua di cocco dai cocchi appena raccolti e sgranocchiavamo *bhel puri* o *chev puri*, i nostri snack preferiti. *Ai* ci proibiva severamente di comprare cibo per strada da venditori dall'igiene discutibile. Durante la stagione delle piogge, l'acqua s'inquina e va filtrata e bollita. Così, nelle serate appiccicose di giugno, ci rimpinzavamo più che potevamo. Ci sedevamo sulla sabbia, guardavamo la marea che saliva e le nuvole scure che si abbassavano sempre di più, ascoltavamo i ruggiti battaglieri tra il mare e il vento, e scommettevamo sull'arrivo della pioggia.

Alla fine, come ogni anno, accade l'inevitabile. Nuvole gonfie e pesanti scoppiano all'improvviso e si abbattono sul terreno come palloncini pieni d'acqua. La pioggia scorre. E scorre. E scorre. Mentre l'acqua bagna il terreno pieno di calore, l'aria si riempie del fragrante aroma della terra. Le incrostazioni di fango secco e sudiciume vengono lavate via dagli alberi e dai palazzi, lasciandoli lucidi e puliti. Presa da allegria improvvisa, la gente balla per le strade e sulle terrazze. I bambini saltano nelle pozzanghere e tornano casa fradici e sporchi di fango.

Durante l'alta marea, le spiagge scompaiono e le onde s'infrangono sulle mura di contenimento alte più di tre metri, spruzzando e schizzando dall'altra parte. Passeri e colombi si rifugiano tra gli alberi, sotto le tende, o all'interno se riescono a entrare da qualche parte.

Le vacanze scolastiche estive terminano a maggio (la stagione del mango!), così quando arriva il monsone i bambini sono già tornati a scuola. Mi ricordo quando tornavo a casa da scuola insieme alle mie amiche che abitavano sulla stessa strada. Durante le piogge, quando l'acqua sgorgava come un fiume sopra le grate dei canali di scolo lungo le strade, ci divertivamo a lanciare delle barchette fatte con la carta di giornale, poi le inseguivamo mentre galleggiavano lungo il fiume, applaudendo e acclamando con gioia. A volte, al culmine dell'eccitazione, ci buttavamo dentro anche i nostri piccoli ombrelli capovolti. *Ai* mi sgridava sempre quando tornavo a casa bagnata fradicia e specialmente quando arrivavo senza ombrello (le correnti avanzavano rapide!).

«Il vento mi ha rovesciato l'ombrello», dicevo. Oppure: «Il vento mi ha portato via l'ombrello».

Mia madre non se la beveva. «Meenal, *kaan pakad*», diceva *Ai*. Tirati l'orecchio. Da adulta, ho usato anch'io la stessa espressione marathi con i miei figli quando si mettevano nei pasticci. Invece del genitore che prende il figlio per l'orecchio, si ordina al figlio di tirarsi l'orecchio da solo. «Hai deciso di ammalarti?».

A ogni monsone mi prendevo un raffreddore, ma fortunatamente nulla di più. Le malattie sono un effetto collaterale della stagione delle piogge e i poveri sono sempre i più a rischio.

Ancora oggi, quando prendo un raffreddore mi tornano in mente i profumi del tè al *lemon grass* e del Vicks Vapor Rub, i rimedi di *Ai*. E, se sono un po' giù fisicamente e mentalmente e l'umore non è dei migliori, quello di cui ho bisogno è un tè al *lemon grass*. Il tè al *lemon grass* dà sollievo all'anima.

Quando mia figlia torna di sotto, sono in cucina (l'avrete immaginato) e sto preparando il tè. Stavolta non è tè al *lemon grass* ma *masala chai,* il preferito di Kiran. A Mumbai, in famiglia non c'era l'abitudine di prendere il tè con le spezie, ma è un'usanza dell'India settentrionale che Saroj mi ha fatto conoscere e apprezzare.

«Vorrei vedere la tua cartella clinica per favore», dice Kiran, e io so, come una madre che ha osservato sua figlia fin dalla nascita, che si sta nascondendo dietro una corazza di distacco professionale. Proprio come da adolescente si nascondeva dietro al suo atteggiamento aggressivo. Proprio come da bambina si nascondeva dietro le pieghe del mio *sari.*

«Ma certo. Di sopra ci sono le copie di tutto. Prima ci prendiamo un un tè?».

Si siede, ma più che altro sembra *collassare* su uno sgabello, i gomiti appoggiati sull'isola di granito. Chi non conosce bene Kiran potrebbe pensare che sia distante proprio come suo padre, che non provi dei sentimenti. Non è così.

Non è che Kiran non sia sensibile. Piuttosto il contrario: è troppo sensibile.

Le verso una tazza di tè. Un aroma di cardamomo, chiodi di garofano, zenzero, cannella e pepe nero si diffonde nell'aria. «Biscotti?»

«No, grazie».

«Ma sono quelli della Pepperidge Farm. I Mint Chocolate Milano e i Gingerbread». I Gingerbread, quelli allo zenzero, sono i suoi preferiti. Conto fra me e me. "Uno. Due...".

«Ok, allora ne prendo qualcuno».

Mentre si dirige verso la credenza, mi ricordo di quando lei e Vivek erano piccoli, e io attorcigliavo degli elastici attorno ai pomelli per impedire loro di aprire le credenze proibite. Vivek capì che "no" voleva dire "no" molto prima di Kiran (anche adesso, non sono per niente sicura che lo abbia accettato). Kiran non si stancava mai di chiedere perché. «Perché te lo dico io», era una ragione più che plausibile per Vivek. Per quanto mi riguarda, e non credo ci sia bisogno di dirlo, non mi sono mai sognata di mettere in discussione *Ai* o *Baba*. Per Kiran non era così. Lei considerava le regole come delle teorie che doveva comprovare da sola.

«Brutta scimmietta», le dicevo. «Sei peggio di George il curioso». A volte, la minacciavo di imbarcarla e spedirla via con l'Uomo dal cappello giallo, se non si fosse comportata bene.

"Ma tutto questo è successo davvero mezza vita fa?".

Guardo la sua schiena. Vorrei andar lì e abbracciarla. Vorrei tornare indietro nel tempo. Vorrei di nuovo la mia bambina.

«Kiran, mi dispiace tanto», dico. «Non era mia intenzione ferirti. Perdonami, ti prego». Mi guarda da sopra le spalle, sinceramente sorpresa dalle mie scuse. «Vieni. Siediti qui». Indico lo sgabello accanto a me.

Lei arriva con alcune confezioni di biscotti, prende un piatto e ci sistema sopra le cartine bianche da dolci che li avvolgono uno a uno.

«Non te l'ho detto per ragioni egoistiche. Credo di avere avuto il diritto, per quest'anno, di pensare solo a me stessa, è uno dei vantaggi di lottare per la propria vita». Sorrido. «Uscire dalla routine è un altro di questi vantaggi».

Mi guarda di sbieco come fa suo padre e, senza proferire parola, prende un pezzo di biscotto allo zenzero.

«Ok», sospiro. «Niente giochetti. Mi manca il mio seno, devo dire la verità. Sto ancora cercando di abituarmi a non averlo più. Due settimane dopo l'intervento, mi è arrivato un catalogo di Victoria's Secret. Per cinque minuti, sono rimasta a piangere come una bambina, in accappatoio, sul vialetto d'accesso. Poi sono rientrata in casa e ho pianto ancora».

Un barlume attraversa gli occhi iniettati di sangue di Kiran. Sbatte le palpebre e mi dice: «La tua vita è molto più importante del tuo seno». Esattamente le parole di Yash.

«Lo so. Credimi. Lo so. È come questa casa», con un gesto indico lo spazio intorno a noi. «Ha fatto il suo tempo. Come il mio seno. Ho allevato due bambini. Nonostante ciò, sento la perdita di qualcosa che faceva parte di me, qualcosa che ho amato per così tanto tempo». Mi avvicino e le sistemo i capelli dietro l'orecchio, gli stessi capelli con cui le facevo le treccine. Mi porto la mano alla bocca e mi bacio la punta delle dita.

Il labbro inferiore di Kiran trema. Se lo morde. «Perché non me l'hai detto, mamma?».

Faccio un debole sorriso. «Perché volevo che almeno *una cosa* nella mia vita rimanesse normale. Detto da chiunque altro, anche un semplice: "Come stai?", diventava una domanda fin troppo carica di significato. Gli amici sono stati esageratamente carini. Ho addirittura cercato di provocare delle discussioni per farli reagire in maniera normale. Non lo hanno fatto. Qualsiasi cosa dicessi, anche la più stupida, me la facevano passare. Tante delle mie relazioni sono cambiate in modi che non avrei mai previsto. Persone molto vicine sono diventate distanti, persone che erano distanti si sono avvicinate moltissimo. Alcune relazioni si sono rafforzate. Altre indebolite. Altre ancora semplicemente... Non lo so. Ho avuto tante sorprese, tante rivelazioni. Tuo padre, per esempio».

«Come?», chiede lei apprensiva.

«Tuo padre è stato incredibile. Non avrei mai pensato...». Sollevo la mano, la lascio cadere. «Mi ha tenuto i capelli mentre vomitavo sul lato dell'autostrada. Quando hanno cominciato a cadermi a ciuffi, mi ha trovato in lacrime nel bagno. Allora mi ha dato il suo rasoio elettrico e mi ha chiesto di raparlo a zero. Sai cosa mi ha detto? "Saremo entrambi *tucklus*"». Calvi. «Dopo l'intervento, mi ha aiutato a vestirmi. È stato talmente gentile, con il suo tocco, con le sue parole. Non volevo che vedesse il mio corpo, allora mi si è seduto accanto e ha detto: "Stiamo diventando vecchi insieme, Meenu. Potremo perdere i capelli, i denti, la memoria, qualche parte del corpo qui e là, ma non ci perderemo mai l'un l'altro."». Incrocio le mani sul cuore. «Dopo quarant'anni pensi di sapere tutto di una persona, e invece scopri che ci sono ancora tante cose che non conosci».

Kiran pende dalla mia bocca, da ogni mia parola, senza fare commenti né domande.

«E poi ci sono i miei amici...». Prendo un biscotto Milano, ne rompo un pezzettino, ma non lo mangio. «Zia Uma è rimasta con me in ospedale quando tuo padre non poteva, e zia Saroj ha riempito il nostro freezer con un sacco di piatti in porzioni singole, in modo che io non dovessi mai cucinare».

Non le dico che da quando mi sono operata è cambiato qualcosa con Saroj. È una cosa sottile, ma c'è. Lei mi porta ancora il cibo ma c'è una barriera tra di noi, come se io fossi contagiosa. A volte mi chiedo se non me lo sto immaginando. Forse sono diventata ipersensibile. Non lo so. Non riesco a capire e nemmeno a spiegarmi questo cambiamento, perché in questo periodo mi sento come un'appestata nei confronti di Saroj. Il problema, in un trio come me, Saroj e Uma, è che, intime come siamo, come in un gioco delle sedie, qualcuna inevitabilmente si sente tagliata fuori. Ognuna di noi a turno fa la parte di quella strana. Può darsi che questo sia il mio turno. O forse è quello di Saroj.

«*Tu* eri la sola persona che si comportava normalmente con me, Kiran. Le nostre telefonate erano come degli sprazzi di luce in un periodo molto cupo. Parlare con te era la mia terapia migliore. Non potevo rinunciarci. Mi allontanava la malattia dalla mente. Mi hai aiutato a mantenermi sana». Con gentilezza, le appoggio una mano sulla guancia rigata di lacrime. «Non puoi nemmeno immaginare quanto tu mi sia stata d'aiuto, senza saperlo».

Le gambe di legno dello sgabello stridono sulle mattonelle di ceramica quando Kiran si rialza in piedi. Mi butta le braccia al collo e mi appoggia la testa sulla spalla. «Sarei dovuta tornare a casa prima», singhiozza.

«Ma sei qui adesso». "E anch'io sono qui". «Questa è l'unica cosa importante».

«Ti voglio bene, mamma».

«Lo so». Le bacio la fronte e le accarezzo la spalla. «*Maaji sonu ga ti*». Mia cara. «Anch'io ti voglio tanto bene».

Dietro di noi, la cappa di nuvole cariche di pioggia si apre e lascia passare il sole. Di fronte a noi c'è un bellissimo arcobaleno. "Mia figlia finalmente è a casa...".

DA: "Meenal Deshpande" <dil_MD1@yahoo.com>
A: Saroj Chawla; Uma Basu
INVIATO: 14 dicembre 20xx, 22:38
OGGETTO: Novità

Saroj e Uma,

Ho due novità importanti…

La prima è che finalmente ho parlato con Kiran. Come mi aspettavo l'ha presa malissimo, ma adesso le cose sono sensibilmente migliorate. Ha imparato a memoria la mia cartella clinica, ha fatto il terzo grado al mio medico (e a Yash), e ha studiato tutto lo scibile che è stato pubblicato sul cancro al seno. Adesso le rimane solo Internet. Come abbiamo fatto fino ad ora senza Internet??

E con questo passiamo alla seconda novità. Kiran è pronta a risposarsi. Questa volta però ha chiesto il nostro aiuto, quindi se vi viene in mente qualche bravo ragazzo che potrebbe fare al caso suo, per favore fatemelo sapere.

Tutto qui, per adesso. Non vedo l'ora di rivedervi per l'ultimo dell'anno.

Meenal

DA: "Uma Basu" <ubasu@gwu.edu>
A: Meenal Deshpande; Saroj Chawla
INVIATO: 15 dicembre 20xx, 04:15
OGGETTO: RE: Novità

Carissima Meenal,

Che notizie stupende! Congratulazioni di cuore! Scusa per la risposta veloce, ma sto andando all'aeroporto, ho un volo per San Francisco.

Comunque tu e Kiran siete nei miei pensieri, non dimenticarlo.

Con tanto affetto,

Uma

DA: "Saroj Chawla" <Saroj@ChawlaCatering.com>
A: Meenal Deshpande; Uma Basu
INVIATO: 15 dicembre 20xx, 09:01
OGGETTO: RE: Novità

Wow!!! La seconda notizia proprio non me l'aspettavo!!! Wow!!!

Per quanto riguarda la prima sono molto felice che ce l'hai fatta. Adesso entrambe potete andare avanti. I segreti non sono mai facili da gestire, ma a volte sono necessari. Le nostre ragazze adesso forse non riescono a capirlo, ma un giorno lo faranno. Quando avranno la nostra età! :-)

Quanto mi dispiace di non poterti offrire il mio Tarun come possibile marito per Kiran! Davvero un peccato: numero 1, è troppo giovane per lei, numero 2, insiste sul fatto che non si sposerà mai, uno scapolone convinto. Ah! In India gli avrei detto: «Ti sei divertito abbastanza. È arrivato il momento di sistemarti» e organizzato il suo matrimonio. Qua, mio figlio minaccia di denunciarmi se mi azzardo anche solo a pensarlo!

Chalo. Il mio telefono ha già cominciato a suonare stamattina.
A presto.

Saroj

MASALA CHAI DI MEENAL

Ingredienti per 2-3 tazze:

8 baccelli di cardamomo verde
2 tazze di acqua
2 cucchiai scarsi di foglie tè, Assam nero o Darjeeling
1 cucchiaino di radice di zenzero fresco, pelata e grattugiata
1 bastoncino di cannella (da 3 a 8 centimetri)
5 chiodi di garofano
5 grani di pepe nero
1 tazza di latte
¼ tazza di zucchero

Usando mortaio e pestello, schiacciate i baccelli di cardamomo.

In una pentola a fuoco medio, mettete tutti gli ingredienti eccetto il latte e lo zucchero. Portate a ebollizione.

Riducete il fuoco al minimo e fate bollire per 10 minuti.

Aggiungete mescolando anche il latte e lo zucchero. Fate bollire per 5 minuti.

Scolate il *chai* e servite immediatamente.

PARTE TERZA

PASSARE IL TESTIMONE

KIRAN DESHPANDE: CHI È LA TUA DEA?

La possibilità di elevarsi a un grado più alto
è molto reale per ciascuno di noi...
Non richiede molto di più del cambiare le nostre idee
su ciò che è normale.

DEEPAK CHOPRA

La Grande C ha il potere di alterare la maniera in cui si guarda il mondo. Alcune piccole cose diventano importanti e altre da importanti diventano insignificanti. Quando ho saputo del cancro al seno di mia madre mi sono arrabbiata, mi sono sentita confusa e terrorizzata. Principalmente terrorizzata. Una bambina terrorizzata all'idea di perdere la sua mamma.

Sebbene la prognosi sia eccellente e lei sia risultata negativa al test sul gene del cancro al seno con gran sollievo di entrambe, i miei turni al pronto soccorso mi hanno insegnato che non si può mai sapere quando finirà la sabbia nella nostra clessidra. Potrebbe tranquillamente vivere altri ventiquattro anni o solo altri ventiquattro mesi. Settimane o giorni. Ore o minuti. Potrebbe anche non morire di cancro ma di qualche altra cosa, potenzialmente non prevedibile.

Tutto quello che so con certezza è che non sono pronta. Non sono *nemmeno lontanamente* preparata all'idea di perderla. Forse non lo sarò mai. Quando succederà, sarà sempre troppo presto.

Vedo la sabbia che cade nella clessidra, il futuro che s'insinua nel passato come un ladro che furtivamente, di notte, ruba qualcosa d'insostituibile. Sento un orologio che ticchetta come se ce l'avessi sotto il cuscino, colpi che scandiscono l'aumentare progressivo della mia ansia, del mio senso di urgenza. Ho sprecato abbastanza tempo, un matrimonio sbagliato, l'allontanamento dalla mia famiglia. Non posso permettermi di perderne altro.

«Che ne dici di questa?», le mostro una canotta di pizzo nero.

Mai madre spalanca gli occhi e sospira. «*Parath thev. Parath thev*». Mettila via.

Ci troviamo in una raffinata boutique di intimo a Georgetown, specializzata in lingerie per donne che hanno subito una mastectomia. L'ho trovata sul sito Pink Ribbon, nella pagina del gruppo di supporto locale.

Ignorando il suo imbarazzo, le avvicino lo stesso la canotta. «Senti. È in cotone Pima. Tessuto liscio all'interno, a contatto con la pelle. Pizzo all'esterno, così non ti dà fastidio». Il reggiseno le provoca prurito e si sente più comoda senza, lo ammette, ma non se la sente di andare in giro senza reggiseno e senza seno. La proprietaria del negozio, anche lei sopravvissuta al cancro, le raccomanda queste canotte appositamente disegnate che hanno delle tasche per le protesi.

«È morbida», dice lei. «Ma il colore… lo stile…».

«È sexy». Alla sola parola arrossisce e si gira dall'altra parte. «Mamma. Dico sul serio». Mi pianto una mano sul fianco come fa zia Saroj. «Tutte e due sappiamo benissimo che non è stata la cicogna a portare me e Vivek. Secondo i miei calcoli, in almeno due occasioni tu e papà…».

«Kiran!». Praticamente, salta in aria come un supereroe di un fumetto, e mi tappa la bocca. «*Chup bus!*». Stai buona. «*Tujya tondala kulup lawayla hava*». Bisognerebbe chiuderti la bocca con un lucchetto.

Se mi avessero dato cinque dollari per tutte le volte che mi ha detto questa frase, a quest'ora avrei finito di pagare i prestiti contratti per pagarmi gli studi, e da parecchio tempo.

«Perché non la provi?», le dico. «Dai, prendi anche le mutandine abbinate. *Chalaa*, *chalaa*». La spingo verso gli spogliatoi. Dopo un po', quando non la vedo uscire, la chiamo: «Mamma? Tutto a posto?»

«Sì».

«Li hai provati?»

«Sì».

«E allora?».

Apre la porta e la vedo lì in piedi con una mano davanti alla bocca. Non è imbarazzata ma piacevolmente sorpresa. Il completo mutandine e canotta è davvero sexy ma in una maniera delicata, di buon gusto. Il colore fa sembrare la sua pelle morbida e omogenea e la sua carnagione radiosa. Le sta davvero bene, e lei lo sa.

«Le modelle di Victoria Secret non possono competere con te, mamma».

I suoi occhi si riempiono di emozione. Abbassa la mano e dice: «Grazie».

«Rimani lì. Te ne prendo degli altri», le dico chiudendo la porta.

Papà sta per diventare un uomo ancora più fortunato, penso, ma decido di tenermelo per me.

Al di là delle mere discussioni da medico a medico riguardanti la mamma, non ho quasi parlato con mio padre. Meno lo facciamo e meno possibilità ci sono di far scoppiare la terza guerra mondiale.

Dopo lo shopping, io e la mamma chiudiamo le borse nel bagagliaio della mia macchina e decidiamo di andare a pranzo da Clyde. Seguiamo l'hostess fra i tavoli con le tovaglie a quadretti bianchi e rossi, i nostri tacchi rimbombano sul pavimento in legno. Ci fa accomodare vicino alla finestra da cui possiamo osservare la gente che passa su M Street.

«Cosa desiderate da bere, signore?», chiede il nostro cameriere.

«Per me dell'acqua grazie», dice mia madre. «E per te, Kiran? Vino?».

La osservo da sopra il menu. Sembra incurante della risposta, tuttavia non riesco a evitare un pizzico di senso di colpa, (ormai ce l'ho radicato) quando chiedo un bicchiere di Chardonnay Kendall Jackson.

Il cameriere mi chiede la carta d'identità e mia madre ride.

«Dai, mamma, cerca solo di essere gentile».

«Ma no. Tu sembri sempre una studentessa. Mia figlia è un medico», dice al cameriere, orgogliosa.

Il cameriere fa un gran sorriso e mi restituisce la carta d'identità. «Grazie, dottoressa».

«Che imbarazzo», borbotto mentre rimetto a posto la carta nel portafoglio.

Fuori, una famiglia indiana passa davanti alla nostra finestra, e io immagino che la nostra famiglia doveva essere più e meno così. Mamma e papà degli yuppie immigrati, i loro figli, maschio e femmina, vestiti e pettinati all'ultima moda, la nonna, alta poco più di un metro e cinquanta, con i capelli argentati raccolti in una crocchia, un grande *bindi* rosso sulla fronte, un cappotto sopra al *sari* e le scarpe da ginnastica ai piedi.

Tre generazioni: indiani, immigrati, americani.

«Mi sembra che lo sappiano tutti», sussurra mia madre.

«Sappiano cosa?»

«Quello che indosso. Qui sotto...».

«Oh...», sorrido. «Vuoi dire il fatto che mia madre ha un completo di pizzo nero...».

«Kiran!». Dà un colpetto con la mano al mio menu. «Basta!». Però sta anche sorridendo, e allora la prendo in giro ancora un po'.

«Non ti sembra di aver visto proprio adesso quella bocca *ajibai* dire: "*Arrè wah*, *kitti chan*"?». Evviva. Che bello.

Tira indietro la testa e ride a squarciagola. Musica per le mie orecchie. «*Labaad mulgi*», dice. Ragazzaccia maliziosa. «*Mummylah sataawayla majjah yeeh*, *nuh*?». È divertente tartassare la mamma, vero?

Quando i nostri genitori ci parlano in marathi, cosa che succede frequentemente con mia madre e un po' meno con mio padre, io e Vivek tendiamo a rispondere in inglese, perché pensiamo in inglese: entrata in marathi – traduzione mentale – uscita in inglese. Questo processo può rivelarsi anche molto faticoso.

A volte, cadiamo in sovraccarico da traduzione e supplichiamo la mamma di parlare in inglese. Da adolescenti, la supplicavamo anche per un'altra ragione: il marathi nei luoghi pubblici ci causava un po' d'imbarazzo. A mia madre poteva anche non importare nulla che gli estranei la scambiassero per una straniera qualsiasi, di quelle appena sbarcate, ma a me e Vivek sì. Non perché non fossimo orgogliosi della nostra eredità culturale. Lo eravamo. Ma *allo stesso modo* eravamo orgogliosi della nostra nazionalità. Ecco cosa *vuol dire* essere americani. Come i nostri amici, noi eravamo americani di origine (ognuno può inserire qui la propria) e non volevamo essere scambiati per stranieri, o peggio ancora per *turisti* nel nostro paese.

Un tempo era così. Adesso è diverso. Oggi per me è sufficiente sapere chi sono. E, come appare evidente dal mio matrimonio e successivo divorzio, non mi preoccupo eccessivamente della percezione altrui, spesso sbagliata, e men che meno di quella degli estranei.

Con aria complice, sbatto le ciglia e dico a mia madre. «*Mummylah sataawayla khup majjah yeté*». È molto divertente tartassare la mamma.

Mi accorgo che il mio uso della lingua marathi la commuove.

Nel mio cuore si avvicendano felicità e paura. "Dio. Ti prego. Non allontanarla da me, non portarmi via la mamma". Stringo i pugni sotto il tavolo, ricordandomi che devo essere ottimista.

Quando arriva il nostro pranzo, do un bel morso al mio sandwich gigante con hamburger di polpa granchio ed emetto un gemito di soddisfazione. Mia madre mi ruba una patatina.

«Buono il cibo e buona la compagnia», mi dice. «*Arré*, ci siamo dimenticate il brindisi».

Io alzo il mio bicchiere di vino e lei la sua acqua. «Tanti giorni come questo per moltissimi altri anni a venire», dico, e i nostri bicchieri si toccano.

«Ehi, mamma». Porto il mio computer in cucina. «Devi assolutamente sentire qualcuno di questi annunci». Mia madre mette il cappuccio alla penna e la ripone sulla pagina aperta del suo libro di ricette, poi gira il suo sgabello verso di me. Le leggo un profilo che ho trovato sul sito degli annunci matrimoniali: «"SI CERCA: DONNA DI BUON CUORE in grado di cucinare, fare le pulizie, lavare, cucire, mungere le vacche e le capre, e assolvere a tutte le mansioni, sia domestiche che di routine, della vita di campagna"». Mia madre ha la stessa espressione mortificata che ho avuto io quando l'ho letto la prima volta. «Poi aggiunge: "Scherzavo!"».

Ride, portandosi una mano alla fronte.

«Ci eri cascata, non è vero?». Mentre annuisce aggiungo: «Anch'io!».

«È un medico?»

«Architetto. Attività commerciale. Costruisce ospedali. Devo ammettere che è intrigante. Adoro il suo senso dell'umorismo. E poi è anche carino». Le faccio vedere la foto. «Non che l'aspetto sia tutto, però c'è sempre quel piccolo problema tecnico relativo a come nascono i bambini...».

Mamma abbassa la testa e socchiude gli occhi, ma io riesco a intravedere un angolo della sua bocca piegarsi all'ingiù: è il risultato del senso del pudore e del moralismo indiano. Scoppio a ridere.

Non tutte le zie, ma la maggior parte di loro incluso la mia pudica madre, si comportano come se avessero trovato i propri figli sotto una foglia di cavolo. Appartengono alla vecchia scuola secondo la quale le donne rispettabili fanno sesso al solo fine di procreare, non per divertimento. Solo nella posizione del missionario, quindi. Sesso orale? «*Chi-chi-chi*!» (Sconcio-sconcio-sconcio!) Non se ne parla nemmeno.

E questo pur provenendo dalla cultura che ha prodotto la bibbia della sessualità, il *Kama Sutra* (*L'arte di amare*), le sculture erotiche a decorazione dei templi e i disegni rupestri risalenti a oltre mille anni fa. Figuratevi.

Mia madre si schiarisce la gola. «E così, non c'è nessun medico che ti intriga?»

«Qualcuno, ma non so ancora bene cosa pensare delle unioni tra medici. Ci vedo dei vantaggi ma anche degli svantaggi».

«Mai dire mai».

«Hai ragione. Ok, eccone un altro. Scrive tutta una presentazione su se stesso e su quello che sta cercando, poi alla fine aggiunge: "Solo richieste serie. Non sto cercando un amico. Ho già abbastanza amici. Se uno di loro dovesse diventare un nemico allora vi avvertirò del posto vacante"».

«*Kamaal aahé*», ride e scuote la testa. «Medico?»

«Ingegnere». Prima che me lo chieda, dico: «No». Giro lo schermo verso di lei per farle vedere la foto. Sussulta e con un gesto della mano mi dice di riprendermi il computer.

Leggo parecchi altri annunci e condividiamo sorrisi e smorfie di disgusto. Componiamo insieme il mio profilo. Dopo interminabili discussioni alternate a salutari dibattiti sugli annunci che hanno attirato il mio interesse, compiliamo una lista di prime scelte e iniziamo la fase dei contatti, entrambe eccitate come scolarette.

Mi mangiucchio il dito indice. «E se qualcuno dice di no?». Ognuno di loro può accettare o declinare la mia proposta di contatto.

«Al diavolo lui e tutti suoi antenati».

«Mamma!».

«Scherzo!». Mi dà una gomitata complice.

La sera stessa, controllo per vedere se qualcuno ha risposto, dicendo a me stessa che probabilmente è troppo presto, ma non si sa mai… «Oh! Oh! Guarda!». I brividi mi scorrono lungo le braccia mentre tocco lo schermo. «Qualcuno ha accettato!».

Mia madre arriva di corsa. «Chi è?». Scruta da sopra le mie spalle mentre io non posso trattenere un sorriso smagliante.

«L'architetto», diciamo all'unisono.

«*Chalaa*, Kiran-*bai*». Mi dà una pacca sulla mano. «Sarà meglio che ti prepari a mungere le vacche e le caprette». *Bai* significa signora, ma è anche una maniera educata di rivolgersi alla propria cameriera.

«Cameriera mungitrice...», borbotto. «Non ci credo neanche adesso che lo dico, ma... La cosa è molto eccitante».

«Certo che lo è! Non me lo sarei mai immaginata, di combinare il *tuo* matrimonio».

«Semi-combinare».

«Semi-combinare», sorride. «In realtà si tratta solo di organizzare degli incontri. I genitori aiutano nella fase iniziale. Dopo, sta a te decidere».

Posta in questo modo, non suona poi così male. L'ironia è che durante la crescita avrò sentito queste stesse parole migliaia di volte, ma non sono mai riuscita a superare il fattore "disgusto". Devo ammettere che, più di una volta, mi sono ficcata in bocca il dito indice e ho cominciato a fare dei rumoracci, quando i miei genitori parlavano di farmi conoscere qualche "bravo ragazzo indiano". In mia, anche se misera, difesa, posso dire che allora la comunità di immigrati indiani era molto più ristretta. Tutti i bravi ragazzi indiani che conoscevo erano per me come dei cugini. Ognuno chiamava i genitori dell'altro "zio" o "zia", dopo tutto. E per quanto ne sapevo io, la "nostra gente" non si sposava tra cugini. Ovviamente, non era il momento giusto.

Nei giorni seguenti, mi confondo nel vedere quanti contatti mi sono arrivati dal sito di annunci matrimoniali. Persone che ho contattato io. Persone che mi hanno contattato. Per gestire bene tutto questo materiale umano, io e mia madre facciamo delle cartelline, dividendo i profili in "Sì", "No", "Forse". La gente pensa che io abbia ereditato la mia precisione maniacale da papà, quando in realtà l'ho presa da mamma. Da mio padre ho preso la sindrome ossessivo-compulsiva.

«Grazie perché hai voglia di condividere tutto questo con me», dice mia madre. «È bello farne parte».

«Una parte fondamentale», dico. «Grazie, *Mummyji*». Faccio bella mostra del mio hindi (molto limitato). Il suffisso *-ji* denota rispetto.

«Non potrei farcela senza di te».

Penso a tutte le volte che mia madre mi ha detto: «Dai Kiran, impara almeno i rudimenti della cucina indiana. Poi dovrai insegnarla a tua figlia, è uno dei doveri di una brava madre».

Il compito di una madre è trasmettere la sua saggezza prima di morire.

Adesso mi rendo conto che è per questo che sta trascrivendo le sue ricette. Ma le ricette non sono la sola cosa che mia madre ha da insegnarmi. Mi colpisce la mole di tutto ciò che non so, di tutto quello che devo ancora imparare, di tutto quello che solo lei può insegnarmi. Tutte le storie che non ho ancora ascoltato. La storia di famiglia. Le lezioni di vita.

Le do una mano in cucina, cerco di prenderci gusto, o almeno di "fingere che sia così" per farla contenta.

Stamattina stiamo preparando il *kheer*, un dolce per i giorni festivi. Molte persone chiamano *kheer* una specie di budino di riso, ma nella mia famiglia il *kheer* è una sorta di polenta a base di vermicelli, piena zeppa di pistacchi e uvetta, guarnita con cardamomo fragrante e fili di zafferano.

Io sono l'addetta alla preparazione delle spezie alla vecchia maniera, quella che la mamma sostiene essere la migliore per ottenere il massimo dell'aroma. Con il pestello, nel mortaio di ottone, pesto i baccelli di cardamomo color salvia per estrarne i semi neri e appiccicosi, e li trituro fino a ridurli in polvere. Nota per l'ego: triturare le spezie è un buon modo per dar sfogo all'aggressività repressa.

«Mamma?», le chiedo. «Quante proposte di matrimonio hai avuto? Te lo ricordi?».

Sorride, mentre mescola il latte in una grossa pentola sui fornelli. «Me lo ricordo. Ho avuto sei proposte prima di tuo padre».

«E gli altri, quelli che hai rifiutato? Che cos'è che li ha resi inaccettabili?»

«Inadatti», mi corregge. «Oh, varie cose».

Ed eccole qua. *Le cinque ragioni di Meenal per bollare come "inadatto" un aspirante marito:*

1. La sua famiglia
2. Obiettivi differenti
3. Valori differenti
4. Preoccupazioni in ambito socio-economico
5. Oroscopo

Secondo mia madre, la famiglia del marito era molto, ma molto importante. Il fatto di vivere tutti insieme, come una sola famiglia, in realtà significava sposare l'intera famiglia del ragazzo e non solo lui. «Puoi immaginarti l'atmosfera che si crea quando un gruppo di donne adulte vivono insieme. Nel migliore dei casi è una specie di sorellanza. Nel peggiore, diventa un centro correzionale femminile. In tutti i casi, la suocera regna sovrana. Mi ricordo di un ragazzo che piaceva a tutte noi, ma sua madre...». Rabbrividisce. «Aveva un carattere tremendo. Una volta mi chiese di lavarmi la faccia per poter ammirare il mio look naturale. Quello che voleva, in realtà, era ispezionare il colore della mia pelle ed essere sicura che non mi fossi messa una polvere schiarente. Quando se ne andarono, *Aji* mise il veto».

«Che cos'è che ti ha fatto scegliere papà?»

«Tutto. I nostri oroscopi corrispondevano alla perfezione, era un abbinamento favorito dalle stelle, nato sotto tutti i migliori auspici. I nostri obiettivi, i nostri valori, coincideva tutto. Sua madre era dolce e gentile. Non il tipo di suocera dominatrice, di quelle che potrebbe rovinarti la vita e di cui tutte noi ragazze avevamo il terrore. Ciò nonostante *Ajoba* nutriva alcune riserve», dice riferendosi a mio nonno. «La famiglia di tuo padre non era molto benestante. La morte del padre lo aveva lasciato con grandi responsabilità. E, se ci fossimo sposati, mi avrebbe portato lontano. In America, dove non avrei avuto dei domestici. Era la moglie che si doveva occupare di tutte le faccende domestiche. Non avrei potuto vedere o parlare con la mia famiglia più di una volta l'anno. Tutte queste cose preoccupavano *Ajoba*, ma quando papà venne a casa, impressionò tutti… Tutte le riserve si trasformarono in punti a favore! La sua famiglia era umile ma di alto livello culturale. La sua professione e il potere allettante della Green Card americana facevano di lui un ottimo partito. Sebbene l'America fosse lontana dalla mia famiglia, lo era anche dalla sua. Avrei potuto gestire in tutto e per tutto la mia famiglia. Non avrei avuto domestici ma avrei usufruito delle comodità moderne. Frigorifero. Lavapiatti. Lavatrice. Asciugatrice. Aspirapolvere. La cosa sembrava molto eccitante. Un po' come in un film. *Ajoba* si rese conto che papà era un ragazzo dotato di senso pratico e con grandi potenzialità. *Aji* notò che era alto, con la pelle chiara e molto attraente. Il che non guastava».

Rido. «Ci credo». Mi ricordo di tantissime volte in cui mia nonna, con i capelli già grigi, cadeva in deliquio per Amitabh Bachchan, popolarissima star del cinema indù, e paragonava la bellezza di papà a quella dell'attore.

Vengo a sapere che i miei genitori si erano "interrogati" a vicenda prima di decidere di sposarsi. E avevano avuto anche la possibilità di parlarsi da soli. Gli adulti gli avevano permesso di uscire sul balcone. In quel modo avrebbero potuto tenerli d'occhio. A quei tempi, le ragazze di buona famiglia in età da marito erano sempre accompagnate da qualcuno per proteggere la loro reputazione e il loro onore. Non si poteva correre il rischio che qualcuno mettesse in discussione la virtù della ragazza. Ciò avrebbe rovinato il buon nome della famiglia e ridotto a zero le chance di un buon matrimonio: nessuna famiglia rispettabile avrebbe voluto una moglie "impura" per il proprio figlio. Naturalmente, tali impurità non intaccavano per niente l'alone angelico dei loro figli maschi.

Bam-Bam-Bam! Colpisco le spezie con il martello, ehm, pestello.

La mamma racconta che lei e papà erano entrambi molto nervosi e che cercavano in tutti i modi di non farlo vedere. Sapevano che quella era l'unica conversazione che avrebbero avuto prima di fare le proprie valutazioni e di prendere una decisione definitiva. Papà sarebbe rimasto in città solo poche settimane, per le vacanze invernali da Harvard, e aveva progettato di ritornare a Boston da uomo sposato, cosa non insolita, persino negli attuali matrimoni combinati. Sbalorditivo, penso considerando l'interazione quasi inesistente fra le future coppie prima del matrimonio… e l'enorme percentuale di successo. Ovviamente deve esserci qualche spiegazione che ancora mi sfugge.

Fuori, le nuvole si addensano formando un muro spesso che blocca il sole, e la luce in cucina si oscura. Accendiamo la luce, i faretti posizionati tutt'intorno e le lampade di vetro colorato appese sull'isola centrale creano un'atmosfera molto accogliente. Nel bozzolo della cucina, con la mia mamma, provo la stessa sensazione avvolgente di quando mi rannicchio a letto con un libro, in una giornata di pioggia… E anche meglio. Le chiedo: «Avete discusso in anticipo di ciò che avrebbe potuto causare una rottura definitiva? Le cose che non avreste mai tollerato dall'altro?».

Non scioccante: Papà aveva detto che, pur rispettando le donne moderne che avevano una carriera, non aveva intenzione di sposarne una. Voleva una moglie che fosse felice di occuparsi della casa, così se mamma aveva anche il più remoto desiderio di lavorare fuori dalle mura domestiche, doveva fare un favore a entrambi e sposare qualcun altro.

Scioccante: Mamma disse che se suo marito l'avesse picchiata, anche solo una volta, lo avrebbe lasciato. Niente scuse, nessuna seconda chance. Avrebbe fatto le valigie, preso i bambini e sarebbe ritornata dai suoi genitori: meglio vivere reietta dalla società, piuttosto che morire subendo dei maltrattamenti.

Rimango a bocca aperta: «Molto *audace*».

Lei fa una smorfia. «Audace, vero? Non mi sarebbe mai venuto in mente di dire una cosa del genere, o forse non ne avrei avuto il coraggio, se la mia amica Usha non fosse morta in seguito alle violenze subite per appropriarsi della sua dote».

«Dote? Ma io pensavo... Ho forse perso la concezione del tempo? Ma non era già una pratica illegale da molto prima?»

«Certo che era illegale, come l'eccesso di velocità. Però succede lo stesso. Molto spesso».

Nel caso di Usha, la famiglia del marito continuava a pretendere regali e denaro dalla sua famiglia e figli maschi da lei. Lei non riusciva a concepire e quella strega di sua suocera aveva preso l'abitudine di prenderla a frustate, così non ci volle un grosso sforzo d'immaginazione a capire cosa era successo quando Usha morì "di morte accidentale" in un incendio divampato nella sua cucina.

«Sul "The Times of India" si leggeva spesso di casi di "morte per dote"», dice mia madre. «Ma quella era la prima volta che succedeva a qualcuno che conoscevo, a una persona di buona famiglia».

«Che cosa orribile», dico io.

Lei annuisce. «Dall'inizio alla fine. Usha aveva cercato più volte di ritornare dai suoi genitori, ma loro non l'avevano voluta. Le dissero che il suo posto era con suo marito, e che doveva scontare la sua punizione. Se non era per il presente, allora era a causa di qualche cattiva azione commessa nella vita passata, il suo karma negativo. Loro erano molti ortodossi. Pensavano che una volta che i genitori avevano concesso la figlia in matrimonio lei non era più la loro figlia. Non avevano più diritti né responsabilità nei suoi confronti».

«E così se ne sono lavati le mani?»

«Purtroppo sì».

Chiudo gli occhi. «Incredibile».

«Andando avanti con la storia, come ben sai *Aji* e *Ajoba* erano tradizionalisti per molte cose, ma questo era un argomento su cui erano progressisti. Mi fecero sedere e mi dissero, più che chiaramente, che i doveri di una moglie non includevano subire abusi di alcun genere. Una cosa era essere pronte a morire per il proprio marito, ben altra cosa era morire per mano sua. Se mi fossi mai trovata in una situazione del genere, sarei dovuta tornare a casa *immediatamente*», calca l'accento su quest'ultima parola, «oppure avrei dovuto avvisarli in qualche modo e *Ajoba* e i miei fratelli sarebbero venuti a prendermi, con l'aiuto della polizia se necessario. Sarei stata sempre la benvenuta nella loro casa».

«Buon per loro! E buon per te, anche, per aver avuto il coraggio di farlo presente a papà. Non avevo idea…».

«Non solo a papà. L'ho detto a ogni ragazzo venuto a chiedere la mia mano».

Sono confusa, più che confusa, dalle sue rivelazioni. Molte volte ho pensato che mia madre fosse uno zerbino, specialmente quando sopportava cose che io non avrei mai sopportato, o quando riveriva mio padre come signore e padrone, anche quando sapeva benissimo che aveva torto. Ma, come me del resto, i miei genitori erano permeati della cultura in cui erano stati allevati. Avevano i loro punti di riferimento, i loro valori, le loro sfide allo status quo. Per i suoi tempi, per dove è vissuta, per la generazione di donne indiane a cui appartiene, mia madre si è fatta valere, si è imposta in un modo in cui molte altre non sono state capaci, nemmeno oggi, nemmeno in *questo* paese.

Adesso la guardo da una luce diversa e le dico: «Non deve essere stato facile, voglio dire, sbilanciarsi così».

«È stato un rischio calcolato», dice, spiegandomi che non aveva alcuna intenzione di essere marchiata come "non da sposare".

Una ragazza che si presentava come troppo testarda, troppo liberale rispetto alle tradizioni, poteva essere percepita come una minaccia per l'armonia familiare, specialmente all'interno della famiglia del marito, con le sue gerarchie preesistenti. Ma mamma voleva che il suo matrimonio avesse le migliori basi possibili, le miglior chance di successo e per questo era fondamentale che entrambe le parti, sia la ragazza che il ragazzo, comprendessero bene l'impegno che si stavano prendendo l'uno nei confronti dell'altra, che fossero sicuri di essere compatibili.

«Qui, voi parlate di *amore*. Là, si parla di *compatibilità*. L'amore è incostante. La compatibilità dura nel tempo e sostiene le unioni», mi dice. «Qui, il matrimonio riguarda solo due persone. Le coppie non hanno bisogno del permesso dei genitori. Le famiglie hanno un'importanza secondaria rispetto alla coppia. Ma in India il matrimonio è l'unione di due famiglie, un'alleanza strategica. È la coppia ad avere un'importanza secondaria rispetto alla famiglia nel suo complesso, e il permesso è essenziale. Cerca di capire, Kiran, è stato solo perché i miei genitori hanno osato sbilanciarsi che ho potuto farlo io. Tu consideri i genitori come una rete che ti tiene in trappola. Per me e per tuo padre, i genitori sono stati la nostra rete di protezione. Non avremmo mai osato camminare sulla fune della vita senza il loro sostegno».

Mi sento a disagio. *Colpevole come previsto.*

A metà cottura del *kheer*, la mamma mi chiede di prendere il suo posto. Scrolla il mestolo di legno contro i bordi della pentola del latte e poi me lo porge dicendomi di rimescolare di tanto in tanto facendo attenzione a non farlo attaccare sul fondo o sui lati. Ci scambiamo di posto e lei si lascia cadere sul mio sgabello vuoto.

Preoccupata le chiedo: «Tutto bene?».

Annuisce. «È solo un po' frustrante non avere l'energia di una volta».

«Devi aver pazienza, mamma. Te la stai cavando benissimo. Davvero. Però non devi esagerare. Ascolta il tuo corpo. Se hai bisogno di riposare, riposa. Vuoi andare a stenderti per un po'? Posso finirlo io il *kheer*».

Ride. «Tu, con l'aiuto di quale chef personale?»

«Molto divertente».

Si mette a scrivere la ricetta, rifiutando il mio suggerimento di dettarmi le indicazioni che potrei appuntare su un pezzo di carta, in modo da poter proseguire da sola mentre lei fa un sonnellino.

«Il mio corpo è stanco, ma la mia mente no», dice. «Ho bisogno che tu mi parli. Dai, fondimi il cervello come fai sempre».

«Ehi!». Sollevo il mento. «Questa osservazione mi somiglia!».

Lei sorride e mi dà le istruzioni per i vermicelli. Dal momento che non riesco a cucinare e a parlare contemporaneamente, mi concentro sul *kheer* finché non arrivo a un punto in cui tutto ciò che devo fare è rimescolare e grattare la pentola. «Mamma?», le chiedo, una volta che ho tutto sotto controllo. «Posso farti una domanda personale...?», mi affretto ad aggiungere. «Non devi rispondere per forza, ma mi sarebbe di grande aiuto se tu lo facessi».

Inclina la testa, curiosa e apprensiva allo stesso tempo. «Che cosa?»

«Papà ti ha... ti ha mai tradita?».

Immediatamente, abbassa lo sguardo verso le caviglie. Le labbra serrate. Ma poi fa un respiro profondo, rialza la testa e mi guarda negli occhi risoluta. «Devo essere sincera?», chiede. Annuisco e mi dice: «Non lo so. Alcune volte ho sospettato che ci potesse essere qualcuna. Le occasioni non gli mancavano di certo, ma non ho mai trovato le prove. Può anche darsi che abbia combinato qualcosa di losco, ma io non l'ho mai scoperto».

«Glielo hai mai chiesto?».

Lei ride. «Continuamente».

Sbatto le ciglia. Mi aspettavo che dicesse di no. «E lui che ti ha detto?»

«Cosa pensi che mi abbia detto?»

«*No*. È ovvio. Ok, era una domanda stupida», rido di me stessa. «Ma che cosa avresti fatto se *avessi* trovato delle prove, se lo avessi beccato?». Appoggio un fianco al ripiano della cucina, mentre continuo a mescolare e l'aria si riempie di un delizioso aroma di zafferano e di cardamomo.

«Non avremmo divorziato, se è questo quello che vuoi sapere».

Annuisco. La cosa non mi sorprende. La tradizione indù, oltre a ritenere che l'uomo non sbagli mai e che non debba mai essere messo in discussione, non accetta il divorzio. Non puoi scambiare il tuo "compagno di vita" (essendo il matrimonio un'unione *permanente*, sacra e decretata dal cielo) per un nuovo modello, migliore di lui. Devi accettare ciò che non puoi cambiare, e non puoi cambiare ciò che è stato predeterminato. Una visione molto fatalista.

«Lo sai che il mio *Ajoba* aveva un'amante», dice mia madre.

No, non sapevo questa cosa del mio bisnonno, un giudice della Corte suprema! Il nome della sua puttana, ehm, amante era Gajra-*bai*. *Gajra* significa "ghirlanda di fiori". Tutti sapevano di lei, persino sua moglie. Non c'era bisogno di alcuna segretezza perché era una cosa accettata dalla società. Era una pratica comune quella di avere "una casa grande e una piccola". Una moglie e dei figli in una casa grande e un'amante in una casa più piccola. Una moglie rispettabile e di prestigio da presentare in pubblico, per procreare e allevare i figli. Un'amante per il piacere privato. Per scaricarsi dopo una lunga giornata di lavoro.

«In India, non ci si aspetta di trovare qualcuno che soddisfi tutti i nostri bisogni, come fate qui», dice mia madre. «Non ci rimaniamo così male quando non succede, perché le nostre aspettative sono differenti. Non so se ti ricordi della pubblicità di quel profumo, forse eri troppo piccola, in cui una donna portava a casa il bacon e lo faceva soffriggere in padella, senza mai far dimenticare a suo marito di essere un uomo?». Emette un gemito di disgusto. «Stressante, non è vero? Lavorare, cucinare e avere alte prestazioni a letto. Se vuoi sapere cosa ne penso, è per questo che avete una percentuale così elevata di divorzi. Non credo che sia realistico aspettarsi così tanto da un marito o da una moglie. Sembra quasi che ognuno speri che l'altro fallisca».

Non l'avevo mai vista in questo modo. "Forse davvero ho sperato che Anthony fallisse?".

«Lo sai che in alcune società, per un uomo, era ed è tuttora un segno di prestigio avere un'amante o una seconda moglie. Non tutti gli uomini sono capaci di soddisfare più di una donna. Alla maggior parte basta e avanza una».

Ah. *Le gioie del sesso nelle società patriarcali*. Ecco il bestseller che dovrei leggere.

Sbatto il mestolo contro la pentola, *boom-boom-boom*!, deducendo che esiste uno doppio standard di comportamento. E non sempre è il caso di contrastarlo, mamma mi cita gli esempi dell'antica India in cui a volte erano le donne ad avere più di un marito.

«Nel *Mahabharata*», dice lei riferendosi al *Grande libro dell'India*, il poema più lungo della letteratura mondiale e caposaldo della cultura indù, «Draupadi ha cinque mariti. È la moglie dei fratelli Pandava, che sono i figli del defunto re Pandu. Lei è considerata un modello da seguire per tutte le mogli e le cuoche in alcune regioni dell'India, per esempio nel Bengala. A casa Ray puoi sentire zio Subhro che chiama la zia Chitra "Draupadi". Questo è un grandissimo complimento riservato alle cuoche sopraffine».

Un complimento. Io lo prenderei come un insulto. Quanto vogliamo scommettere che la poliandria era permessa solo perché erano a corto di donne? La questione era soddisfare i bisogni della comunità maschile (ma che sorpresa) più che quelli della comunità femminile, ne sono sicura.

Un uomo ha bisogno di una santa e di una puttana, e la società scrolla le spalle. "Che ci vuoi fare? Gli uomini sono sempre uomini. Un uomo ha le sue necessità. Fa parte della sua natura". E così, si prende due case. E così si costruisce un harem. E una donna che ha bisogno di un fedele Ram e di un Krishna appassionato? Oh, no. *Questo* non è realistico. Deve ridimensionare le sue aspettative. Oppure accettare di essere marchiata a fuoco come adultera.

«Fammi capire bene…». Depongo il cucchiaio su un piatto di ceramica a forma di gambo di sedano. «La nostra eroina deve cucinare, pulire, occuparsi della casa, e sottostare ai doveri coniugali per un certo numero di uomini. E io che pensavo che Cenerentola fosse sfortunata. Un sacco di ragazzine, in intere regioni dell'India, sognano di diventare *proprio così*? Bah». Arriccio il naso. «Credo che abbiano bisogno di ben altri modelli. La dea Kali, a esempio. Ecco il *mio modello*, se vuoi proprio saperlo». La dea Kali, vincitrice del male, mi ricorda Buffy l'ammazza-vampiri. «Sconfigge tutti e li segna sulla lista nera».

Mia madre ride. «Evidentemente esistono diversi modi di vedere le cose».

«Ruotare, mamma. Sta tutto nel cambiare il punto di osservazione».

«Esattamente ciò che dico io. Le interpretazioni della società e i nostri *tabù* cambiano, ma in realtà il comportamento umano non è mai mutato dall'inizio dei tempi. Pensa a questo... Il presidente Clinton è stato punito e umiliato, e la gente si è meravigliata che sua moglie non abbia chiesto il divorzio. Ma Kennedy e Nehru? Loro se la sono cavata impunemente. Che sia una notizia da prima pagina o un segreto per eletti, gli esseri umani si sono sempre comportati così. La monogamia viene sbandierata e propagandata pubblicamente come valore morale, ma questo non cambia il fatto che la specie umana... Be', alcuni di noi accettano di avere un solo compagno per tutta la vita e altri non ci riescono. E questo vale sia per gli uomini che per le donne. Persino nelle società in cui lapidano la gente per adulterio. Possiamo predicare quanto vogliamo. Punire quanto vogliamo. Eppure accadrà sempre».

Incrocio le braccia, appoggiandomi al ripiano. «Che sia vero o no, non riesco ad accettare l'adulterio. E non lo accetterò mai. Per favore non dirmi che stai cercando di convincermi...».

«No, no. Assolutamente».

«Solo perché qualcosa è sempre andato in una certa maniera, questo non vuol dire che sia giusto».

«È vero. Ma quello che sto cercando di dirti è... che vorrei che riuscissi a considerare certe situazioni... andando oltre il tuo ego. Il fatto che Anthony sia un donnaiolo, non ha nulla a che vedere con te, Kiran. Non importa quanto sia meraviglioso il gelato al pistacchio se hai deciso di assaggiare tutti i gusti. Che questo sia giusto o sbagliato dipende da molti fattori. Ci ho messo un po', ma finalmente ho capito che nella vita non esistono delle regole fisse, rigide, degli assoluti. Pensaci. Prima diciamo: "Non uccidere", perché la vita è sacra. E un attimo dopo mandiamo i nostri giovani in guerre che fanno scempio di vite innocenti, e poi sosteniamo la pena di morte. Ti sembra un modo di ragionare moralmente coerente? E ancora, la coerenza è necessariamente giusta?».

Aggrotto le sopracciglia. «Non ne sono certa».

«Neanch'io», dice. «Che è una risposta molto differente da quella che ti avrei dato un anno fa. Anche un breve scontro con la morte ti cambia radicalmente il modo di vedere le cose. Mi ha reso più filosofica. Meno critica». Mi fa un'analogia sulla luce che colpisce un pezzo di vetro, rifrangendosi in un'infinità di angolazioni. «È così che vedo la vita adesso».

«L'ho notato quest'anno. Quando abbiamo parlato per telefono».

«Adesso sai il perché». Si alza dallo sgabello, controlla la pentola e fa per prendere il mestolo. Glielo tolgo e cerco di allontanarla ma lei mi rimane accanto, guardandomi negli occhi. «Sto imparando, o meglio *comprendendo*, che ciò che è giusto per una persona in una data circostanza può anche non esserlo per un'altra persona in un'altra circostanza. Ci sono cose che mi sembravano così importanti a vent'anni, trenta, quaranta, a cinquanta. Adesso mi guardo indietro e vedo che tante di quelle cose hanno perso importanza con il passar del tempo. Era il mio ego che mi impediva di vedere. L'ego offusca la nostra vista. Abbiamo bisogno di togliere il velo per vedere più chiaramente. Il cancro l'ha tolto per me.

Quando vomito al lato della strada, quando i capelli mi cadono a grappoli, quando temo per la mia vita, quando perdo il mio seno, non importa se mio marito ha avuto altre donne.

Quello che importa è che lui rimanga accanto a me nel bene e nel male, che mi sostenga in tutti i modi possibili, che ognuno di noi abbia cura dell'altro e che invecchiamo insieme. Per me è questo il test fondamentale sulla fedeltà, l'espressione definitiva dell'amore. Ogni altra cosa...», alza una spalla, «... paragonata a tutto ciò svanisce».

Deglutisco e incontro il suo sguardo.

«Ma questa sono io», dice. «Tu sei tu. E ognuna di noi ha il suo *dharma*». Mi prende una mano, la gira e segue le linee sul mio palmo con il polpastrello morbido del suo dito indice.

Fisso la sua mano invecchiata, la vita che le scorre nelle vene bluastre. La vita che ha creato la mia.

"... è stato solo perché i miei *genitori* hanno osato sbilanciarsi che ho potuto farlo io".

«Ci *saranno* dei problemi anche nel tuo prossimo matrimonio, Kiran. *Ogni* matrimonio ha i suoi problemi. Ma i buoni matrimoni sono quelli in cui entrambe le parti s'impegnano per *risolvere* i problemi, continuano ad andare avanti anche se la strada è sempre più dissestata. Ricordati, la vita è un viaggio. Siamo qui sulla terra per imparare e per crescere, per portare a compimento uno scopo, una missione. E il matrimonio... Il matrimonio è un veicolo necessario all'evoluzione». Con queste parole, mi batte leggermente sul palmo e mi chiude la mano.

Il profumo caldo e avvolgente del *kheer* si diffonde attorno a noi. Aggiungo mescolando il pistacchio e l'uvetta, e mamma prende dei cucchiai dal cassetto per assaggiare. Soffio sul mio cucchiaio per farlo raffreddare, e poi prendo un boccone, nettare sulla mia lingua.

«Mmmh. Buono».

«Manca qualcosa?»

«Per me no. Assaggia».

Prende una cucchiaiata e sembra rimuginare. «Un'altra tazza di zucchero?»

«No!».

Ride. «Scherzavo. È perfetto».

La maggior parte dei *mithai,* i dolci indiani, sono talmente dolci da far venire il mal di testa a meno che uno non sia indiano di nascita. Persino io, che ho un debole per i dolci, devo diminuire e di molto la dose prevista di zucchero.

«Congratulazioni, Kiran. Hai appena fatto il *kheer*. Adesso dimmi: era davvero così difficile?». C'è qualcosa nel suo tono di voce. È... Potrebbe essere... compiacimento?

Sospettosa, la guardo di traverso. «Ma davvero eri stanca?».

Lei sorride, più che altro si pavoneggia, e mi accarezza la spalla con la mano. «Meglio tardi che mai, *nuh*?»

«Sei tremenda, mamma».

«Davvero tremenda, vero?». Mi fa un sorriso radioso, per niente pentita.

DA: "Vivek Deshpande" <Vivek_Deshpande@mckinsey.com>
A: Kiran Deshpande, MD
INVIATO: 27 dicembre 20xx, 20:35
OGGETTO: Disapprovazione

K,

Hai deciso di riparlarmi?

V

Questo messaggio può contenere informazioni confidenziali e/o riservate. Se non ne siete il destinatario, e a meno che non agiate dietro autorizzazione dello stesso, non dovete usare, copiare, rivelare o intraprendere alcuna azione basata su questo messaggio e su alcuna informazione in esso contenuta. Se avete ricevuto questo messaggio per errore, per favore avvisate immediatamente il mittente rispondendo via e-mail e cancellate subito il messaggio stesso. Grazie per la vostra collaborazione.

DA: “Kiran Deshpande ” <Kiran.Deshpande@yahoo.com>
A: Vivek Deshpande
INVIATO: 27 dicembre 20xx, 22:11
OGGETTO: RE: Disapprovazione

V,

Ebbene sì, ho deciso di riparlarti. Ma solo con frasi brevi. : : sogghigno ironico : : La cosa non mi è piaciuta per niente ma l’ho digerita. Capisco perché non me l’hai detto. Spero solo che non succeda mai più.

Come puoi immaginare, la notizia mi ha dato una bella svegliata. Il rapporto fra me e mamma è molto migliorato (con papà, purtroppo sempre al solito… Certe cose non cambiano mai). Ho studiato la sua cartella clinica, ho parlato con i suoi medici, posso confermare che la prognosi è eccellente. Nessuna variazione, mi raccomando pensala tanto nelle tue preghiere.

Parlando d’altro, potrei anche avere una vera bomba, di quelle BUONE, da riferirti presto. Rimaniamo in contatto…

K

KHEER DI KIRAN (POLENTA DOLCE)

Ingredienti per 8 porzioni:

8 baccelli di cardamomo verde
8 tazze di latte intero
¼ tazza di burro non salato, a pezzetti
1 tazza di vermicelli crudi fatti a pezzettini di circa mezzo centimetri l'uno (o capelli d'angelo)
1 tazza di latte condensato dolce
½ cucchiaino di fili di zafferano
¼ tazza di pistacchi non salati a pezzetti non troppo piccoli
¼ tazza di uvetta

Togliete i semi di cardamomo dai baccelli. Usate mortaio e pestello per ridurre i semi in polvere. Mettete da parte. Eliminate i baccelli.

In un'ampia pentola, a fuoco medio-alto, portate il latte a ebollizione, mescolando costantemente per evitare che si bruci.

Portate a fuoco medio.

Mescolate di tanto in tanto, grattando i lati e il fondo della pentola per evitare che si attacchi.

Lasciate cuocere finché il latte non si riduce della metà, dai 40 ai 45 minuti.

Nel wok o in una padella profonda almeno 30 centimetri, fate sciogliere 2 cucchiai di burro a fuoco medio.

Aggiungete i vermicelli e saltateli finché non diventano dorati, da 1 a 3 minuti.

Versateli nella pentola del *kheer* dopo aver fatto scolare il burro. Mescolate.

Aggiungete, sempre mescolando, il latte condensato, il cardamomo e lo zafferano. Fate cuocere finché non si addensa, mescolando di tanto in tanto, dagli 8 ai 10 minuti.

Fate sciogliere il burro rimanente nel wok o in una padella a fuoco medio. Aggiungete i pistacchi e l'uvetta. Saltateli in padella finché l'uvetta non si gonfia, per 2-3 minuti. Versate mescolando nella pentola del *kheer*.

Servite caldo o freddo.

SAROJ CHAWLA: *PYAR HOTA HAI* (L'AMORE CAPITA)

La pancia è piena ma il cuore non è ancora soddisfatto.

PROVERBIO SANSCRITO

Ogni ultimo dell'anno, Sandeep e io cerchiamo di fare meglio dell'anno precedente, di superarci. Non posso dirvi quanto siamo orgogliosi quando i nostri amici scherzano sul fatto che, invece di "stare al passo con i Jones", il detto avrebbe dovuto essere "stare al passo con i Chawla".

Nei giorni che precedono il nostro veglione di Capodanno, la nostra casa sembra quella di una sposa prima del fatidico giorno, stracolma di ospiti per tutta la notte, piena di eccitazione e di energia nervosa. Tutti si rendono utili, impegnandosi al meglio nel compito che è stato loro assegnato. Le donne preparano quantità industriali di cibo in una sorta di catena di montaggio, chiacchierando, spettegolando, divertendosi un mondo. Da quando abbiamo ristrutturato la cucina, poi, raddoppiando lo spazio in maniera spettacolare e all'avanguardia, il catering funziona meglio che mai.

«Chiudi gli occhi», dice Sandeep. «Ho una sorpresa per te».

«Che cos'è? Dimmelo».

«Dammi la mano».

Gioielli. Devono essere gioielli. Lo sa che da Tiffany avevo messo gli occhi su un bellissimo paio di orecchini, ma non pagherei mai quei prezzi oltraggiosi, quando in India ne posso trovare di tutte le fatture, con disegno originale o copiato e a dei prezzi molto più convenienti. *Ooooh*. Se mi ha comprato quegli orecchini, non so se saltare di gioia o lanciarmi in una filippica. Forse entrambe le cose.

«Hai chiuso gli occhi?»
«Sì!».
«Bene. Tienili chiusi». Mi prende la mano e mi guida attraverso la casa.
«Dove stiamo andando?»
«Non sbirciare. Stai sbirciando?»
«No!».
Quando sento che apre la porta dello scantinato, strascico i piedi. «Deepu», gli dico. «Hai intenzione di seppellirmi nello scantinato?»
«Ovviamente no», dice lui. «Dopo tutto quello che abbiamo sborsato per risistemarlo? Rovinerei la pista da ballo».
«Ah, ah».
Deepu è il soprannome che ho dato a Sandeep, ma non per ovvie ragioni. Da sposini abbiamo vissuto insieme alla sua famiglia. Mia suocera, che era molto ortodossa e governava la casa in maniera super efficiente, non approvava che io fossi così audace e irrispettosa da chiamare mio marito per nome. Tradizionalmente una moglie si riferisce al proprio marito con "il padre di + il nome del primogenito" (nel nostro caso "il padre di Preity"), "mio marito", o "lui". In bilico tra tradizione e modernità, non ci sembrò appropriato né usare il nome né la totale assenza del nome, e così Sandeep mi chiese di inventare un soprannome a mio piacimento. Una sera a letto, stavo fantasticando sull'ultima bruciante sbandata che mi ero presa prima del matrimonio. Si chiamava Deepak Sharma e voleva sposarmi, ma non era una cosa possibile, la sua famiglia non gli avrebbe mai permesso di sposarsi fuori casta. Senza volere, spiattellai il *suo* soprannome.
«Deepu». Sandeep rise. «Sarebbe questo il mio nuovo soprannome?».
Oops! Ed ecco come i due grandi amori della mia vita hanno condiviso lo stesso soprannome. Molto comodo!
Sandeep mi guida giù per le scale, un gradino alla volta. «Ok, ora puoi aprire gli occhi. Ta-da!».

All'entrata della nostra nuova sala hobby all'avanguardia, lancio un grido e mi copro la bocca. «Deepu! Un televisore enorme con lo schermo al plasma?»

«Con il *dolby surround*». Fa un sorriso smagliante.

«È bellissimo, ma ce lo possiamo permettere di questi tempi?». Abbiamo appena finito gli ultimi ammodernamenti, e poi c'è Tarun che sta facendo il dottorato in Legge a Georgetown.

«Nessuna rata per il primo anno», dice Sandeep. «E... guarda qua». Apre un mobiletto pieno zeppo di DVD. «Hollywood incontra Bollywood».

Lancio un altro grido e lo stringo in un grande abbraccio. «Le nostre feste saranno indimenticabili!».

«Perché, non lo sono sempre state?»

«Sì e dobbiamo mantenere la nostra reputazione, dopo tutto». Gli schiocco un bacio sulla guancia. «Grazie, Deepu. Ti amo».

C'è un'espressione hindi relativa ai matrimoni combinati: "Pyar hota hai". L'amore capita. E così è successo tre me e Sandeep. A malapena ci conoscevamo, quando ci siamo sposati. Ci eravamo incontrati una volta sola, durante la "visita di nozze", come chiamavamo una sessione di domande e risposte a base di tè e pasticcini, prima che suo padre facesse la proposta al mio. Mio padre accettò con il mio consenso, cosa molto progressista per quei tempi. «Non voglio avere responsabilità se poi dovessi essere infelice», disse *Bauji*. «La decisione finale spetta a te».

Dopo il matrimonio, io e Sandeep ci siamo impegnati molto per cercare di costruire una relazione. Ci siamo corteggiati. Non eravamo ancora innamorati l'uno dell'altra, ma eravamo innamorati dell'idea di esserlo, e così ci siamo mossi in quella direzione. Passando del tempo insieme e conoscendoci sempre meglio, abbiamo cominciato a piacerci, abbiamo cominciato a volerci bene. Ma ciò che ha maggiormente contribuito a fortificare la nostra relazione è stato lasciare l'India. Quei primi giorni all'estero era come fossimo naufragati su un'isola deserta. È stato durante quel periodo, in cui ognuno di noi aveva solo l'altro, che io e mio marito dopo sei mesi di matrimonio ci siamo innamorati.

Al Chawla Catering lavorano soprattutto donne indiane immigrate di recente. Lavorano per ragioni differenti: motivi economici, noia, amore per la cucina, affinità tra donne simili. In quale altro ambiente potrebbero scherzare tra loro facendo riferimenti alla cultura indiana? Oppure dire: «Quanti gusti di yogurt!», o: «NEVE!», oppure ancora: «I pannolini *Huggies*? *Chi*, *chi*, *chi*!», e aspettarsi che qualcuno le capisca? Lo stesso vale per quando si lamentano che i propri figli stanno "perdendo la loro indianità".

Ricordo bene la mia esperienza, la nostra paura, mia e di Sandeep, di uno svuotamento culturale, le nostre lotte per preservare identità, valori e tradizioni nel *melting pot* americano. Adesso sono solidale con loro e condivido la saggezza che ho accumulato negli anni.

Nel caso non l'abbiate ancora capito, io non sono la "tipica donna indiana". Preity ride sempre quando lo dico, perché la maggior parte delle sue zie che sono qui, quelle della mia generazione che sono emigrate più o meno nello stesso periodo, direbbero esattamente la stessa cosa. Magari attribuiamo alla stessa frase dei significati diversi, ma secondo Preity il fatto di dichiararsi atipiche è tipico. Credo che solo un nativo possa realmente distinguere ciò che *è* tipico da ciò *non* lo è nella propria cultura.

Uno dei principali motivi per cui sono diversa da molti altri immigrati è che non ho mai sofferto (o almeno non con la stessa intensità) la perdita delle radici, la lontananza dall'India. La mia famiglia era già stata separata dalla sua patria, tirata via dal suolo natio, come l'erbaccia in un giardino Mughal.

Sebbene abbia imparato ad amare l'India, ho sempre avuto la consapevolezza che le mie radici erano rimaste al di là di un confine che non potevo oltrepassare, in un paese che non era più il mio. Portavo il mio straniamento come l'uniforme inamidata della scuola, perfettamente a mio agio nel tessuto rigido come il cartone perché non conoscevo nient'altro. Per i miei genitori è stato molto peggio. Come tanti immigranti non si sentivano di appartenere a nessun paese. Soffrivano in maniera cronica di nostalgia, smaniando per una casa che non esisteva più. Era tremendo essere così vicini, eppure così lontani dalla terra dei loro antenati, il luogo dove avevano lasciato i loro cuori ridotti in brandelli, per non ritrovarli mai più. Quando i primi tra i nostri parenti si stabilirono all'estero, mio padre disse con un tocco d'invidia: «Meglio essere separati dagli oceani di Dio che dai confini dell'uomo».

La seconda volta che mi lasciai alle spalle tutto il mondo che conoscevo avevo con me due grandi valigie. Non era abbastanza, ma sempre meglio di quando fummo costretti a fuggire da Lahore senza riuscire a portarci nulla, per cui mi sentii fortunata.

Quando io e Sandeep arrivammo negli Stati Uniti a metà degli anni Sessanta, non c'erano così tante persone provenienti dall'India. Non avremmo potuto creare una Little India come quelle che ci sono adesso, ad esempio in New Jersey, anche se lo avessimo voluto: semplicemente non eravamo abbastanza. Quando dicevamo di essere indiani la gente chiedeva: «Di quale tribù?». Indiani onorari, puntualizzava spesso Patrick McGuiness. «Indiani dell'India, non nativi americani».

Sebbene a quei tempi la vita fosse abbastanza dura per noi, sotto alcuni aspetti penso che in realtà fosse più facile.

Per esempio, oggi è molto semplice per le varie culture indiane rimanere unite, come uccelli della stessa specie: i bengalesi con i bengalesi, i maharastriani con i maharastriani, i punjabi con i punjabi ecc. Nelle città più importanti ci sono organizzazioni, centri culturali, attività dedicate a ogni cultura specifica. Allora non era così. A quei tempi, eravamo "lupi solitari", come dicevano i ragazzi. La penuria di gente proveniente dal Punjab ci obbligò a mescolarci con gli altri, a non essere così chiusi. Non avevamo altra scelta! Morivamo dalla voglia di stare in compagnia, e ci ritrovammo a socializzare con punju, altri indiani, americani e immigrati provenienti da altri paesi, tutta gente con cui, altrimenti, non avremmo avuto nulla a che fare. Ed ecco che successe una cosa molto singolare... *Tutti, noi e loro, ne traemmo beneficio.*

Abbiamo perso un po' della nostra "indianità"? Sì. Ma abbiamo imparato la differenza che c'è tra l'elitarismo ed essere orgogliosi della propria cultura. Abbiamo superato i nostri complessi di superiorità e anche quelli di inferiorità. Abbiamo acquisito consapevolezza delle altre culture e abbiamo imparato ad apprezzarle, e gli altri, non punjabi e nemmeno indiani, hanno fatto lo stesso con le nostre tradizioni. Io, Uma e Meenal non avremmo potuto essere più diverse. In India, non saremmo mai diventate amiche, i nostri mariti non si sarebbero mai frequentati: nonostante ciò, per quasi mezzo secolo la nostra è stata un'amicizia che ha prosperato a lungo, che ha fatto maturare frutti dolci e copiosi.

È bello condividere le mie storie con queste donne, metterle in contatto con altre che hanno avuto gli stessi problemi e li hanno risolti. Spero di riuscire a confortarle, a ispirar loro fiducia.

Alcune donne hanno il sostegno dei loro mariti, altre no. Anche questo è un notevole miglioramento rispetto ai miei tempi quando, nel complesso, le donne di buona famiglia non lavoravano. Non per ottenere una retribuzione. Il volontariato era accettato, ma solo dopo l'adempimento degli obblighi familiari. Oh, le lotte che ho dovuto fare con Sandeep!

«Pare brutto», diceva, «come se io non fossi in grado di sostenere la mia famiglia da solo».

«Hai preso un dottorato all'istituto di tecnologia del Massachusetts. Fai l'ingegnere in una delle aziende più importanti», replicavo. «Lo sanno tutti che puoi mantenerci. Ma pensa se ti succedesse qualcosa? Una malattia o un incidente? Adesso abbiamo anche dei bambini da mantenere, oltre alle nostre famiglie in India che dipendono da noi. Non sarebbe male avere un'ancora di salvataggio. Ricorda: "Spera per il meglio ma preparati al peggio"».

Poi tiravo fuori l'argomento della mia istruzione, un'istruzione che *Biji* e *Bauji* non avevano voluto che perseguissi con troppo rigore per paura che potesse far scappare i potenziali mariti. «Agli uomini non piacciono le donne troppo intelligenti», mi ammonì *Biji*, «o troppo aggressive». Ma io mi ero rifiutata di nascondere a mio marito la mia intelligenza, specialmente in questa nuova terra che aveva ridefinito il valore dell'autostima, dove pochissimi uomini si comportavano in famiglia come dittatori in un regime totalitario, e sempre più donne avevano voce in capitolo e libertà di scelta. Dove una donna che soffre in silenzio, che si sacrifica e che si dedica completamente a un uomo che non si cura affatto dei suoi bisogni non è un'eroina. E una donna che muore in seguito a dei maltrattamenti non è suicidio, ma omicidio.

«Ho un cervello e una laurea in Economia e commercio», gli dicevo. «E ho intenzione di usarli entrambi».

«E *io* voglio una moglie tradizionale», si lamentava Sandeep. «Una donna che anteponga a tutto i suoi doveri di madre e moglie».

Naturalmente, la famiglia doveva sempre venire *prima*. In realtà lui intendeva una donna che vivesse *solo* per servire, senza aspettarsi nulla in cambio. Una donna senza identità oltre a quella di madre e moglie ligia al dovere. Idealmente, la versione indiana di una di quelle donne descritte nel film *La fabbrica delle mogli*: di carnagione chiara ma non bianca, amabile, casalinga, casta, modesta, fertile, brava a educare, con un modo di parlare gentile, leale, obbediente... e anche una brava cuoca!

"Una donna come Meenal".

Ai tempi di Boston, Sandeep mi avrebbe scambiata per Meenal senza pensarci un attimo. Flirtava apertamente con lei senza alcuna vergogna, come fa con la maggior parte delle donne attraenti poiché è un seduttore nato. Ma quando si trattava della leggiadra, eccelsa Meenal, io sospettavo che dietro le sue spiritosaggini scanzonate in realtà nascondesse l'intenzione di "desiderare la moglie del vicino". Fortunatamente per me, sapevo che la mia devotissima amica non contraccambiava il suo interesse e, fortunatamente per Sandeep, anche suo marito.

Inoltre sapevo, anche se non l'avrei mai detto ad anima viva, che Sandeep era tutto fumo e niente arrosto. Di fatto lui come amante vale molto poco. Qualche spinta e la festa è finita. Per lui non è mica un problema, lui è soddisfatto (e quindi missione compiuta, giusto?) e io non me la sento di distruggere il suo ego. Crede di essere il Don Giovanni del Punjab, mentre il sesso che facciamo per me è eccitante come mettere e togliere un tampone. E non posso nemmeno istruirlo sugli innumerevoli altri modi in cui un uomo può far godere una donna: come farebbe una donna rispettabile e onesta a conoscere tali cose?

Di tanto in tanto Sandeep solleva l'argomento: «Forse dovremmo tornare a vivere in India».

In India, dove sua madre, le sue zie e le sue sorelle lo vizierebbero, e nessuno si aspetterebbe che lui lavi i piatti, porti fuori la spazzatura, pulisca il bagno, cambi i pannolini o stia dietro ai suoi figli. In India dove sua moglie, dallo spirito indipendente, passerebbe la vita a servire interminabili tazze di tè sotto l'occhio vigile della suocera, e a rimasticare fino alla nausea argomenti così brillanti quali:

1. Quanto sia difficile trovare dei bravi domestici.
2. Il decadimento morale della società a causa delle influenze occidentali.
3. I doveri di una brava moglie indù: stare in cucina, scalza, incinta di figli maschi, obbedire a suo marito e ai suoi parenti, digiunare e pregare perché il marito viva a lungo e goda di buona salute.

«Ok, allora faccio le valigie», dico, anche se so che non ci andremo mai. Tutti e due sappiamo benissimo che Sandeep in

India non guadagnerebbe mai come in America. Le nostre famiglie sia da questa che dell'altra parte del globo starebbero molto meglio se noi rimanessimo qui.

Non so se si è convinto o soltanto rassegnato al fatto che io lavori. Probabilmente è stato il prestigio che io ho contribuito a far raggiungere in breve tempo alla nostra famiglia. In un'annata buona, riesco a guadagnare quasi il doppio del suo salario da ingegnere, e con un colpo alla mia autostima, precedentemente calcolato, gliene consegno la maggior parte, che lui può gestire come meglio crede. Grazie al mio contributo al reddito familiare, fra tutti i nostri amici indiani siamo sempre noi ad avere la casa più grande, i giocattoli più belli, i vestiti più alla moda e a dare le feste più spettacolari.

«Quale uomo non sarebbe felice di avere in casa l'incarnazione di Lakshimi?», si vanta sempre Sandeep, paragonandomi alla dea della ricchezza e del benessere. Che uomo saggio. Ha capito che il segreto di una vita felice, è una moglie felice. Quando un marito tratta sua moglie come la dea che realmente è, la ricchezza arriva di conseguenza.

Preity, Eric e i bambini arrivano il giorno dopo Natale, riempiendo la casa di risate e di gioia. Io e Sandeep ci divertiamo, nei nostri ruoli di *Nanaji* e *Naniji*, a giocare con i nipotini. Ci piacerebbe che abitassero più vicino a noi, ma io so benissimo che Preity non sarebbe contenta di avere il mio fiato sul collo, ancor più di adesso! Che cosa posso farci? È il mio dovere di madre cercare d'istruirla, di correggerla. Se non io, chi?

Per cena, ho preparato le mie specialità più richieste: *murgh makhani*, cioè pollo al burro, teneri pezzi di petto di pollo con una salsa di crema di pomodoro. *Chhole*, una specie di chili a base di ceci che Preity chiama "lussuoso cibo punjabi", delizioso tutto l'anno ma particolarmente invitante in una fredda notte invernale come questa. E *sarson da saag* su *makki di roti*, un'altra ricetta invernale particolarmente amata da me e Sandeep fin dall'infanzia. Gli ingredienti del *sarson da saag* sono tenere foglie di senape, spinaci e spezie che faccio cuocere a lungo e a fuoco molto basso, oppure nella pentola a pressione. Lo mangiamo con *makki di roti*, un pane morbido di farina di mais e di grano, cotto sulla piastra. A volte aggiungo alla pasta il *kasuri methi* (fieno greco), o fresco o la radice grattugiata, oppure il cilantro, per variare un po'; ma anche un *makki di roti* semplice, caldo caldo, con un filo di burro, ha un sapore dell'altro mondo.

Dopo cena, quando nessuno mi vede, mi sbottono i pantaloni e mi mordo la lingua con grande imbarazzo. Se non ci sto attenta la pancia mi deborderà dalla camicia da notte nuova prima ancora che io riesca a indossarla!

Dopo aver rimboccato le coperte a Lina e Jack, io e Preity allunghiamo le gambe e ci rilassiamo nella sala hobby, mentre gli uomini guardano la televisione al piano di sotto. L'angolazione della luce mi fa notare che la sua faccia è più rotonda, i suoi zigomi meno prominenti.

«Sei ingrassata?», le chiedo. «Sembra proprio di sì».

Fa spallucce. «Non lo so e non mi importa. Ho smesso di pesarmi».

«*Ehi*, non dire così! Non vorrai mica diventare una di quelle donne che si lasciano andare dopo il matrimonio. Lo so che gli inverni sono tosti, lassù nella vostra tundra gelata. Ecco perché Dio ha creato i tapis roulant. Preity? Mi stai ascoltando? Che cosa ho detto?».

Ripete a pappagallo le mie parole. Prendo nota.

«Bene, e a proposito degli inverni gelidi e aspri… La tua pelle mi sembra un po' stanca. Usi una crema da notte? Meglio usare sempre le migliori creme idratanti, *beta*. Altrimenti ti verranno le rughe prima del tempo».

«Non sia mai».

«Certo che no, chi lo vorrebbe? Dammi retta deciditi a usare le creme idratanti, ok?». Noto che mi sta fissando e le chiedo: «Che c'è? Perché mi guardi così?».

Sorride a denti stretti. «Oh, niente niente».

La notte successiva, ci ritroviamo nella stessa situazione dopo aver messo i bambini a letto.

«Mamma? Per caso ti ricordi di quel ragazzo che avevo incontrato a Goa?».

Sbatto le ciglia. E questo da dove salta fuori? Cercando di rimanere impassibile, mormoro: «Vagamente», anche se me lo ricordo benissimo.

Come se una madre potesse dimenticarsi di quando sua figlia per poco non le faceva venire un infarto. Torna dal piano di sopra con una busta di plastica bianca. Contiene un libro illustrato per bambini dipinto a mano, per lei, dal suo fidanzatino musulmano. «Chissà che fine avrà fatto… Non ci siamo nemmeno salutati…». Dal tono della voce traspare una sfumatura accusatoria, non fa nulla per mascherarla: "Grazie a te".

Hai Rabba, perché questo brutto viaggio indietro nel tempo?

«Sto pensando di rintracciarlo», dice.

Ok, il viaggio è finito. «Preity, basta dire stupidaggini. Non hai più diciotto anni. Hai una vita meravigliosa. Un bel matrimonio, figli stupendi, una carriera. Cosa vuoi di più?». Apro la busta di plastica e le ordino di riporre il suo libretto e non pensarci più. «E adesso parliamo di cose più piacevoli». Mi riassetto il vestito, mi sistemo i capelli e sorrido. «Ho visto Kiran, è in gran forma. Ti ho detto che fa ginnastica regolarmente? Yoga, pesi e cardio-fitness. Certo, essendo un medico ci tiene molto alla salute. Non è meraviglioso che sia tornata a casa?».

«Sì, meraviglioso».

«È tutto qui l'entusiasmo che riesci a dimostrare nei confronti di una delle tue migliori amiche?»

«Veramente io e Kiran non siamo mai state grandi amiche».

«Ma certo che sì, eravate inseparabili».

«No, quelle inseparabili eravate tu, zia Meeenal e zia Uma. Kiran a malapena mi sopportava. Nel caso tu non te ne sia accorta, non le sono mai piaciuta».

Aggrotto le sopracciglia. Non riesco a capire cosa le sia preso, stasera, alla mia angelica figlia. «Ma certo che le piacevi. Tutti ti adorano. Perché non dovresti piacere a qualcuno?».

Preity volge lo sguardo altrove. «Soltanto perché si sceglie di non parlare di qualcosa, non significa che la cosa scompaia».

«Non capisco di cosa stai parlando».

I suoi occhi mi fissano. «Arsallan, sto parlando di *Arsallan*».

«*Beta*». Sorrido, ma mi sento a disagio. Forse è troppo caldo qua dentro? «Non fare la difficile, ti prego».

«Sei tu che stai facendo la difficile».

«Preity!». Mi sale il sangue alla testa. «Da quand'è che parli così a tua madre?»

«Mi spiace. È solo...». Mi porge una mano come a chiedere scusa, poi la lascia cadere sul libro, con un tonfo. «È che tu cambi sempre argomento quando il tema per te è scomodo o imbarazzante. Mi chiudi la bocca quando ne hai abbastanza. Mi piacerebbe... Tu se mia madre, la mia unica e sola madre. Vorrei poter parlare con te, parlare sul serio. Non soltanto della mia forma o della mia carnagione».

«Te la sei presa per quello che ti ho detto ieri sera».

«Sinceramente non me ne importa granché. Io la vedo così. Ci sono così tante altre cose ben più importanti nella vita. Perché escluderle?».

«E va bene, va bene, va bene. Mi stai facendo venire il mal di testa». Mi massaggio le tempie che mi stanno martellando. «Vuoi parlare. Allora avanti: parla. Ma prima fammi prendere un'aspirina».

Lascio andare la testa sui cuscini, già pentita di aver accettato.

Mia figlia pensa che io sia piena di pregiudizi. *Pregiudizi*! Che semplificazione affrettata!

I conflitti tra indù e musulmani risalgono a secoli fa, ai tempi in cui gli invasori musulmani conquistarono i regni indiani, saccheggiando, violentando e uccidendo. Dissacrarono e distrussero i templi indù, erigendoci sopra delle moschee, a volte usando addirittura gli stessi blocchi di pietra.

«Hai presente un vulcano che dorme per anni e poi erutta senza alcun preavviso?», le dico, cercando di spiegarle un argomento molto complesso in un modo che lei possa comprendere. «Le relazioni tra indù e musulmani sono esattamente così. La minaccia della violenza è sempre lì. Come lava che scorre sotto la superficie. La Scissione mi ha insegnato che certe comunità sono separate da linee di demarcazione. Linee che non si possono oltrepassare».

Preity scuote la testa. «Piangiamo le stesse lacrime e sanguiniamo allo stesso modo».

«Non sono stata io a creare le regole», dico. «Loro sono quelli che sono».

«Se qui fossero tutti convinti di questo, le donne non avrebbero il diritto di voto e ci sarebbe ancora la segregazione razziale. Se in India tutti fossero convinti di questo, solo i discendenti dei Bramini avrebbero un'istruzione. E solo gli uomini».

È come paragonare mele e cipolle. Glielo dico, ma sto sprecando il fiato.

«Dio ci ha dato il cervello, mamma. Se le regole sono ingiuste, dovremmo cambiarle. Akbar il Grande non ha forse abolito le tasse inique che gravavano sui non musulmani?». Sta parlando della revoca da parte dell'imperatore Mughal, nel sedicesimo secolo, della *jizya* sui seguaci di altre religioni e delle tasse sui pellegrinaggi. «La sua moglie preferita, madre dei suoi successori, non era forse indù? Mentre la santa Inquisizione e la caccia alle streghe terrorizzavano l'Europa, in India un imperatore islamico emanava leggi all'insegna del rispetto e della salvaguardia di tutte le religioni e trattava allo stesso modo i credenti di qualsiasi confessione».

«Akbar è stato un'eccezione. Hai mai sentito parlare di Aurangzeb? Paragonati a *lui*, Saddam Hussein e Osama Bin Laden sono dei pivellini».

«Sapevo che lo avresti detto».

Devo ammettere che mi fa piacere che faccia dei riferimenti alla storia dell'India.

«Vedo che finalmente ti sei messa a leggere i libri che ti abbiamo dato io e papà».

«Non solo quelli, anche molti altri. Avevo solo bisogno di tempo».

Io e Sandeep abbiamo fatto del nostro meglio per tappare i buchi nella preparazione scolastica dei nostri figli, ma è stata un'ardua impresa cercare di far quadrare le *nostre* lezioni con le *loro* lezioni. Non potevamo negare il loro bisogno di padroneggiare la civiltà e la cultura che incontravano appena usciti di casa. L'immediatezza divenne una priorità. Mi rende così orgogliosa il fatto che abbiano voluto *espandere* i propri orizzonti come speravamo, con i lori tempi e ciascuno a suo modo. Sebbene al momento non saprei dire se è stato proprio un bene...

«I miei studi confermano ciò di cui sono certa», dice Preity. «La discriminazione è sempre sbagliata. La violenza nel nome di Dio è sempre sbagliata. E quando l'umanità intraprende un cammino sbagliato e devia da queste verità fondamentali, bisogna assolutamente correggere il nostro corso». Mi sciorina molti altri esempi: la discriminazione tra caste, l'istruzione delle donne e i diritti sull'eredità, il matrimonio tra bambini, le violenze domestiche e l'uccisione delle mogli a causa della dote, le seconde nozze per le vedove, e il *sati*, una pratica adesso illegale per cui una vedova si doveva immolare sulla pira funeraria del marito, considerata un atto di devozione. «Da oriente a occidente, nel passato e nel presente la gente, di qualsiasi origine e cultura, ha sempre scavalcato queste barriere artificiali e si è unita nella lotta comune per l'umanità. Questo è quello che ho imparato».

Wow. Ma che bel discorso. Applaudite la ragazza. Avrebbe dovuto essere lei l'avvocato in famiglia, non Tarun. Lei non passerebbe mai sopra a ciò che ritiene un'ingiustizia. Una volta, quando aveva cinque anni, vide una mamma che sculacciava suo figlio nel supermercato. Per tutta la strada di ritorno a casa, m'implorò di chiamare la polizia, difendendo i diritti del bambino. «Non è giusto», continuò a urlare finché non le andò via la voce. Se non l'avessi zittita, avrebbe continuato all'infinito con quella predica. «Falla smettere. Falla andare via…».

«Tornando ad Arsallan», dice.

«*Hai Rabba*». Mi porto una mano alla fronte.

«Ho deciso di informarmi».

«*Hai Rabba*!». Sento un dolore al petto.

«E comincerò con Riya-*didi*, per vedere se qualcuno…».

«HAI RABBA!». Adesso il mio respiro si fa affannoso, il sudore mi bagna le sopracciglia e le ascelle s'inumidiscono. «NON TI AZZARDARE a fare una cosa del genere. Che cosa penserebbe la gente? Mia figlia, sposata, che corre dietro a un uomo sposato. Un *musulmano*, per giunta. Riesci a immaginare che cosa potrebbero dire?»

«Prima di tutto non gli sto correndo dietro. E poi chi se ne importa dei pettegolezzi».

«A *me* importa. A *tuo padre* importa. Anche a *te* dovrebbe importare. E poi devi salvaguardare la reputazione della tua famiglia. Se tuo marito lo scopre…».

«Eric lo sa già».

Sussulto e mi copro gli occhi. Ha battuto la testa quando era piccola? Se l'è spaccata in due come una noce di cocco? E il suo buon senso è scivolato via insieme al latte di cocco? «*Mai* parlare con il proprio marito di altri uomini», le dico quello che dovrebbe essere ovvio per una qualsiasi donna con un cervello funzionante. «Anche i mariti diventano gelosi».

Preity ribatte con aria sprezzante. «Geloso di cosa? Non ho nulla da nascondere. Io ed Eric non abbiamo segreti».

«Puff. Continua con questa storia e li avrai».

Non riesco proprio a capire questa nuova generazione. Una moglie parla con suo marito come se fosse una sua amica. Le mogli pretendono di avere anche un rapporto di amicizia. Ma è una cosa innaturale!

Mi alzo e vado a sedermi accanto a mia figlia, la prendo per le spalle e le dico con fermezza: «Ascoltami. Sono tua madre.

Sono io che ti ho fatto venire al mondo. Ti conosco meglio di chiunque altro, meglio di quanto tu stessa non ti conosca, e so che cosa è meglio per te. Indipendentemente dai rapporti fra indù e musulmani e dalla reputazione, ti prego, non mettere a repentaglio il tuo matrimonio. Hai moltissimo da perdere, e io non voglio vederti soffrire, né te né nessun altro. Ci sono persone in grado di gestire un'avventura extra-coniugale. Tu *non* sei una di quelle. Tu sei Sita, non Radha».

Nell'epica indù sia Sita che Radha hanno dei grandi amori. Quello di Sita è una relazione coniugale con suo marito Ram, mentre quello di Radha è una relazione adultera con Krishna. L'epica esalta il romanticismo di entrambe le coppie, ma in realtà... Ditemi quale società accetta apertamente i Krishna e le Radha del mondo.

«*Avventura*?», ribatte Preity. «*Chi* ha parlato di un'avventura? Sono innamorata di mio marito. Non lo tradirei mai. E poi Arsallan non è certo un Ravan». Ravan, il malvagio del triangolo Ram-Sita-Ravan, con un trucco convince Sita a uscire dalla zona dove è al sicuro, poi la rapisce e la corteggia per farla innamorare di lui. «Credimi, mamma. Non era per niente un presuntuoso, né uno di quei tipi lascivi da cui mi hai sempre raccomandato di stare alla larga. Né di quelli che dividono le donne in sante o puttane, pure o impure. O di quelli che non concepiscono che una ragazza, anche se è una brava ragazza secondo i nostri standard e le nostre regole di etichetta, possa bere, uscire con un ragazzo o indossare un bikini». Solleva il mento, stizzita. «Arsallan era un illuminato. Romantico e rispettoso. Un perfetto gentiluomo. E un uomo devotissimo alla famiglia, concorderesti con me se lo avessi conosciuto. Era così dolce con i suoi nipotini. Sono certa che è un marito e un padre meraviglioso».

Sospiro. Nonostante tutte le sue letture, la mia fantasiosa Preity vive in un mondo ideale fatto di giusto e sbagliato, di male e bene, di persone che sono innocenti fino a prova contraria. Mi sembra di sentirla, mentre dichiara che il povero

Ravan è semplicemente stato frainteso. Dio benedica la sua ingenuità, vorrei che continuasse a vivere per sempre in quel suo mondo bello e sicuro. Ma il mio dovere, il mio compito di madre, è quello di metterla in guardia sulle cose brutte della vita.

«Sono sicura che avrà davvero a cuore la sua famiglia», le dico. «La famiglia è molto importante nella cultura indiana. Un padre di famiglia non lascerà mai sua moglie, distruggendo l'unione della famiglia, ma Preity...». E questo come glielo dico? «Ciò non vuol dire che non frequenti altre donne, con discrezione, di nascosto. Fidati. La dolce e innocente ragazza che ha conosciuto allora è diventata una donna matura e desiderabile. Ti guarderà bene, darà per scontato che sei un'americana dissoluta e tenterà un'avventura».

«Oh, cavolo!». Preity alza gli occhi al cielo. «Mi sa che il circolo Hindi-Bindi ha visto troppi film di Bollywood».

Non vuole capire, ma cos'altro potrei dirle?

Ho sempre cercato di essere aperta e schietta con Preity, come le donne della mia famiglia lo sono state con me durante la crescita. Ma allora c'erano dei limiti alla franchezza madre-figlia, e ce ne sono ancora, almeno per quanto mi riguarda. Linee che non possono essere oltrepassate, circostanze in cui una madre non dovrebbe parlare a sua figlia come a un'amica, a una coetanea. Una figlia può avere tutti gli amici che vuole ma, come ha detto Preity, ha una e una sola madre. Una madre non deve mai dimenticare l'alto ruolo che riveste, non può limitarsi a essere solamente un'amica. Forse è per come mi hanno cresciuto, ma io la vedo così. Non sono stata educata per essere la migliore amica di mia figlia; sono stata educata a fornirle un modello di comportamento.

Raddrizzo la schiena e le parlo con calma e convinzione. «Preity, non giocare con il fuoco. Il passato è passato. Entrambi siete riusciti a spegnere la vecchia fiamma e avete proseguito ognuno per la propria strada. Per l'amor del cielo, dimentica questa storia».

Quella notte, a letto, dico a mio marito: «Tua figlia è la persona più testarda, ostinata...».

«Lo so», dice Sandeep. «Ha preso da sua madre».

«Tu non hai idea». Spengo la lampada sul comodino, sistemo bene il cuscino e mi stendo dalla mia parte. Accanto a me, Sandeep ridacchia. La cosa lo diverte solo perché non sa quello che so io. Se lo sapesse, la ucciderebbe.

Mi mette un braccio attorno alla vita, mi attira verso di sé e mi dà un bacio sulla spalla. «Non possiamo proteggerla dal mondo».

«Ma è nostro dovere tentare», dico, sebbene al momento, in tutto il mondo, l'unico che mi preoccupa è Arsallan Khan.

Nella mia camicia da notte di seta rossa, stendo le braccia lungo i fianchi e faccio un giro su me stessa.

«Bellissima», dice lui. «Come sempre».

In tutto il mondo, esiste una donna che sia immune da questo complimento, specialmente quando arriva dalle labbra dell'uomo che ama? Se esiste non l'ho ancora incontrata.

Un'ora dopo, scivolo fuori dal letto, recupero la camicia da notte dal pavimento e in punta di piedi mi avvio in bagno a vestirmi.

«Sonu...», allunga un braccio verso di me.

Sonu è un vezzeggiativo, come "tesoro". È anche un diminutivo per Sonia, il mio nome prima del matrimonio. Secondo la tradizione indù, la moglie prende dal marito un nome da sposata completamente nuovo: nome, secondo nome, cognome. Il nome del marito diventa il secondo nome della sposa, e anche il secondo nome dei futuri figli, maschi e femmine. Mio padre si chiamava Gurpreet Malhotra. Alla nascita io ero Sonia Gurpreet Malhotra. Dopo il matrimonio: Saroj Sandeep Chawla.

«Sonu», piagnucola di nuovo. «Non andartene. Torna qui».

«Mi dispiace Deepu, devo andare».

«Non ancora», protesta, tirando via le coperte dalla mia parte del letto e indicando il mio posto vuoto.

«Non posso. Lo sai che abbiamo la casa piena di ospiti...».

Un gemito. Un lamento. Un sospiro.

Pietoso. Rido mentre mi vesto. «Gli uomini sono proprio dei bambinoni».

«Solo con le donne che amano. Che ci posso fare se ti amo? Se non ne ho mai abbastanza di te? Se il tempo non mi basta mai…».

«E anch'io ti amo, caro, e quindi mi farò perdonare».

«Presto?»

«Presto».

«Promesso?»

«Promesso».

«Ok». Salta giù dal letto, mi viene vicino e mi prende il viso tra le mani. I suoi baci sono morbidi, dolci, adulatori, ogni tocco delle sue labbra punteggiato da un: «Ti amo».

Mi sciolgo. Mi lascio spogliare e riportare a letto. Tutte le volte che stiamo insieme, che ci tocchiamo, rimango meravigliata. In adorazione. «Per tutto questo tempo», gli sussurrai, spossata, dopo la prima volta. «Non ho saputo cosa mi stessi perdendo».

«Io sì», mi disse Deepak.

Sì, giusto, proprio *Deepak*. Cioè Deepak Sharma, il mio primo amore. È lui quello tra le mie braccia. Dieci anni fa, le nostre vite si sono incrociate di nuovo. Ci incontriamo in un condominio della Rotunda, un complesso alla moda vicino alla Galleria Tyson. Il proprietario, un amico scapolo di Deepak, è sempre in viaggio. In hindi abbiamo un detto: "*Teri bhi chup*; *meri bhi chup*". Fai il bravo; anch'io farò la brava.

Molte avventure distruggono i matrimoni, alcune avventure li salvano. Deepak non lascerà mai sua moglie, e io non lascerò mai mio marito. Nessuno dei due lascerà l'altro. È proprio grazie alla nostra relazione che i nostri matrimoni funzionano. Durano. Prosperano. Non biasimo mio marito per ciò che non riesce a darmi. Sono perfettamente felice e soddisfatta di ciò che mi dà. Non c'è amarezza né risentimento. Solo comprensione e affetto.

Amo due uomini. In maniera diversa, ma con la stessa intensità. È un destino che non vorrei mai per mia figlia. Prego che non sia la sorte che l'aspetta. Non riesco a non preoccuparmi. E se Arsallan fosse il suo Deepak?

Le conseguenze per Preity sarebbero disastrose. Crollerebbero le fondamenta di tutto ciò in cui crede. L'immagine che ha di sé andrebbe in frantumi. Il suo matrimonio non sopravviverebbe. Non so nemmeno se lei stessa sopravvivrebbe.

A volte, in Preity vedo la ragazza che ero, la donna che sarei potuta diventare, una donna che crede in un mondo senza confini o barriere, in un unico pianeta, in un'unica razza, quella umana.

Se solo riuscissi a crederci ancora...

DA: "Saroj Chawla" <Saroj@ChawlaCatering.comi>
A: Meenal Deshpande; Uma Basu
INVIATO: 28 dicembre 20xx, 09:15
OGGETTO: Un favore

Meenal e Uma,

Ho un favore da chiedervi. Vorrei ritrovare un'amica della mia infanzia. Non ci siamo più viste a causa della Scissione. Per caso voi o i vostri mariti conoscete qualche pakistano che viva da queste parti? Tanto per cominciare mi piacerebbe parlare con qualcuno che provenga da Lahore (e che ovviamente abbia voglia di parlare con me).

Saroj

DA: "Meenal Deshpande" <dil_MD1@yahoo.com>
A: Saroj Chawla; Uma Basu
INVIATO: 28 dicembre 20xx, 10:22
OGGETTO: RE: Novità

Yash conosce alcuni medici pakistani. Indagherà. Di questi tempi il mondo è piccolo, vedrai che troverai la tua amica.

Meenal

P.S. Kiran ti ringrazia ancora per le samosa!

DA: “Uma Basu” <ubasu@gwu.edu>
A: Meenal Deshpande; Saroj Chawla
INVIATO: 28 dicembre 20xx, 11:01
OGGETTO: RE: Novità

Carissima Saroj,

Nell'“Associazione Studenti Pakistani” sicuramente ci sarà anche qualcuno che proviene da Lahore.

Se puoi, fai una ricerca su Internet per vedere quali fra le università locali abbiano un sito dell'associazione, e manda una mail ai loro presidenti. Altrimenti, se vuoi, lo posso fare io domani.

Un grande abbraccio,

Uma

DA: “Saroj Chawla” <Saroj@ChawlaCatering.com>
A: Meenal Deshpande; Uma Basu
INVIATO: 28 dicembre 20xx, 13:45
OGGETTO: RE: Novità

Grazie mille a entrambe!!!

Un altra novità, Preity vorrebbe imparare a leggere/scrivere in punjabi. Così potrà leggere i libri punjabi per bambini a Lina, Jack e Eric(!). Vorrebbe che il suo punjabi arrivasse almeno al livello del bengali di Zio Patrick! :) Sono così felice…

C'è TALMENTE TANTA meravigliosa letteratura/poesia punjabi che AMEREI Preity conoscesse, ma aspetterò il momento giusto per tirarla fuori. È sempre meglio che queste cose siano una SUA idea. ;)

Saroj

DA: “Meenal Deshpande” <dil_MD1@yahoo.com>
A: Saroj Chawla; Uma Basu
INVIATO: 28 dicembre 20xx, 20:57
OGGETTO: RE: Novità

Saroj, sono tanto felice per Preity! È davvero meraviglioso che LEI abbia voluto iniziare autonomamente questo percorso! È così difficile e delicato mantenere il giusto equilibrio in modo da svelare la cultura indiana alle generazioni nate in America senza sembrare autoritari. Noi vogliamo che apprezzino, non che si ritraggano; che si sentano arricchiti, non alienati dalla loro eredità culturale.

Questa sete di Preity per la conoscenza è davvero lodevole e, devo ammetterlo, invidiabile. Mi sento fortunata che Vivek e Kiran si ricordino ancora un po' di marathi. Sentirli parlare nella mia lingua è un piacere immenso. Sembra che abbiano ancora quattro anni, l'età in cui hanno cominciato la scuola: la loro conoscenza del marathi è rimasta congelata a quel tempo. :) È molto dolce che dalla bocca di una figlia medico e di un figlio consulente manageriale escano delle frasi e dei toni fanciulleschi. :)

Mi sforzo di parlar loro in marathi in modo che non si dimentichino quel poco che sanno. Se non lo faccio io, chi lo farà?

Sarò ben felice di portarti dei libri punjabi al ritorno dall'India. La poesia di Bulleh Shah? Qualcos'altro? Io stessa vorrei cominciare a leggere la poesia Sufi. In quest'epoca il mondo avrebbe davvero bisogno di un po' della saggezza Sufi. Come dice Uma: «Dove sono andati a finire tutti i Sufi?».

Uma, sei ancora a San Francisco?

Meenal

SARSON DA SAAG DI SAROJ (FOGLIE DI SENAPE E SPINACI)

Ingredienti per 4 porzioni:

1 mazzo (o 1 busta) di spinaci
1 mazzo di foglie di senape
1 cucchiaino di sale
2 cucchiai di olio di semi di arachide, separati
2 teste d'aglio triturate
1 pezzetto di 2 o 3 centimetri di radice di zenzero fresco, pelata e tritata
2 peperoncini verdi tritati
½ cucchiaino di amchur *(polvere di mango) o succo di limone*
1 pizzico di assa fetida *(o* hing*)*
1 tazza di acqua
1 cipolla gialla piccola a dadini
garam masala
1 cucchiaio di farina di mais

In uno scolapasta, lavate gli spinaci e le foglie di senape sotto l'acqua fredda. Metteteli a bagno nell'acqua fredda salata. Asciugate e triturate.

In una pentola a pressione fate riscaldare 1 cucchiaio d'olio. Aggiungete gli spinaci e le foglie di senape. Mescolando continuamente, aggiungete anche l'aglio, lo zenzero, il peperoncino, l'*amchur* e l'assa fetida.

Fate cuocere a pressione per 5-10 minuti dopo aver aggiunto l'acqua.

In un wok o in un'ampia padella, fate riscaldare l'altro cucchiaio d'olio a fuoco medio-alto.

Aggiungete la cipolla. Fate soffriggere finché non diventa dorata.

Aggiungete gli spinaci e le foglie di senape. Portate a fuoco a medio. Fate rosolare per 2 minuti.

Aggiungete il *garam masala*. Fate rosolare per 1 minuto.

Aggiungete la farina di mais. Coprite e fate cuocere dai 2 ai 5 minuti.

Mangiate con *makki di roti* o con pane di mais e burro fresco.

SUGGERIMENTI DELLA MAMMA:

L'assa fetida renderà maleodorante tutto l'armadietto delle spezie. Meglio conservarla in frigo dentro un sacchetto di plastica ben chiuso.

UMA BASU MCGUINESS: IL TUO O IL MIO DESTINO?

Ci sono due modi di lasciare questo mondo,
nella luce o nelle tenebre.
Se si muore nella luce, non si tornerà più indietro;
ma se si muore nelle tenebre, si tornerà.

BHAGAVAD GITA

Il giorno prima di partire per San Francisco, mio marito e io ammucchiamo centinaia di pacchetti e di scatole da regalo, il nostro bottino per il Walter Reed Army Medical Centre. «Tu e i tuoi elfi vi siete dati da fare, signor Babbo Natale», mi dice baciandomi sotto il vischio.

La nostra biblioteca assomiglia all'ufficio di Babbo Natale tutto l'anno, non solo durante le feste. Proprio come mia madre e le sue amiche ogni settimana impacchettavano le medicine per i lebbrosi di Madre Teresa, allo stesso modo i miei amici e io lavoriamo sui nostri progetti umanitari. Ogni settimana, mettiamo insieme dei kit medicinali per i bambini bisognosi di tutto il mondo e per i nostri soldati feriti, due cause che mi stanno molto a cuore.

È stato durante la guerra del Vietnam che io e Patrick ci siamo innamorati, scrivendoci delle lettere. Prima che lui partisse per andare a prestare servizio, io stavo ancora cercando di abituarmi alla mescolanza sociale che c'era in America tra uomini e donne. Nei suoi confronti, come in quelli della maggior parte degli uomini, ero timida e riservata. Non parlavo a meno che qualcuno non mi rivolgesse la parola, non chiamavo mai un uomo per nome, e in loro presenza abbassavo sempre lo sguardo.

Con le nostre lettere cambiò tutto.

Nella comunità bengalese abbiamo un'abitudine che chiamiamo *adda*, cioè una conversazione amichevole e informale su ogni argomento possibile. Per me e le mie compagne di college, le *adda* andavano ben oltre i pettegolezzi mondani o le abitudini delle nostre famiglie, e arrivavano a toccare gli eventi mondiali, l'economia, la filosofia, la psicologia, la sociologia, le scienze, la religione, lo sport, la storia e l'arte. Proprio così. Passavamo ore alla Coffee House di Calcutta a pontificare sulla vita e a trovare soluzioni ai problemi del mondo fra una tazza di tè Assam e una di Darjeeling, tra uno snack e l'altro, *chanakur*, *kachuri*, *muri*, *nimki* e *shingara*. Quanto mi mancava il cameratismo, lo stimolo intellettuale e l'esercizio mentale delle *adda*. Quanto sono stata felice quando la corrispondenza tra me e Patrick ha riempito quel vuoto.

Avete mai notato quanto più profonda, più intima, più onesta sia la parola scritta rispetto a una conversazione verbale, faccia a faccia? Forse è perché si sta seduti lì, da soli, e si ha il tempo per riflettere, rivedere e trovare le parole giuste. La parola scritta ci può trasportare oltre la superficie, oltre la facciata, ci permette di scorgere, anche se di sfuggita, il mondo interiore delle persone.

Con il tempo, la familiarità e la fiducia, le barriere sociali sparirono. Io e Patrick finimmo per aprirci l'uno verso l'altra, per parlare a ruota libera, per confortarci a vicenda. Non aspettavamo di ricevere la lettera dell'altro per rispondere. Ci scrivevamo e basta, e continuavamo a scriverci regolarmente, così era un flusso continuo di posta che andava e veniva. Quello era un brutto periodo per entrambe le mie patrie. Quando non mi preoccupavo per il Vietnam, mi preoccupavo per l'India e viceversa. Il subcontinente indiano negli anni Sessanta stava sperimentando l'ennesima tragedia. Nel 1962 la Cina aveva invaso inaspettatamente l'India. Nel 1965 l'India e il Pakistan erano di nuovo in guerra per il Kashmir. Il ciclone del 1970, uno tsunami lungo una notte intera, aveva ucciso milioni di persone nel Bengala dell'est, che a quel tempo era già diventato il Pakistan dell'est. Subito dopo la guerra civile in Pakistan aveva falciato molte altre vite umane in quella zona già devastata. Nel 1971, con l'aiuto dell'India, il Pakistan dell'est si staccò dal Pakistan dell'ovest e ottenne l'indipendenza come Bangladesh nel 1971.

Io avevo tanto bisogno di parlare di questi eventi così gravi per l'India, ma quasi insignificanti per l'America, mentre Patrick aveva tanto bisogno di parlare del Vietnam con qualcuno che non vi fosse direttamente coinvolto. Si apriva di più con me che con la sua famiglia perché non voleva farli preoccupare più di quanto già non lo fossero. Da quando era partito sua madre andava in chiesa due volte al giorno e teneva una candela sempre accesa per lui. Ogni volta che qualcuno lo nominava le si riempivano gli occhi di lacrime.

«Ci sono tre guerre», mi scrisse Patrick in una delle sue lettere. «La guerra politica, la guerra sul territorio, e la guerra dentro ogni essere umano». Quando si confidò con me, condividendo le sue paure e l'orrore abietto dell'essere testimone delle crudeltà che un uomo è capace di infliggere a un altro uomo, gli scrissi dei consigli che Krishna aveva dato ad Arjuna sul campo di battaglia, nel *Gita*. Il *Bhagavad Gita*, *Canto del Signore*, è il gioiello della saggezza spirituale induista, un antico poema epico scritto in sanscrito paragonabile all'*Iliade* di Omero, dove gli dèi interagiscono con i mortali e in cui Arjuna, un grande guerriero come Achille, s'interroga sulla virtù della guerra.

Nelle nostre lettere, meditavamo sull'esistenza di Dio, sui fallimenti dell'uomo, sul significato della vita e della morte, sulle leggi che regolavano le nostre vite e sul compito che ognuno di noi era destinato a portare a termine. Gli confidai i segreti più intimi e oscuri della mia famiglia, gli dissi della mia nascita sotto cattivi auspici, del calo progressivo del patrimonio di mio padre dovuto al fatto che, con così tante figlie e nipoti da sposare, erano necessarie altrettante e cospicue doti per assicurare a tutte un buon partito.

Nel mio caso, nemmeno una dote massiccia avrebbe allettato qualche pretendente. Secondo l'astrologia vedica, io sono ciò che noi chiamiamo una "potente *manglik*", vale a dire una donna nata sotto l'influsso di Marte, malefica, traditrice. Risparmiandovi tutto i discorsi tecnico-scientifici, basta dire che è una cosa molto, molto negativa per le prospettive nuziali. Osservando la mia carta astrale, usanza abituale prima di un matrimonio, era molto difficile pensare di trovare una famiglia indiana che mi avrebbe preso in considerazione come sposa per i propri figli, visto che le *manglik* sono quelle donne che compromettono la salute dei loro sposi e che possono addirittura causarne la morte prematura.

La mia prozia, rimasta vedova a quattordici anni, era una *manglik*. Tre mesi dopo il matrimonio, suo marito fu investito da un autobus a due piani. Morì sul colpo all'età di ventuno anni. Secondo la consuetudine lei non avrebbe mai più dovuto portare dei gioielli, né il punto sulla fronte (*bindi*) o il *sindoor* sui capelli, tutti simboli che indicavano una donna sposata. E nemmeno avrebbe potuto risposarsi, perché le seconde nozze per una vedova erano, e sono ancora anche se in maniera minore, una vergogna nella cultura tradizionale indù.

Si potrebbe sostenere che correlazione non significa causalità, nei casi delle vedove *manglik*. Ma pochissimi genitori ci scommetterebbero la vita dei propri figli.

Questa fu la ragione di fondo per cui *Thakurda*, il mio nonno paterno, incoraggiò la mia istruzione, mandandomi prima alla Loreto House, una scuola esclusiva in cui le suore mi insegnarono con successo la lingua inglese, e poi al College Presidency, dove ottenni una laurea in Letteratura inglese e ancora, cosa molto più controversa, all'estero per approfondire gli studi.

«No», disse *Baba*, e strappò la mia lettera di ammissione al Boston College. Per quanto lo riguardava, la cosa ormai era fuori discussione. Né la borsa di studio a totale copertura dei costi, né il generoso, per gli standard indiani, stipendio da insegnante riuscirono a fargli cambiare opinione. A quel tempo, la maggior parte delle ragazze della classe medio-alta andavano al college solo per passare il tempo in attesa del matrimonio e/o per accrescere il loro valore sul mercato delle future spose. Sempre di più, le famiglie di alto rango volevano delle spose istruite per il loro figli, anche se come mogli, non era loro permesso lavorare dietro retribuzione.

Ma la combinazione di vari fattori sfortunati portò tutti i componenti della mia famiglia, inclusa me, a sospettare che il mio destino fosse segnato: sarei rimasta zitella, reietta dalla società. Sapendo che quella era la cosa più probabile, *Thakurda* non poté negare il mio fervente desiderio di approfondire gli studi all'estero e di perseguire la carriera d'insegnante al mio ritorno, visto le mie poche chance di avere un marito e dei figli. «Chi non si spinge a esplorare tutta la terra è come una rana in fondo a un pozzo», disse *Thakurda* citando un proverbio Sanscrito. «Mia nipote forse finirà zitella, ma non sarà mai una rana in fondo a un pozzo». Con quella frase, il verdetto della corte giudicante di *Baba* fu inequivocabilmente cambiato dalla corte suprema di *Thakurda*.

Quando lo raccontai a Patrick, lui mi disse che sicuramente il mio destino non era quello di una rana in fondo a un pozzo. Ma nemmeno quello di una zitella. Perché, se ce l'avesse fatta a uscire vivo da quell'inferno, mi avrebbe sposato, e insieme avremmo esplorato tutta la terra.

Caspita.

A ogni lettera che ricevevo tiravo un sospiro di sollievo, sapendo che era ancora vivo, e avevo il cuore a pezzi perché non sapevo che cosa avrei fatto se non fosse più tornato. In realtà non sapevo nemmeno cosa avrei fatto se fosse tornato.

«Attraversa il ponte quando te lo trovi di fronte», mi consigliò Coleen, sua sorella e la mia migliore amica americana.

Quando finalmente arrivò il momento in cui dopo tanta attesa Patrick tornò a casa, attraversai quel ponte al volo e mi gettai tra le sue braccia.

«Tu sei la ragione per cui sono vivo», disse, in ginocchio di fronte a me nella veranda della casa dei suoi genitori, con tutta la famiglia che spiava dalle finestre. «Mi hai dato la forza di andare avanti. Mi hai dato la speranza. Hai salvato la mia vita. Sono tornato per te, Uma. Se questo non è destino, non so proprio che cos'è. Sposami. Per favore. Diventa mia moglie».

Non potevo dire di no. Dopo tutto quello che avevamo passato insieme... *Non volevo* dire di no.

C'è un'espressione bengali che dice: "*Tumi bina ke achhe amar*?". Chi si prenderà cura di me, se non tu?

«Voglio prima vedere il tuo oroscopo», dissi.

Patrick concordò, non tanto perché ci credesse ma solo per rispetto verso le mie convinzioni – una delle tante, tante ragioni per cui amo e ammiro quest'uomo – e insieme, in gran segreto, pianificammo il calcolo della sua carta astrale, che si otteneva prendendo data, luogo e ora di nascita e disegnando la mappatura della posizione dei pianeti in quel preciso momento.

Quando ci incontrammo con l'astrologo a New York, il cuore mi balzò in gola.

Ricordate che cosa vi avevo detto a proposito del mio essere una *manglik*? Be', esiste una scappatoia. Se uno dei coniugi è *manglik*, le previsioni sono funeste. Ma il cattivo auspicio viene neutralizzato se entrambi gli sposi sono dei *manglik*. Secondo tutti gli astrologi consultati dalla mia famiglia, la loro unica chance di darmi in sposa era trovare un altro *manglik*.

Scoprimmo che anche Patrick era un *manglik*.

«Se questo non è destino», dissi, «allora non so proprio che cos'è».

A San Francisco, mio marito e io siamo seduti di fronte a nostra figlia e a nostro genero nel salotto del loro appartamento elegante. Come un girasole che si piega di lato, Rani si appoggia a Bryan lasciando cadere la testa sulla sua spalla. «Dobbiamo andare al veglione di Capodanno dai Chawla?», chiede, provocando uno scambio di sguardi tra me e Patrick.

«Be', questo risponde alla tua domanda», dice Patrick. «Ebbene sì, sul labbro inferiore di Boo può ancora atterrare un aereo». Boo, diminutivo di Boo-Boo, è il nostro soprannome per

Rani. Fin da quando era in fasce, il suo broncio era capace di farci fare qualsiasi cosa lei volesse. Patrick lo chiamava la sua "faccia boo-boo".

Bryan la guarda. «Che c'è che non va, amore? Hai sempre adorato fare Capodanno dai Chawla».

Rani alza le spalle. «Stavo solo pensando che potevamo fare qualcosa di diverso, quest'anno».

«Tipo cosa?», le chiedo.

«Rimanere a casa. Ordinare una cena a domicilio. Noleggiare dei film. Sapete cosa voglio dire, stretti stretti in famiglia».

«Hmm-hmm...», la fisso in attesa.

«Ho socializzato fin troppo», dice lei, «dopo la mostra e tutto il resto».

«Hmm-hmm...».

Toglie un peletto immaginario dal maglione di Bryan. «L'ultima cosa di cui ho bisogno sono due dozzine di zie che mi scocciano con la storia dei figli».

Ah. Ecco la verità. Non riesco a trattenere una risatina.

Rani dice con aria di disapprovazione: «Sei proprio simpatica, mamma».

«Scusami, *shonu*, dici che le zie ti scocciano, ma non hai idea di quanto ti scoccerebbero in India, dove non è concepibile che una coppia scelga di non avere bambini».

«Lo so, lo so», dice lei. «Ma sono stanca di dover spiegare e difendere le mie scelte riproduttive. E non sono solo le zie. In questo periodo ci si sono messi tutti. Arrivi ai trent'anni e dei perfetti estranei si permettono di indagare. E di fornire i loro consigli non richiesti».

«Decidi tu», le dico. «Se non vuoi venire alla festa, non sei obbligata».

«Grazie...».

«Ma io e papà ci andiamo».

«Oh. Be', naturalmente...».

«Non fosse altro per il cibo», le dico, «non possiamo perdercelo per nessun motivo».

Guardando nella nostra direzione Bryan strizza l'occhio. «Sei cosciente del fatto che negarmi il buffet di zia Saroj è una punizione crudele e inusitata, vero?».

Adoro mio genero. Io e Patrick non avremmo potuto scegliere un marito miglior per Rani, nemmeno se lo avessimo selezionato noi stessi.

«Ehi, Bryan può andare con mamma e io starò a casa con Boo», dice Patrick.

Scuoto la testa. «Non credo proprio».

«Grazie del tentativo papà, ma tu *ci andrai*», dice Rani, «e ballerai con mamma».

Fa una faccia. «Questo è inusitatamente crudele...». Patrick non ha molti difetti: questo è uno di quelli. Odia ballare, e il ballo è una delle due caratteristiche principali delle feste dai Chawla insieme al cibo eccellente. Di solito lui e Meenal rimangono seduti in disparte a guardare. «Non ci vado se non vieni anche tu», Patrick intreccia le mani dietro la testa, i gomiti aperti, e si mette a fissare il soffitto.

Rani ride e alza gli occhi al cielo. «Che stiamo facendo, una gara a chi fa più il broncio?».

Patrick sporge in fuori il labbro inferiore a imitazione di Rani. Io e Bryan lo seguiamo a ruota.

Rani fa una smorfia di finta indignazione. «State facendo comunella contro di me, vero? Ok, va bene, è andata. Andremo tutti insieme alla festa. Contenti adesso?». Ai nostri segnali e mugugni di approvazione, lei fa finta di scribacchiare qualcosa sul palmo della mano e poi ce la mostra. «La segretaria segna tre voti "sì" per il trio responsabile del complotto. Un astenuto. La mozione è passata. Chawla, stiamo arrivando».

Il pomeriggio seguente andiamo alla galleria dove sono esposti i lavori di Rani. Io e Patrick avremmo tanto voluto esserci per l'inaugurazione ma adesso ci stiamo godendo la nostra visita privata, solo per noi. E che tour.

«Boo, ma è incredibile», la voce profonda di Patrick vibra di orgoglio paterno.

Per l'eccitazione mi si accelera il battito del cuore. «Tu hai un dono, mia cara. Saraswati ti ha benedetto». Mi riferisco alla dea della conoscenza e delle arti, mentre mi guardo attorno con ammirazione. «*Questo* arriva dalla ragazza che è stata sgridata per aver disegnato sui muri a casa e perché scarabocchiava continuamente in classe». Gli insegnanti di Rani pensavano che non stesse attenta, ma poi lei li scioccava rispondendo sempre correttamente alle domande. Sorrido, meditando fra me e me. «Non è divertente guardarsi indietro e scoprire che i segni della nostra personalità erano già tutti lì, fin dall'inizio? Nel caso di Rani, erano addirittura scritti sui muri, a caratteri cubitali».

«Davvero, vi piacciono?», chiede Rani, e mi fa piacere che la nostra opinione sia ancora così importante per lei e che ci tenga a saperla. Anche se spesso ignora i nostri consigli.

«Certo che ci piacciono», dico io e Patrick annuisce.

Ci fa un sorriso un po' sbilenco e osserva le sue unghie, corte e irregolari, con lo smalto scheggiato. «Be', non è ingegneria aerospaziale».

Tutti quei ritratti attorno a noi adesso sembrano ridacchiare.

«Lo sapresti se fosse così», dice Bryan, cingendola con un braccio.

Sì che lo saprebbe. In caso nessuno ve lo abbia detto: la nostra celebrata artista ha un master in Ingegneria aerospaziale, non in arte. Rani infatti non ha molta preparazione scolastica in campo artistico. Prima di decidere di dedicarsi alla sua passione a tempo pieno, lavorava per la NASA. Un ingegnere che diventa un artista. O, come dice lei, un artista mascherato da ingegnere aerospaziale.

Devo ammettere che non ero stata per niente entusiasta della sua idea di lasciare il lavoro, di abbandonare una carriera rispettata e ben retribuita. Non riuscivo a capire perché non potesse continuare il suo hobby nel tempo libero. Ma questo fu un argomento su cui il mio voto contò molto poco, specialmente di fronte all'incoraggiamento e al sostegno costante di Bryan.

Patrick fu come la Svizzera: neutrale. «Se vuole può sempre tornare indietro», disse.

Ero sicura che lo avrebbe fatto. Specialmente quando la società di Bryan, specializzata in siti internet nella Silicon Valley, dovette chiudere per fallimento. E adesso sono di nuovo qui a chiedermi...

La scorsa notte siamo rimaste in piedi fino a tardi a chiacchierare, solo noi due. Rani mi ha detto che si sente esaurita, bruciata. «Quasi carbonizzata», per essere precisi. È comprensibile, le ho detto. Aveva lavorato tantissimo e la sua vena creativa si era essiccata. Proprio mentre pronunciavo queste parole, ho sentito un campanello d'allarme. "Non sarà mica qualcosa di più che un semplice inaridimento della creatività?".

«Sei stata dal medico?», le ho chiesto. «Ti sei fatta controllare le prescrizioni?»

«Sì», ha detto Rani. «Per adesso nessun cambiamento, ma proseguiamo la cura per un altro mese. Questa volta siamo d'accordo sul fatto che è causato da fattori esterni».

Questa volta, diversamente dalle due precedenti in cui era caduta in depressione clinica: la prima durante la scuola secondaria e la seconda al college, a causa di uno squilibrio chimico nel suo cervello. Una malattia ereditaria che le avevo trasmesso io stessa.

Le ho sempre detto: «Impara a riconoscerne i sintomi. Fai attenzione. Nessuno penserà male di te. Questa non è l'India».

«Brava la mia ragazza», le ho preso la mano e l'ho stretta. «Sono contenta che tu ci sia andata. Hai fatto la cosa giusta».

«A questo riguardo. La giuria non si è ancora espressa sulla performance artistica».

«Cioè?».

Ha alzato le spalle. «Forse avevi ragione. Non avrei dovuto mettere tutte le mie uova in un unico cestino».

«Perché lo dici?». "Che cosa è cambiato?".

Mi ha confessato che da quando il suo hobby è diventato il suo lavoro, la sua creatività è finita sotto pressione, cosa che prima non succedeva. L'arte è diventata più fatica e meno ispirazione. Tutta questa recente attenzione per un verso è stata lusinghiera e gratificante, per l'altro opprimente, soffocante, troppo incalzante.

«Adesso sento il fiato della gente sul collo, sempre più stress, sempre più aspettative, oltre le mie stesse aspirazioni», ha detto. «Non siamo più io e la mia arte. Adesso sono rimasta solo io, senza arte». Si è stesa sul divano e ha abbracciato un cuscino. «Non posso credere che sto dicendo questo, ma ora rimpiango la scelta di non fare l'ingegnere missilistico. Un lavoro in cui dovevo semplicemente fare delle cose. Gratificazione immediata. Orario d'inizio. Faccio il mio lavoro. Fine orario e via. Duecento dollari guadagnati».

L'ho lasciata parlare. Mi sono limitata ad ascoltarla.

«L'arte non ti dà nessuna certezza», mi ha detto. «Puoi passare anche tutta la vita a lavorare e rilavorare su qualcosa e non riuscirci mai, niente fine orario e via, nessun dollaro guadagnato. Non esiste una metodologia sicura da seguire. Nessun metodo funziona sempre. Il successo non è mai garantito. E anche se lo raggiungi una volta non è detto che la cosa si ripeta. Ogni giorno, ogni momento è come essere sempre al punto di partenza».

E poi l'ha detto. La resa che avevo tanto aspettato.

«Non credo di essere tagliata per essere un'artista a tempo pieno», ha detto. «La mia autostima non riesce a sopportare né l'incertezza né i fallimenti costanti. Penso che forse dovrei ricominciare a lavorare come ingegnere aerospaziale. Era molto più facile».

A questo punto avrei dovuto fare i salti di gioia. Ma non è stato così.

Ho sentito una strana apprensione, come un'indigestione che ti mette lo stomaco sottosopra. Adesso ho capito perché. Guardando in giro per la galleria, riesco a vedere chiaramente nel cuore di mia figlia, nella sua anima. Proprio come mi succedeva quando leggevo i diari di mia madre, le poesie che scribacchiava e che teneva nascoste agli occhi altrui, critici e severi.

C'è una ragione per cui Dio ci dona il talento che abbiamo e gli ostacoli che ci mettono alla prova e ci spingono a crescere; i nostri punti di forza, le nostre debolezze, le opportunità, le paure e le insicurezze. Per la prima volta riesco a scorgere abbastanza punti per unirli tutti. Mi rendo conto che non voglio che Rani torni sui suoi passi.

Voglio che vada avanti per la sua strada.

Spesso mi chiedo quali errori sconosciuti vengano accettati come verità dalle società odierne e quali norme culturali verranno considerate robaccia retrograda dalle nostre future generazioni. Oggi capisco la scienza dell'autodeterminazione sessuale e della depressione post parto. Mi fa infuriare che la società biasimi le donne che non concepiscono figli maschi, quando è lo sperma dell'uomo che contiene il cromosoma Y. E per la depressione clinica, come per la maggior parte delle malattie sconcertanti prima che gli scienziati ne trovino la cura, mi spezza il cuore pensare: "Sarebbe bastata una pillola per salvare *Ma*". Cioè, se fossero riusciti a superare gli stigmi sociali della "malattia mentale" e ad accettare il concetto "a ogni malattia la sua pillola" della medicina occidentale.

Adesso ringrazio Dio di vivere in un'epoca e in un luogo differente e sono grata di aver sposato un uomo come Patrick. Sebbene tutto ciò mi sia costato il rapporto con mio padre, credo che le cose si compiano secondo un destino. Ogni cosa accade per una qualche ragione. Patrick era destinato a essere mio marito e Rani mia figlia.

Mi ricordo come mi sentivo impotente quando vedevo *Ma* che soffriva, incapace di portarle il benché minimo aiuto. Oggi mi rendo conto: non ho potuto aiutare mia madre, ma adesso posso aiutare mia figlia.

Un'altra chance per me.
E per lei.

Quando arriviamo nella nostra casa di città a Old Town Alexandria, Rani va direttamente a letto. La sua stanza è esattamente come l'ha lasciata. A parte passarci ogni tanto l'aspirapolvere e a farle cambiare l'aria, non la tocchiamo.

Sulla parete di fronte al letto, Rani ha dipinto degli occhi castani della grandezza di uno schermo cinematografico, le ciglia lussureggianti, le palpebre sottolineate dal *kohl* nero e un *bindi* color rubino disegnato in mezzo alle sopracciglia arcuate. A seconda dell'angolazione (e del mio stato d'animo), gli occhi sembrano felici o tristi, speranzosi o scoraggiati, seduttivi o innocenti. Ma quegli occhi mi guardano sempre. In qualsiasi parte della stanza mi trovi. In qualsiasi direzione mi muova. A volte mi fanno venire i brividi. Non so come Rani, o Bryan, possano dormire o fare qualsiasi altra cosa, con quegli occhi che li guardano.

«Mi sento una tale fallita», dice Rani, tirandosi su le coperte, fino al mento.

Mi siedo sul letto accanto a lei, con la schiena rivolta agli *Occhi enigmatici*. «Non sei una fallita. Sei soltanto un po' scarica. Tutto qui».

«Uh-uh. Non credo che ce la potrei fare come artista a tempo pieno». Con l'indice della mano destra si disegna una F immaginaria sulla fronte. «Fallita».

«Smettila», le do uno strattone al polso. «Sei troppo severa con te stessa. Ti ricordi quante volte ti ho detto che la depressione non è un modo di indulgere sulle proprie debolezze? Che uno squilibrio chimico è semplicemente uno squilibrio chimico? Che quel cervellone intelligente che ti ritrovi ha solo bisogno di essere ricalibrato, e lo sarà? Ecco, in questo caso il concetto è lo stesso. La tua batteria è scarica. Non ha più liquido. Succede. Hai bisogno di ricaricarla e lo farai».

«Non lo so...».

«Ok, allora dimmi una cosa. Un genio esce dalla bottiglia e si offre di esaudire il tuo desiderio di raggiungere il successo nel lavoro che sceglierai. L'opinione altrui, il talento, i soldi, nessuna di queste cose ha importanza. Non ci sono ostacoli. Il successo è garantito. Allora quale lavoro sceglieresti?»

«Fare l'artista», dice senza esitazione.

«Ecco la risposta».

«In un mondo ideale».

«Ok, l'arte non è proprio la strada facile che ti eri immaginata. E allora? Se è la tua strada, falla funzionare. Lotta per lei. Lo so che è più facile a dirsi che a farsi. Ma so anche che tu puoi farcela. Davvero, Rani. Ho grande fiducia in te. Devi avere fiducia in te stessa».

Mia figlia mi guarda come se mi fossero spuntate due teste. «Non riesco a credere che mi stai dicendo questo. Proprio tu».

«Ho avuto un'intuizione alla galleria».

Paura e speranza si alternano negli occhi di Rani. «Mamma...?», dice con una vocina. «Dimmi una cosa. E se non dovesse funzionare? Se tentando e ritentando mi accorgessi che la magia se n'è andata per sempre, che non tornerà più? Se fossi un'artista completamente fallita, che ha fatto il suo tempo? Mi ameresti lo stesso?».

Non la rassicuro sul fatto che una cosa simile non succederà mai. Non è quello che ha bisogno di sentirsi dire in questo momento. Le sposto delicatamente i capelli dalla fronte. «Ma certo, Boo-Boo. Ti amerò qualsiasi cosa succeda».

«Anche se abbandono per sempre l'ingegneria aerospaziale?»

«Anche se abbandoni per sempre l'ingegneria aerospaziale».

«Anche se non farò figli e starò tutto il giorno in casa a mangiare pasticcini?».

Sorrido. «Se è questo che vuoi fare della tua vita, sì».

Anche lei sorride. Un sorriso a metà che mi mette il cuore sottosopra. «Grazie, mamma. Sei la migliore».

«No, sono solo nella top ten», scherzo io. Ci abbracciamo.

«Vieni giù», dico. «Mangia un boccone. Ho fatto il tuo piatto preferito, *shorshe salmon maachh*». Salmone in salsa di senape.

«Grazie, ma ancora non ho molto fame».

«Nemmeno per un curry di *chingri maachher malai*?». Gamberi al curry di cocco, un altro dei suoi piatti preferiti.

«Non ancora, grazie».

Questa è la sua solita risposta e mi preoccupa. «Rani, ho capito che non hai molto appetito ma stai dimagrendo troppo».

«No, ti prego, ancora con questo argomento».

«Sì, invece. Lo sai che ti devi sforzare. Devi mangiare. Non dico un pasto di nove portate ma almeno un pochino. Anche se non hai fame».

«Va bene però più tardi, per favore».

«E allora perché non vai a farti una bella passeggiata? La giornata è stupenda. C'è il sole...».

«Mamma». Emette un lungo gemito e si gira dall'altra parte allontanandosi da me. «Sono stanca».

«Puoi fare un pisolino più tardi. Dai, su, alzati. Hai dormito abbastanza. È quasi mezzogiorno». Le do una pacca sul sedere. «Andiamo a prendere un po' d'aria fresca».

«Non usciamo e poi diciamo che l'abbiamo fatto, ok?»

«Rani». Cerco di parlare con un tono severo. «Vuoi che vada a chiamare tuo padre e tuo marito?»

«Mamma! Questo non è giusto, stai chiamando i rinforzi, stai giocando sporco».

"Per te gioco in tutti modi possibili".

«Su. Su». Le tiro via le coperte, faccio un passo indietro e incrocio le braccia. Meno male che Bryan e Patrick non sono in casa. Il suo piagnucolio da cucciolo maltrattato metterebbe in ginocchio anche l'uomo più duro. Ma una madre sopporta qualsiasi cosa per il bene della sua bambina.

Rani si alza con lo slancio di una vecchia artritica. Quando l'abbraccio si affloscia addosso a me. «Ti ho mai detto quanto è brutta la depressione?», mi dice, con la testa sulle mie spalle.

«Lo so, cara, ma ne usciremo. Insieme, come una famiglia. Ti prometto che starai meglio. Ma non devi arrenderti». Mi ritraggo, le tiro su il mento con l'indice e la guardo negli occhi. «Non arrenderti mai».

«Non mi arrenderò». Mi dice con uno sguardo solenne. «Prometto che non ti farò una cosa del genere, mai più».

Oh, la mia adorata figlia, dolce e intuitiva. L'abbraccio di nuovo, la stringo forte. Anche lei sa di quali rassicurazioni ho bisogno.

Mia figlia ha gli occhi di mia madre. Senza dubbio pensereste che sono pazza se vi dicessi che è molto più di una semplice somiglianza. In fondo è quello che tutti hanno sempre pensato di *Ma*.

Si dice che gli occhi siano le finestre dell'anima e, fin dal primo momento che ho tenuto in braccio Rani, ho intravisto nella profondità dei suoi occhi grigi, appena nati, l'anima di mia madre.

Avrei anche potuto togliermelo di mente, se la cosa si fosse limitata a quello. Ma invece era solo l'inizio…

Fin dalla nascita, Rani aveva un'avversione quasi fobica per le cose intorno al collo, una specie di terrore da strangolamento. Non le ho mai rivelato come ho perso *Ma*, le ho detto solo che era morta a causa di complicazioni dopo il parto.

Da adolescente, oltre a scarabocchiare continuamente, Rani annotava versi contraddittori e suicidi a margine dei sui quaderni di scuola. Alcuni richiamano quelli di Sylvia Plath, la famosa poetessa suicida, molte frasi sono addirittura le stesse, parola per parola, delle tavolette scritte da *Ma* in bengali, lingua sconosciuta a Rani.

Un sabato mattina, dopo che io e Patrick ci svegliammo e trovammo la nostra ribelle di quindici anni riversa accanto a una pozza del suo stesso vomito dopo l'ingestione di un'intera confezione di sonniferi, mi arresi e aprii la mia mente a tutte le possibilità. Reincarnazione. Depressione clinica. Terapia. Essendo in gioco la vita di mia figlia, non potevo più permettermi il lusso di essere scettica, di aggrapparmi a un falso orgoglio.

Nonostante la notizia di questo incidente sia sempre rimasta all'interno della cerchia familiare (è affar nostro e di nessun altro) da quel momento in poi all'interno della nostra famiglia cambiò tutto. Da alcuni consulti medici, apprendemmo che io avevo svolto un ruolo significativo nel tentato suicidio di Rani. Fino allora, l'avevo sempre ripresa quando si permetteva di rispondermi o di discutere con me. Provengo da una terra in cui il dissenso è irrispettoso, quindi in nome del rispetto per gli anziani avevo imposto a mia figlia di trattenere ogni parola che potesse mettere in discussione la mia autorità. L'avevo obbligata alla sottomissione, modello di comportamento di una brava figlia indiana e mio dovere come brava madre indiana, almeno credevo. E le parole che le avevo proibito? Non erano semplicemente svanite nell'aria: si erano accumulate, come voci intrappolate dentro la sua testa, gridando sempre più forte per uscir fuori. Proprio come con *Ma*.

Il senso di colpa per ciò che avevo causato, anche se non intenzionalmente, quasi mi uccise. Quell'anno, la nostra famigliola si sarebbe facilmente potuta sfasciare. Invece rimanemmo uniti. Ci perdonammo a vicenda. Fu doloroso per ognuno di noi cercare di comprendere il punto di vista dell'altro. Imparammo come comunicare all'interno di una famiglia. Come parlare, come ascoltare, come dissentire e come accettare il dissenso. Imparai a guidare Rani senza imbavagliarla e senza metterle la camicia di forza.

Meenal e Saroj non approvarono per niente il drastico cambiamento nei modi in cui educavo mia figlia, e non furono le sole. Mi disapprovavano da entrambe le parti: gli amici indiani criticavano le mie abitudini occidentali e gli amici americani le mie credenze orientali. Ma nessuno di loro aveva mai camminato con le mie scarpe spaiate, un sandalo *chappal* in un piede e una scarpa da ginnastica nell'altro, e io mi rifiutai di soccombere alle loro pressioni. L'ignoranza della società e la ristrettezza di vedute avevano ucciso *Ma.* Non avrei permesso che questo succedesse anche a Rani.

Osservando dall'esterno qualcuno potrebbe dire, e molti lo hanno fatto, che ho fatto crescere mia figlia come una selvaggia. Pensatela come volete, ma dal mio punto di vista ho semplicemente permesso a mia figlia di esprimere la sua personalità. Finché non avesse fatto del male a qualcuno o a se stessa, mi sarei rifiutata di intrappolarla nella sua stessa pelle. Non avrebbe mai più dovuto sentire l'esigenza di fuggire dalla prigione del proprio corpo e tanto meno pensare che l'unica maniera per farlo fosse togliersi la vita. Mai più avrei contribuito a causare una cosa del genere, né con le mie azioni né per la mancanza di esse.

Io credo che Rani sia la reincarnazione di *Ma*. Credo che sia destinata, in questa vita, ad affrontare le stesse prove che *Ma* ha fallito in quella precedente. Credo che questa sia la sorte di tutti noi. Le nostre anime eterne rinasceranno in differenti corpi mortali finché non faremo le scelte giuste.

Deridetemi pure se volete, ma la storia ha dimostrato centinaia di volte che la religione di una persona per un'altra è solo superstizione e che la superstizione di una persona per un'altra è addirittura scienza. Cos'è verità e cos'è *maya*, illusione? Ai posteri l'ardua sentenza. Solo il tempo lo stabilirà.

DA: "Uma Basu" <ubasu@gwu.edu>
A: Meenal Deshpande; Saroj Chawla
INVIATO: 29 dicembre 20xx, 09:52
OGGETTO: Eccomi qua...

Carissime Saroj e Meenal,

Mi scuso ancora per non aver scritto prima. Siamo stati benissimo a San Francisco. Adesso siamo di nuovo qui. Sono venuti anche Rani e Bryan. Bryan dovrà tornare al lavoro dopo Capodanno. Sto cercando di convincere Rani a fermarsi fino alla fine di gennaio visto che ho un semestre sabbatico. Anche Rani potrebbe prendersi un periodo sabbatico e il mio progetto di tradurre gli scritti di sua nonna potrebbe farle bene.

È davvero meraviglioso che i ragazzi siano di nuovo qui. Lo so che lo diciamo tutte le volte, ma vale la pena di ripeterlo: crescono troppo in fretta! Non sembra solo ieri quando avevamo la loro età?

Auguri affettuosi,

Uma

DA: "Meenal Deshpande" <dil_MD1@yahoo.com>
A: Uma Basu; Saroj Chawla
INVIATO: 29 dicembre 20xx, 12:19
OGGETTO: RE: Eccomi qua…

Uma, SÌ!!! È davvero meraviglioso quando i ragazzi sono di nuovo a casa!!! :) Incrocio le dita perché Rani si fermi tutto il mese di gennaio. Dalle tutto il tuo amore e, se hai bisogno di un ulteriore sforzo di persuasione, puoi sempre urlare.

Meenal

DA: "Saroj Chawla" <Saroj@ChawlaCatering.com>
A: Uma Basu; Meenal Deshpande
INVIATO: 29 dicembre 20xx, 13:30
OGGETTO: RE: Eccomi qua…

Sì è vero, crescono troppo in fretta, tuttavia in qualche modo rimangono dei bambini anche quando sono adulti. Sarà solo perché siamo le loro madri che li vediamo così???

Nel tentativo di evitare ai miei figli le bruttezze di questo mondo, ultimamente mi è venuto il dubbio di averli protetti fin troppo. :(Siamo venuti in questo paese per offrire loro delle vite e delle opportunità migliori di quelle che noi abbiamo avuto in India, ma abbiamo dovuto fare dei compromessi…

Nonostante l'intelligenza di gran lunga superiore della mia angelica figlia, la sua istruzione privilegiata e l'invidiabile charme sociale che ha ereditato da sua madre (ahahah!), la piccola Principessa Disney che ho allevato in questa terra Latte&Miele a volte mi sembra fuori dalla realtà. Certi "fatti della vita" sono fuori dalla sua portata. Non c'è nulla che io possa dire per cambiare le cose. Sigh.

Ok, passiamo a un altro argomento… Uma, che cosa posso preparare per Rani? Kiran ha voluto le samosa. A Rani piacciono ancora i ceci? Preity si è inventata un'altra delle sue pazze fusioni culinarie, Chhole Caesar Salad (!). A Rani potrebbe piacere. Ci mette il pane grattugiato al posto del parmigiano. Volete assaggiare?

Chalo, si torna al lavoro…

Saroj

DA: "Uma Basu" <ubasu@gwu.edu>
A: Saroj Chawla; Meenal Deshpande
INVIATO: 29 dicembre 20xx, 16:43
OGGETTO: RE: Eccomi qua…

Carissima Saroj,

Ho rimuginato sulla tua email per tutto il pomeriggio. Capisco benissimo la tua frustrazione nel cercare di comunicare qualcosa che non viene recepito. Capisco anche la sensazione d'impotenza per non poter richiudere la tua preziosa principessa nella sua torre d'avorio e portarti dietro le chiavi come avresti potuto fare in India; così lei non dovrebbe imparare quanto è difficile sopportare i nostri fallimenti, le nostre cadute.

Ripeto sempre a me stessa che non posso impedire a Rani di soffrire, ma posso fare del mio meglio per prepararla e per sostenerla quando succederà, come è inevitabile che sia. Per lei sarò sempre un porto sicuro. Anche se fosse solo per un abbraccio veloce, o un bacio, o una spalla su cui piangere. Questo è quello che ho fatto quando aveva tre anni e che continuo a fare adesso che ne ha trenta.

Detto ciò, volevo rispettosamente sottoporre alla tua attenzione le seguenti considerazioni:

1. I "fatti della vita" sono quelli che costituiscono la realtà fisica, materiale.
2. Forse la visione del mondo di Preity è la VERITÀ e la tua è ILLUSIONE.

Vale la pena rifletterci. E se non ti è venuta voglia di lanciarmi addosso dei pomodori marci, Rani dice che le piacerebbe moltissimo assaggiare la Chhole Caesar Salad di Preity!

Tua, con affetto,

Uma

DA: "Meenal Deshpande" <dil_MD1@yahoo.com>
A: Uma Basu; Saroj Chawla
INVIATO: 29 dicembre 20xx, 18:05
OGGETTO: RE: Eccomi qua…

Uma, prima di quest'anno, sarei stata io la prima a tirarti i pomodori marci. Oggi mi hai lasciato senza fiato. Mia carissima amica bengalese, tu incarni le parole di Gopal Krishna Gokhale: «Ciò che il Bengala pensa oggi, domani lo penserà tutta l'India». :)

Per ovvie ragioni, quest'anno ho riflettuto a lungo riguardo «la realtà fisica e materiale a confronto con la realtà ultima, fondamentale».

Il corpo e la mente sono condizionati/contenuti nella nostra realtà fisica (ILLUSIONE). Lo spirito è senza confini, consapevole di tutte le possibilità, la realtà ultima (VERITÀ). I bambini vengono al mondo senza condizionamenti dello spirito. Noi li condizioniamo per inserirli nella nostra realtà, ma chi è più saggio rispetto alla VERITÀ?

Adesso la smetto, prima che Saroj pensi che ci stiamo alleando contro di lei. :)

Saroj ho cercato di chiamarti, Preity mi ha detto che eri in giro per delle commissioni. O hai il cellulare spento oppure non rispondi alle mie chiamate. Hmmm… Che succede?

Meenal

DA: "Saroj Chawla" <Saroj@ChawlaCatering.com>
A: Uma Basu; Meenal Deshpande
INVIATO: 29 dicembre 20xx, 19:11
OGGETTO: RE: Eccomi qua…

Uma, non sei tu la più intelligente? Lo SAPEVI benissimo che ti avrei tirato dei pomodori marci se li avessi avuti, ma dal momento che il Chawla Catering usa solo ingredienti freschissimi, sei salva!! Ahahah!!

Meenal, mi dispiace mooolto di aver perso le tue chiamate. Ero al supermercato e mi sono dimenticata di riaccendere il cellulare. Provo a chiamarti più tardi, traditrice. ;)

Che cosa deve fare una quando le sue due migliori amiche l'abbandonano nel samsara (ciclo terreno di vita morte e reincarnazione) mentre loro proseguono per il vanaprastha (cammino spirituale)??

Saroj

DA: "Uma Basu" <ubasu@gwu.edu>
A: Meenal Deshpande; Saroj Chawla
INVIATO: 29 dicembre 20xx, 20:59
OGGETTO: RE: Eccomi qua…

Carissima Meenal, hai scavalcato alla grande questa bengalese. Spero tu sappia che sei sempre stata di grande ispirazione per tutte noi e che continui a esserlo.

Carissima Saroj, tu sì che fai la bella vita! Nessuno sa godersi la vita meglio di te, anche tu sei di grande esempio per tutte noi, quindi prenditi quest'inchino super meritato.

Non vedo l'ora di celebrare un altro Capodanno con voi, mie amiche adorate.

Uma

GHEE BHAT DI UMA
(RISO PILAF CON BURRO CHIARIFICATO)

Ingredienti per 4-6 porzioni:

½ tazza di riso basmati
2 cucchiai di ghee *o burro non salato o olio di semi di arachide*
2 foglie di alloro
8 baccelli verdi di cardamomo
1 bastoncino di cannella (da 3 a 8 centimetri)
3 chiodi di garofano
¼ tazza di anacardi crudi non salati
¼ tazza di uvetta
¾ cucchiaino di sale (aggiustare a piacimento)
½ cucchiaino di zucchero (aggiustare a piacimento)
2 e ¼ tazze di acqua

In uno scolapasta, nel lavandino, risciacquate il riso sotto l'acqua tiepida finché non lascia più residui.

Trasferite il riso in una scodella. Riempite con acqua fredda sommergendo completamente e abbondantemente il riso. Lasciate a bagno per trenta minuti. Scolate.

Nel wok o in una padella profonda almeno trenta centimetri, fate riscaldare il *ghee* a fuoco medio-basso.

Aggiungete le foglie di alloro, i baccelli di cardamomo, la cannella e i chiodi di garofano e fate soffriggere per 1 minuto.

Aggiungete gli anacardi e l'uvetta e fate soffriggere per pochi secondi. Aggiungete mescolando il sale, lo zucchero e il riso. Fate soffriggere finché il riso diventa dorato, per circa 3 minuti. Aggiungete l'acqua. Aumentate il fuoco e portare a ebollizione. Coprite e riducete il fuoco al minimo. Fate cuocere finché l'acqua non si è assorbita e il riso è diventato tenero, dai 15 ai 20 minuti. Spruzzate il riso con il *ghee* fuso. Con una forchetta togliete i chiodi di garofano e i baccelli di cardamomo.

Servite caldo.

GHEE (BURRO CHIARIFICATO)

Ingredienti per ½ tazza:

2 panetti di burro non salato

Tagliate il burro in fettine di 2 centimetri e mezzo.

Portate a ebollizione in un tegame a fuoco medio.

Quando fa la schiuma, riducete il calore al minimo.

Fate cuocere mescolando di tanto in tanto, finché il burro non si separa in grumi di latte e grasso, per circa 8 minuti.

Mescolate continuamente finché il burro diventa color oro trasparente e i sedimenti sul fondo diventano dorati, per circa 3 minuti. Quanto smette di bollire, togliete dal fuoco.

Mettete nello scolapasta quattro strati inumiditi di tela. Sistematela sopra un contenitore di vetro. Versate il burro sugli strati di tela, pulendo il *ghee* dai sedimenti. Eliminate i sedimenti.

Ripetete il processo di scolatura finché tutti i sedimenti non siano spariti.

Conservate in un contenitore di vetro.

Il *ghee* si mantiene, a temperatura ambiente, per 2 mesi.

KIRAN DESHPANDE: FELICE ANNO NUOVO

Ieri non è nient'altro che un sogno
domani è solo una visione;
ma un oggi ben vissuto rende
ogni ieri un sogno di felicità
e ogni domani una visione di speranza.
Perciò prestate attenzione a questo giorno!

KALIDASA

Al veglione di Capodanno dei Chawla, lo zio Sandeep accoglie gli ospiti sulla porta. Alcuni ragazzini fanno su e giù per portare i cappotti al piano di sopra. Mentre mio padre aiuta mia madre a togliersi il cappotto, Preity appare in cima all'ampia scala.

«Zia Meenal!». Solleva gli orli della sua gonna lunga di velluto nero e plana nel foyer come una regina, adornata di orecchini, collane e braccialetti, le braccia aperte per accogliere mia madre. «Sei bellissima! Il tuo *sari* è stupendo!». Cinguetta la Regina degli adulatori.

Mia madre sorride, i suoi occhi castani risplendono sotto il lampadario di cristallo. «Ti piace?»

«Lo adoro! La lavanda è il tuo colore. D'alta classe, come te».

"Mi viene da vomitare. Stat".

Mia madre assume un'espressione indulgente e sdolcinata. «Sei dolcissima come sempre». Le prende le guance con le mani e le schiocca un bacio.

Guance molto paffute, a dir la verità. Sotto la sua lunga tunica fluente e la sua ampia gonna, la piccola signorina Perfezione sta diventando la piccola signorina Palla di burro. Allora c'è un po' di giustizia a questo mondo.

Preity la tira per le lunghe con il dannato *sari*: sapete, nel caso non fosse stata abbastanza leccaculo.

«Non ho mai visto una fantasia come questa...»

«È un disegno del Rajasthan chiamato *bhandhani*, che significa "tingere annodando". Mi hanno detto che è improvvisamente ritornato di moda, ultimamente».

«Oooh, zia Meenal». Le fa l'occhiolino. «Ma tu sei la dea della Moda».

Mamma ride. «Ebbene sì, sono proprio io. Zia dea della Moda».

"Ma quando la finiamo?".

Sono consapevole che tale grado di immaturità da parte mia è totalmente inappropriato, specialmente per una donna della mia età e della mia (supposta) posizione, ma è così. Preity Chawla Lindstrom riesce a tirar fuori il peggio di me. È sempre stato così. E lo sarà sempre.

Mio padre e lo zio Sandeep hanno chiacchierato fino a ora. Lo zio Sandeep si schiarisce la gola e dice: «Preity, non ti stai dimenticando qualcuno?». Dà a mio padre una bella pacca sulla spalla.

Preity tira fuori il suo sorriso dai denti perfetti alla Miss Sorriso nel Mondo, le braccia aperte. «Non potrei mai dimenticarmi dello zio Yash».

Sono la prossima nella fila. Mentre sta ancora abbracciando mio padre, i nostri sguardi s'incrociano, lei mi sorride e alza una mano per salutarmi. Faccio lo stesso, sforzandomi di sorridere. Arriva il nostro turno. Con i rispettivi genitori che ci osservano con grande aspettativa, andiamo l'una verso l'altra, scambiandoci degli abbracci freddi e formali e delle chiacchiere ancora più formali.

«Che bello rivederti», dice lei.

«Anche per me. C'è già anche Rani?»

«Sì, è di sotto. Devi assolutamente vedere la nuova pista da ballo».

«Certo certo, mi hanno detto».

«Tarun e il suo compagno di stanza saranno i nostri DJ per questa notte».

Mentre stanno arrivando altri ospiti, lo zio Sandeep chiede a Preity di sostituirlo nell'accoglienza sulla porta e si rivolge ai miei genitori. «Venite, le ragazze avranno tutto il tempo di aggiornarsi sulle loro vite».

"Grazie, zio Sandeep. Ti devo un favore".

«Che cosa berrai stasera?», chiede a mia madre. «Meenal ho preso la San Pellegrino apposta per te». S'infila in mezzo ai miei e, con fare casuale, cinge mia madre con un braccio.

Lei si volta come per dire qualcosa a me o a Preity, interrompendo il contatto. Apre la bocca, fa una pausa, un gesto come per dire "non fa niente" e sorride dolcemente. Tornando nella posizione iniziale si mette a braccetto con mio padre e scivola al passo con lui.

«Raffinato», dice Preity con ammirazione.

Annuisco. «Davvero raffinato».

«La zia Meenal non ha perso il suo tocco».

«Se è per questo, nemmeno lo zio Sandeep».

Tutti sanno che lo zio Sandeep è un incorreggibile dongiovanni. È il grande amatore, nella cerchia dei nostri amici indiani. Mia madre però, è maestra nel sottrarsi con grazia.

«Ti ricordi quella targa che c'è nella cucina della zia Uma?», dice Preity. «Quella che le ha regalato la sorella dello zio Patrick? "Diplomazia irlandese: l'abilità di dire a un uomo di andare al diavolo in modo che lui non veda l'ora di andarci". La zia Meenal dev'essere stata irlandese nella sua vita precedente».

Non è interessante scoprire come gli altri vedono i tuoi genitori?

Spesso molto diversamente da come li vedi tu. Se i miei genitori mi vedessero nel mio elemento, nel mio mondo, non nel loro, mi domando se anche loro noterebbero la differenza nel modo in cui mi vedono gli altri. Specialmente mio padre…

Un dio nordico (quasi calvo) si materializza accanto a Preity. Indossa un maglione rosso e nero su dei pantaloni neri sportivi e sembra sia appena uscito dalla pagine del catalogo della J. Crew.

«Ciao, tu devi essere Kiran», cinge Preity con un braccio e mi porge l'altra mano.

«E tu devi essere Ken, ehm, *Eric.* Ecco, lo sapevo, scusami tanto». Mi do un pacca sulla testa, prima di stringergli la mano. «Troppi nomi da ricordare in queste feste».

«Hai ragione, non è uno scherzo. Quando sono in dubbio, Preity mi ha detto di dire solo zio o zia». Mi sorride. Un bel sorriso. Una stretta di mano franca e sicura. Forte ma senza rompermi la mano. «Sono contento di incontrarti, finalmente».

«Anch'io». "Grazie per non aver detto che hai sentito tanto parlare di me".

«Mammina! Mammina!». Un bambino arriva correndo e si avvinghia attorno alle gambe di Preity. Indossa un pigiama molto chic di cotone nero e crema con il collo alla coreana e ricamato con dei fili rosso, verde e oro. Saltellando dice: «Anch'io voglio le campanelline!».

«Tu non puoi», dice una bambina che indossa un *ghagara-choli* color melone, rosa e mela verde. «Tu sei un maschietto». Ha almeno una dozzina di ciondoli di vetro e delle cavigliere d'argento con delle campanelline. Mentre saltella, la sua treccia alla francese le rimbalza sulle braccia, tintinnando a ogni mossa.

«Lina, sii gentile con tuo fratello. Non preoccuparti, cucciolo. Ci inventeremo qualcosa. Scommetto che *Nanaji* può equipaggiarti con le sue campanelle cinesi. Eric, mi chiameresti papà per favore? Credo che sia di sotto. Digli che io e Jack abbiamo bisogno del suo aiuto, urgentemente».

«Come no!», Eric si avvia.

Le sopracciglia di Lina si ravvivano d'interesse mentre segue il padre con lo sguardo. «Campanelle?»

«Solo per maschietti», dice Jack. «Non per femminucce».

«Noo-oh».

«Sìì-ih».

«*Mami*», entrambi si rivolgono a Preity per cercare appoggio.

«Ora basta», dice Preity. «Lina, tu tintinni già abbastanza.

Jack, tu tintinnerai tra poco. Adesso, se non riuscite a essere carini l'uno con l'altra tolgo le campanelline, a tutti e due. Intesi?». Annuiscono con gli occhi ben aperti. «Niente più lagne?». Annuiscono di nuovo. «Ok, allora fatemi vedere un po' di buone maniere. Salutate zia Kiran».

Mi prende un colpo. «Zia Kiran... Wow...».

Preity ride. «È la prima volta che ti chiamano così?», mentre annuisco aggiunge. «Ti ci abituerai. Ma sì, anch'io mi ricordo della prima volta che mi hanno chiamato zia Preity. Più o meno come essere chiamata "mamma" per la prima volta. Ti fa sentire come se camminassi già con il bastone al centro anziani, non è così?»

«*Zia* non è poi così male. Ma *mamma* mi fa sentire davvero a disagio». Rabbrividisco e mi sfrego le braccia. «Però devo ammettere che *zia* suona abbastanza bene. Zia Kiran...». Provo a dirlo. Lo faccio uscire dalla bocca. «Zia Kiran...».

«Zia Kiran!», dice Lina.

«Zia Kiran!», si unisce Jack.

Mi si stringe il cuore. Una sensazione quasi dolorosa. I suoi bambini sono adorabili, suo marito la guarda ancora come se fosse una bomba sexy quando lei sta chiaramente lottando per mantenere un giro vita decente (e ha praticamente perso). Prima o poi dovrò ucciderla. Sono un medico, conosco un sacco di modi. Veloci e indolori. Con una lunga agonia. Che non lasciano traccia...

Spunta fuori lo zio Sandeep facendo dondolare delle campanelle cinesi e i bambini strillando si volatilizzano con il nonno, lasciando me e Preity a fissarci, di nuovo.

"E con questo ti devo due favori, zio Sandeep".

«Kiran, io...». Basta il tono di Preity a farmi capire che non mi piacerà dove vuole andare a parare. «Ho appena saputo di zia Meenal. Mi dispiace davvero tanto. Non ne avevo idea. Non sapevo che dire quando l'ho vista, ho pensato che forse avrei fatto meglio a chiedertelo, prima di dire qualcosa di sbagliato. Dovrei dirle qualcosa o evitare l'argomento?»

«Io eviterei per stasera», le dico. «Ma falle una telefonata prima di ripartire, la farai contenta».

Preity annuisce. «Ti avrei chiamato. Se lo avessi saputo».

«Probabilmente è proprio per questo che nessuno ti ha detto niente».

«Kiran, io...». Aggrotta le sopracciglia e fa un lungo respiro.

"No ti prego. Qualsiasi cosa, tientela per te".

«Lo so che non siamo mai andate molto d'accordo», mi dice, «ma spero davvero che riusciremo a superare la cosa. Sai, adesso siamo zie».

Cioè: non dovremmo più comportarci come delle bambine.

«Se c'è qualsiasi cosa che io possa fare... Davvero qualsiasi cosa...». Preity si allunga verso di me, mi stringe un braccio.

"Per l'amor di Dio!". Mi viene voglia di urlare e fuggire dalla stanza.

«Io sono qui», mi dice. «Voglio che tu lo sappia».

Posso dirvi che provare simpatia per una rivale, anche se solo una rivale d'infanzia, è una vera condanna? Lo è. Un vero inferno. Ed è ancora peggio quando questa simpatia è genuina, viene dal profondo del cuore. Come con Preity. Quella stronzetta. Perché non scende al mio livello? Sarebbe troppo chiederle di essere maliziosa come molte altre donne caricate a estrogeni? Come diavolo faccio a lottare con qualcuno che non lotta con me? Che tipo di rivalità idiota è mai questa? Non le importa nulla della tradizione?

«Grazie», borbotto.

«Oh, ecco Tarun!», Preity fa cenno a suo fratello. «T, guarda chi c'è!».

«Ciao! Kiran!».

«Ciao a te! Piccolo T!».

«Non sono più così piccolo», mi solleva facendomi penzolare le gambe. «Sono un metro e ottanta».

«Non importa», dico. «Tu per me sarai sempre piccolo».

Lui ride. «Come Little John, il luogotenente di Robin Hood. Anche lui non era per niente piccolo».

«Esatto».

«T, stavi andando di sotto? Perché non fai vedere a Kiran le stanze nuove?», Preity previene la mia stessa richiesta. «E vedi se riesci a trovare Rani. Dai, andate. Vi raggiungo dopo. Vado a vedere se mamma ha bisogno di aiuto…».

Grata per l'opportunità di un'uscita di scena inaspettata, le rivolgo un'occhiata da dietro le spalle. «A dopo…». "Quanto non vorrei essere come te", penso richiudendomi nella mia immaturità, una coperta di sicurezza, logora e mangiata dalle tarme. Ma ovviamente è una bugia, quella che non vorrei essere come Preity, lo è sempre stata e lo sarà sempre.

Quest'anno i Chawla hanno finito di ristrutturare il loro enorme seminterrato e hanno spostato al piano inferiore la tradizionale pista da ballo. Oltre una porta a vetri scorrevole, una tenda riscaldata copre il patio in mattoni e il buffet luculliano di zia Saroj. Tarun e il suo compagno di stanza Jeb, anche lui studente in Legge, sono gli incaricati per la colonna sonora della serata. Oltre al *bhangra*, musica indiana, moderna, da ballo, una sorta di discomusic indiana, hanno selezionato anche una serie di video musicali per far bella mostra del (nuovo) enorme, schermo cinematografico a cristalli liquidi.

Piccolo T mi dice che hanno fatto un mix di MTV, VH-1 e di video tratti dalle canzoni e dalle coreografie dei musical di Bollywood. Oltre a questo, luci di tutti i colori, a intermittenza, stroboscobiche. Ci manca solo la palla da discoteca.

Quando mi vede, Rani caccia un urlo. Corre verso di me e mi getta le braccia al collo. Mi bacia sonoramente sulla guancia. Il suo alito sa un po' di menta.

«Schnapps?», le chiedo.

«Sì», dice. «Preity ha aromatizzato un thermos di cioccolata calda. Ne vuoi un po'?»

«No grazie, magari dopo».

«Stavo congelando quando sono arrivata qui. Adesso sto

bollendo. Ma basta parlare di me. Allora cos'è questa storia di un secondo matrimonio, combinato?».

Rido. «*Semi*-combinato, e come mai non sono sorpresa che tu già lo sappia?»

«Le parole viaggiano veloci sull'espresso Hindi-Bindi».

«Come sempre!».

«Dai, racconta, racconta», Rani muove velocemente le dita delle mani. «Liberati dal peso. Le menti curiose vogliono sapere tutto, proprio tutto. Dettagli, ragazza».

Le afferro le mani. «Dopo, dopo».

«Va bene. Mi fai aspettare, ma la pagherai. Dai, andiamo a ballare», mi prende la mano.

«Oh, no», ritiro la mia mano. «Nonono. Dov'è il tuo maritino?»

«Il mio maritino è di sopra e sta perdendo anche la camicia a *teen pathii*». Il *teen pathii* è l'equivalente indiano del poker. Rani cerca di nuovo di prendermi la mano ma io sono più veloce.

«Rani, lo sai che io non…».

«Stanotte lo farai. Non posso accettare una risposta negativa. Ci sono già tua madre e mio padre a reggere il muro. Ti assicuro che quel muro non ha bisogno di ulteriore sostegno, credimi».

Sicuramente, mia mamma e lo zio Patrick hanno assunto la loro solita posizione, appoggiati al muro a chiacchierare. Rani mi prende per un braccio e mi trascina sulla pista, muovendo i fianchi e puntando l'indice in aria (non stavo scherzando quando mi riferivo alla discoteca) al ritmo di una qualche incomprensibile canzone hindi.

Rani ha sempre avuto un grande senso del ritmo. Proprio come io ne ho sempre avuto la totale mancanza.

Non vedrete mai una festa danzante a casa nostra. I miei genitori sono persone molto posate, e le feste dai Deshpande sono altrettanto pacate. Ma le feste della zia Saroj e dello zio Sandeep sono esagerate tanto quanto quelle dei miei sono all'antica. La zia e lo zio sono l'incarnazione del *masti*, come lo chiamano loro. Il gusto di vivere.

«Rani, lo sai che non so ballare…».

«Ma sì che sei capace, e ballerai».

«Non fa parte del mio codice genetico».

«Non vorrai mica metterti a discutere con me di natura contro educazione. Non puoi vincere. E adesso guarda. Prima zia Saroj mi ha dato delle lezioni private». Mi mostra dei passi di danza. «Immagina di raccogliere della polvere di stelle per poi spargerla. La raccogli. La spargi». Muove le mani facendo dei gesti delicati e aggraziati. «La raccogli. La spargi. È facile. Prova».

«Forse dopo un drink, o tre…».

«La vuoi smettere con la tua analisi-paralisi e limitarti a farlo insieme a me? Dai. Raccogli, spargi. Raccogli, spargi. Wheee! Non è fantastico?».

Le faccio un gestaccio mentre cerco di non inciampare.

"Il piede destro incrocia il sinistro. Passo di danza. Fai finta di raccogliere la polvere di stelle sulla sinistra.

Ritorna a posto. Passo di danza. Fai finta di spargere la polvere di stelle nell'aria alla tua destra".

«Ecco bene… Proprio così… Muovi di più le dita… Brava… Adesso segui il ritmo…».

"Ta-ta. Ta-ta. Raccogli. Spargi".

Le faccio un sorriso sardonico. «Lo sai che ti odio».

«Lo so». Arriccia le labbra e mi tira un bacio.

Rani McGuiness Tomashot era il tipo di ragazza in grado di vendere, o almeno affittare, il ponte di Brooklyn a un newyorchese.

E non ricordo l'ultima volta che mi sono divertita così.

Zia Uma si avvicina. «Ciao, ragazze. Vedo che vi state divertendo. Sei felice di essere venuta, hmmm?», chiede a Rani con tono retorico.

«Sì, mamma. Avevi ragione».

Zia Uma fa spallucce e scherza: «A volte succede».

«Sì, sì. Fin troppo per i miei gusti».

Facendo l'occhiolino, zia Uma si defila e va a raggiungere altre zie.

«Ultimamente sono stata un po' una guastafeste», mi spiega Rani. «Fortunatamente per te, ho smesso di esserlo da stasera».

«Ma che fortuna!».

Decidiamo di fare una pausa per andare a prendere un po' d'acqua, i nostri battiti sono accelerati e ci cola il sudore dalla fronte. Chiedo a Rani: «Chi sono quelle?». *Quelle* si riferisce alle nuove arrivate sulla pista da ballo, un gruppo di ragazze simpatiche, eleganti e spigliate. Nonostante sembrino più o meno della nostra età, sono certa di non averle mai viste. Me ne sarei ricordata... Le ragazze sono fasciate in *salwar-kameez*, *ghagara-choli* e *sari* dai tagli moderni e all'ultima moda, ma si muovono in maniera sensuale come se stessero indossando dei costumi super sexy! «Ho sempre pensato che il *sari* fosse un tipo di abbigliamento raffinato, elegante...».

«Matronale?», aggiunge Rani.

«Sì! Sexy è una parola che non mi era venuta in mente prima, perché, sai...».

Annuisce. «Forse perché hai sempre associato il *sari* alle zie e alle nonne».

«Esatto! Ma queste baby-*bindi*... Si muovono in un modo...».

Rani sorride. «Fanno sembrare il *sari* davvero eccitante!».

«Hai ragione!», dico meravigliata. «*Chi l'avrebbe mai detto*?».

Scoppiamo a ridere.

«Adesso, prima di esercitarti a casa», dice Rani, «considera che loro hanno fatto *molta* più pratica di noi. Loro sono il *nuovo* circolo Hindi-Bindi. Hindi-Bindi – Next Generation? Hindi-Bindi Babies? Hmmm, mi domando come le chiameranno i loro figli...».

«Oh! Io pensavo...». Finalmente realizzo. Sono indiane immigrate *da poco*. «E così, *queeeste* sarebbero le nostre famigerate controparti. Le brave ragazze indiane che noi "saremmo state", "avremmo dovuto essere", "dovremmo essere": scegli tu». Le uniche persone con cui mi paragonavano sempre i miei genitori, anche di più che con la Perfetta Preity. "Se fossimo rimasti in India...", "Se tu fossi stata allevata in India...". Concentro lo sguardo per studiare più da vicino queste baby-*bindi*. «*Le nostre nemesi*».

«L'hai detto». Rani si appoggia a me, spalla a spalla, con le braccia incrociate, in contemplazione. «Ecco qua, dal vivo, degli esemplari in carne e ossa di una specie rara, in via di estinzione. Una specie che rappresenta l'impossibile. Che stabilisce degli standard a cui non ti potrai mai adeguare. Perché? Perché sei stata corrotta dall'Occidente. Americanizzata. Proprio così... Questa specie... non è altro che... quella della Brava Ragazza Indiana». Rani solleva un sopracciglio. «E adesso guarda, se vuoi, cara la mia dottoressa. Dimmi, vedi anche tu quello che vedo io?».

Strizzo gli occhi. «Non sono sicura. Che cosa?»

«Aha! Una domanda a trabocchetto. Per dimostrarti che questa lei-*ji*, di fatto, non è poi così diversa da te-*ji* o da me-*ji*. È soltanto più discreta».

«E sicuramente balla molto meglio».

«Molto meglio», concorda Rani. «Volevi dire molto meglio di te, giusto?».

Le do una spallata. Anche lei me ne da una. Ridiamo. «Sei sempre una stupidina», le dico mentre ci avviamo verso il buffet, perché ci è venuta una fame da lupi.

«Anche tu sei una stupidina», dice Rani senza perdere un colpo.

«Mi sei proprio mancata».

«Non c'è mica da meravigliarsi». Mi porge un piatto, per l'esattezza me lo infila nelle costole. «Ho scoperto di avere quest'effetto sulle persone. È raro, ma a volte capita».

«E sei in grado di fornire tutta la documentazione del caso?»

«Certo. Vuoi vederla?»

«E in che consisterebbe, in sdolcinate lettere d'amore di Bryan? No grazie, passo».

«Come desideri».

Guardandomi in giro per la stanza, incrocio lo sguardo di Preity. Condividiamo quell'attimo imbarazzante, d'indecisione di quando uno non sa se interrompere o meno un contatto visivo.

Sostengo il suo sguardo. Lei lo rivolge altrove. Per qualche ragione, continuo a guardarla e, in un battito di ciglia, il suo sguardo torna su di me. I suoi occhi sembrano sorpresi, non si aspettava che mantenessi il contatto. Quando mi sorride, esitante, mi vedo riflessa nei suoi occhi come la stronza che sono. Sono stata. Continuerò a essere…?

"Essere o non essere una stronza?". Questo è il problema.

«Ha paura di te», dice Rani.

«E io invece ho paura di *te*».

«Fai bene».

«Ok, l'importante è che la gerarchia sia chiara per tutte…». Saluto Preity con la mano.

Si trova nel bel mezzo di una conversazione ma annuisce, come per dire che ci raggiungerà appena può.

«Dovrebbe piacerti di più adesso che sei una vera *adulta*». Rani scoppia a ridere. Scuoto la testa. «Parlando seriamente, ma ci pensi che sei *davvero* un medico? Che Preity è *davvero* una donna in carriera destinata a diventare una super manager? Che io sono *davvero* un ingegnere aerospaziale?»

«No. No. E poi no!».

«Hai già incontrato Jack e Lina?»

«Sì, sì».

«Carinissimi, vero?».

Annuisco. «Incredibilmente carini. A proposito…», inclino la testa. «Tu e Bryan? C'è qualcosa in cantiere?»

«Aaaaaah!». Dice ansimando. «*Quoque tu*, Bruto?».

Faccio una smorfia. «Oops. Scusa. Argomento tabù?»

«Super tabù».

«D'accordo allora…», m'insinuo un po' più avanti nella fila per il buffet. «Lasciamo perdere…».

Rani sospira. «Magari ne parliamo dopo».

«Non c'è problema. Non dobbiamo parlarne per forza».

«A dir la verità, ne avrei da sbraitare sull'argomento. E poi mi devi ancora raccontare i dettagli della tua decisione. A me *e* a Preity». Sorride e sbatte le ciglia. «A meno che tu non voglia fare un altro giro sulla pista da ballo… Zia Saroj mi ha insegnato un altro passo…».

«Rani?»

«Sì, Kiran?»

«Stai zitta e mangia il tuo *chhole*».

Si scioglie in un largo sorriso.

«Kiran, *pillu*?». Mia madre mi mette una mano sulla spalla. «Non ho intenzione di rimanere fino a mezzanotte. Papà mi riaccompagna a casa. Tu hai due alternative. Zia Saroj ti ha invitato a fermarti qui per la notte. Zio Patrick si è offerto di darti un passaggio quando se ne vanno via».

«Meglio che venga con te e papà».

«No, no. Non fare la stupida. È Capodanno. Rimani. E divertiti».

«Mamma, ma io preferisco stare con te».

I suoi occhi si addolciscono. «Grazie, *pillu*, sei molto carina, ma tanto non staresti con me a casa. Io andrò direttamente a letto».

"E io rimarrei da sola con papà".

«E va bene. Rimango. Ma non dormo qui. Troverò un passaggio».

«Brava ragazza».

La abbraccio prima che se ne vada. «Buon anno, mamma. Ti voglio bene».

«Anch'io ti voglio bene, *Mummychi pillu*». Mi dà un bacio sulla guancia, mi scosta i capelli dal viso, mi sorride. «Brinda al nuovo anno anche per me. Sarà un buon anno, vedrai. Il migliore di tutti».

Annuisco, cercando di mandar giù il groppo in gola che mi è

venuto. Mia madre non mi ha più chiamata *pillu* dalle elementari. Non so nemmeno il significato esatto della parola. Per me, è un vezzeggiativo che significa "piccolina". Ed è così che mi fa sentire. Anche mia madre, in qualche modo, è ritornata piccola. In un bel modo.

Davvero in un *bel* modo.

Subito dopo la mezzanotte, nel pieno della festa, io, Rani e Preity sgattaioliamo via e andiamo a svernare nell'isolamento della stanza Florida. Sotto la luce chiara della luna che si riflette sulla neve, passiamo in mezzo a una serie di sacchetti pieni di caramelle gommose e di thermos colmi di liquore caldo al cioccolato, poi riempiamo le nostre tazze termiche ridendo di noi stesse per il fatto di sentirci, ancora alla nostra età, come se stessimo "facendo una marachella".

«Mi raccomando, stai in guardia». Dice Rani, dopo averle messe entrambe rapidamente a parte dei miei progetti riguardo a un matrimonio semi-combinato. «Stai molto attenta a quegli uomini che parlano, parlano ma non concludono niente».

Preity concorda. «Non dare per scontato che, siccome i matrimoni combinati costituiscono una parte legittima e rispettabile della cultura indiana, allora siano tutti sinceri. Chiedi a mia madre di quella sua amica vedova che è stata derubata da capo a piedi dal suo affascinante affabulatore. Poi si è scoperto che mirava solo ai suoi soldi. Aveva addirittura un'altra moglie in India. Aveva pensato, e non aveva tutti i torti, che una vedova sola potesse essere una facile preda. Ogni cultura ha i suoi imbroglioni, artisti del male e una gran varietà di perdenti a cui nessuno dà più credito, tutte persone che fanno di tutto per apparire ciò che non sono».

«Esatto», dice Rani. «Io ho un'amica. Bella, intelligente, di tutto di più. La sua carriera ha preso il volo, banche d'investimento sapete com'è, e tra fusioni e acquisizioni a destra e a manca, non trovava mai il tempo da dedicare alla ricerca di un compagno. Allora ha provato con un famoso sito per unioni matrimoniali ed è incappata in un tale che diceva di essere un medico. Tutto è andato alla grandissima finché i suoi genitori non hanno fatto un controllo di routine sulla sua provenienza. È venuto fuori che il tizio non si era limitato a distorcere un po' la verità, si era inventato completamente tutto. Si era creato un'identità fasulla».

«Wow», dico io. «Doveva essere un tipo molto contorto o molto solo, oppure entrambe le cose».

«Morale della favola?», dice Rani. «Verificare tutto, prima di entrare troppo in intimità con qualcuno».

«Grazie del consiglio».

Rani alza una mano. «Non ho mica finito, bambina. Aspetta, prima di ringraziare».

«Aspetta, c'è molto di più!», scherza Preity.

«Allora, premetto che non sto generalizzando riguardo a quello che sto per dirti», dice Rani. «Ho semplicemente sentito abbastanza storie sull'argomento, per cui è mio compito metterti in guardia su alcune tipologie di uomini che potresti incontrare».

Annuisco. «Uomo avvertito, mezzo salvato».

«Giusto. E quindi. Potresti, dico potresti, incontrare degli immigrati indiani che sembrano essere dei duri ma che, alla fine dei conti, si rivelano totalmente incapaci riguardo una certa tipologia di performance».

«E per "performance", *intendiamo…*».

«A letto», dice Preity, battendo Rani sul tempo. «Anch'io l'ho sentito dire».

«E perché succede, secondo voi?», chiedo.

«Inesperienza», dice Preity.

«Ma allora Bollywood, il *Kama Sutra…*».

«Esiste la *conoscenza* ed esiste l'*esperienza*», dice Rani. «Uno studia medicina (conoscenza), poi fa i turni e il tirocinio (esperienza). Può darsi che guardino e che leggano, ma questi indiani immigrati da poco non hanno alcuna esperienza *diretta* riguardo alla maniera occidentale di giocare al gioco delle coppie. Con tutte le sue sfumature, dall'amoreggiare, alle strategie di seduzione, al baciarsi, al fare l'amore. Ricordati che in India le uscite a due tra ragazzo e ragazza sono un fenomeno cosmopolita alquanto recente, esclusivo appannaggio delle generazioni più giovani. Le dimostrazioni di affetto in pubblico sono tuttora un tabù», dice lei. «E questo vale anche per le esternazioni che noi consideriamo caste, come i bacetti sulle labbra o tenersi per mano».

«Ho una teoria», dice Preity. «Anche se non è un'esperienza diretta. Tutti gli uomini indiani che ho incontrato si sono comportati da perfetti gentleman, ma conosco persone che mi hanno riferito il contrario. Credo che questo avvenga perché, secondo gli standard orientali, gli occidentali possono essere considerati dei dissoluti».

«*Possono essere*?», sorrido. «Preity, avresti dovuto fare la carriera diplomatica».

«Eh sì, sarebbe stata davvero bravissima», dice Rani.

«Grazie», dice Preity. «Ma qui stiamo divagando troppo. La mia teoria è che alcuni indiani, in particolare quelli un po' più grandi di noi, sono convinti che una donna non sposata che intrattiene delle relazioni intime con l'altro sesso sia automaticamente... Come potrei dire...?»

«Una puttana?», dice Rani.

«Hum, forse non una puttana vera e propria. Ma sicuramente una che non ha una buona reputazione».

Annuisco. «Insomma, se una non è una brava ragazza allora è una cattiva ragazza. Non c'è nulla di intermedio. Questi uomini non hanno alcuna conoscenza reale delle infinite possibilità che esistono tra questi due estremi».

«Esatto», dice Preity. «Le ragazze si dividono solo in due categorie: cattive e buone. Se una è sessualmente attiva allora è cattiva. Se non lo è, allora è buona. In questo mondo manicheo, una donna che beve, va a ballare o esce con degli uomini, è considerata facile e promiscua, allora è possibile che con lei si comportino in maniera poco gentile, perché non riescono a percepire la differenza tra ciò che la nostra società considera una sessualità salutare e rispettosa e un atteggiamento offensivo e volgare. Era questo ciò che volevo dire».

«Interessante», dico. «Molto interessante».

«Però», Rani alza un dito. «Non dobbiamo perdere di vista il comune denominatore».

«E cioè...?», chiedo io.

Muovendo le mani come se volesse cospargerci di povere di stelle, dice: «Gli uomini sono come dei cuccioli. La maggior parte si possono addestrare per correggerne i comportamenti non desiderati, così quando ne trovate uno che vi si fionda in mezzo alle gambe o che vi fa la pipì dentro le scarpe quando si eccita, ma che ha un buon carattere, vuol dire che c'è ancora speranza».

Scoppiamo a ridere tutte e tre.

Preity alza la mano.

«Ma che cos'è, adesso facciamo come a scuola?», dico. «Va bene, puoi parlare. Sì, tu, la ragazzina della prima fila».

«Mi sto arrovellando il cervello su una questione e, be', forse il vostro intuito potrebbe essermi utile. Entrambe siete delle donne forti e indipendenti. Anticonformiste. Libere pensatrici. Siete d'accordo?».

Io e Rani ci guardiamo, alziamo le spalle, annuiamo.

«Entrambe avete sempre affrontato i vostri genitori. Li avete addirittura sfidati, se volete».

Rani sbadiglia vistosamente. «Se riesci ad accelerare...».

Le sorrido con dolcezza. «Risparmiaci le formalità e arriva subito al punto, ok?»

«Quello che vorrei sapere è se una delle due si è mai sentita in colpa per aver disobbedito ai suoi genitori».

«No», dico io.

«Sì», dice Rani nello stesso momento. «Perché? Che succede in casa Chawla?».

Preity scuote la testa. «Non voglio spingermi nei dettagli ma basta dire che sono intrappolata tra due scelte ugualmente difficili, e non so proprio che fare. Cioè, so quello che dovrei fare, quello che voglio fare, ma ragazze…».

Si mette la testa tra le mani. «È il senso di colpa. Il senso di colpa! Come si supera il senso di *colpa* che deriva dallo sfidarli così apertamente?».

Comprendo la sua reticenza a scendere nei dettagli. È una limitazione delle amicizie di famiglia, una ragione per cui io, Rani e Preity non potremo mai essere delle vere confidenti, perché quando giocavamo a obbligo-o-verità, io e Rani optavamo sempre per obbligo, mentre Preity ogni volta si dissociava. Aprirsi, esporsi, rende vulnerabili. C'è sempre il rischio che una di noi possa, nel corso del tempo, divulgare ciò che ci confidiamo a qualcun altro (di solito la paura è che questo qualcun altro sia un membro della famiglia), il quale potrebbe a sua volta dirlo a un altro ancora e così via. Meglio praticare il silenzio. Tenere per sé ogni informazione delicata che non vogliamo diventi patrimonio della cerchia di amici e che in seguito ci si possa ritorcere contro.

«Allora, ecco il tuo primo problema», dice Rani. «Devi per forza essere sfacciata nella tua sfida? Non potresti essere più sottile? O addirittura agire di nascosto?»

«Di nascosto no, non fa per me, non sono il tipo di persona che fa le cose di nascosto».

Ha ragione. Mi viene in mente l'espressione "senza malizia".

«Ok, eliminiamo agire di nascosto. Ma agire sottilmente?», chiede Rani.

«Quanto sottilmente si può scoreggiare?».

Non riesco a trattenere una risata.

«Ok, eliminiamo anche agire sottilmente».

«Il che ci riporta di nuovo al fattore senso di colpa», dice Preity. «Voi come fate a sconfiggerlo?»

«Antico segreto cattolico», sussurro. «Con la confessione».

«No», dice Rani. «Mio padre non crede nella confessione, dice che non c'è bisogno di un intermediario tra noi e Dio. E anch'io preferisco andare direttamente alla fonte. Se il problema è tra me e i miei genitori, allora lo tirerò fuori con loro. Lo urlerò fuori. Tristezza. Pianti. Bronci. Scuse. Qualsiasi cosa sia necessaria. Per tutto il tempo necessario».

«E se si arriva a una situazione di impasse?», dice Preity. «E non c'è modo di aggirarla? Oppure siete sempre riusciti a risolvere...?»

«No, un sacco di volte siamo rimasti bloccati a un punto morto. Quando vivevamo insieme erano loro a vincere nelle situazioni di stallo. Da quando vivo per conto mio, concordiamo sul fatto che possiamo non essere d'accordo, accantoniamo l'argomento e andiamo avanti», dice Rani, pratica.

Io guardo Preity, lei guarda me. Scoppiamo a ridere insieme fragorosamente.

«Oh ragazzi. Questa sì che è buona. Un classico», ho le lacrime agli occhi dal troppo ridere, me le asciugo e ripeto. «"Concordiamo sul fatto che possiamo non essere d'accordo"».

«"Accantoniamo l'argomento e andiamo avanti"», dice Preity. «Dimmene ancora una».

Lo sguardo di Rani passa dall'una all'altra. «Ok, che ci trovate di tanto divertente...?»

«Perché», dico io, «la cosa può funzionare se i tuoi genitori sono zia Uma e zio Patrick, ma con i miei non funzionerebbe mai».

«E così sia, sorella», Preity annuisce, insolitamente solidale con me.

Rani alza le spalle.

«E così, eccoci di nuovo al senso di colpa», dico io incuriosita. «Diciamo che concordiamo sul fatto che possiamo non essere d'accordo e accantoniamo l'argomento, ma abbiamo ancora il senso di colpa? Allora che si fa?»

«Ecco, ti succede mai una cosa del genere?», chiede Preity.

«Succede, succede».

«E?»

«Be' amiche mie», dice Rani, «mi spiace dirvelo, ma il magico toccasana in cui sperate, molte volte non c'è. Bisogna imparare a convivere con il dolore. Consideratelo come il prezzo da pagare per fare affari. Il prezzo da pagare per essere umani».

«In altre parole, dice Preity, «siamo fottute». Mi aspetto che aggiunga "perdonate il francesismo" come faceva sempre, ma stavolta non lo fa.

«Più o meno», dice Rani. «Mi spiace Preity»

«Fa niente, dai, lo sospettavo», dice Preity. «Volevo solo la conferma da qualcuno che c'è passato, che lo ha provato». Tira le ginocchia al petto infilando i piedi sotto l'orlo della sua gonna lunga.

Rani alza una mano. «Ci sono passata. L'ho provato. Ho anche la maglietta. Benvenuta nel club».

«C'è anche una stretta di mano segreta?», Preity cerca di riderci sopra, ma si capisce che è solo una maschera.

«Ehi, Preity, non ti va di parlarne?», dico. «Voglio dire, del senso di colpa non della causa del disaccordo, se è possibile». Non voglio che pensi che sto cercando di impicciarmi nei suoi affari. Ma ho sentito abbastanza per capire che sta passando un momentaccio, uno sfogo emotivo simile al mio nello spogliatoio di Victoria's Secret.

Preity alza le spalle. «Credo che la cosa fondamentale sia... che amo i miei genitori. Li rispetto e li ammiro. Non posso ignorare la loro opinione così facilmente. Non quando so che loro vogliono solo il meglio per me, che mi amano più della loro stessa vita. Sono sicura che a te parrà una cosa scontata e sdolcinata». Sposta lo sguardo su di me. «Ma è la verità. E quando so che mi amano così tanto, quanto hanno lottato e quanti sacrifici hanno fatto per me e Tarun, per darci una bella vita, come faccio a deluderli? Mi sento come una figlia cattiva e irriconoscente che li rinnega. Ecco l'ostacolo. Non sopporto di ferire le persone che amo, e lo so che i miei genitori interpreterebbero la mia disobbedienza come: "Non vi amo", "Non vi rispetto". Che è una stronzata vera e propria, ma è la loro percezione, la loro realtà. Le mie parole non cambierebbero nulla. Le azioni parlano più forte delle parole e via discorrendo». Lascia cadere il mento sulle ginocchia e intreccia le braccia attorno alle gambe. «Dai, Kiran». Fa una risatina di auto disapprovazione. «Cantami *Goody two shoes*. Lo so che stai morendo dalla voglia».

In realtà non è così.

Ci sono delle volte nella vita in cui ti si accende una lampadina. Quando vedi per la prima volta qualcosa che era sempre stato lì, soltanto che tu stavi seduta al buio. Cieca. Ignorante. E peggio ancora: cieca alla tua ignoranza.

«Tu sei una brava figlia, Preity», dico. E va bene, *farfuglio*. Da un angolo della bocca.

«Che cosa?». Rani mette una mano dietro l'orecchio. «Forse non ho capito bene. Potresti ripeterlo un po' più forte, per favore?».

La guardo di soppiatto. La provocatrice ha sentito benissimo.

E anche Preity, che ride. «Dai, va bene, Non c'è bisogno che lei...».

In realtà dovrei. E, se ve lo state chiedendo: ebbene sì, mi sto rimangiando le mie parole, e non sono per niente gustose.

«Tu sei una brava figlia, Preity», lo dico di nuovo, più forte, ma senza sarcasmo, un semplice dato di fatto. «Sei coscienziosa e affettuosa e, nel corso della tua vita, hai sempre amato e rispettato i tuoi genitori. Tutti lo sanno. Incluso i tuoi genitori. Se non sei la perfetta figlia indiana, sono certa che ci sei nauseantemente vicina».

Preity ridacchia. «Grazie, Kiran».

Le ometto che questa è anche la vera ragione per cui non l'ho mai potuta sopportare. Perché lei aveva quello che a me mancava ed ero invidiosa, risentita perché a lei veniva così facile.

Lei ha ancora quello che a me manca, e sono ancora invidiosa, ma non più risentita. Non la odio più. Addirittura è possibile (cavoli!) che mi piaccia.

Lei si merita di saperlo. *Dovrei* dirglielo. Ma siamo realistici. C'è un limite alla quantità di parole che ci si può rimangiare in una volta sola. Per adesso, è già abbastanza che lo sappia *io*.

«Non ne fate parola», dico. Poi aggiungo: «*Mai*. Altrimenti giuro che negherò tutto».

«Ehm, ciao. Hello. Ehiii. Sono qui», Rani indica se stessa. «Testimone».

«Un testimone che potrebbe aver bisogno di protezione», dice Preity, mentre io mi gratto tranquillamente il mento con il dito medio.

«Ah, proprio come ai vecchi tempi», dice Rani.

«No», dice Preity. «Tempi nuovi e migliori».

«Un brindisi...», alzo la mia tazza di cioccolata calda. «Che ognuna di noi possa realizzare i suoi obiettivi, in questo anno nuovo».

CHHOLE DI SAROJ (CHILI DI CECI)

Ingredienti per 4-6 porzioni:

3 cucchiaini di semi di cumino, prima 2 e poi 1
2 cucchiaini di semi di anardana *(semi di melograno essiccati) o polvere di* amchur *(mango essiccato) o succo di limone*
2 cucchiai di olio di semi di arachide
1 bastoncino di cannella (dai 3 ai 5 centimetri)
3 baccelli verdi di cardamomo
3 chiodi di garofano
4 grani di pepe nero
1 tazza di cipolla finemente tritata
1 cucchiaio di radice di zenzero fresco pelata e finemente grattugiata
2 peperoncini verdi freschi tritati
1 e ½ tazza di pomodori a dadini
½ cucchiaino di pepe di cayenna in polvere
1 cucchiaino di coriandolo in polvere
1 cucchiaino di curcuma in polvere
2 barattoli (da circa ½ kg) di ceci risciacquati e asciugati
1 tazza di acqua
1 cucchiaino di sale
2 cucchiaini di concentrato di pomodoro
1 cucchiaino di garam masala
¼ tazza di coriandolo fresco tritato
1 limone tagliato a fettine

In una piccola padella, a fuoco medio, fate tostare 2 cucchiai di semi di cumino e 2 cucchiai di semi di *anardana* (se li usate), mescolando di tanto in tanto finché non sono ben dorati, per 2 o 3 minuti.

Lasciateli raffreddare e poi riduceteli in polvere con mortaio e pestello, poi lasciateli da parte.

In una casseruola (da almeno 2 litri) fate riscaldare l'olio a fuoco medio. Quando è caldo aggiungete i semi di cumino rimasti. Fateli saltare finché non cominciano a rimbalzare.

Aggiungete la cannella, il cardamomo, i chiodi di garofano e i grani di pepe. Fate soffriggere per altri 2 minuti.

Aggiungete la cipolla, lo zenzero e i peperoncini. Fate soffriggere finché la cipolla non diventa dorata.

Aggiungete i pomodori, il pepe di cayenna, il coriandolo in polvere, la curcuma e i semi di cumino e di *anardana* precedentemente tritati (oppure l'*amchur*, in caso, ma non il succo di limone). Fate soffriggere fino a quando i pomodori si disfano e la salsa si addensa.

Aggiungete mescolando i ceci, l'acqua e il sale. Mettete a fuoco medio-alto. Portate a ebollizione.

Riducete il calore al minimo e coprite. Fate cuocere, mescolando di tanto in tanto, finché la salsa non si addensa, dai 15 ai 20 minuti.

Togliete dal fuoco. Eliminate i baccelli di cardamomo, la cannella, i chiodi di garofano e i grani di pepe.

Aggiungete il succo di limone (se lo usate). Aggiungete anche il concentrato di pomodoro e il *garam masala*.

Guarnite con il coriandolo fresco e servite con le fettine di limone.

PARTE QUARTA

MAI COME A CASA (...E) PROPRIA

MEENAL DESHPANDE: *YEH* INDIA *HAI* (QUESTA È L'INDIA)

La madre e la terra natìa sono superiori al paradiso stesso.

PROVERBIO SANSCRITO

Le mie vecchie ossa indiane non possono sopportare un altro inverno freddo. Quest'anno andrò a svernare in India. Trascorrerò un po' di tempo con la mia famiglia e starò al caldo.

C'è qualcosa di particolare riguardo agli estranei che si incontrano in aereo, penso mentre sto salendo a bordo e osservo gli altri che prendono posto. Nel bene e nel male, spesso sono costretti a condividere le loro storie di vita. Quando ci si trova intrappolati in un volo intercontinentale, si è alla mercé divina per più di una ragione. Normalmente mi diverto a chiacchierare con gli estranei. Non so mai quello che mi aspetta, come le sorprese giocattolo dentro all'uovo di cioccolata. Ma nei voli intercontinentali, qualsiasi sia la situazione, uno ci rimane incastrato per sei ore o più, motivo per cui procedo con estrema cautela. E porto le cuffie per non sentire.

Scivolo al mio posto per la prima tappa di sette ore del mio viaggio lungo ventiquattro: da Washington a Parigi. Cercando di mettermi il più comoda possibile in quei pochi centimetri a mia disposizione, mi sistemo il cuscino dietro la schiena e la coperta sulle gambe, poi guardo fuori dal finestrino i bagagli che vengono caricati sull'aereo.

Un signore con gli occhiali si siede nel posto accanto al mio, accenna un saluto con la testa e sorride: «Dove sta andando?»

«A Mumbai. E lei?»

«A Gujarat».

«Sta tornando a casa?», chiedo.

«*Gi*. Anche lei?», al mio cenno affermativo, mi chiede: «Da quanto tempo è qui, in America?»

«Da quarant'anni».

«*Achah*, lei vive in America. Lei è una N.R.I.». Cioè un'indiana non residente.

«Sì», dico. «La mia famiglia è un po' qua un po' là».

«Bene. Bene». Sorride e muove la testa.

«Preferisce l'India o l'America?». È quello che chiedono tutti. È come se mi chiedessero se amo più Vivek o Kiran.

«Tutte e due», dico. «Sono entrambe casa mia».

Non è soddisfatto.

«Ma sicuramente preferirà alcune cose dell'India e altre dell'America».

«Certo».

«Quali per esempio?».

E andiamo avanti così.

Le cose che preferisco dell'India: Gli uomini veri che chiedono consiglio. La spiritualità. L'ospitalità. Il senso di appartenenza a una comunità. Il rispetto per gli anziani. La diversità culturale. La varietà di linguaggi. Le tradizioni e le feste. I valori familiari. I valori familiari. I valori familiari.

Le cose che preferisco dell'America: La pulizia. Il livello di corruzione abbastanza basso. La sicurezza. L'istruzione. L'efficienza. L'uso di "per favore" e "grazie". Le file ordinate e il concetto che "il primo che arriva è il primo a essere servito". Le infrastrutture. Le comodità. L'etica del lavoro. Il rispetto per i lavoratori manuali e per i subordinati. L'accettazione dei diversi. La varietà culturale. Le mappe accurate e dettagliate.

DA: "Meenal Deshpande" <dil_MD1@yahoo.com>
A: Undisclosed Recipients
INVIATO: 5 gennaio 20xx, 06:45
OGGETTO: Parigi

Cari familiari e amici,

Buongiorno da Parigi! Vi sto scrivendo dall'aeroporto di Orly, da un "Internet-café". Mi hanno sempre incuriosito questi posti dove si paga per usare un computer, come fosse una fotocopiatrice in un negozio di fotocopie. Sapete bene come ci si può sentire quando si provano delle cose nuove, specialmente poi se si è soli… Impauriti! Ma questa volta, mi sono detta: niente scuse, Meenal, avventurati!

Ed eccomi qua. :)

Ho comprato un'ora di accesso perché non sapevo quanto tempo ci avrei messo a capire come funzionava. Si è rivelato molto più facile di quanto pensassi! Basta inserire un codice temporaneo, più o meno come all'autolavaggio, e poi è come usare il computer di casa!

Mi sono avanzati 50 minuti. Be'. Che ci posso fare? La prossima volta comprerò 15 minuti invece di un'ora. :)

Adesso andrò a farmi un giro e poi a stendere un po' le gambe prima di prendere il prossimo aereo. Vi chiamo o vi mando una mail appena arrivo a Mumbai.

Baci a tutti,

Meenal

Sull'aereo per Mumbai, prendo posto e osservo i passeggeri che si imbarcano. Per lo più sono indiani, e riesco a distinguere vari dialetti regionali. Ho un tuffo al cuore quando vedo una giovane madre che viaggia sola con due bambini piccoli e chiassosi. Sono seduti nella prima fila della sezione centrale. Poverini. Mi ricordo di quando era capitato a me con Vivek e Kiran. Fra canti, pianti e lamenti, gli altri passeggeri ci avrebbero lanciato fuori dall'uscita di emergenza, se avessero potuto.

La giovane madre continua a guardarsi attorno con la faccia seria. Un'assistente di volo si ferma per dirle che ha sistemato la culla e che gliela riporterà dopo il decollo. «Mi faccia sapere se ha bisogno di qualcosa», le dice. «Sappiamo bene cosa vuol dire viaggiare con dei bambini piccoli e vogliamo fare del nostro meglio per rendere il vostro viaggio il più confortevole possibile». S'intrattiene ancora un po' interessandosi dei bambini e la madre finalmente sorride e si rilassa.

«Signora?». Il rimbombo di una voce profonda mi fa trasalire. Ero così impressionata dal calore dell'assistente di volo che non avevo notato il giovane uomo in piedi nel corridoio accanto alla mia fila. Alto e biondo, un po' stempiato, ha la fronte a forma di cuore e una faccia rosea da bambino. «Sarò seduto accanto a lei», mi dice con un accento un po' strascicato e mi chiede se ho bisogno di un altro cuscino o di un'altra coperta e di qualsiasi altra cosa dallo scompartimento in alto, mentre è ancora in piedi.

«No, grazie», sorrido. «Sono a posto».

Abbassa la testa e si rannicchia nel sedile accanto al mio, sul corridoio, cercando di trovare spazio per le sue gambe lunghe e per i suoi piedi ben calzati negli stivali.

«È riuscito a entrarci», dico.

«Quasi», commenta con un ampio sorriso. «Da dove viene?»

«Da Washington D.C. E lei?»

«Da Austin, nel Texas».

Annuisco. «Mio figlio vive a Houston».

«Ah sì? E gli piace?»

«Più di Dallas. Meno di Austin».

Ridacchia. «Lo penso anch'io».

"Eccoci di nuovo…".

Mentre l'aereo accelera, sbircio fuori dal finestrino, adoro i decolli. La velocità che aumenta sempre più. Salire verso il cielo. La visione aerea del mondo. Le forme geometriche della terra. Nei voli intercontinentali, rimango sempre sbalordita quando questi uccelli grandi e potenti prendono il volo. Una piccola parte di me pensa: “Non credo che questo coso enorme si alzerà da terra”, e invece succede sempre, si alza verso il cielo come uno scuolabus magico.

Una volta saliti, mi volto verso il mio vicino, pensando: “E adesso mettiamo da parte le formalità e dormiamo, vero?”.

«Sta andando a Mumbai per lavoro?», chiedo.

«In realtà, adesso vivo in India presso una famiglia che mi ospita. Sono tornato a casa per Natale e adesso vado di nuovo a Pune».

«Oh, ci andrò anch'io la prossima settimana. La nostra famiglia si divide tra Mumbai e Pune».

«Pare un'abitudine comune», dice. «Come a New York. Molta gente vive in città e poi trascorre il weekend o il tempo libero a Long Island o ancora più a nord nello stato di New York».

«Mi sembra un'analogia azzeccata». Apprendo che ha studiato a New York e gli dico che Kiran ha fatto il dottorato in medicina alla Columbia. «Che cosa ci fa a Pune?»

«Imparo il marathi», mi dice, provocandomi grande stupore.

Rido, sorpresa e compiaciuta. «Questa è nuova...».

«Be', sì», si gratta il collo. «Me lo dicono in tanti».

«Ci scommetto. E perché mai sta imparando il marathi? Forse per far bella figura con una fidanzata indiana?»

«No...», sorride e arrossisce un po'. «Sono un professore di musica all'università di Austin e sto studiando la musica classica indiana. Voglio imparare il marathi per comprendere meglio la musica. Studio e insegno alla Symbiosis University. Sono lì da quasi due anni. Finirò a maggio».

«*Mug thumala chan marathi boltha yet ashnar*?», dico. Allora dovresti parlare il marathi molto bene.

«*Aho, me sagla marathi bolu shakto*». Sì, signora, posso dire qualsiasi cosa in marathi.

Rimango basita. Non posso crederci. Proprio non riesco a

crederci. Questo cowboy texano di Austin, biondo, con gli occhi azzurri e le guance rosee, parla un marathi melodioso e fluente come fosse nato in India!

La nostra conversazione prosegue esclusivamente in marathi.

«Preferisce Mumbai o Pune?», mi chiede.

«Mi piacciono entrambe, per ragioni differenti. Adoro il rumore dell'oceano, ma in montagna c'è un clima più fresco e più secco, che preferisco. Le varie comunità si mescolano di più a Mumbai, ma anche Pune è sulla buona strada. Pune è più tranquilla. Meno inquinata».

«Rispetto a Mumbai, sicuramente, ma molte persone originarie di Pune dicono che è molto più congestionata di un tempo. Costruiscono dappertutto e senza controllo. Bangalore e Mysore sono molto meno inquinate. E hanno molto più verde».

«Penserà che alla mia età non ci siano più molte cose in grado di stupirmi, ma questa... Questa è davvero...», rido e scuoto la testa. «In un anno e mezzo lei parla il marathi molto meglio dei miei figli!».

Anche lui ride. «In loro difesa c'è da dire che è stato un anno e mezzo a livello universitario».

«Sorprendente. Avremmo dovuto mandarli in India per un anno. Non mi è mai nemmeno venuto in mente».

«Potete sempre rimediare con i nipotini».

«Forse», sorrido. «Mi chiamo Meenal». Gli porgo la mano.

La stringe. «John Cooper. Molto piacere signora».

John Texas si rivela un ottimo compagno di viaggio, perfettamente equilibrato in quanto a quiete e conversazione. All'età di Vivek, purtroppo è già vedovo: tre anni fa ha perso, per un tumore all'utero, la sua amatissima Madelline, una pianista. Non faccio parola della mia salute travagliata. Sono stufa che questa dannata malattia definisca la mia vita, la mia identità. Voglio essere semplicemente Meenal, non Meenal sopravvissuta al tumore al seno, e per questi tre mesi che trascorrerò in India sarà così.

Sua moglie, prima di morire, gli ha consegnato una lista di cose che voleva che lui facesse per lei. Una lunga lista, scritta a mano. Ne porta una copia con sé, e sono veramente onorata e commossa che me la faccia leggere.

"Lista di Maddie per John", ha scritto in cima, con l'inchiostro nero, con un cuore su ogni lato. In cinque pagine ha elencato così tanti compiti, che non basterebbe una vita per portarli a termine tutti, ma lui è a buon punto, a giudicare dai segni che evidenziano le cose già fatte. Sorride quando gli indico "imparare a suonare il *sitar*", "scalare l'Himalaya" e "vedere il Taj Mahal".

Con delicatezza, gli chiedo se conosce la storia che sta dietro al Taj Mahal, voglio assicurarmi che sappia che quella meraviglia architettonica di marmo bianco è un mausoleo costruito in memoria di un'imperatrice defunta e non un semplice palazzo come molti erroneamente credono.

Lo sa. Probabilmente il simbolismo è una delle ragioni per cui Maddie lo ha scelto, e anche la ragione per cui lui non c'è ancora andato. «Sarà dura», si batte l'ampio petto con il pugno, come si fa per smettere di tossire. «Va a colpire troppo in profondità».

"*Bichara mulga*". Povero ragazzo.

Gli tocco delicatamente il braccio. «Ci andrai quando sarà il momento. Lo sentirai». Mi metto una mano sul seno, nella parte ancora viva, che ancora sente, tra le protesi. «Qui».

Più tardi, dopo che abbiamo mangiato e dormito, guardato un film, dormito ancora, e appreso che siamo a sole due ore di volo dal confine con l'India, John mi dice che gli piace sentire la storia del Taj Mahal raccontata da persone differenti, ogni volta scopre qualcosa di nuovo.

«Vorresti che io...?»

«Se non le dispiace».

Sorrido. «Assolutamente. Le mamme adorano raccontare storie, giusto?». Bevo un sorso d'acqua, distendo indietro la testa e comincio la storia dell'imperatore della dinastia Mughal,

Shah Jahan, e del suo grande amore, la moglie favorita a cui aveva dato nome Mumtaz Mahal, (che in persiano, sua lingua natia, significava "amatissimo ornamento del palazzo"), che morì all'età di soli trentotto anni mentre dava alla luce il suo quattordicesimo figlio.

Quando arriva il momento di riempire i moduli per l'immigrazione e per la dogana, io e John ci scambiamo i nostri contatti. Scendiamo dall'aereo a Mumbai nelle prime ore del mattino. L'aria calda e afosa dell'aeroporto è piacevole dopo tutta quell'aria condizionata che ghiaccia le ossa. Facciamo la fila al controllo immigrazione come una processione di formiche, cittadini indiani da una parte e visitatori dall'altra. Non mi è mai piaciuto essere considerata una straniera nella mia terra natale. Sono molto felice che adesso ci sia la possibilità di avere la doppia cittadinanza.

Al banco di controllo mostro il mio passaporto americano con il visto per l'India. Poche domande e sono già diretta al ritiro bagagli. Che zoo. Cerco di infilarmi tra la gente con il mio carrello e avvisto una delle mie valigie che è già sul nastro trasportatore. Mentre faccio per afferrarla si avvicina John.

«Gliela prendo io», dice. Mentre solleva la valigia di quasi trenta chili per metterla sul carrello, mi prende in giro. «Ci ha messo dentro anche il lavello della cucina».

Rido. «E pensa che stavolta ho anche cinque chili in meno!».

È buffo vedere come sono cambiate, nel corso degli anni, le cose che porto avanti e indietro dall'India. Ai tempi di Boston, portavo in India cibo, giocattoli, trucchi, scarpe da ginnastica e biancheria. E riportavo indietro specialità indiane, dolci, spezie, sandali, vestiti e gioielli. Oggi si trovano molte più cose sia in India che in America. Capita raramente di doversi privare di qualcosa. La necessità di trasportare beni preziosi non è più così estrema, da nessuna parte.

Per questo viaggio, ho riempito le valigie con cose tipo *pretzel*, misture di farine, gelatine e budini aromatizzati, maionese, formaggi spalmabili che si conservano a temperatura ambiente, condimento per l'insalata in polvere, zuppe istantanee e salse per la pasta.

Rimango in piedi con il carrello mentre John prende le altre borse. Ragazzi in uniforme mi circondano. «Signora, ha qualcosa da dichiarare? La posso portare rapidamente nella zona rossa. Soltanto cinquecento dollari».

"Soltanto!". Il massimo per una mancia in India è di cento rupie, e questo negli hotel a cinque stelle.

«No, grazie», dico.

«Ha degli apparecchi elettronici?»

«No». Do un'occhiata alla zona verde. Una fila lunghissima.

«Signora, la faccio uscire in cinque minuti dalla zona rossa», insiste il ragazzo. «Non si deve preoccupare».

«No, grazie».

«Signora...».

Alzo il palmo della mano come per dire basta e dare un taglio alla sua insistenza.

John arriva accanto a me. «La signora non ha bisogno del tuo aiuto», gli dice in marathi.

All'espressione esterrefatta del ragazzo, non posso far a meno di sorridere. Un cowboy che parla marathi è davvero divertente.

Guardo il bagaglio di John: una valigia e una borsa a tracolla. «Tutto qui?». Quando annuisce gli dico: «Un viaggiatore leggero».

Il lungo processo di scannerizzazione dei bagagli assomiglia molto alla fila alle casse di un supermercato, ma con merci molto pesanti. Prima si scaricano le valigie dal nastro trasportatore al carrello. Poi si spinge il carrello fino al controllo sicurezza dove si passano le valigie dal carrello al nastro trasportatore a raggi X. Poi finalmente si riscaricano sul carrello.

John spinge il carrello fino al nostro ultimo posto di controllo. Una guardia ci controlla documenti e passaporti. Poi usciamo oltre la porta a vetri automatica, catapultati nella calda coperta di una notte di inverno ai tropici.

Emetto un sospiro di sollievo. «Finalmente liberi».

«Può ben dirlo».

Molte persone aspettano dietro una transenna, impazienti di scorgere amici e familiari. Riconosco Dilu-*dada* e Giru-*dada* che mi salutano e mi sorridono come ragazzini. Ragazzini con la faccia da *ajoba*.

«Ecco i miei fratelli», dico.

Di fronte, un rappresentante del servizio di shuttle mostra un cartello con scritto "Mr. Cooper". «Ed ecco il mio shuttle», dice John.

Abbraccio i miei fratelli e presento loro il mio nuovo amico, che invitano subito a casa, per un tè, del cibo e anche per trascorrere la notte. Questa è la grande ospitalità indiana.

John ringrazia, richiede scherzosamente un buono valido per la prossima volta e ci invita a Pune al suo concerto di *sitar*. Gli promettiamo che faremo di tutto per andare. Io e Dilu-*dada* lo scortiamo fino al suo shuttle. Ci assicuriamo che si sia ben sistemato e poi andiamo a raggiungere Giru-*dada* e Ramesh, il nostro autista da cinque anni, che ha già caricato le valigie nel bagagliaio della nostra Hyundai argentata.

Ramesh mi accoglie con un gran sorriso, sembra felice di vedermi come i miei fratelli. «*Namaste*, signora. Com'è andato il viaggio? Tutto bene?».

Sorrido al trio. «È davvero bello essere di nuovo in India».

Quando ero una ragazzina, le famiglie allargate di solito vivevano in un'unica casa o in un appartamento. Adesso, le stesse famiglie spesso occupano più appartamenti in un unico palazzo, una buona soluzione che permette a ogni singolo nucleo familiare di avere più spazio a disposizione e più autonomia, ma allo stesso tempo consente alla grande famiglia di rimanere insieme.

Come figlio maggiore, Yash aveva comprato per la sua famiglia due appartamenti adiacenti a Mumbai. Da parte mia, *Baba* e *Ai* ebbero grande fortuna quando vendettero la nostra casa di famiglia, e con il ricavato poterono comprare due proprietà, ognuna di due appartamenti adiacenti (quattro appartamenti in totale) a Mumbai e a Pune.

Dilu-*dada* e Giru-*dada* mi hanno raccontato che un famoso costruttore ha comprato il terreno per realizzare un complesso residenziale a vari piani, a Pune, a pochi isolati da dove stiamo noi. Gli appartamenti sono stati quasi tutti venduti; ne rimangono pochi. Non vedo l'ora di andare all'ufficio vendite, per esaminare le piante e i disegni. Sarebbe bellissimo se io e Yash avessimo un appartamento nelle vicinanze, specialmente in un complesso di nuovissima costruzione.

L'India è un paese meraviglioso per invecchiare. La società ti tratta con enorme rispetto. Tuo figlio (almeno uno), sua moglie e i suoi figli vivono con te. Non si sognerebbero nemmeno di metterti in una casa di riposo. Non considerano le persone anziane un peso. E nemmeno degli ospiti, anche se si fermano settimane intere, e a volte mesi. Il concetto occidentale di privacy è praticamente sconosciuto: un indiano sta solo molto raramente, molto raramente desidera esserlo, molto raramente gli piace esserlo.

In India, non mi sento mai sola.

9 gennaio

Cara Kiran,

Saluti dalla mamma, da Mumbai! Come stai? Come sta procedendo la ricerca del marito? Sono ansiosa di sapere le ultime novità! ☺

Sarai sorpresa di ricevere una lettera scritta a mano. Aji e io stavamo chiacchierando davanti a una tazza di tè e a un piatto di biscotti Shrewsbury del forno Kayani, e lei ha detto che è un gran peccato che con le nuove tecnologie abbiamo perso l'arte e la bellezza dello scrivere le lettere a mano… Le mail non sono in gra-

do di rimpiazzare il grande piacere personale che deriva dal vedere e toccare ciò che tu adesso hai nelle tue mani. La nostra scrittura vive e respira.

Mi sono resa conto che ha ragione. Mi ricordo della prima volta che sono arrivata a Boston… Con le mie due valigie piene di sari e di argenteria.☺ Con quanta ansia aspettavo il postino ogni giorno, nella speranza che mi portasse una lettera blu, aerea, da casa. E qui, allo stesso modo, aspettavano le nostre lettere da Boston. Infatti Aji le ha conservate! Anche le tue e quelle di Vivek! Voglio rileggerle tutte, ma non mi sento ancora pronta. Mi commuovo alla sola vista della calligrafia sulle buste, figurati a leggerle, sarebbe un piagnisteo.

Mi ricordo che all'inizio ci scrivevamo spesso… Per ogni bisticcio tra corvi e passeri, come dice Aji. A proposito, ricordi questa espressione che si usa per dire "ogni piccolo dettaglio"? Suona molto meglio in marathi. ☺

E poi sempre meno dettagli e sempre meno spesso.

Adesso, Aji mi dice che adora sentire la mia voce al telefono, ma le mancano le mie lettere. «Nessuno ha più voglia di scrivere delle lettere a una vecchia signora», dice. E tu pensi che sia io quella brava a far venire i sensi di colpa! Ah ah.

Ho promesso ad Aji che ricomincerò a scriverle delle vere lettere, con i francobolli. Poi ho pensato che sarebbe stato bello scrivere anche a mia figlia. Non sei obbligata a riscrivermi a mano. Tu hai molto meno tempo di me. Ma magari ti farà piacere trovare una lettera nella cassetta della posta, di tanto in tanto, invece delle solite schifezze… pubblicità e bollette da pagare.☺ Comunque io ci provo e poi vediamo come va.

Qui va tutto bene. Io e Neelima-mami ci stiamo divertendo un mondo andando in giro a comprare sari e gioielli per le nozze di

Sneha. Nessun sari nuovo per me... Ne ho abbastanza anche per le prossime vite. Lo sai che non sono come zia Saroj che deve averne per forza ALMENO *una decina di ogni nuovo stile, ma sicuramente mi sono sentita come lei quando ho incontrato il sarto per farmi cucire una decina di camicette nuove da sari!*☺ *Con il collo più alto, e sai perché.*

Il corredo di Sneha è impressionante! Tantissimi sari collezionati dal giorno della sua nascita, la maggior parte dei quali non indosserà mai (veste esclusivamente all'occidentale), ma tutti bellissimi. Il sari da sposa è davvero mozzafiato, in seta di Varanasi, di quelli che ogni madre e ogni figlia indiana hanno sempre sognato. Il sari di nozze di solito è un regalo della mamma della sposa, ma Dilu-mama ha detto che piuttosto che essere Hema-mami a scegliere e lui a indebitarsi, Sneha avrebbe scelto quello che voleva. Naturalmente Dilu-mama si è indebitato lo stesso quando lo ha pagato! Ma tutti sono rimasti contenti... E questa è l'unica cosa che conta!

È molto difficile credere che non sto soffrendo della mia solita invidia, nemmeno un po'. Ho imparato così tante cose quest'anno che continuo a rimpiangere di non averle imparate prima. Se avessi saputo allora quello che so adesso, non avrei sprecato così tanta energia nell'invidia meschina. Tienilo a mente, la preoccupazione per quello che hanno gli altri e che tu non hai ti impedisce di vedere quello che hai. E l'invidia, come tutte le cose negative e insidiose si diffonde e t'intossica, come il cancro. A volte, penso che sia stata lei a farmelo venire. E liberarmene è stata la mia cura.

Ultimamente ho sognato il tuo matrimonio. Non ci ho soltanto fantasticato di giorno, ma l'ho proprio sognato di notte. Quasi sempre sono dei bei sogni, ma a volte, mi manca qualcosa d'importante... I VESTITI! *Tipiche ansie da madre della sposa.*☺

Kiran, mi hai dato un raggio di speranza inaspettato, quindi per favore, anche se hai già cambiato idea, non dirmelo per adesso. Lasciami sognare ancora un po'…

C'è qualcosa che non ti ho mai detto. È difficile per me pensarci, lasciamelo solo scrivere… Anch'io ho collezionato sari per il tuo corredo di nozze tutte le volte che siamo tornati in India, finché io e papà non abbiamo deciso di stabilirci definitivamente negli Stati Uniti. E quindi non erano moltissimi. Dico "erano" perché li ho dati tutti via quando hai sposato Anthony. Non posso dirti quanto sono triste e arrabbiata, quanto mi vergogno di quello che ho fatto.

Mi dispiace tanto, Kiran. Non possiamo cambiare il passato, ma possiamo cambiare il futuro, ogni giorno che abbiamo a disposizione, ogni volta che impariamo una lezione.

Prenditi cura di te. Ti voglio tanto bene, pillu.

Con amore,

mamma

P.S. *Voglio sapere "ogni bisticcio tra corvi e passeri" su come procede la tua ricerca matrimoniale!!*☺

18 gennaio

Cara Kiran,

Come stai? Sto ancora sorridendo dopo la nostra lunga telefonata di ieri. È stato bellissimo condividere gli alti e bassi delle tue montagne russe! Come ti ho già detto, gli alti e bassi ci sono sempre. Sono orgogliosa di come li stai gestendo. E sono ancora

PIÙ *orgogliosa che tu abbia cominciato questa pazza avventura senza mollare un attimo!*☺

Egoisticamente parlando è stata una grande gioia per questa mamma tenere di nuovo per mano la sua bambina, anche se la sua bambina è una ragazza adulta e non ha bisogno che la mamma la tenga per mano, né di altre cose, a dir la verità. In qualche modo questa consapevolezza rende la cosa ancora più significativa perché è una tua SCELTA. *Non hai* BISOGNO *di me... Ma mi vuoi accanto. Un'altra delle recenti rivelazioni divine!!*

Mi ha rattristato sapere che Mr. Pediatra si è defilato, peggio per lui. Non pensarci più. Lo stesso vale per gli altri. Non cercare di capire a tutti i costi le loro motivazioni. Vai avanti. Soffermarsi sulle cose negative non conduce da nessuna parte. Concentrati sulle cose positive. Ne hai tantissime!

Però sono stata felice di sapere che tu e Mr. Architetto comunicate via mail. Non vedo l'ora di sapere come andrà il vostro primo "appuntamento telefonico".☺ *Mi raccomando, però,* NON USARE *mai questo termine con Aji o Ajoba! Né con qualsiasi altra persona indiana della mia generazione o oltre!* COLLOQUIO *telefonico. Vi state* INTERVISTANDO *a vicenda.*☺

Stamattina mi ha telefonato zia Saroj. È stata molto occupata!☺ *Ha una lista sempre più numerosa di "buoni partiti" che mi manderà via email. Te la inoltro appena mi arriva così possiamo discuterne. Zia Saroj si è offerta di fare una preselezione, ma non sentirti obbligata in alcun modo. Sono solo possibilità, nessuno vuol farti pressione.*

È buffo... Più scrivo e più ho voglia di scrivere. Posso stare anche molto tempo senza parlare con qualcuno, ma se comincio mi viene una gran voglia di parlare ancora, subito dopo. È come interrompere il digiuno. Una volta che hai ricominciato a mangia-

re, ti viene sempre più fame. È così che ti succedeva (succede?) con le sigarette?

Sì, lo so. Sei sorpresa? Non sei stata brava come pensavi a raccontare "storie". Ma che vuoi farci, tua madre viene da una terra di cantastorie.☺

Lo sapevo che fumavi, anche se davi la colpa ai tuoi amici per giustificare i vestiti e i capelli che sapevano di fumo. Ok, non ti ho mai beccato con le mani nel sacco e non ho trovato nessuna prova schiacciante (sebbene l'abbia cercata), ma le mamme sanno queste cose. Lo capirai anche tu quando avrai dei figli (se ti assomigliano un po', mi godrò un bello spettacolo, come una Aji che si mette comoda e sta a guardare!☺*)*

Adesso, visto che siamo in argomento... Ebbene sì, eccoti la predica della mamma sul fumo, e farai bene a leggerla con attenzione, perché poi ti interrogo!

Come medico, conosci i danni e i rischi per la salute di questa disgustosa abitudine. In particolare la correlazione tra il fumo e il tumore. Ma per qualche ragione che non ho mai capito, voi medici riuscite a essere i peggiori recidivi! Per cui ti esorto: per favore non giocare con una posta così alta. Adesso abbiamo un caso documentato di tumore nella nostra famiglia. Credimi, il piacere temporaneo che può derivare da una sigaretta non vale sicuramente il rischio di perdere il seno o addirittura la propria vita.

Ok, fine della predica. Per adesso. Mi riservo il diritto di ricominciarla a mio piacimento.☺

Ieri ha piovuto sulle montagne, ha cominciato nel tardo pomeriggio e ha continuato per tutta la notte. Il ticchettio riposante delle gocce di pioggia mi ha cullato trasportandomi in un sonno paradisiaco, ma mi sono risvegliata avvolta da un'umidità fredda e deprimente e ho fatto una gran fatica ad alzarmi dal letto. Abbiamo acceso la stufa in salotto che ci ha riscaldato e corroborato, ma oggi pomeriggio vado a comprarne una per ogni stanza. Se lo dico ad Ajoba, protesterà dicendo che è uno spreco avere tante stufe che non si usano quasi mai, così seguo l'esempio di Aji, non dico nulla e faccio tranquillamente quello che voglio. Ah ah.

Questo mi fa venire in mente... che forse potresti prenderne spunto...

Stamattina ho avuto un piccolo screzio con Aji. Lo sai che in India ho sempre portato il sari. Questa volta ho cominciato a indossare dei salwar-kameez per camuffare meglio il seno. Aji ovviamente ha notato il cambiamento, ma lo ha accettato abbastanza tranquillamente (almeno per il momento). È una cosa ragionevole, non così drastica. Oggi, però, fa molto freddo e, visto che voglio solo stare calda e comoda, mi sono messa dei jeans e una felpa. Aji è rimasta inorridita! «E questo che cos'è??? Non puoi mica uscire vestita così! Vatti a cambiare immediatamente!».☺

Le donne della mia età non portano i jeans. Sarebbe come indossare una minigonna. La gente malignerebbe: «Guarda quella vecchia vestita come una ragazzina, ma non si vergogna!».

Ma la cosa ancora più divertente della reazione di Aji, è stata la MIA *reazione... Prima mi sarei vergognata per la mia mancanza di rispetto e sarei corsa a cambiarmi senza esitazioni. Oggi ho pensato: "E allora?". Francamente non me ne importa nulla. Sono troppo vecchia e ne ho passate già abbastanza quest'anno per preoccuparmi del giudizio altrui. Lascia che ridano di me. Sentirmi a mio agio è molto più importante della loro stupida opinione. Allora,* ZAP!!!, *in quell'istante qualcosa mi ha attraversato, come un fulmine! Ho pensato: "Oddio, io sono Kiran e Aji è me!!!"☺ Sembrava uno di quei momenti usciti da* Quel pazzo venerdì*!!!☺ Naturalmente, sono subito rientrata in me e sono corsa a cambiarmi. A me non importa, ma importa ad Aji e lei importa a me, tutto qua.*

Ok, per oggi può bastare. Prenditi cura di te, ti voglio bene, bambina.

Con amore,

mamma

22 *gennaio*

Cara Kiran,

Siamo appena rientrati dal concerto di John Texas. Che bellezza! Sicuramente, prima che ti arrivi questa lettera ti avrò già raccontato tutto al telefono.

Qualche sera fa John è venuto a cena da noi. Aji e Ajoba sono rimasti davvero impressionati quando ha toccato i loro piedi in segno di rispetto, e poi, quando ha cominciato a parlare in marathi, c'è mancato poco che gli cadesse la dentiera! È stato fantastico!☺

A cena, John si è trovato subito a suo agio. Dal momento che ha vissuto per oltre un anno con una famiglia indiana, ha imparato il galateo indiano e persino le maniere più affettate. Ha mangiato tutto con le mani, persino il varan bhat di Neelima mami, che ha giudicato il migliore che abbia mai mangiato! Non c'è da stupirsi che sia piaciuto a tutti. Persino Ajoba, che ormai esce di casa molto raramente, ha insistito per venire al suo concerto.

John ha continuato a ripeterci che era solo una serata per dilettanti e di non aspettarci Ravi Shankar. Siamo entrati nella sala da concerto con scarse aspettative, direi nulle. E poi... dopo tutto ciò... me lo sarei dovuto immaginare... John Texas, il nostro cowboy in kurta-pijama, ha suonato il sitar così magnificamente che mi sono commossa, per poco non ho pianto. Alla fine del concerto Ajoba gli ha dato un buffetto sul polso e ha detto scherzosamente: «Adesso, ho visto proprio tutto. Posso anche morire».☺

Ti ho lasciato il meglio per ultimo...

Aji ha preso il braccio di John in quel modo che usa di solito quando vuole convincere qualcuno a fare qualcosa. «John, per caso conosci qualche bravo ragazzo indiano-americano? Qualche tuo amico scapolo che vuole sistemarsi, noi vorremmo farlo incontrare con Kiran, la figlia di Meenal».

Aji, NON SOLO *ha preso l'iniziativa di chiedergli questa cosa personalmente, ma mi ha anche rimproverato per non averci pensato prima io!!*

Ma aspetta adesso viene il meglio...

Avevo parlato di te con John, ma non gli avevo detto niente del tuo matrimonio semi-combinato. Dopo che gliel'ho raccontato si è alzato e mi ha detto di aspettarlo un attimo. Poi è arrivato con la lista di Maddie. Ti avevo parlato dalla lista che gli aveva scritto sua moglie prima di morire, ti ricordi? Su quella lista John mi indica la voce «Trova una moglie per N.T.*».*

Poi ho scoperto che N.T. *sta per Nikhil Tipnis, uno dei migliori amici di John fin dalle scuole superiori. Riassunto veloce: nato nel North Carolina, cresciuto in Texas, divorziato da quattro anni (dalla fidanzatina delle scuole superiori), più vecchio di te di due anni, vive a Austin e lavora per la Dell computer. Ti racconterò altri dettagli al telefono, ma mi sembra fantastico, e John Texas si è offerto di mettervi in contatto via email!! Gli ho dato il tuo indirizzo, si farà vivo a breve.*

Incrocio le dita. Aji eseguirà il rituale del puja. E ora che ho sfogato tutta la mia eccitazione, spero di riuscire a addormentarmi. La mia carrozza si è trasformato in una zucca già da ore… ☺

Con tanto amore,

mamma

MOONG DAAL DI NEELIMA MAMI (STUFATO DI FAGIOLI VERDI DI SOYA)

Ingredienti per 4 porzioni:

1 tazza di moong daal *secchi senza buccia (fagioli verdi di soya)*
7 tazze di acqua
1 cucchiaino di sale
2 cucchiai di olio di semi di arachide
½ cucchiaino di semi di senape nera
*6-8 foglie di curry (*kadhi patta*)*
2 peperoncini rossi secchi
2 pizzichi di assa fetida (o hing*)*
1 tazza di pomodoro a dadini
1 cucchiaino di zucchero di canna
1 cucchiaino di coriandolo in polvere
1 cucchiaino di cumino in polvere
½ cucchiaino di curcuma
¾ tazza di coriandolo fresco tritato e diviso in ½ e ¼
1 cucchiaio di ghee *o di burro*

Passate al setaccio i fagioli verdi, togliendo e scartando i residui. Asciugateli e lasciateli a bagno in 3 tazze di acqua per 15 minuti. Scolateli e asciugateli di nuovo.

In una casseruola (da almeno 2 litri), fate riscaldare a fuoco alto 4 tazze di acqua, il sale e i fagioli. Mescolate bene. Portate a ebollizione. Mettete a fuoco medio.

Fate bollire finché non raggiunge la consistenza di uno stufato, per circa 15-20 minuti, scremando ed eliminando la schiuma che si forma in superficie. Togliete dal fuoco e riducete a una purea con un cucchiaio di legno o con il passino. Mettete da parte.

In una piccola padella fate riscaldare l'olio a fuoco medio-alto. Aggiungete i semi di senape. Quando cominciano a saltare, mettete a fuoco medio. Aggiungete mescolando le foglie di curry, i peperoncini e l'assa fetida. Fate saltare finché l'assa fetida non cambia colore, circa 30 secondi. Rovesciate il tutto sulla purea di fagioli. Mescolate bene.

Aggiungete lo zucchero, il coriandolo in polvere, il cumino e la curcuma.

Rimettete la casseruola sul fornello a fuoco medio-alto. Aggiungete il coriandolo fresco e il pomodoro. Portate a ebollizione. Mettete a fuoco medio. Fate cuocere finché non raggiunge la consistenza desiderata, aggiungendo un po' d'acqua se necessario.

Togliete dal fuoco. Aggiungete il *ghee*. Guarnite con il coriandolo fresco rimasto. Servite con del riso.

SUGGERIMENTI DI NEELIMA:

Non mangiate i peperoncini rossi!

SAROJ CHAWLA: LAHORE, *MERI JAAN*

Non aver mai visto Lahore è come non essere mai nati.

PROVERBIO PUNJABI

DA: "Meenal Deshpande" <dil_MD1@yahoo.com>
A: Saroj Chawla
INVIATO: 15 gennaio 20xx, 19:02
OGGETTO: Qual è il problema?

Cara Saroj,

Ho per caso fatto qualcosa che ti ha fatto arrabbiare? Se è così, mi dispiace. Ma non posso rimediare se non capisco dove ho sbagliato.

Per favore, non liquidarmi dicendo che non è niente. Siamo amiche da troppo tempo e ci conosciamo troppo bene per una cosa del genere.

Parlami, per favore. Qualsiasi cosa sia, la risolveremo, ok?

Baci,

Meenal

DA: "Saroj Chawla" <Saroj@ChawlaCatering.com>
A: Meenal Deshpande
INVIATO: 16 gennaio 20xx, 17:55
OGGETTO: RE: Qual è il problema?

Il problema non sei tu, sono io. Quando è un buon momento per chiamarti laggiù?

Saroj

Ipoteticamente parlando, se dovessi andare a Lahore chi mi accompagnerebbe? Ho paura di viaggiare in una terra islamica senza una scorta maschile di almeno quattro persone, ma non metterei mai a repentaglio la vita del mio "infedele" marito in un territorio potenzialmente ostile. Sarei anche preoccupata delle possibili conseguenze, nel caso il passaporto di Sandeep dovesse avere il timbro di un paese islamico.

Dopo l'11 settembre, è già abbastanza rischioso essere un uomo dalla pelle scura, specialmente quando si viaggia in aereo. Ho paura di fornire alle autorità una scusa per interrogare mio marito, per metterlo sotto sorveglianza. Non importante se sei indù, sikh, cristiano, ebreo, parsi, gianista o buddista. Non importa se sei medico, ingegnere o un qualsiasi altro professionista istruito. Se sei un uomo con la pelle scura e/o hai un nome che sembra musulmano persino all'occhio più ignorante, allora rischi di essere bollato come potenziale terrorista.

Sono questi i miei pensieri mentre spingo il carrello al supermercato. Ho comprato formaggio Gouda affumicato, Brie, uva, fragole, kiwi, cracker e pane fresco. In dieci minuti sono già fuori. Facciamo la spesa in questo negozio da venticinque anni. Conosco il luogo a memoria, potrei fare la spesa anche al buio. Nel fine settimana a volte mandavo Sandeep a fare qualche commissione, e lui, come molti altri uomini durante il weekend, non si faceva la barba. Questo non succede più.

Dopo l'11 settembre nel supermercato sono arrivate delle guardie armate. Dapprima Sandeep non capiva perché lo guardavano male e gli stavano dietro. Poi se n'è reso conto. Ha terminato le sue compere con calma e nessuno gli si è avvicinato. Comunque la cosa lo ha innervosito e ha deciso di uscire sempre in ordine e ben rasato. E il povero Yash Deshpande che ha dedicato la sua vita a salvare gli altri, ci ha raccontato di come, negli ascensori e nei parcheggi, la gente lo guarda con paura e sospetto.

E questa è l'esperienza di un non musulmano. Mi chiedo cosa provano tutti i musulmani innocenti.

Sandeep dice che in India è successo di peggio nel 1984, quando l'assassinio del primo ministro Indira Gandhi per mano della sua guardia del corpo sikh ha fatto divampare atti di violenza estrema verso qualsiasi uomo con barba e turbante. Il bagno di sangue che ne è derivato ha convinto molti uomini a radersi e a tagliarsi i capelli, andando contro i propri dettami religiosi.

Se questo dovrebbe farmi sentire meglio, non è così.

Nell'ascensore della Rotunda, appoggio le buste della spesa, spingo il bottone del mio piano e osservo i numeri che s'illuminano.

1984. Mi ritrovo a pensare a *1984*, non all'anno ma al romanzo di George Orwell che ho letto per il circolo di lettura delle signore del vicinato. Il Grande Fratello Ti Sta Osservando. Il Patriot Act americano mi fa venire in mente *1984*. Per quanto possa essere spaventata dai terroristi, non mi fa meno paura una legge che permette alle autorità di trattenere i "sospetti terroristi" indefinitamente, senza un dovuto processo. Senza bisogno di accuse formali. Senza avvocati. Senza la possibilità di fare una telefonata. Senza tener conto che ognuno è "innocente fino a prova contraria".

Forse non sono una patriota perché non approvo queste misure?

Molte persone credono che un vero patriota debba mettere la sicurezza della nazione al di sopra dei diritti dell'individuo. Altre persone credono che la sicurezza nazionale giustifichi qualsiasi margine di errore (alcuni errori sono inevitabili, che lo si voglia ammettere o no). Ma siamo onesti. Tutto bene finché si parla degli altri, giusto? Loro. Non noi.

E che succede se si tratta di *te*? O di *tuo marito*? O di *tuo figlio*?

E se s'incappa in qualche terribile equivoco? Se ci si trova nel posto sbagliato al momento sbagliato? Se c'è una mela marcia in un gruppo di funzionari e quell'unica mela viene associata a noi? Che succede se per qualche motivo, *tu* o i *tuoi cari* rimanete fottuti?

Conoscete l'espressione americana "S.O.L."? Nel caso non la conosciate, ve la spiego. Significa: "Shit Out of Luck" cioè: che sfiga!

Queste sono le mie paure. Mi impediranno di tornare a Lahore? Non lo so. Ma se ci dovessi andare, non permetterò a nessuno della mia famiglia di accompagnarmi.

Tramite le amicizie di Yash Deshpande nella comunità medica, entro in contatto con una giovane coppia punjabi di Lahore, i Farani. Il marito, Yousef, è un chirurgo. Saira, la moglie, è ematologa.

Vorrei invitarli a cena, ma sono in bilico tra il desiderio d'incontrare persone di Lahore e la cautela nel frequentarle. Conosco la storia americana. Conosco gli infami processi dell'epoca di McCarthy, quando le persone venivano arrestate, diventavano dei capri espiatori, le loro vite distrutte a causa del sospetto di connivenza con il comunismo. Erano gli anni Cinquanta, c'era la Paura rossa. Oggi, c'è la Paura verde (il verde è il colore dell'Islam).

Si dice che la storia si ripete, e io sono stata testimone della rovina di una civiltà talmente avanzata che nessuno poteva aspettarsi il suo annichilimento. Nemmeno Mohammad Ali Jinnah, il padre fondatore del Pakistan. Nel suo discorso inaugurale alla cerimonia d'insediamento del primo governo pakistano, Jinnah disse: «Vedrete che nel corso del tempo, gli indù smetteranno di essere indù e i musulmani smetteranno di essere musulmani, non in senso religioso, perché quella è la fede personale di ogni individuo, ma in senso politico, come cittadini dello stesso stato».

Una previsione fin troppo ottimista.

Quando si è stati testimoni del crollo di una civiltà così sofisticata, ci si rende conto che nessuna nazione è immune dall'autodistruzione. Allo stesso modo in cui un popolo ha il potere di rendere grande una nazione, lo stesso popolo ha il potere di distruggere tutto ciò che ha reso grande quella nazione.

Ci vogliono generazioni per costruire una nazione ma basta pochissimo tempo per distruggerla. Dopo l'olocausto della Scissione, mi ricordo che tutti dicevano, scioccati, è successo tutto così in fretta...

L'altro giorno, sul paraurti di un'auto ho visto un adesivo che diceva: "Prego Dio di proteggermi da tutti i suoi seguaci". Con questa preghiera, mando giù il rospo e mi decido a invitare i Farani, Yousef, Saira e Aamir, il loro figlio di cinque anni, a cena a casa nostra.

Quando sento la loro macchina che si accosta al vialetto, sollevo una stecca delle veneziane con un dito. Sbirciando dalla fessura, li osservo mentre scendono. Aamir ha delle scarpe da ginnastica come quelle di Jack, con le lucine che si accendono a ogni suo passo. Yousef è rasato di fresco. Saira indossa un *salwar-kameez* ma ha la testa scoperta. Come Kiran, sembrano troppo giovani per essere dei medici.

Suona il campanello. Non aspetto che Sandeep apra ma mi precipito alla porta prima di lui. Mi fermo con la mano sulla maniglia, cercando di calmare il respiro. Non ci riesco. Il battito del mio cuore mi rimbomba nelle orecchie. *Boom-boom. Boom-boom. Boom-boom.*

Mio marito urla il mio nome dal piano di sopra. Abbiamo un sofisticato sistema di interfono, ma qualcuno lo usa mai? No. «Ho sentito il campanello?»

«Sì! Sono arrivati!».

«Che?»

«Vieni giù!». Giro la maniglia e apro la porta. «*As sal...*». Le parole "*as salaam alaikum*" mi si seccano sulle labbra.

Eccoli qua. Papà Orso, mamma Orsa e Orsetto. Con tre paia di mani giunte in *namaskar*.

Mi hanno fregato.

«*Namaste*, zia-*ji*», mi dicono. Persino Orsetto con la sua vocina stridula, da bambino innocente.

Anch'io giungo le mani all'altezza del cuore. «*Namaste*».

Prima che me ne renda conto, Yousef si china e con una mano tocca prima i miei piedi e poi il suo cuore, un segno di rispetto per gli anziani.

Un'ondata di emozione. Mi si serra la gola e mi pizzicano gli occhi. Mentre gli tocco la testa per dargli la mia benedizione, l'ondata s'infrange. Mi sciolgo in lacrime singhiozzando rumorosamente come un'eroina sdolcinata di Bollywood.

Sandeep mi viene in soccorso con una battuta sull'emotività dei punjabi, il vero test per scoprire chi è punjabi, facendo ridere tutti, inclusa me. Parliamo in punjabi. Una lingua così intima, la nostra madrelingua, parlata solo dalla nostra comunità. Dopo poco ci stiamo già raccontando a vicenda le nostre vite. Yousef e Saira, nati in Pakistan, hanno ereditato le loro storie sulla Scissione...

La famiglia di Yousef possedeva un frutteto di mango. Erano benestanti, ma la Scissione colpì le gerarchie di classe, livellando la gente. Qualsiasi cosa uno possedesse, che fosse una capanna o un palazzo, era persa; le persone erano costrette ad abbandonare tutto ciò che non si poteva trasportare. Come tutti gli altri rifugiati, costretti nei campi traboccanti di gente, attraversarono il confine con il Pakistan senza praticamente nulla, e dovettero lottare per ristabilirsi in una nuova terra, in una società che non sempre accoglieva con benevolenza i *muhajir*, i rifugiati. I locali li costrinsero a vendere il lotto di terreno che gli era stato assegnato dal governo pakistano come compensazione per le coltivazioni di mango che avevano dovuto abbandonare. Rimpiangevano continuamente le persone, i luoghi e il tenore di vita che si erano lasciati alle spalle. Piano piano le cose migliorarono; nonostante ciò, con tutti i problemi del paese, spesso la sensazione è quella di fare "due passi avanti e uno indietro".

Per mia esperienza, in ambito mondano di solito gli americani evitano di parlare di religione e di politica, mentre gli indiani parlano praticamente solo di quello. Al contrario, gli indiani evitano di parlare di sesso, mentre gli americani praticamente non parlano d'altro! Noto che, a questo riguardo, i Farani si comportano come noi.

«Siamo una nazione islamica», dice Yousef, «ma c'è un grande dibattito tra la nostra gente su ciò che *è* e ciò che *non è* islamico».

«In America c'è un gran dibattito», evidenzia Sandeep, «tra ciò che *è* e ciò che *non è* costituzionale».

Yousef e Saira sono cresciuti amando il Pakistan ma con il desiderio di vedere l'India («Abbiamo sempre desiderato visitare il Taj Mahal...»), allo stesso modo in cui io sono cresciuta amando l'India ma desiderando di rivedere Lahore («I giardini di Shalimar saranno sempre meravigliosi come li ricordo io?»).

Nessuna delle nostre famiglie è mai tornato nella terra natia. Questione emotiva a parte, i visti tra India e Pakistan sono difficili da ottenere anche in tempi di buone relazioni tra i due paesi, altrimenti impossibili. La stessa cosa vale per il viaggio attraverso il confine.

«Ironia della sorte, adesso che siamo cittadini americani per noi è molto più facile visitare la terra dei nostri antenati», dice Saira.

Siamo tutti d'accordo che non è giusto. Che i cittadini indiani e pakistani pacifici e non violenti dovrebbero avere accesso alla loro eredità culturale e ai loro cari oltre il confine.

Ma come distinguere una persona pacifica e non violenta da una che non lo è?

Questo è il problema.

«Il mio *Nanaji* dice che è una cospirazione», commenta Yousef, «di leader assetati di potere che diffondono la paura, utilizzando la propaganda e l'onnipotente "richiamo patriottico" solo per servire i propri interessi e per placare la propria ingordigia. Mantenere separati pakistani e indiani va solo a loro vantaggio, come fomentare l'odio e la sfiducia, perché se fossimo uniti, uno a uno, riusciremmo a smascherare il loro inganno, scopriremmo la verità dietro le loro menzogne, e cioè che una persona normale non è una minaccia, non è il nemico e che possiamo tranquillamente amare i nostri vicini. Se così fosse, che ne sarebbe del loro potere? Puff. Scomparso. Questa è la teoria di *Nanaji*».

«Sono solo assetati di potere o hanno bisogno a tutti i costi di una passione?», chiedo. «Non siamo proprio noi punjabi quelli che conosciamo, meglio di chiunque altro, l'umano bisogno di una passione? È come l'aria che respiriamo, non si può negare. Una persona deve avere una passione per qualcosa, o per qualcuno, per poter vivere. Uno scopo. Una causa. "Servire Dio" e "servire il proprio paese" sono atti universalmente considerati onorevoli. A maggior ragione "difendere Dio" e "difendere la patria". Tocca quelle corde e, *voilà*, ti trasformi nel Pifferaio magico. Suona quelle melodie con il tuo flauto e stai a vedere, le masse ipnotizzate ti seguiranno ovunque».

«La religione è l'oppio dei popoli», Yousef cita Karl Marx.

«Esatto», dico io. «Così, in queste società represse e impoverite, arriva un leader che offre alla gente frustrata una ragione per vivere o una ragione per morire. Una ragione per lasciarsi trascinare dai sentimenti e prendere parte a un'orgia per ristabilire i principi morali. Il dono di una passione, ben confezionata, fatta passare come un servigio reso a Dio e alla patria, e abbellita con un fiocchetto di onore».

«Non succede solo nelle società depresse e impoverite», dice Sandeep. «Purtroppo la manipolazione delle passioni umane è qualcosa di universale».

«Ma zia-*ji* ha ragione», dice Saira, «quando dice che tutto si riconduce al bisogno umano di una passione. In assenza di passioni sane, gli uomini scelgono quelle insane».

«Che cos'è la violenza», dico, «se non il lato oscuro della passione?».

Quando mi alzo per andare a controllare la cena, Saira mi segue. Continuiamo la nostra conversazione in cucina.

«È folle sperare in una soluzione mutuamente accettabile per l'India e il Pakistan?», chiedo. «Sarà mai possibile una cosa del genere?»

«Potrebbe essere», dice Saira. «Se tutti gli immigrati della diaspora sudasiatica si stringessero la mano. Abbiamo i numeri, il potere per cambiare le cose. Più libere, noi donne possiamo utilizzare le nostre forze in maniera più efficace. Siamo noi le nutrici, le esperte nelle relazioni umane e nella costruzione delle comunità. Noi siamo quelle che insegnano ai bambini a non azzuffarsi e a giocare rispettandosi a vicenda. Noi, madri e figlie, possiamo essere le più grandi guaritrici...».

Ecco un'altra idealista, penso. Ma a differenza di mia figlia, Saira sa di che cosa sta parlando. Lei lo ha vissuto, non lo ha solo letto nei libri, o visto nei notiziari della CNN. E soltanto grazie alla sua esperienza, non posso trattarla come un'ingenua Pollyanna.

«Se qualcuno è in grado di risanare le divisioni e ricostruire i ponti bruciati, queste sono le donne», dice Saira. «Ma prima dobbiamo smetterla di indebolirci a vicenda. Facciamo presto a biasimare gli uomini per tutti i nostri problemi, senza considerare che anche noi siamo colpevoli. Anche noi, dobbiamo rispettare i diritti umani, a partire dalle nostre case, dalle nostre famiglie, da come ci trattiamo l'uno con l'altra o da come trattiamo le nostre figlie a paragone con i nostri figli maschi. Tutto questo non per dire che gli uomini non hanno bisogno di più responsabilità. Ne hanno, *eccome*. Infatti, fosse per me, se dovessi scegliere un genere da mettere in quarantena e a cui mettere il *purdah* per il bene superiore, prenderei il maschio, non la femmina. È il maschio che fa più fatica a tenere a freno gli istinti nei confronti dell'altro sesso, che sia provocato o meno. Quindi per ridurre *il più possibile* la corruzione morale e promuovere l'armonia sociale, dovremmo tenere i maschi con un guinzaglio corto, limitare i loro movimenti, *hai na*?»

«Ah! Saira for president!». Mi lego il grembiule attorno ai fianchi. «Che piattaforma. Te l'immagini? Avanti Benazir Bhutto». Figura politica controversa, Benazir Bhutto fu eletta democraticamente per due volte e fu la prima e unica (finora) donna primo ministro del Pakistan. Quando prese servizio nel 1988, a soli trentacinque anni, era la persona più giovane e la prima donna a capo di un governo islamico dei tempi moderni.

Saira prosegue: «Mi ricordo una volta, quando dissi a mia madre che non era colpa di Eva se Adamo non era riuscito a controllarsi e aveva ceduto alla tentazione. Aveva forse Dio velato tutte le mele per camuffarne l'attrattiva? No. Se Dio avesse voluto eliminare la tentazione, impedire a Adamo di vedere le cose che avrebbe potuto desiderare, perché non allontanare gli occhi di Adamo, bendandolo, o togliendogli la vista? Invece un dio amorevole, giusto e misericordioso, bandì Adamo dal paradiso, mandandolo in un mondo pieno di tentazioni in modo che potesse imparare ad agire correttamente di fronte ad esse. Incluso filari di meli con Eve seminude in bella vista, *hai na*?».

Rido. «Oh, *beta*. A tua madre devi aver fatto venire i capelli grigi».

«Oh, no», Saira sorride e si porta i capelli dietro l'orecchio. «*Ammiji* era molto fiera. Lei è dieci volte più femminista di me. Alcune delle mie amiche qui rimangono sorprese quando glielo dico. Loro pensano che "femminista musulmana" sia un ossimoro, ma non lo è per niente. Mia madre ci ha educato tutti, tre figli maschie due femmine, a leggere da soli il Corano, in modo da comprendere che l'islamismo predica l'eguaglianza dei generi, fra le altre cose. Lei ha sempre sostenuto che se molte più persone *leggessero* per proprio conto gli insegnamenti del Corano, non si lascerebbero fuorviare così facilmente dalle interpretazioni, dalle distorsioni e dai travisamenti altrui».

«Sembra una persona molto saggia».

«Lei è una Sufi».

«Ah», annuisco. «Questo spiega tutto».

I Sufi sono dei mistici. Spesso controverso, spesso corrotto dall'uomo, il Sufismo è stato da molti rifiutato come forma legittima di islamismo. Altri sostengono invece che è l'essenza più pura dell'Islam. I Sufi credono che Dio esista in tutte le cose, e tutte le cose esistano in Dio.

«Hai mai letto la letteratura Sufi?», chiede Saira.

«Certo». Qualsiasi cosa si pensi del Sufismo nessuno può negare che ha ispirato uno scrigno prezioso di musica e letteratura. I Sufi credono che l'amore tra gli uomini, incluso l'amore fisico consensuale, risvegli l'amore spirituale, portando la persona più vicina a Dio. Non ho mai conosciuto nessuno il cui cuore non sia stato toccato dalla bellezza della poesia Sufi, me inclusa. «Ho sempre adorato Waris Shah e Bulleh Shah».

«I classici».

«E tu?»

«Io preferisco i poeti moderni».

«Qualcuno ancora scrive in punjabi di questi tempi?», chiedo.

«Sia in punjabi che in Urdu», dice Saira. «Presto scriveranno anche in inglese».

«Oh Dio, spero di no», faccio una smorfia. «Anche le migliori traduzioni inglesi produrrebbero delle versioni annacquate dell'originale».

«Lo so. Il punjabi ha le ali per portarti su vette che l'inglese non può nemmeno sfiorare con i suoi piedi pesanti ben saldi sulla terraferma».

Ridiamo entrambe.

È trascorso molto tempo dall'ultima volta che ho avuto una discussione così vivace sulla poesia e la letteratura punjabi. Non mi ero resa conto di quanto la cosa mi fosse mancata. Mi ritrovo a pensare quanto mi piacerebbe poter parlare così con Preity. E quanto mi piacerebbe che Saira potesse unirsi al nostro circolo di lettura, potrebbe dare un grandissimo contributo.

Quando è tempo di andare a tavola, tiro fuori il servizio d'argento buono: piatti, scodelle e tazze. «Spero che sia buono», dico, scoprendo il mio *murgh Mughalai* (pollo Mughalai). Quando ero ragazza cucinavamo questo piatto nelle occasioni speciali, visto che il pollo era la carne più costosa. Preparo la mia versione con un sacco di cuori di mandorla tostati e di chicchi paffuti di uva passa. «Non me la sentivo di preparare il *biryani* a degli esperti come voi».

«Ma che dici, zia-*ji*», dice Saira. «Lo sanno tutti che le mamme punjabi sanno cucinare il miglior *biryani.* Comunque il *murgh Mughalai* è uno dei miei piatti preferiti, e non lo mangio da secoli. Che lusso!».

«Aamir mangia quello che mangiamo noi?», chiedo. «Altrimenti posso cuocergli un cheeseburger, se gli piace di più».

«Shhh, zia-*ji*», Saira si mette un dito davanti alle labbra. «Finché non sente la parola BURGER, mangerà qualsiasi cosa senza lamentarsi».

Faccio una risatina. «Proprio come i miei nipotini».

«Mangiate carne di manzo nella vostra famiglia?», mi chiede lei.

«Qui, sì. In India no».

La cena è un successo e mi crogiolo nei generosi complimenti da parte di tutti, anche se faccio la modesta, non facile, ah ah. Mi fa piacere vedere il piccolo Aamir mangiare con gusto e assaggiare ogni piatto. Che fortuna che non sia un bambino schifiltoso. Preity e Tarun erano i peggiori. Io stavo qui a preparare pasti degni della tavola di re e regine e i miei figli impazzivano per i "maccheroni al formaggio"... E nemmeno per quelli fatti in casa con il formaggio fresco, ma per quelli in scatola, in una confezione scadente e con con una bustina di polvere gialla a parte!

«Andremo a Lahore per la festa del Basant», dice Yousef mentre accetta una seconda porzione. «Aamir andrà alle elementari in autunno e quindi non potremo più andarci in questo periodo dell'anno».

Sandeep annuisce. «Abbiamo avuto lo stesso problema con i nostri figli. Non volevamo fargli perdere la scuola, in inverno, ma non volevamo nemmeno tornare in India d'estate, durante il monsone».

«È un vero dilemma», dice Yousef.

«Speriamo almeno che Aamir sia abbastanza grande da poter ricordare questo viaggio», dice Saira. «Vogliamo che si ricordi del Basant».

Sorrido. «Io me ne ricordo...».

Yousef e Saira si scambiano un'occhiata. «Zio-*ji,* Zia-*ji*», chiede Yousef. «Vi piacerebbe venire con noi?».

"Non può voler dire...".

«Dove?», chiedo con molta cautela.

«A Lahore per la festa del Basant».

Il mio cuore smette di battere per un attimo. Poi comincia a correre all'impazzata.

«La nostra famiglia vive a Defence», dice Yousef, «ma abbiamo molti amici a Krishanagar».

Saira annuisce. «Possono aiutarci a trovare il vostro vecchio *mohalla*. Deve pur esserci qualcuno là che conosce qualcun altro che conosce qualcuno che sappia qualcosa dei vostri amici».

È ovvio che devono averne discusso prima di venire qui.

Guardo Sandeep. Lui annuisce, ma io sono esitante. È quello che voglio, ma ho paura. È tutto così veloce, troppo veloce. Non me l'aspettavo. Avevo sperato di trascorrere una serata cordiale e carina con i Farani. Avevo sperato che mi sarebbero piaciuti. Ma non avevo mai pensato che mi sarebbero piaciuti così tanto! E nemmeno mi sarei aspettata un rapporto del genere. Non mi sarei mai aspettata di considerare dei musulmani, pakistani, parte della mia famiglia. Ma è esattamente quello che provo nei confronti di Saira, Yousef e Aamir. Una famiglia perduta da lungo tempo.

«Avete mai avuto dei problemi?», chiedo, «con l'Immigrazione...».

«No», dice Saira.

«Mai», dice Yousef all'unisono.

«Ci penserete, vero zia-*ji*?», Saira sorride.

«Altrimenti sarà per un'altra volta», dice Yousef. «Anche se per un bel po' non potremo tornare per il Basant».

“A Lahore per il Basant…”.

“A Lahore per il BASANT…”.

“A LAHORE!”.

«Le nostre famiglie, specialmente i nonni che sono rimasti, sarebbero felicissimi di incontrarvi», dice Saira, e io devo stringere le labbra per farle smettere di tremare.

Le mie emozioni, tanto a lungo represse, fuoriescono come il pus da una ferita infetta.

C’è una parola hindi, “*jaan*”, che significa forza vitale. Quando una persona muore noi diciamo che il *jaan* ha abbandonato il suo corpo. Alcuni chiamano la persona amata *meri jaan*. Molte volte, quando sentivo i rifugiati che piangevano per Lahore, dicevano: «*Lahore meri jaan*».

«Stanno invecchiando, e sarebbe bello…». Non c’è bisogno che finisca la frase. So esattamente cosa vuol dire.

I sopravvissuti alla Scissione stanno morendo uno dopo l’altro. Presto saranno estinti. Il tempo per risolvere la questione è adesso. Adesso o mai più.

Ci sono indiani che considerano me e Sandeep traditori. Ci sono pakistani che considerano i Farani traditori. Tuttavia ci sono altre voci che riecheggiano, anche più forte, nella mia coscienza. Voci di bambini che non conoscono le barriere finché gli adulti non gliele insegnano, e nonostante ciò resistono.

“Quando si prende una strada sbagliata bisogna correggere il nostro percorso”.

“Se c’è qualcuno in grado di ricostruire i ponti bruciati, quelle sono le donne”.

Davvero è possibile? In questi tempi di *Kali Yuga*, in cui le religioni del mondo, sempre di più, sono delle fedi cieche, pronte per essere usate dall’uomo come strumenti di dominazione, di persecuzione e di divisione… Oso ancora sperare?

DA: "Saroj Chawla" <Saroj@ChawlaCatering.com>
A: Meenal Deshpande
INVIATO: 18 gennaio 20xx, 22:55
OGGETTO: RE: Qual è il problema?

Meenal,

È stato bellissimo sentire la tua voce e soprattutto esserci chiarite! Grazie per avermi perdonato. Non mi merito un'amica meravigliosa come te. Giuro che non si è mai trattato di te, erano solo dei brutti ricordi con cui non riuscivo ad avere a che fare. La Scissione è avvenuta molto tempo fa, quando io ero piccola, pensavo di averla superata. Adesso mi rendo conto che, se ho ancora una possibilità per superarla, devo interrompere il mio silenzio.

Ok, ho detto abbastanza su questo tema. Ti manderò la lista di potenziali ragazzi per Kiran nella prossima mail. Sentiamoci presto.

Saroj

MURGH MUGHALAI DI SAROJ (POLLO CON MANDORLE E UVETTA)

Ingredienti per 6 porzioni:

½ tazza di scaglie di mandorle scottate
4 teste di aglio fresco pelate
1 pezzettino (2-3 centimetri) di radice di zenzero fresco, pelata
2 tazze di cipolla gialla tritata
2 cucchiai di olio di semi di arachide
2 foglie di alloro
4 baccelli verdi di cardamomo
1 bastoncino di cannella (2-5 centimetri)
4 chiodi di garofano
1 cucchiaino di semi di cumino
1 chilo e mezzo di petto di pollo disossato e senza pelle, tagliato a cubetti
1 tazza di latte
¼ tazza di acqua
½ cucchiaino di pepe di cayenna (aggiustare a piacere)
1 cucchiaino di coriandolo in polvere
1 cucchiaino di sale (aggiustare a piacere)
½ tazza di uva passa
½ di tazza di coriandolo fresco tritato
½ cucchiaino di garam masala

Preriscaldate il forno a 300 gradi. Imburrate una teglia di alluminio. Aggiungete le mandorle. Fatele tostare finché non si abbrustoliscono, rimescolandole spesso, per circa 15-20 minuti.

Lasciate da parte.

Frullate l'aglio, lo zenzero e la cipolla finché non diventano una purea. Mettete da parte.

Nel wok o in una padella profonda almeno 30 centimetri, fate riscaldare l'olio a fuoco medio.

Quando è caldo aggiungete tutte le spezie: alloro, baccelli di cardamomo, chiodi di garofano e cumino. Fatele saltare finché i semi di cumino non sono ben abbrustoliti, per circa 10-15 secondi.

Aggiungete il pollo. Fatelo rosolare bene su entrambi i lati in modo da trattenere il liquido, per circa 3-5 minuti. Usando una schiumarola trasferite il pollo sgocciolato su un piatto. Lasciate da parte.

Nella stessa padella aggiungete la purea. Fatela soffriggere finché non evapora tutto il liquido.

Aggiungete ⅓ del latte. Riducete il calore al minimo, coprite e fate cuocere finché il latte non evapora, per 3-5 minuti, mescolando di tanto in tanto. Ripetete altre due volte finché non ottenete una salsa densa.

Aggiungete di nuovo il pollo, il pepe di cayenna, il coriandolo in polvere, il sale e l'acqua. Alzate il fuoco per portare a leggera ebollizione, poi portate il fuoco medio-basso, coprite e lasciate cuocere dai 15 ai 20 minuti, rimescolando ogni 5 minuti.

Aggiungete l'uvetta. Coprite e fate cuocere altri 5 minuti. Togliete dal fuoco.

Eliminate le foglie di alloro, i baccelli di cardamomo, la cannella e i chiodi di garofano. Aggiungete ¼ di tazza di mandorle, ¼ di tazza di coriandolo fresco e il *garam masala*.

Sistemate in una scodella o in un piatto da portata. Guarnite con le mandorle e con il coriandolo rimasti. Mangiate con del riso o con il roti.

UMA BASU MCGUINESS: RIEMPIRE IL POZZO

I problemi sono il cibo della creatività. Sono la materia prima.

SATYAJIT RAY

Giorno dopo giorno, indosso i miei amuleti sacri, mangio radici di erbe, pratico dei riti occulti. A Kalighat mi mescolo a folle sudate e maleodoranti che in file interminabili offrono le loro preghiere. All'interno il tempio crepita di potente energia. Mi insinuo tra amanti segreti che sono venuti qui in fuga, eludendo il divieto delle loro famiglie. Persone da luoghi vicini e lontani offrono i loro beni più preziosi in sacrificio. Calendule, tuberose, fiori di ibiscus. Rupie in banconote o moneta. Capre sgozzate. Lunghe ciocche di chiome sforbiciate, la preziosa bellezza delle donne. Ma dove sono, allora, le punte dei peni castrati? La dea Kali sta ridendo, la sento.

La prima volta che lessi queste parole, scribacchiate su uno dei diari di *Ma*, ero una studentessa al College Presidency. Rimasi scioccata! Le donne indiane raffinate non usano un linguaggio così crudo. Non raccontano barzellette sporche. Tale comportamento, come innumerevoli altri, ricade strettamente nel dominio degli uomini.

Se non fossi venuta in America, se non avessi sposato Patrick, se non avessimo avuto Rani, avrei omesso questi passaggi dalla mia traduzione in inglese. E così facendo, avrei commesso una grave ingiustizia, non solo verso mia madre, ma verso i posteri che non meritano censure, ma la pura verità.

«Non me li daranno, i suoi diari», dice mia sorella Anadita da Kolkata, parlando dal suo cellulare.

Si sente talmente bene che ho la sensazione di stare sul balcone di fronte a lei. Sento i clacson che strombazzano, i latrati dei cani randagi, i fischietti dei guardiani notturni.

«Nemmeno delle copie?», chiedo.

«Nemmeno delle copie», dice lei, frustrata. «Ho tentato con la ragione. Ho tentato con la dolcezza. Ho tentato con il senso di colpa. Ho tentato di tutto. Non sono riuscita a convincerle».

Anch'io ho tentato di persuadere tre delle mie sei sorelle, le più testarde, a consegnarmi i loro preziosi volumi contenenti gli scritti di *Ma*, in modo che io possa tradurli e inserirli nella mia antologia. Ho tentato e ho fallito.

Alcuni dei suoi scritti, un'infarinatura di poesia, un racconto breve qui e là, *Ma* li aveva condivisi anche con altre persone durante la sua vita. Ma la maggior parte delle sue parole, sia scritte che parlate, le aveva conservate senza mostrarle a nessuno. Il suo mondo interiore era troppo privato. Estremo. *Maledetto*.

Riempiva diario dopo diario con una bella calligrafia bengali, e poi li spediva a sua madre, chiedendole di conservarli nel suo armadietto di metallo. Prima di morire, *Dida*, la nostra nonna materna, divise i diari distribuendoli tra me e le mie sorelle. Ognuna di noi aveva accumulato il suo gruzzoletto prezioso di memorie. Persino una forcella per capelli era diventata un cimelio. Potete immaginarvi quello che provammo nel sentire la voce di *Ma* che ci parlava attraverso i suoi scritti.

«Barathi dice che i suoi li ha persi».

Alzo gli occhi. «Sta mentendo».

«Lo so, ma che possiamo farci?».

«Strappa le loro carte ATM», dice Patrick, cioè: «Smetti di mandar loro del denaro», ma questa è una soluzione troppo americana, troppo fredda per me. In India i membri di una famiglia, anche nel caso di una famiglia allargata, si prendono cura degli altri membri della famiglia più bisognosi. Sebbene non manteniamo le altre come facciamo con Anandita, facciamo del nostro meglio per aiutarle con le cure mediche, l'istruzione, i matrimoni. Per me non è una scelta. È un dovere.

«Che facciamo, *Sejdi*?», chiede di nuovo mia sorella. Questa volta non è una domanda retorica, si aspetta una risposta. Delle istruzioni. I prossimi passi.

Nella nostra famiglia, io sono *Sejdi*, che significa la terza sorella più grande. Anandita è una delle gemelle. Io la chiamo *Choto didi*, sorella più giovane. L'altra gemella, Oindrilla, vive in Australia.

«Non lo so», dico. «A parte rubarli...?»

«Impossibile. Persino le spezie sono sottochiave».

Ridiamo. Un riso nervoso, metallico, di disperazione.

Sebbene Anandita e Oindrilla siano più giovani di me di dodici anni, il mio legame con loro è più stretto rispetto a quello con le altre sorelle. Sin dal loro inizio difficile, mi sono sentita protettiva nei confronti delle gemelle. Tra tutte le mie sorelle, loro – le uniche che non hanno mai conosciuto *Ma* – sono quelle che sento più vicine.

Quando nostro padre combinò il matrimonio di Oindrilla con un economista bengalese che poco dopo ebbe l'opportunità di trasferirsi all'estero, con grande sgomento di *Baba* e grande sollievo da parte mia, pregai che succedesse lo stesso ad Anandita. A Calcutta le gemelle vivevano sotto un alone di colpevolezza per il ruolo che avevano avuto nella morte di *Ma*. Volevo allontanarle da tutto ciò. Ma per Anandita evidentemente non era destino. Nessuna famiglia sarebbe passata sopra alla sua epilessia. Veniva considerata come un bene danneggiato. Inaccettabile.

Fortunatamente, *Baba* le permise di frequentare Santiniketan, "dimora di pace", il collegio fondato da Tagore, il nostro Uomo del Rinascimento Bengalese. Questo le portò grande felicità e una rete di amici molto solida. Ma non le avrebbe mai permesso di proseguire gli studi dopo la laurea, certamente non all'estero, non dopo il mio esempio.

Nonostante le ripetute offerte di trasferirsi negli States, di venire a vivere con me e Patrick, Anandita si rifiutò di abbandonare *Baba*, come avevamo fatto tutte noi, dopo il matrimonio, unendoci alla famiglia di nostro marito. Sebbene *Baba* non mostrasse la stessa considerazione nei suoi confronti, lei continuò a prendersi cura di lui.

«Chi si occuperà di lui quando sarà vecchio?», diceva sempre Anandita. «Non ha figli maschi».

I nipoti avrebbero potuto accendere la pira funeraria, ma si sarebbero presi cura di lui come i suoi stessi figli? Eravamo state testimoni di ciò, quando nella nostra grande famiglia allargata, con le sue continue lotte di potere, la situazione si aggravava particolarmente, i nipoti rimanevano sempre fedeli ai propri genitori.

Così Anandita fu l'unica a rimanere al fianco di *Baba* fino alla fine, e poi non ebbe più nessun desiderio di lasciare Kolkata. Oggi vive lì, a Ballygunge, con Hulo la sua gatta nera, in un lussuoso appartamento che abbiamo comprato per lei dopo la morte di *Baba*.

«*Sejdi?*», dice Anandita. «Perché non vieni qua? Non potranno rifiutarteli, di persona».

Chiudo gli occhi come se li spremessi, tengo stretto il telefono, i palmi delle mani cominciano a sudare.

«*Baba* non c'è più», dice lei, leggendomi nel pensiero. «Se n'è andato per sempre, corpo e anima. Non è appostato sugli alberi di *neem*, pronto a saltarti addosso se ci passi sotto». Solo con me lei si sente libera di puntare la sua fionda contro le superstizioni. Agli altri, nasconde il suo mondo interiore, come faceva *Ma*.

E il segreto oscuro e profondo di *Ma*? Criptato in poesie innocue, ma messo a nudo sulle pagine del suo diario: la sua mente brillante, non convenzionale, indipendente. Potevano anche controllare le azioni di *Ma*, imprigionare il suo corpo, ma mai i suoi pensieri.

Adesso che ci penso, il segreto oscuro e profondo di Anandita è molto simile. Lei è atea.

Non lo ammetterebbe mai. Nemmeno a me. In fondo non vive in un mondo dove potrebbe farlo senza conseguenze. A vari livelli, nella maggior parte del mondo attuale, che si tratti di Oriente, Occidente o Medio Oriente, o di primo, secondo o terzo mondo, i non credenti sono ancora largamente temuti ed evitati, se non addirittura puniti: "senza dio" equivale a "immorale". È l'autoconservazione che sprona Anandita a compiere dei gesti di pietà socialmente accettati, non la fede in un'entità superiore.

Come faccio a saperlo? Nello stesso modo in cui so della relazione extraconiugale di Saroj e dell'infatuazione di Meenal per mio marito e un sacco di altri segreti che nessuno sospetta. Faccio attenzione. Non solo a ciò che viene detto, ma a quello che non viene detto. Non solo alle azioni, ma alle non-azioni.

Prendiamo a esempio l'instancabile attività umanitaria di Anandita. È reale. È la sua passione, la sua ragion d'essere. Ma osserviamo il linguaggio del suo corpo, ascoltiamo le sue risposte quando la gente le dice, come spesso succede, che sta facendo il lavoro di Dio o che si sta guadagnando il paradiso. S'irrigidisce. Devia lo sguardo. Si allontana. Quando risponde dice cose tipo: «Faccio il lavoro dell'*uomo*», oppure: «Non lo faccio per il mio karma». Potrebbe citare il *Gita*: «Lasciatevi guidare dalle buone azioni, non dai frutti che derivano da esse». Tali precisazioni, tali rifiuti, non s'individuano facilmente nemmeno al radar, ma col tempo anche i segnali più impercettibili si sommano tra loro.

«*Sejdi,* sei ancora lì?», la voce di Anandita mi ridesta dai pensieri. In lontananza i guaiti di un cane.

«Sono qui», dico. «E qui devo rimanere. Tu sai perché».

Dato che era lì, Anandita è l'unico essere vivente oltre me che sa cosa mi ha detto *Baba* prima di morire, parole che non sono in grado di ripetere nemmeno a mio marito, *specialmente* a lui, perché tutto ciò che mi ferisce ferisce anche a lui. Attraverso l'ultimo dei suoi deboli respiri, mio padre ha usato tutta l'energia che gli rimaneva per scolpire queste parole per sempre nella mia anima: «Non rimettere mai più piede in Bengala».

«Questa è la tua maledetta terra», dice Anandita, mentre mi si offusca la vista. «È il tuo diritto di nascita».

Mi copro gli occhi. «Per favore, *Choto didi*. Non posso».

«Significa che non verrai».

«Sì, proprio così, non verrò».

È una mia scelta, quella di onorare la richiesta di *Baba* in punto di morte. Questo è il sacrificio, la pena attraverso la quale spero di ripulire il karma negativo nei confronti di mio padre. Patrick lo può capire. Quando eravamo a Kolkata, intercettai uno stralcio della sua conversazione con le mie sorelle.

«Così la nozione cristiana dell'inferno qui esiste sulla terra per quelli che devono espiare un brutto karma?», chiese lui.

«Sì», disse Moitreyee.

«Pian piano lo sta comprendendo», aggiunse Tapasi.

«Non è affascinante?», mormorò Anandita dal divano all'angolo dove, con aria assente, stava accarezzando Hulo, la sua gatta convinta di essere un cane. «Le sacre verità a cui si aggrappano gli uomini di tutte le culture per alleggerire il peso della vita e della morte?».

Anandita conosce le mie convinzioni, anche se non le accetta. E, come risulta evidente dalla lettera che ricevo settimane dopo la nostra conversazione telefonica, è abbastanza intelligente da parlare a loro.

Mia carissima Sejdi,

Dopo tanto riflettere e pregare, dopo tanta meditazione, consultazioni con i guru e pellegrinaggi a Kalighat, sono giunta alla seguente conclusione: sei stata lontana abbastanza tempo per rispettare gli ultimi desideri di Baba. Devi tornare e ti prometto che faremo tutto il necessario per la tua purificazione spirituale. Come ben sai, questi rituali così importanti funzionano meglio se vengono eseguiti in India, e non c'è luogo più sacro del nostro Gange.

Aspetto con ansia di avere notizie del tuo arrivo imminente.

Con grandissimo affetto,

tua Choto didi

P.S. *La tua presenza a Kolkata è pressoché l'unica speranza che hai di compilare un'antologia esauriente.*

«Se vai tu, andrò anch'io», dice Saroj suggellando il nostro patto con una stretta di mano. «Lo faremo insieme, contemporaneamente».

Lei può capirmi meglio di chiunque altro: quando si è costretti a lasciare un luogo non è facile ritornarvi, qualsiasi siano le circostanze, indipendentemente da quanto lo si desideri.

Prendo la sua mano. «Tu andrai a Lahore. E io andrò a Kolkata».

«D'accordo».

Ci stringiamo la mano, due cavi elettrici di energia nervosa avvolti l'uno nell'altro.

DA: "Rani Tomashot" <RaniTomashot@hotmail.com>
A: Uma Basu
INVIATO: 14 gennaio 20xx, 02:15
OGGETTO: Vita

Ciao mamma!

Non riesco a dormire. Ho deciso di alzarmi e scriverti. Come state tu e papà? Vi manco terribilmente? Qui va tutto bene. Finalmente sono riuscita a disfare le valigie. Che per me è già un record. Per favore non chiedermi se ho già fatto la lavatrice.

Una buona notizia: il mio affaticamento cronico è molto migliorato. Non mi sento più depressa come prima. Una notizia un po' meno buona: il mio impeto creativo è definitivamente scomparso. Le mie ambizioni artistiche sono sparite. Sono totalmente svogliata. E sì, avrei fatto bene ad ascoltarti e a rimanere un altro mese. Non sarà che a forza di darti sempre ragione poi ti viene il complesso di superiorità?

Mi sembra che sto sprecando un sacco di tempo, in questa lunga vacanza dalla mia vera vita. E Bryan sta passando esattamente lo stesso momento critico. Ognuno a modo nostro, entrambi stiamo galleggiando… Andando alla deriva, senza scopo. Non fraintendermi, galleggiare è sicuramente molto meglio che annegare… Non c'è nessun pericolo, credimi. È solo che vorrei tornare a nuotare. Voglio uno scopo. Una passione. Ne ho bisogno!

E adesso che ti ho scritto tutte queste belle cose, me ne torno a dormire… Zzzzz…

Grazie per avermi ascoltato, mamma.

Baci e abbracci,

Boo

DA: "Uma Basu" <ubasu@gwu.edu>
A: Rani Tomashot
INVIATO: 14 gennaio 20xx, 08:33
OGGETTO: RE: Vita

Carissima Boo-Boo,

Ci manchi più delle stelle in cielo, delle gocce di pioggia nei monsoni, della sabbia in tutte le spiagge e dei colori in tutto il mondo. Tutto ciò elevato all'ennesima potenza... Ecco quanto ti amiamo.

Sentiamoci al telefono stasera, ok? Voglio farti una proposta che potrebbe spingerti nella direzione giusta.

Nel frattempo, ricordi quando abbiamo parlato del tuo pozzo creativo che si era prosciugato e di come non puoi continuamente attingervi senza riempirlo di tanto in tanto? Boo-Boo, il pozzo si riempie vivendo nel mondo, sperimentando la vita. Fermarsi ad annusare le rose NON È una perdita di tempo.

Con amore,

mamma e papà

DA: "Rani Tomashot" <RaniTomashot@hotmail.com>
A: Uma Basu
INVIATO: 14 gennaio 20xx, 15:01
OGGETTO: RE: Vita

Che ne pensi di smettere di FUMARE le rose?

Parlando seriamente, grazie per l'incoraggiamento. Nulla in programma per stasera, puoi chiamare quando vuoi.

XOXOXO,

Boo

Kolkata è la città delle contraddizioni. Splendore e squallore. Profumo e fetore. Intelletto e ignoranza. Umanità e apatia. Cultura e rozzezza. Arroganza e umiltà. Tecnologia all'avanguardia e arretratezza dell'età della pietra. Generosità e avarizia. Gioia e disperazione.

Un tempo capitale dell'India britannica, questa città meravigliosa e orribile, rappresenta (almeno per me) un microcosmo del mondo. Lo spettro completo dell'esperienza umana. Se esiste un luogo che possa ispirare un artista, quel luogo è Kolkata.

"Proprio quello di cui ha bisogno Rani".

Ho sempre desiderato mostrare a Rani la città, il paese dove sono nata. Vorrei *davvero* farle vedere i luoghi, non come l'ultima volta che ci siamo stati per la morte di *Baba*, una toccata e fuga emotivamente lancinante. Vorrei che fosse una vera avventura, alla pari dei nostri viaggi in Europa, Australia, Nuova Zelanda, Thailandia, Bali e Singapore o come quella dei nostri amici indiani residenti in America che sono stati in India con i loro figli.

«L'India fa parte dell'eredità culturale di Rani tanto quanto l'Italia e l'Irlanda», dissi a Patrick, al ritorno da due meravigliose settimane trascorse in Toscana in una villa con dieci camere da letto che avevamo affittato insieme ai suoi parenti (prima che i genitori di Patrick venissero a mancare, abbiamo avuto la fortuna di trascorrere due vacanze, sia in Italia che in Irlanda, insieme alla sua famiglia). «Lei ha tutti i diritti di visitare quella terra, di conoscerne la gente e la cultura».

«Certo che sì», disse Patrick. «E anche tu». Questo è mio marito, che riesce a sentire le parole non dette, ed è anche più perspicace di me nel capire le persone. «Potremmo visitare altre parti del paese».

Mi vennero in mente i palazzi spettacolari dei maragià indù. Le pitture e le sculture rupestri risalenti alle civiltà più antiche. Le località di montagna sull'Himalaya. Le spiagge e i bazaar. Le piantagioni di tè. I templi, le moschee, le chiese e i monasteri.

Pensai a tutti questi luoghi e a molti altri che avrei tanto desiderato vedere con Patrick e Rani, ma come avrei potuto evitare l'unica città che viveva nel mio cuore e nei miei ricordi? Come avrei potuto andare in India *senza andare* a Kolkata? Non avrei potuto. Per me l'India cominciava e finiva con Kolkata.

«Vuoi venire con me a Kolkata?», provo a chiedere a Rani e trattengo il respiro, aspettando la sua risposta. Aspettando di vedere se la moneta che ho lanciato in aria atterrerà sulla testa o sulla croce. Se dovesse dire di no, ho deciso che non cercherò di farle cambiare idea. Lo prenderò come un segno. Un segno non so bene di che cosa. Ma sicuramente di qualcosa di negativo.

Dice di sì. Prenoto i biglietti.

È passato molto tempo dall'ultima volta che io e Rani abbiamo dormito nello stesso letto. Visto che Anandita russa, Rani e io condivideremo il letto matrimoniale nella stanza degli ospiti. Mentre Patrick trascina due grandi valigie, dallo scantinato fin su nella camera di Rani, in modo che io possa preparare i bagagli, ci tornano in mente i vecchi rituali per mettere a letto Boo.

Fino all'età di dodici anni, o io o Patrick dovevamo sdraiarci accanto a lei nel suo letto singolo finché non si addormentava. Se non lo facevamo, la mattina dopo si sarebbe svegliata con delle profonde occhiaie. Senza di noi rimaneva sveglia fino a tardi. Così a turno le tenevamo compagnia per un'ora, ogni notte. Rani faceva sempre una miriade di domande, come per scaricare il suo cervello e liberare lo spazio necessario per poter dormire. Dopo, io e Patrick condividevamo i momenti più salienti dell'Ora Boo-Boo, come la chiamavamo noi, stupefatti della piccola meraviglia che avevamo creato.

I dinosauri vanno in paradiso? Le persone sono al sicuro – Dio ha fatto il lavaggio del cervello ai dinosauri perché non ci facciano del male? Se Dio ha creato tutto, chi ha creato Dio? Davvero Gesù ha detto che nessuno può andare in paradiso senza passare attraverso di Lui, oppure qualcuno ha capito male il Suo messaggio, o se lo è addirittura inventato? Quando Ganesh era piccolo le persone lo prendevano in giro per la sua testa da elefante, o gli elefanti lo prendevano in giro per il suo corpo da uomo come facevano con Dumbo per le sue orecchie a sventola? Le persone che non sono, o non sono state buone con gli Intoccabili, è vero che nella loro prossima vita saranno delle mosche mangia escrementi? Questo dopo aver visto il toccante capolavoro di Bimal Roy, *Sujata*, su una ragazza orfana intoccabile allevata da una famiglia di una casta superiore.

Chissà quali domande mi aspettano a Kolkata...

«Voglio un rapporto dettagliato, al tuo ritorno», dice Patrick.

Gli prometto che lo farò. «Mi mancherai terribilmente». Dopo il matrimonio, non siamo mai stati separati per più di una settimana.

«Anche tu, amore, ma questa cosa è importante. Hai bisogno di questo viaggio».

«Vorrei che venissi anche tu».

«Ci sentiremo tutti i giorni».

«Lo so», dico. «Ma non mi piace stare lontana da te...».

Fa un sorrisetto e mi bacia sulla fronte. «Sarebbe un bel problema se ti piacesse».

Io e Rani partiamo da Dulles. Cambiamo a Heathrow. Arriviamo a Dum Dum (nel nostro ultimo viaggio Rani lo aveva soprannominato l'aeroporto Lecca-lecca) verso l'una di notte di sabato. Continua a ricordarmi che l'aeroporto non si chiama più così, ma è inutile. Per me sarà sempre Dum Dum.

Cinque delle mie sorelle ci vengono incontro. Anandita, Shukla, Moitreyee, Tapasi e Bharati: tutte tranne Oindrilla. Tutte con mariti, autisti, figli e nipoti al seguito. Le mie sorelle stanno singhiozzando, esattamente come quando sono partita, e fra pochissimo piangerò anch'io.

«Questa ragazza è così magra», dice Tapasi mentre abbraccia Rani, che mi lancia un'occhiata.

«*Sejdi*, ma che fai non le dai da mangiare?», dice Shukla.

Sorrido a Rani, un sorriso da mamma, della serie "te l'avevo detto".

Niente di meglio di un viaggio in India per cambiare prospettiva.

«Lei parla bengali?», chiede, in bengali, una ragazzina dagli occhi grandi.

Di chi è questa ragazzina? Non lo so.

«Capisce il bengali meglio di come lo parla», risponde Rani in lingua bengali, scatenando una serie di gridolini tipo: «Oh! Wah! Il suo accento!».

Immediatamente sopraffatta dalla commozione, Rani distoglie lo sguardo. Devo allontanare al più presto la mia bambina dai riflettori.

Moitreyee dà a Rani una strizzatina sulla guancia. «Che dolce…».

Bharati: «Avrai fame, *nuh*?».

Shukla: «Povera s*honu,* un viaggio così lungo».

Tapasi: «Vi abbiamo portato qualcosa da stuzzicare».

Anandita: «Tutta roba fatta in casa e solo acqua imbottigliata. Niente mal di stomaco per questo viaggio».

L'ultima volta, Rani aveva sofferto di un terribile attacco di diarrea. Non ci volle mai rivelare la causa, ma io sospettai che fossero il cibo o le bevande delle bancarelle di strada che le avevo espressamente proibito: e così scelse di imparare la lezione nella maniera più dolorosa.

Successe che, contemporaneamente, l'unico bagno all'occidentale nella nostra vecchia casa di famiglia si ruppe. Non so quale fu la cosa peggiore per Rani, la prostrazione fisica ed emotiva o l'essere continuamente costretta ad accovacciarsi nelle Accovàcciati, come Patrick aveva battezzato le toilet indiane: pozzetti appartati di forma oblunga col pavimento in ceramica. Entrambe esperienze sufficientemente traumatiche per Rani. Specialmente quando finiva la carta igienica.

Percepisco che Rani non può sopportare oltre, allora la prendo sottobraccio e dico a tutto il resto della parentela: «Saliamo in macchina con *Choto didi*».

Anandita distoglie lo sguardo per modestia, ma so bene che la mia preferenza sfacciata nei suoi confronti la entusiasma. Entusiasma anche me ostentare che il cucciolo trattato da tutti gli altri come il brutto anatroccolo è quello che amo di più.

Mentre il nostro corteo di automobili è diretto verso Ballygunge, sono felice che siamo arrivate di notte. La notte è il momento migliore per vedere Kolkata, la sua sporcizia mascherata dall'oscurità, le sue luci che brillano come gioielli. Rani viaggia accanto all'autista per avere una visuale migliore, mentre io e Anandita stiamo sedute dietro, ci teniamo per mano e chiacchieriamo liberamente. Rani ci prende in giro perché nonostante le interminabili telefonate abbiamo ogni volta un sacco di cose da raccontarci.

«Ti ricordi il Signor Chaudhury, quello del decimo piano?», dice Anandita. «Sua cugina è scivolata sul pavimento bagnato e si è rotta il bacino due settimane fa, ti ricordi? Il fratello di un amico del nipote del suo medico, il dottor Gosh, insegna al College Presidency... Chimica, credo. Comunque i vicini di un suo collega, brava gente, mi hanno detto, loro vivono metà anno qui e metà anno in America con i loro figli».

Annuisco, sicuramente vuole arrivare da qualche parte. Fa sempre così. Anche se la prende molto, molto alla lontana, per arrivare al punto.

«Be', loro conoscono un ragazzo laggiù... trentanovenne, nato in America, di buona famiglia, chirurgo, divorziato da molto tempo, senza figli. Lui sarebbe interessato alla figlia di Meenal, la dottoressa divorziata».

«Sembra interessante. Qual è il nome della famiglia?»

«Hmmm... DasGupta o SenGupta, com'era?», aggrotta le sopracciglia cercando di ricordare.

«Magari è solo Gupta», la prendo in giro.

«No, no. Sono bengalesi», dice Anandita. «Per quello che mi ricordo. Oh! Prima che me lo dimentichi di nuovo, devi sapere la buona notizia su Rohit!». E mi racconta del fidanzamento di uno dei suoi nipoti preferiti con una ragazza dell'India meridionale incontrata al college. «I ragazzi e le ragazze di oggi frequentano college misti e incontrano persone che provengono da tutto il Paese. È una cosa buona. Li aiuta ad aprire gli occhi».

«È davvero un bene», dico. «Abbiamo bisogno di più cittadini del mondo».

Sebbene non tutti la pensino in questo modo, io, naturalmente, sono entusiasta del fatto che l'esclusività e i pregiudizi culturali e di casta diminuiscano quotidianamente, mentre continuano ad aumentare i matrimoni d'amore, interculturali e fuori casta.

«Questo chirurgo», chiedo. «Ti ricordi almeno il suo nome?».

Si morde la lingua, mortificata. «Mi sono scritta tutto quando mi ha telefonato il signor Chaudhury. Quando arriviamo a casa ti faccio vedere gli appunti».

«Benissimo. Troverò un Internet café per mandare una mail a Meenal».

Rani mi lancia un'occhiata da dietro le spalle. «Mai rimanere indietro, vero mamma? Zia Saroj ha già esaminato… quanti candidati? La squadra dei Basu è in svantaggio».

Rido. «Ti sembra un paragone corretto? Zia Saroj ha molti più contatti di me».

«Mi spiace. Non si fanno sconti qui. Risultati. Risultati. Guardiamo solo ai risultati».

Scuoto la testa. «Sei proprio una stupidina».

«Stupidina-*ji*», enfatizza il suffisso hindi per il rispetto, un'abitudine di famiglia, l'*indglese* di Patrick mescolato ai giochi di parole americani. «Questo è *Mister* Culo-pesante», diventa: «Questo è Culo-pesante-*ji*». Così è mio marito che, per sua stessa ammissione, conosce quel poco che basta a causare un incidente diplomatico in ogni paese.

Mentre Rani chiacchiera con Anandita, io guardo fuori dal finestrino: molte cose mi sono familiari e molte altre totalmente nuove, estranee. Ho avuto le farfalle nello stomaco per così tanto tempo. Non ricordo più come ci si sente senza. Ricordo a me stessa di non perdere di vista il mio obiettivo: i diari di *Ma*.

Do un'occhiata a un'utilitaria Maruti che sfreccia veloce e sussulto alla vista di un ragazzino al posto di guida. Mi ci vuole un attimo per orientarmi: "Quello è il posto del passeggero!". In India, come in Inghilterra, si guida sul lato sinistro della strada, il posto del guidatore è a destra, quello del passeggero a sinistra.

La città di Kolkata non dorme mai, nemmeno i bambini. Dal rumore sembra che tutti gli acceleratori e i freni siano collegati a dei clacson. I camion hanno persino il cartello: "suonare il clacson, per favore". Non esistono corsie ben definite, le strade senza segnali e senza divisioni sono la norma, gli automobilisti si assaltano l'un l'altro con colpi di clacson amichevoli, di avvertimento, e a volte di rabbia accompagnati da imprecazioni. In questo caos organizzato, una serie di veicoli si contende la risorsa più scarsa della città: lo spazio.

Utilitarie grandi come una scatola di fiammiferi. Ambassador gialle che offrono un servizio di taxi e le loro versioni in miniatura, risciò a tre ruote che eruttano gasolio. Autobus carichi di braccia che dondolano fuori dai finestrini senza vetro. Motorini, spesso con donne in *sari* sedute, con *nonchalance,* all'amazzone dietro a un uomo, con un bambino in braccio e magari anche un altro schiacciato nel mezzo, tutti rigorosamente senza casco... Rabbrividisco al pensiero che possano prendere una curva a tutta velocità.

In prossimità di un semaforo, la fitta coltre di gas di scarico ci obbliga a tirare su il finestrino. Giusto in tempo. Il semaforo diventa rosso; i ragazzini assaltano i veicoli intrappolati come formiche con un cestino da picnic. Guizzano da un'auto all'altra, bussano sui finestrini, cercano di vendere la loro mercanzia, puliscono i parabrezza senza chiedere il permesso e tendono le mani sporche per avere denaro, ispirando più irritazione che pietà.

Accanto a noi staziona una Mercedes categoria lusso, tirata a lucido, ultimo modello. Dall'altro lato una donna con un *sari* logoro è accucciata per terra e cucina qualcosa su un fuoco all'aperto. Un vecchio tiene premuto l'indice contro una narice svuotando il contenuto dell'altra per strada. Questo comportamento diffuso, come quello di urinare in pubblico (a cui sono sicura assisteremo presto nel nostro tour cittadino) non è indicativo della cultura indiana, piuttosto della sua mancanza. Non vedrete mai un indiano istruito soffiarsi il naso sul marciapiede. Purtroppo, mi spiace dirlo, potreste vederne uno urinare sulle piante o contro un muro. Fosse per me, si meriterebbe di essere sculacciato con un *chappal* o con un *lathi*.

Più avanti, cartelloni pubblicitari reclamizzano le ultime pellicole di Bollywood, alcune serie televisive, i cellulari Nokia, il burro Amul, complessi residenziali di appartamenti di lusso, le sigarette Marlboro, le patatine Lay, i biscotti Amulya Rich Marie, il dentifricio Close Up.

Al cassonetto all'angolo ci sono tre vacche che fanno schioccare le loro code, come belle donne del sud che si sventagliano e spettegolano sulla gente che passa. La loro espressione un po' *blasé* mentre si allontanano ruminando mi fa venire in mente i fumetti della serie *Far Side*.

Il semaforo diventa verde. La nostra auto si muove in avanti, incerta, sbandando tra i vari ostacoli. Al prossimo semaforo rosso, di nuovo lo stesso spettacolo, il secondo atto, con attori diversi. Una ragazzina con la pelle color cioccolato bussa al mio finestrino, tenendo sul fianco un bambino mezzo nudo. La ignoro, ma lei insite. La guardo. Stabilisco un contatto visivo. Mi sforzo di non distogliere lo sguardo, nonostante il mio disagio.

"Chi sei tu? Qual è la tua storia? Pensi che io sia una persona avara e disumana perché non ti do dei soldi? Vorrei portarti a casa, lavarti per bene, nutrirti a sazietà, mandarti a scuola. Mi fa soffrire il fatto di non poterti accontentare, non sono indifferente alle tue sofferenze, ma se ti dessi dei soldi farei più male che bene. Inciterei alla rivolta. Incoraggerei l'accattonaggio. Mi dispiace, piccolina. Non posso aiutarti in questo preciso istante, ma farò le mie donazioni a un'organizzazione caritatevole che lavora per darti più forza, non per imprigionarti sempre più nelle tue catene di povertà".

«Non guardarla», dice Anandita. «Altrimenti la incoraggi».

Arrivati al cancello di ferro del complesso di appartamenti, l'autista suona il clacson, svegliando la guardia notturna che sta facendo un pisolino su una sedia. Riconoscendo la nostra Honda City, il guardiano apre il cancello. Entriamo, parcheggiamo in uno spazio riservato, usciamo dalla macchina, ci stiracchiamo. Automaticamente, mi avvicino all'aiuola e tocco la terra in segno di riverenza. La terra del Bengala. La terra proibita.

"La mia terra".

«Siamo in India, mamma», dice Rani con aria incredula. «Siamo davvero in India».

Si alza il vento. Le foglie sussurrano sul grande albero di *neem*: «Shhh», come stessero rivelando dei segreti. L'aria calda respira nelle mie orecchie. Mi sfiora il viso, il collo, le spalle. Come una mano tiepida mi accarezza la pelle nuda. Sento il solletico della punta delle sue dita. Ho i brividi. Sudo freddo. I peli più fini mi si rizzano dietro la nuca e sulle braccia.

«Sì, eccoci qua», dico, con leggera esitazione.

"Adesso è troppo tardi per tornare indietro".

Prendo una manciata di terra e me la faccio scivolare tra le dita. Mi tocco la fronte e il cuore. Bacio le mie dita. Mi volto verso Rani. «Benvenuta a Kolkata».

"Bentornata".

DA: "Uma Basu" <ubasu@gwu.edu>
A: Meenal Deshpande
INVIATO: 10 febbraio 20xx, 09:20
OGGETTO: Un bravo ragazzo indiano

Carissima Meenal,

Sono felicissima di dirti che ho un candidato per Kiran! Preferisci che ti dia i dettagli via email o per telefono? Se hai tempo mi piacerebbe fare due chiacchiere.

Io e Rani siamo arrivate a Kolkata sane e salve. Lei non ha sofferto molto il jet lag. Per me è molto peggio. La vecchiaia… Brontolo, brontolo.

La cosa strana è che a Rani è ritornata l'asma. Lei ci scherza su dicendo che è allergica a Kolkata visto che la prima volta che le è venuto un attacco, da piccola, eravamo proprio qui. Il medico l'ha visitata e adesso è ben munita di spray, medicinali e inalatori.

Anche se non ho nulla contro la medicina occidentale quando è necessaria, adesso che sono tornata in Oriente penso di nuovo come un'indiana. L'Oriente e l'Occidente sono come le nostre mani, la destra e la sinistra, non credi? Mi sto chiedendo se la qualità dell'aria, qui, sia l'unico fattore da prendere in considerazione o se non sarebbe più prudente considerarne anche altri…

Con affetto,

Uma

ALU-PHULKOPIR DALNA DI ANANDITA (CURRY DI PATATE E CAVOLFIORI)

Ingredienti per 6 porzioni:

1 pezzettino (circa 5 centimetri) di radice di zenzero fresco, pelata
2 cucchiaini di coriandolo in polvere
1 cucchiaino di cumino in polvere
1 e ¼ tazza di acqua
3 cucchiai di olio di senape, separati, o di olio di semi di arachide
4 tazze di cuori di cavolfiore senza foglie
2 tazze di patate tagliate in quattro, pelate
1 cucchiaio di ghee *o di burro non salato, più un altro po' per servire*
⅛ cucchiaino di semi di cumino
2 foglie di alloro
1 bastoncino di cannella (da 3 a 5 centimetri)
2 baccelli verdi di cardamomo schiacciati
2 chiodi di garofano
½ cucchiaino di pepe di cayenna
½ cucchiaino di curcuma
sale e zucchero (a piacere)

Frullate lo zenzero, il coriandolo, il cumino in polvere e 2 cucchiai di acqua finché non diventano una purea. Mettete da parte.

Nel wok o in una padella profonda almeno trenta centimetri, fate riscaldare 2 cucchiai d'olio a fuoco medio-alto.

Aggiungete il cavolfiore. Soffriggete finché non comincia a indorarsi. Togliete dal fuoco scolando l'olio. Mettete ad asciugare su dei piatti coperti da carta assorbente da cucina.

Nella stessa padella, fate riscaldare un altro cucchiaio d'olio. Aggiungete le patate. Soffriggete finché non diventano dorate. Togliete dal fuoco scolando l'olio. Mettete ad asciugare su dei piatti coperti da carta assorbente da cucina.

Sempre nella stessa padella, fate riscaldare il *ghee* a fuoco medio. Aggiungete i semi di cumino, le foglie di alloro, la cannella, il cardamomo e i chiodi di garofano. Fate soffriggere per 2-3 minuti. Se necessario aggiungete 1 cucchiaio di acqua per non far attaccare.

Aggiungete il pepe di cayenna, la curcuma e la purea di coriandolo. Fate soffriggere per 3-5 minuti.

Aggiungere il cavolfiore, le patate e 1 tazza d'acqua. Mescolate bene.

Mettete a fuoco medio-alto. Portate a ebollizione.

Abbassate la fiamma. Coprite e fate cuocere mescolando di tanto in tanto (con delicatezza in modo che le patate e il cavolfiore rimangano intatti) finché le verdure non si ammorbidiscono rilasciando un intingolo.

Togliete dal fuoco. Eliminate le foglie di alloro, la cannella, il cardamomo e i chiodi di garofano.

Spolverate con il ghee, il sale e lo zucchero a piacere. Mangiate con il *luchi* (pane bengalese) o con il *ghee bhat* (riso pilaf).

PARTE QUINTA

L'ORIENTE INCONTRA L'OCCIDENTE

MEENAL DESHPANDE:
UN RAGAZZO DA SPOSARE

Come i fiumi scorrono a Oriente e a Occidente
e s'immergono nel mare diventando una cosa sola con lui,
dimenticando di essere mai stati dei fiumi distinti,
così tutte le creature perdono la loro individualità
quando alla fine s'immergono nel puro Essere.

LE UPANISHAD

«Mamma, ho un problema», dice Kiran, chiamando dalla Georgia. «Sei sola?»

«Un attimo», dico io. Ho appena finito di fare yoga, ora posso sollevare le mani sopra la testa, unire i palmi per il saluto al sole. E stavo per unirmi ad *Ai* e *Baba* al piano di sotto per una passeggiatina nel *baag* quando il cellulare comincia a squillare.

Con tutti questi cellulari che suonano in ogni momento, c'è bisogno di uno squillo particolare per riconoscere il proprio. Ho scelto una melodia da *Star Wars*, non la principale, troppo popolare, ma un'altra.

Mi infilo in una stanza vuota e chiudo la porta. «Ok. Che problema c'è, *pillu*?»

«Be', tanto per cominciare, con Nikhil Tipnis non ha funzionato».

Chiudo gli occhi. Appoggio la schiena contro la porta. Ingollo la mia delusione. L'ultimo di molti. Dopo così tante stelle promettenti abbiamo imbroccato un vicolo cieco dopo l'altro. O a Kiran lui non piace abbastanza per andare avanti, o è a lui che lei non piace abbastanza, o entrambe lo cose. Suo padre ha detto: «È troppo esigente. Un'americana viziata, con talmente tante pretese che non riesce a decidersi. Un armadio pieno di vestiti e niente da mettersi. Ma possiamo noi, i suoi genitori, scegliere per lei e mettere fine a questa storia senza senso? No. Ti dico, avremmo dovuto tornare in India quando ne avevamo l'opportunità, e farla sposare lì».

“Dio, dammi la forza di tenere unita questa famiglia. Da sola non posso farcela”.

Mi siedo su un lato del letto a due piazze, mi distendo sulla schiena allungando la colonna vertebrale una vertebra per volta, le gambe agganciate al bordo del letto e i piedi nudi sulle piastrelle di ceramica, bianche e fresche. Il ventilatore sul soffitto, al minimo, muove dolcemente l’aria asciutta. Più tardi starà fermo per tre ore, il tempo in cui tocca a noi rimanere senza corrente elettrica, seguendo l’alternanza che permette alle aree rurali di disporre gratuitamente dell’elettricità.

«Che cosa è successo?», chiedo a mia figlia. “Perché anche questo non avrà funzionato?”.

«Non ci prendiamo», dice lei. «Per niente. Mi dispiace, mamma…».

«Anche a me, Kiran. Ma sei sicura? Forse dovresti prenderti un altro po’ di tempo prima di archiviarlo. È passato solo…? Forse un mese?»

«Cinque settimane».

«Va bene, cinque settimane da quando John vi ha presentato… Ti sembra abbastanza?»

«Sì».

«Forse il rapporto avrebbe potuto crescere».

«Infatti è cresciuto. Ehm, volevo dire…». Kiran esala un respiro dentro il ricevitore. «Mamma, quello che è cresciuto tra me e Nik è il livello di non sopportazione reciproca».

Schiocco la lingua, incapace di nascondere la mia delusione. «Era il mio preferito. Mi sembrava così bravo, così perfetto per te…».

«Sulla carta sicuramente. Ma solo sulla carta. È un bravissimo ragazzo, non c’è alcun dubbio, ma è perfetto per qualcun altro, non per me. E anche lui prova le stesse cose nei miei confronti. Credimi, ci abbiamo provato. Sul serio. Sapevamo bene quanto sarebbero state entusiaste le nostre famiglie, e quanto anche noi saremmo stati felici, se solo avesse funzionato.

Ognuno di noi ce l'ha messa tutta ma non siamo riusciti a stabilire un'intesa. Non è scattata la scintilla».

«*Per niente*?»

«Per niente. Quando si crea un'intesa con qualcuno te ne accorgi immediatamente, e anche in caso contrario. Dopo dieci minuti io e Nik non sapevamo più di cosa parlare. È stata una lotta continua per cercare di trovare argomenti comuni. Se ci annoiamo a vicenda sin dall'inizio, dove potremmo mai arrivare?»

«E la vostra comune eredità culturale? Quella è una possibile terra d'incontro».

«Non è sufficiente. Ci vuole anche qualcos'altro. Condividere le tradizioni culturali può essere un buon inizio. Muoversi su un terreno comune sicuramente abbrevia le distanze tra le persone, ma alla fine quello che conta sono i tipi di personalità e come interagiscono. Obiettivi. Valori. Interessi. Priorità. Come hai detto tu, compatibilità».

«Va bene, Kiran». Che posso farci? «Se ne sei *così* sicura...».

«Ne sono certa».

«Ed è stata una cosa reciproca?»

«Assolutamente reciproca».

«Allora basta». Eccone un altro che mangia la polvere. Appoggio il dorso della mia mano sulla fronte. «Riferirò la notizia a John. Mi ha appena chiamato. Sta venendo qui...».

«Lui lo sa già. A dir la verità, mamma, è proprio questo il problema. Vedi, hum... io e John ci siamo scritti via email, e... Sei seduta? Forse è meglio se ti metti a sedere...».

«Hai un tono che non mi piace per niente».

«Siediti, per favore...».

«Sono comodamente sdraiata sulla schiena, devo alzarmi?»

«No. Va bene, rimani così».

Aspetto. Silenzio. «Kiran, dimmi che cosa è successo e sbrigati per favore. Lui sarà qui a momenti». "E adesso, quale casino dovrò rimettere a posto?". «Non avrete mica litigato, vero? Per la storia di Nik? John si è arrabbiato?»

«No... Lui... Io...».

Suona il campanello. «È arrivato».

«Lo adoro».

«Tutti noi lo adoriamo...».

Emette un gemito. «Mamma, lasciami parlare. Sto cercando di dirti che sono innamorata di lui».

«Oh, Dio». Salto su. Mi gira la testa. «Di John? Vuoi dire del John che è qui? Di John Texas?».

«Sì, mamma. E anche lui è innamorato di me».

«Oh, Dio». Ricasco giù. «Ma...? Come...? In che modo...?». Non riesco a formulare un pensiero coerente, a mettere insieme le parole. «Maddie», riesco finalmente a dire, «che ne è stato di *Madelline*?»

«Sono passati tre anni. È andato al Taj Mahal. E lì si è congedato da lei. È stato bellissimo... Difficile, ma catartico. Lui l'amerà per sempre, ma lei è andata per la sua strada e anche lui adesso è pronto a proseguire per la sua. A vivere. Il resto della sua vita. Con me».

«Oh, Dio». Mi porto le ginocchia al petto. Fisso una crepa sul soffitto. «*Com'è potuto accadere tutto questo*?». Lo sto chiedendo all'universo più che a Kiran, ma è lei a rispondermi.

«Ci è capitato all'improvviso», mi dice. «Nessuno dei due se l'aspettava. Ci stavamo scambiando delle mail in maniera amichevole, niente di più. Poi abbiamo iniziato a parlarci al telefono. Sempre come amici. Nessun programma. Più parlavamo e più ci piacevamo. Man mano che abbiamo iniziato a conoscerci meglio, ci siamo resi conto di quanto siamo compatibili».

«Tu e *John*...?». La mia voce suona assente alle mie stesse orecchie, come se fosse qualcun altro a parlare.

«Come ti dicevo, quando si crea un'intesa con qualcuno, te ne accorgi subito», dice Kiran. «Io e John c'intendiamo a vari livelli. Ci siamo scritti o sentiti al telefono ogni giorno per cinque settimane. Indipendentemente da quanto spesso o quanto a lungo durasse la conversazione, nessuno dei due si è mai annoiato. Nemmeno quando abbiamo parlato di cose davvero noiose. Come posso spiegartelo? Non dobbiamo per forza essere su di giri per star bene l'uno con l'altra. Non c'è nessuna pressione nel cercare di fare una buona impressione sull'altro. Il nostro attaccamento reciproco sembra... Be', sembra normale. Naturale. Non mi sono mai sentita così in sintonia con un'altra persona. Persino quando discutiamo. E tu mi conosci, quindi sai che questo vuol dire moltissimo». Ride.

Apro la bocca, ma non esce alcuna parola.

Kiran continua: «Ho sempre pensato che l'amore bastasse. Che fosse tutto, la quintessenza di un matrimonio felice. Adesso ho capito quello che volevi dire con compatibilità. Io e Anthony ci saremo anche amati, ma non abbiamo mai condiviso gli stessi valori. Io e John invece sì. Lui è quello giusto, mamma. L'uomo che stavo aspettando. L'uomo che voglio sposare. Sta venendo lì, oggi, per chiedere il tuo permesso...».

«*Oggi*?». Mi balza il cuore in gola. «Ma sono solo cinque settimane!».

«Da quanto tempo conoscevi papà prima di accettare di sposarlo?»

«Non puoi paragonare la tua situazione a quella tra me e tuo padre...».

«E perché no? Tu l'hai sempre fatto».

«Dovresti trattarmi con più rispetto, ragazza. Stai parlando con tua madre, non con una tua amica».

«Scusami. Io...».

«Non vi siete nemmeno mai visti».

«Ci siamo scambiati un sacco di foto. Tantissime...».

«Ma non l'hai mai incontrato di persona, Kiran».

«Però tu sì. Sei tu che ci hai messo in contatto».

Mi copro gli occhi. "Yash mi ucciderà".

«Pensi che l'attrazione fisica possa costituire un problema per uno dei due?», chiede Kiran.

"No". Mi mordo le labbra. "Non è questo il punto...".

In assenza di risposta mi dice: «Nemmeno noi. Lo vedi,

mamma? Proprio come in un matrimonio combinato di quelli tradizionali…».

Non proprio.

La nausea mi attanaglia lo stomaco. Mi sento come se avessi il mal di mare, più o meno come mi sentivo durante la chemioterapia. Raccolgo le ginocchia stringendole con un braccio. Rotolo di lato. «Tuo padre la vedrà in maniera molto diversa». Sospiro.

Parole non dette, acute, penetranti, le percepisco a distanza. "John non è indiano".

«È proprio questo ciò che temo», dice Kiran con voce tremante.

«Non vorrei ripercorrere la stessa strada con te e papà. È stata troppo dura, per tutti noi. Non so proprio che cosa fare, mamma».

"Nemmeno io, *pillu*".

Prendo John per un braccio e lo accompagno alla porta, blaterando una scusa ai miei genitori perplessi. Fermo un'auto-risciò, salto su, senza nemmeno preoccuparmi di chiedere il prezzo per andare in città.

«Kiran le ha già detto tutto», dice John appena ci mettiamo in moto.

«Sì, me l'ha detto».

«E ne è rimasta scioccata».

«Proprio così».

«E vorrebbe mettermi le catene ai piedi».

«Ci sto pensando seriamente».

L'autista prende un dosso artificiale a tutta velocità, massacrando le nostre spine dorsali. Battendomi sul tempo, John lo apostrofa in marathi, poi continua a parlare con me, sempre in marathi, ma io scuoto la testa.

«Non oggi, John», gli dico. «Oggi parliamo in inglese».

«Sissignora», dice lui.

Andiamo al ristorante Zafferano a Chandani Chauk. Aspetto che finiamo di ordinare e poi gli faccio il terzo grado.

«Non sai che cosa abbiamo passato con Kiran».

«Posso farmene un'idea».

«Non vorrei sembrarti troppo dura John, ma oggi io e te dobbiamo parlare con molta franchezza».

«Lo capisco, signora».

Tutto quello che gli racconto su Anthony glielo ha già detto Kiran. Non mi diverto a evidenziare i suoi difetti, ma in questo caso la trasparenza è obbligatoria. «Mia figlia è molto testarda», dico, «e anche sarcastica. Discute per il puro gusto della discussione. A volte può essere davvero pesante, e cercherà di farti perdere la pazienza quotidianamente».

«Mh-mh». Sorride. «Mai un attimo di tranquillità».

"Mai un attimo di pace", stavo pensando io. «Spesso si mette in testa una cosa e non ci rinuncia per nessun motivo. Come un cane che non molla l'osso».

John annuisce. «So di che cosa parla, ci sono già passato».

Niente di quello che gli dico lo sorprende. Non riesco a capire.

«John, rispondi a questa domanda», dico. «*Perché vuoi sposare Kiran*?»

«Perché riesce a farmi ridere. È una tosta, ma non tanto quanto vorrebbe far credere. Una tigre di carta. È sensibile, anche se tenta di nasconderlo. È intelligente e questo non cerca di nasconderlo. È passionale. Determinata. Leale. Materna. Vado avanti?»

«Sì, per favore».

«Entrambi ci siamo innamorati di pianisti...».

Mentre lo ascolto, mi rendo conto che di ogni cosa negativa lui ha una visione positiva. Mi rassicura che è ben determinato a superare i problemi e le sfide che incontreranno sul loro cammino. Lui ha già avuto un matrimonio felice e sa come si fa a ottenerlo.

«John, tu conosci la cultura indiana meglio di Kiran. Non ho intenzione di negarlo o di non tenerne conto. Ma una cosa è vivere con una famiglia indiana come ospite pagante e un'altra sposare una donna appartenente a una famiglia indiana. Non hai idea della situazione a cui stai andando incontro, di cosa comporta sposarsi con una persona proveniente da un'altra cultura».

«Con il dovuto rispetto, signora, ma questo non è vero». Tira fuori il suo portafoglio. «In Texas abbiamo un modo dire: "Questo non è il mio primo rodeo"». Mi mostra la fotografia di una bella ragazza asiatica seduta a un piano a coda, le caviglie snelle incrociate, e le mani delicate che sostengono una rosa rossa dal lungo stelo. «Questa è la mia Maddie», dice. «Madelline Chang Cooper. I suoi genitori erano immigrati dalla Corea. Maddie però era nata in America».

Mi porto una mano davanti alla bocca. Non so se ridere oppure piangere. «John, tu continui a sorprendermi...».

Le sue orecchie diventano viola. «Grazie signora, spero sia una cosa positiva». Si gratta il collo sotto la nuca.

«Ma certo, era un complimento», gli restituisco la foto di Maddie. «Pensi che potrei parlare di te con i Chang?»

«Sissignora».

«E i tuoi genitori? Sono al corrente delle tue intenzioni?»

«Sissignora».

«E che ne pensano?»

«Sono un po' tesi, ma sono persone di grande apertura mentale. Sono ansiosi di conoscere Kiran. Più che altro sono felici che io sia di nuovo felice. Mi hanno visto seppellire Maddie. Loro sanno...». La sua voce s'incrina. «Loro mi conoscono bene».

Se fossimo stati in America gli avrei dato una pacca sulla mano in segno di solidarietà. Ma qui toccarsi in pubblico non è un gesto educato, e quindi mi limito a sorridergli e spero che lui capisca.

«Come ben sai, gli indiani sono abituati a consultare gli astrologi», dico io. «Che ne diresti se ti facessi calcolare la carta astrale?»

«Non c'è nessun problema». E mi fornisce tutti i dettagli necessari.

Chiudo gli occhi. Inspiro dal naso, lentamente e a lungo. Riempio i polmoni. Espiro sempre molto lentamente. Riapro gli occhi. «Parlerò con il padre di Kiran».

Attraverso la trasparenza dei suoi occhi blu, posso scorgere il suo sollievo. «Grazie signora, giuro che non se ne pentirà...».

«Aspetta a ringraziarmi», dico. «Non sarà una cosa facile, né per me né per te».

John Texas fa un largo sorriso e dice: «Tutto ciò che vale la pena è sempre difficile da ottenere».

«*Che cosa*?», farfuglia Yash al telefono. «Non c'è nessun ragazzo indiano che sia all'altezza di questa *maharani*?»

«Non si tratta di questo», dico io, ma non ci provo nemmeno a intavolare una discussione al telefono. Tanto Yash non mi ascolterebbe. Ecco da chi ha preso Kiran. La stessa testardaggine di suo padre. Lui e Kiran litigano sempre proprio perché da questo punto di visto sono identici. Nessuno dei due fa mai marcia indietro; entrambi vogliono avere l'ultima parola.

«Mi hai detto che era maturata in questi ultimi cinque anni», dice Yash. «Che maturità è mai questa? *Kamaal aahé*».

«Vieni in India, Yash», dico nella maniera più tranquillizzante possibile. «Vieni a conoscere John di persona».

«Perché dovrei venire lì? Caso mai è lui che dovrebbe venire qui. E poi perché dovrei sprecare il mio tempo a incontrare qualcuno, quando nemmeno Kiran l'ha ancora incontrato? Come facciamo a essere sicuri che dopo che si saranno visti vorranno ancora sposarsi? Potrebbero anche darsi un'occhiata e dire: "Per carità!". Oddio Meenal, te lo dico io, questa tua figlia mi farà venire un attacco di cuore!». So cosa sta per dire, mimo le parole con le labbra insieme a lui: «E mi farà morire prima del tempo, proprio come mio padre!».

Lo diceva quando aveva venti anni e continua a dirlo adesso che ne ha sessanta. Stai a vedere che vivrà più di Kiran e di Vivek.

Allontano il cellulare dall'orecchio. Sono di nuovo sdraiata di schiena sul letto, la nuova posizione che ho adottato per le telefonate lunghe e stressanti. Ho imparato un sacco di trucchi quest'anno, per reagire alle tossine, e anche al pessimismo. Il pessimismo non va mai via; bisogna imparare a gestirlo. In questo momento, devo far svagare la mente.

Alzo i piedi in aria, fletto le dita, stiro i muscoli dei polpacci e ammiro la mia pedicure.

Di solito preferisco il rosa, ma oggi ho optato per il rosso. Un rosso fuoco, che ho scelto fra quelli che mi ha proposto la ragazza carina che ogni settimana viene a domicilio per coccolare le donne della casa (solo le donne) con massaggi, manicure e pedicure. Il tutto a un prezzo ridicolo in confronto a quello che pagherei negli Stati Uniti, e che infatti non pago. In America la considero una spesa frivola e troppo costosa, invece qui è una cifra piccola, abbordabile che mi permette di fare la mia parte nel sostenere l'occupazione retribuita delle donne.

Noto che i miei piedi sono invecchiati. Le unghie si sono ispessite, i miei talloni sono ruvidi nonostante la generosa applicazione di olii e lozioni. Oh, be'… Sono diventata una vecchia signora. Dovrei avere lo smalto rosso sulle unghie dei piedi.

Di tanto in tanto, quando sento una pausa, mi rimetto il cellulare sull'orecchio e dico: «Yash, vorrei che tu venissi in India».

Due secondi e ricomincia: «Meenal, ma cosa sono queste stupidaggini? Ti hanno fatto il lavaggio del cervello?».

Rimetto giù il cellulare. Sul materasso. Accanto al cuscino. Forse la prossima settimana proverò con un viola. Ce n'era uno con una sfumatura lilla chiaro che mi aveva colpito. Hmmm… Metto giù i piedi. Alzo le mani. Stendo le dita.

Baba scivola in camera mia nella sua solita tenuta serale da relax, un *kurta-pajamas* comodo di cotone bianco. Sposta la montatura nera dei suoi occhiali spessi verso la punta del naso, solleva il mento nella mia direzione e con un gesto della mano chiede: "Stai andando da qualche parte?".

Scuoto la testa.

Allunga la mano indicando il mio cellulare. «*Eh, Yashwant*! *Me Baba bolthath*! *Huh, thik aahé*! *Huh. Huh*». Parla per cinque minuti, chiude la telefonata e lascia cadere il cellulare sul letto. «Meenu», mi dice con aria serissima, «il rosa era molto più carino. Questo rosso...». Arriccia il naso in segno di avversione. «Non è adatto a te. Troppo *ghatty*. Tuo marito arriva la settima prossima. Rimettiti il rosa, *huh*?». Mi dà una strizzatina al dito e scivola fuori dalla stanza.

Quando ho raccontato ai miei genitori le intenzioni di John e Kiran, *Ai* è rimasta senza fiato e si è presa la colpa. Perché mai si era intromessa? Forse aveva fatto qualche errore nel rituale del *puja*, confondendo senza volerlo John e Nikhil?

Ho ricordato ad *Ai* che Kiran ha il suo destino. Che accadrà ciò che deve accadere. Noi siamo solo dei giocatori nei piani del destino, semplici mezzi nelle mani di Dio.

Com'era destino, dopo l'arrivo di Yash è proprio *Baba* il maggior sostenitore di John nelle nostre riunioni di famiglia.

«Quel ragazzo *è* indiano», dice *Baba*, «nella maniera più importante. Il suo *cuore* è indiano».

Tutto intorno le teste annuiscono. Dagli occhi di Yash, come solo una moglie è in grado di fare, percepisco che è commosso dalla schiacciante approvazione della mia famiglia, ma rimane calmo, stoico. Quella notte, a letto, mi tiene stretta, affondandomi la faccia sul collo. È impaurito. E ha tutte le ragioni per esserlo. Il cancro mi ha insegnato che il vero coraggio non è l'assenza di paura, ma la perseveranza di fronte alla paura.

«Oddio, Meenu. Ma *perché* un altro americano, musicista per giunta?»

«Perché, come John, anche lei è attratta dalle persone esotiche. Lui *è* esotico ai *suoi* occhi».

«Ma non ha imparato nulla dai suoi errori?»

«Certo che ha imparato», gli accarezzo la nuca, ancora calva perché non tollera la ricrescita, non ha la pazienza di lasciar crescere i capelli. «La domanda è: e noi, *abbiamo imparato*?».

Yash solleva la testa. Aggrotta le sopracciglia. «Che cosa vuoi dire?».

Seguo la linea delle sue sopracciglia, stendendogli le rughe con le mie dita. «Chiedi a te stesso, come ho fatto io: se tu fossi malato o stessi morendo cosa sarebbe più importante per te, la tua ipocrisia o l'amore di tua figlia? E quando la tua anima abbandonerà questo corpo, lasciando questa vita, che cosa vorresti portare con te? Non possiamo avere tutto, quindi dobbiamo scegliere. Qual è la cosa che ci è più cara?».

Queste sono le domande durissime che mi fece Uma quando ero all'ospedale e mi rifiutavo categoricamente di accettare il sostegno psicologico, e adesso io le faccio a Yash.

«Kiran non è più una bambina», dico. «Bene o male la sua personalità ormai è formata. Noi possiamo cercare di influenzare le sue decisioni, ma non possiamo imporle la nostra volontà. Non ha bisogno di noi né della nostra approvazione, però vuole lo stesso entrambe le cose. Non so per quanto ancora».

«In altre parole», dice Yash, «se vogliamo nostra figlia nella nostra vita, deve essere alle sue condizioni».

«No, in altre parole *non ci sono condizioni*».

Yash, scuote la testa. «Non ti seguo più, Meenu».

Prima del tumore, a questo punto mi sarei arresa. Lasciandomi assalire da pensieri come: "Come fa a non capire ciò che dico? Non gliel'ho detto abbastanza volte, scandito il più chiaramente possibile? Se sbatto ancora una volta la testa contro questo muro, perderò i sensi". La tentazione di lasciar perdere è ancora lì, ma stavolta non posso soccombere. Stavolta è troppo importante. Sì, è vero, non tutto si può comunicare o esprimere attraverso le parole. Ma se la cosa è davvero importante, dobbiamo continuare a tentare, usando metodi vecchi e nuovi, di allargare i nostri confini, di aumentare la nostra consapevolezza.

Pensavo che continuare a ripetere le stesse parole, ancora e ancora, fosse come sprecare il fiato. Ma allora i canti religiosi?

E la ripetizione dei mantra non alza, forse, il livello di consapevolezza? Rivisitare le cose vecchie, familiari, nel tempo può svelare significati del tutto nuovi. La verità non arriva tutta in una volta ma strato dopo strato. La vita non è una linea dritta ma un cerchio. E quest'anno, mi sento come se fossi vicina alla chiusura di questo cerchio...

Respiro profondamente, trovo il mio equilibrio, e ricomincio la costruzione con i soliti mattoni: «C'è solo un modo di relazionarsi con Dio? Solo un modo di praticare il suo culto? Un solo cammino verso la *moksha*? No. Noi non crediamo in asserzioni tipo: "O a modo mio o in nessun modo" nei riguardi di Dio, non è vero?».

Fin qui, Yash mi segue. «E Dio è amore per l'Altissimo. Per le cose più pure. Per le verità assolute. Dio è la somma verità. Quindi non esistono asserzioni del tipo: "O a modo mio o in nessun modo" nei riguardi del vero amore. Se si ama veramente qualcuno, non è importante chi ha ragione e chi torto, chi vince e chi perde. Non esistono posizioni differenti. Si diventa una cosa sola».

Yash emette un gemito. «Meenu...». Conosco mio marito abbastanza bene da capire cosa significano i suoi gemiti. Questo significa dolore fisico. Gli sto causando un doloroso mal di testa. Devo allentare la pressione del mio appello.

Addolcisco la voce e proseguo per la mia strada, utilizzando, stavolta, dei concetti sempre familiari ma meno astratti. «A ogni nuova scoperta il mondo non sembra sempre più piccolo? Ti ricordi quando abbiamo visto Neil Armstrong camminare sulla luna? Eri così eccitato che hai chiamato tua madre per raccontarglielo, anche se non potevamo permettercelo, e la prima cosa che ti ha detto lei è stata: "*Kai, Ai la bandal noko maaru, Yash*". Era convinta stessi scherzando. Oggi, gli autisti di risciò hanno il cellulare. Un paesino senza tubature ha un Internet café. Il mondo si sta rimpicciolendo e la nostra consapevolezza delle innumerevoli possibilità sta crescendo, giusto?».

Un grugnito riluttante.

Lo accetto. Almeno mi sta ascoltando. Continuo: «Be', nel mondo attuale, stiamo assistendo, scoprendo, come un bambino nato da un genitore indiano possa diventare americano e un bambino nato da genitori americani possa diventare indiano».

Silenzio. Un sospiro. «Meenu, la tua prosa è davvero magnifica, su questo non c'è dubbio, ma qualsiasi cosa tu possa dire, purtroppo, io continuerò a vederla a modo mio, mi dispiace tanto. L'Oriente è l'Oriente e l'Occidente è l'Occidente... Per favore non arrabbiarti. Io volevo...».

«Lo so». Gli prendo la mano. Non è pronto. Non ancora e forse non lo sarà mai, in questa vita. Ognuno di noi ha il suo cammino spirituale. Sebbene la nostra destinazione finale, la realtà definitiva, sia la stessa, ognuno di noi si trova in una posizione differente e procede con un passo differente. Prima del tumore, se Uma mi avesse parlato così, avrei tappato entrambe le orecchie, e l'avrei considerata un'arrogante. C'è voluto il tumore per ampliare la mia consapevolezza, la mia coscienza delle infinite possibilità.

L'infinito. L'eterno. L'assenza di dimensioni. *Dio*.

Il tumore mi ha aperto una nuova visuale sul mondo e mi ha portato più vicino alla verità finale, a Dio. Vedo la luce, come un raggio che si rifrange su un vetro rotto. Tanti prismi, un'unica luce. Rido per lo stupore, rido di me stessa. Era già tutto lì, proprio di fronte a me, chiaro come la luce del giorno, ma io non potevo vederlo. E così, all'improvviso, di nuovo, sono fulminata dalla luce accecante dell'ovvietà.

"Se non sai la domanda, come puoi sapere la risposta?".

Con tenerezza, gli accarezzo la guancia. «Alla fine tutto si riduce a questo», dico. «Potrai mai perdonare Kiran per non essere la figlia che vorresti e accettarla per quello che è?».

Yash si stacca da me rotolando di schiena e si copre gli occhi con un braccio. «Non lo so, Meenu», sussurra, con la voce angosciata, «Non lo so proprio...».

BHAJI DI FAGIOLINI

Ingredienti per 4 porzioni:

3 cucchiai di olio di semi di arachide
2 pizzichi di assa fetida (o hing*)*
1 cipolla media finemente tritata
4 tazze di fagiolini tagliati a pezzettini di circa 6 centimetri
⅛ cucchiaino di curcuma
1 cucchiaino di coriandolo in polvere
1 cucchiaino di cumino in polvere
½ cucchiaino di pepe di cayenna
½ tazza di acqua
1 cucchiaino di sale
½ cucchiaino di zucchero di canna

Nel wok, o in una padella di almeno trenta centimetri di profondità, fate riscaldare l'olio a fuoco medio.

Aggiungete l'assa fetida. Quando cambia colore, dopo circa 30 secondi, aggiungete la cipolla. Fate soffriggere finché non diventa dorata. Aggiungete i fagiolini. Fate soffriggere per 2-3 minuti.

Aggiungete, uno a uno, la curcuma, il coriandolo, il cumino e infine il pepe di cayenna. Riducete il calore e portate il fuoco a medio-basso. Coprite e lasciate cuocere per 3-4 minuti, mescolando di tanto in tanto.

Aggiungete ¼ di tazza di acqua. Coprite e lasciate cuocere finché non si assorbe.

Aggiungete il restante ¼ di tazza di acqua. Coprite e lasciate cuocere finché i fagiolini non cambiano colore.

Aggiungete il sale e lo zucchero. Riducete il calore al minimo. Coprite e lasciate cuocere finché non si assorbe tutta l'acqua.

Togliete dal fuoco. Servite caldo.

CHAPPATI

Ingredienti per 6 porzioni:

2 tazze di farina integrale più 2-3 cucchiai (per infarinare)
½ cucchiaino di sale
2 cucchiai di olio di semi di arachide
1 tazza di acqua
ghee o burro a piacere

In un'ampia scodella passate al setaccio 2 tazze di farina e il sale.

Impastate con le mani aggiungendo l'olio e l'acqua, ¼ di tazza alla volta, finché l'impasto non forma una palla.

Trasferite la pasta su una superficie pulita. Impastate per 5, 10 minuti. Dovrebbe diventare morbida e malleabile, né troppo umida né troppo asciutta. Aggiungete un po' d'acqua o un po' di farina se necessario.

Coprite con uno straccio da cucina pulito. Fate riposare per 30 minuti.

Spolverate una superficie pulita con la farina.

Dividete l'impasto facendo 6 porzioni uguali di una grandezza compresa tra una prugna e un'albicocca.

Fatene delle palle e poi schiacciatele tra le mani per appiattirle. Lasciatele da parte sul piano di lavoro.

Con un matterello spianate ogni porzione fino a farla diventare un cerchio di circa 15 centimetri di diametro e di spessore uniforme. Cospargete la superficie di farina, se necessario, per non fare attaccare.

Ripetete per ognuna delle 6 porzioni.

Fate riscaldare un'ampia padella antiaderente a fuoco medio-alto. Controllate il calore versandoci qualche goccia d'acqua. Dovrebbe sfrigolare.

Sistemate con attenzione un *chappati* alla volta sulla padella. Fate cuocere finché non si imbiondisce e comincia a gonfiarsi creando delle bolle sotto la superficie, per circa 30-60 secondi.

Usando una spatola girate il *chappati* e fatelo cuocere dall'altro lato per altri 30-40 secondi.

Girate un'ultima volta, se necessario, per far cuocere bene tutta la pasta, poi togliete dal fuoco e sistemare in un piatto.

Ungete la superficie con il *ghee* o il burro. Si dovrebbe sciogliere all'istante.

Ripetete l'operazione per ogni *chappati*.

Sistemateli uno sopra l'altro, in modo che la parte di sopra di ogni *chappati* imburri la parte di sotto del seguente.

SUGGERIMENTI:

Fate attenzione a non cuocerli troppo. Alcune parti bruciacchiate vanno bene, ma il *chappati* dovrebbe rimanere morbido, non rigido come il cartone né troppo croccante.

Se il *chappati* si cuoce troppo velocemente troppo, diminuite il calore.

I *chappati* andrebbero serviti bollenti, appena tolti dalla padella, ma si possono gustare anche caldi o a temperatura ambiente.

RANI MCGUINESS TOMASHOT: REINCARNAZIONE

Un diamante giaceva in mezzo alla strada coperto di sporcizia.
Molti stupidi sono passati senza accorgersene.
Qualcuno che conosceva i diamanti lo ha raccolto.

KABIR

Vi è mai capitato uno di quei momenti del tipo: "Come caspita sono finito qua"? E quando vi guardate indietro, vi accorgete che tutto è cominciato normalmente, come la maggior parte degli eventi che cambiano radicalmente la nostra vita, un passetto dopo l'altro? È proprio quello che è successo a me e Bryan, quest'anno.

È cominciato tutto quando ho accettato di accompagnare mia madre nel suo viaggio di ricerca a Kolkata...

È là che mi trovavo, giocando a fare la turista, e a dir la verità stavo facendo un buon lavoro. Niente jet lag. Niente diarrea. Nessun problema di comunicazione. Che altro può desiderare un turista del terzo mondo? Poi, è successa una cosa strana. Mi è ritornata l'asma, o per essere precisi, mi sono ritornati *tutti i sintomi dell'asma che avevo da bambina*.

Ma questa non è la parte più strana. Adesso ci arrivo. Tenete a freno i cavalli. Primo, i sintomi. Cose normali. Tutti sintomi noti a chi soffre di asma: mi sono svegliata boccheggiando nel cuore della notte, non riuscivo a respirare, mi sentivo come se qualcuno fosse seduto sul mio petto e mi stesse strozzando.

Ho svegliato mia madre, che ha svegliato Anandita-*mashi*, che ha svegliato il suo medico, il quale è arrivato subito. Il medico vive nello stesso palazzo, ma le visite a domicilio non sono comunque insolite, mi dicono. Dopodiché mi hanno riempito con il solito armamentario, incluso il mio caro vecchio amico, quello che avevo sperato di non trovarmi più davanti agli occhi: il temutissimo inalatore. E quindi stavo lì, a succhiare con avidità il mio inalatore a polvere secca, come ai vecchi tempi, quando mia madre ha deciso che voleva una seconda opinione e mi ha trascinato da un altro dottore.

Questo medico in realtà era una vecchia curva con una spessa treccia di capelli argentati lunga fino al sedere che avrà avuto cent'anni, decennio più decennio meno, non mi ha fatto dire: «A», non mi ha esaminato la bocca o le orecchie, non mi ha chiesto di fare un respiro profondo, né ha auscultato i miei polmoni con lo stetoscopio. E non ha nemmeno guardato le ghiandole sul collo. Mi ha fatto sedere di fronte a lei su una specie di letto basso, una rete di corda, ha messo la sua mano rugosa sulla mia testa, il palmo carnoso sulla mia fronte e le dita ossute sulla nuca.

«Questa non è asma», ha detto.

«Un'allergia?», ha chiesto mia madre.

«No».

«Ho avuto una sensazione...», ha detto mia madre.

«Che cosa?», ho chiesto.

Nessuna delle due mi ha risposto. La vecchia mi ha detto di stendermi, di chiudere gli occhi e di rilassarmi. Ha sussurrato qualcosa in bengali a mia madre, qualcosa che non sono riuscita a sentire e che, ho avuto la netta sensazione, non *voleva* che io sentissi.

Ho socchiuso le palpebre quel tanto che bastava per sbirciare attraverso le ciglia e vedere la vecchia che faceva cenno a mia madre di seguirla. Scivolando fuori dalla stanza attraverso una tenda, mia madre si è voltata a guardarmi. Ho richiuso gli occhi immediatamente. Qualche minuto dopo, è tornata a prendermi e ce ne siamo andate. Una volta fuori mi ha chiesto se volevo andare in un caffè nelle vicinanze. Ero esausta, ma sembrava che lei ci volesse andare e così le ho detto di sì.

Mentre ci districavamo nel traffico animale, vegetale e minerale, ho capito che mia madre non aveva intenzione di mettermi a parte della diagnosi della vecchia finché non ci fossimo sedute. Ero molto curiosa.

«Se non è asma e nemmeno allergia, allora che cos'è?», ho chiesto.

«Ti stai adattando», ha risposto, «a stare qui. Alcune persone sono più sensibili di altre a… agli elementi».

Davvero un bel problema, ho pensato ironicamente. «E quindi? Che c'era di tanto grave? Perché sei dovuta uscire dalla stanza?».

Mi ha guardata intensamente, poi ha distolto gli occhi. Si è fermata, si è allontanata leggermente, mi è sembrato che guardasse lungo la strada.

«Noi… uh… Ci stavamo mettendo d'accordo sul pagamento».

Oh. Una cosa sensata. «E quindi ti sei messa a contrattare con lei?»

«No…».

«*Cosa*? Mamma! L'unica volta che avresti *dovuto* non l'hai fatto!».

«Non ce n'era *bisogno*, stavo per dire, sciocchina. Lei non si fa pagare».

«Mi sembra giusto, visto che in realtà non *fa* proprio nulla. Nulla per nulla. Ehi, che affare!».

Mamma ha fatto un risatina. «Sarei felice di pagare *qualsiasi* cifra per i suoi servizi».

«Che tipo di servizi…?». Un risciò ha girato di colpo l'angolo dove stavamo aspettando per attraversare. Appena in tempo mia madre mi ha tirato via dalla strada prima che le ruote mi passassero sui piedi, e poi mi ha preso per mano come fossi stata una bimba di cinque anni.

Mi ha trascinato in strada, si è fermata in mezzo al traffico, con la mano ha bloccato un tassista che andava piano in modo che potessimo attraversare. Nell'arte sottile del Pedone disattento a Kolkata mia madre è davvero una maestra.

«Che tipo di servizi?», ho chiesto di nuovo.

«Guarigione spirituale. Attenta!».

Ho schivato per un pelo una grossa cacca di vacca. «Eeewww».

«Presto arriverà qualcuno a raccoglierla».

Chi ha orecchie per intendere intenda: se non sei capace di fare più di una cosa per volta e di seguire più livelli di conversazione contemporaneamente, non resisterai a lungo a Kolkata.

Concentrandomi sui miei piedi, ho detto: «Immagino che di questi tempi chiunque possa metter su un'insegna e dire di essere un guaritore».

Lei ha riso. «Credi davvero che tua madre non si accorgerebbe dell'inganno? Puoi portar via la ragazza dal Bengala, ma non puoi portar via il Bengala dalla ragazza. La guaritrice era una delle migliori. Hai dormito per mezz'ora».

A queste parole ho drizzato il mento. «Non è vero!». Quando ha fatto la mia imitazione mentre russavo, mi sono parata di fronte a lei. «Mamma! Dai! Io *non* russo. E avrò chiuso gli occhi per un minuto. Due al massimo».

«*Trenta*-due, Boo, non sto scherzando. Ti ho cronometrato. Sono rimasta lì seduta a guardarti per tutto il tempo».

Ho cercato i suoi occhi coi miei. *Era* seria. «Incredibile...».

L'elegante caffè sembrava proprio uno dei tanti caffè-libreria di San Francisco: pavimento in legno, arredamento curato, aria condizionata. Pulitissimo e accogliente era comprensibilmente affollato. Mia madre ha attaccato bottone con un gruppo di studenti universitari (solo due chiacchiere, aveva detto!) e un altro gruppetto di gente simpatica dietro di loro ha sentito e ci ha invitato al tavolo, visto che stavano per andar via.

Dovevo andare al bagno, ma non era urgente, così mi sono trattenuta. A questo proposito, l'ultimo nostro viaggio a Kolkata mi aveva segnato per sempre. I miei cugini, credendo che fossi la tipica americana snob, pensarono che sarebbe stato divertente farmi uno scherzo, approfittando delle mie viscere straniere e sofisticate. Questo successe prima che ci conoscessimo meglio e, ragazzi, quanto se ne vergognarono dopo. (Ehi, potrò essere snob, ma sono anche intelligente carina e divertente!). Comunque si vergognarono sempre meno di me, che avevo appena divorato quel cibo da strada che funzionava meglio di qualsiasi lassativo. E vi avevo detto che, "casualmente", avevano preventivamente intasato l'unica toilet all'occidentale della casa? Questo si può definire il lato B di "geniale". *Diabolico.*

Allora, la carta igienica scarseggiava anche nelle grandi città. In India, un bene costoso come la carta viene associato ai libri e i giornali, mezzi altamente rispettati atti alla diffusione della conoscenza e della saggezza, non con qualcosa per ripulire gli escrementi. Sebbene oggi sia facilmente reperibile, la carta igienica non è ancora considerata un sostituto alle tradizionali pratiche igieniche di lavarsi a fondo con l'acqua, ma aggiunge un optional di lusso: l'"asciugatura" dopo il "risciacquo".

Mia madre disse che, a meno che non ci trovassimo in un hotel a cinque stelle, non potevamo aspettarci di trovare la carta igienica nei bagni pubblici. Le toilet all'occidentale saranno anche numerose, ma non vale la stessa regola per la carta igienica. Idem per i fazzolettini di carta.

«Preso tutto?», aveva chiesto mio padre prima che uscissimo di casa per andare all'aeroporto. «Controllate bene!». Non si riferiva a eventuali armi, ma a innumerevoli pacchetti di fazzolettini e di salviettine antibatteriche. E... sì. Avevo controllato fino alla nausea.

Al caffè, mia madre si è unita agli intellettuali che intellettualizzavano, ma il mio cervello era troppo stanco per seguire tutte quelle persone che parlavano contemporaneamente, una sopra all'altra. Sono stata felice quando se ne sono andati e io e mamma siamo rimaste a occuparci delle nostre cose.

Fra un sorso di tè e un pasticcino, mi ha spiegato che i sette maggiori centri di energia del nostro corpo, i *chakra,* parola sanscrita per "ruote", che sono allineati lungo la spina dorsale, si possono bloccare. Questo blocco causa uno squilibrio, poiché ogni *chakra* è collegato a dei particolari attributi emotivi, mentali e fisici. Evidentemente, il *chakra* della mia gola, associato con la creatività e l'espressione, si era otturato.

Le mani di un guaritore sono altamente in sintonia con i campi energetici, allo stesso modo in cui i ciechi riescono a percepire le pareti, le porte e altri oggetti nelle vicinanze, senza bisogno di toccarli. "Aura" è il termine usato dagli antichi, e ancora ampiamente usato, per riferirsi a questi campi elettromagnetici/quantici. «Pensa al polo negativo e a quello positivo di un magnete, della terra», ha detto mia madre. Muovendo le sue mani super sensitive sui miei percorsi energetici, la vecchia aveva rimosso l'energia negativa, causa dei blocchi, e instillato in me energia positiva e curativa, ripulendo a fondo i miei *chakra* e la mia aura. Dopo questa messa a punto, avevo superato il mio test sulle emissioni e potevo circolare.

Adesso, anche se molte di queste cose possono avere una validità scientifica per me, ci sono altre che non ne hanno affatto. Però ho ascoltato fino alla fine della seconda tazza di tè Darjeeling (dopo la quale, sono felice di dire, mi sono recata in bagno senza incidenti) e ho fatto a mia madre un sorriso indulgente perché adoro quella donna, che sia pazza o no. Tuttavia ho dubitato seriamente della possibilità di trovare un qualche sollievo alla mia asma finché fossimo rimaste in quella città così inquinata.

Stranamente, mia madre *mi* ha ricambiato con lo stesso sorriso.

Quando finalmente siamo tornate a casa, ero stanchissima. Sono andata a farmi un sonnellino ed è finita che ho dormito fino al giorno dopo, cosa abbastanza frequente con il jet lag. La mattina seguente, ero a letto ancora mezza stordita e stavo osservando la danza dei granelli di polvere in controluce quando ho sentito che mancava qualcosa.

Ho pensato tra me e me: "Rani, cosa c'è di sbagliato in quest'immagine?". All'improvviso, me ne sono resa conto: "Non sono intasata. Non tossisco. Respiro bene".

Tutti i sintomi dell'asma erano scomparsi durante la notte, senza tornare mai più. Strano, davvero molto strano. Era tutto nella mia testa, una reazione psicosomatica? Esiste una base scientifica per l'energia spirituale che ancora non è stata ben spiegata e compresa? Non lo so. Ma da quel momento in poi ho cominciato a vedere le cose sotto una luce diversa. A intravedere possibilità dove prima non esistevano...

Sommersa dagli scatoloni, sono nel pieno del trasloco, mio e di Bryan, dal nostro appartamento su Pacific Heights appena venduto, quando squilla il telefono. Salto su, cercando di farmi spazio e guardo in direzione del telefono, dove si trova di solito. O meglio, si *trovava*.

"Uh-oh...".

Un altro squillo, guardo in giro per la stanza. Disordine e ancora disordine. Dove avrò sepolto quel maledetto telefono? Non ne ho la più pallida idea.

"Oh Dio, non dirmi che l'ho infilato in qualche scatolone...".

Osservo il nome che appare sul display. "Lindstrom, Eric". Preity! E so esattamente perché sta chiamando. «Aspetta! Sto arrivando!».

Seguendo gli squilli, dissotterro il telefono e rispondo, un secondo prima che entri la segreteria. «Preity!», dico senza preamboli. «Riesci a crederci?».

«No! E tu?»

«Nemmeno».

«Sei senza fiato. Ti sto beccando in un momentaccio?»

«No, mi prendo volentieri una pausa». Mi lascio cadere sul pavimento, la schiena appoggiata alla parete, i piedi su uno scatolone, le gambe accavallate e mi asciugo il viso con la manica della mia t-shirt.

«Ho avuto il tuo numero da mia madre, che naturalmente l'ha avuto dalla tua. Dovevo chiamarti. Chi altro potrebbe capire la situazione? Comprenderla davvero? Voglio dire, si tratta di Kiran. La nostra Kiran!».

«Lo so! Anch'io morivo dalla voglia di chiamarti!». Sebbene le volte che io e Preity ci siamo parlate al telefono si possano contare sulle dita di una mano, e tutte quando eravamo bambine, anch'io avevo avvertito un irresistibile impulso ad alzare il telefono. «Ne ho parlato in continuazione con Bryan, con i vicini, con i gatti...».

«Non capiscono», dice Preity.

«Non possono capire», dico io.

«E noi non possiamo spiegarglielo!».

«Proprio così».

Nessuna delle due ha ancora parlato con Kiran. Io le ho lasciato un messaggio in segreteria e Preity le ha scritto una mail. Per il momento nessuna risposta. Preity dubita che ci risponderà, io invece sono convinta che lo farà.

«Allora, tu che cosa sai?», mi chiede.

«Prima tu. Zia Saroj sa sempre tutto di tutti».

«È vero, ma zia Uma ha svolto un ruolo fondamentale nella vicenda. Con lei zia Meenal si confida completamente».

«Il problema non è zia Meenal», dico io.

«È zio Yash».

«Esatto».

«Zio Patrick gli parlerà?», chiede Preity.

«Non credo, non vuole essere coinvolto. E zio Sandeep?»

«Nemmeno lui».

«Uff. Tipico», dico io. «Una volta che una donna auspica l'intervento di un uomo è la volta buona che quello non smuoverà un dito».

Preity ride. «È proprio vero».

Ci scambiamo le informazioni...

«Bene, secondo la *Gazzetta dei Basu*», riferisco, «Kiran dice che non ha intenzione di sposarsi senza la benedizione di zio Yash. Sembra che abbia cambiato idea».

«Dipende. Sarà una promessa o una minaccia? Il *Corriere dei Chawla* non ha chiarito questo punto. Voglio dire, quale sarebbe l'alternativa se zio Yash non desse la sua benedizione? Metterà fine alla relazione e se ne andrà? Oppure continuerà la relazione, ma senza sposarsi?».

«Questa è la domanda da un milione di dollari», dico.

«Ok, ma arriviamo al punto», dice Preity. «Sono completamente scioccata dal fatto che Kiran voglia sposare un uomo che non mai incontrato. O toccato. O, insomma...», abbassa la voce. «Nemmeno un piccolo assaggio della mercanzia?»

«Sono quasi certa che avranno fatto sesso telefonico. O sesso virtuale. O forse entrambe le cose».

«Credi? Kiran non mi sembra una tipa perversa».

«Dolcezza, devi pensarla in maniera romantica, non pornografica. Erotismo, non volgarità». Le faccio un po' di esempi. «Capito la differenza? La lingua parlata può essere molto seducente. E così anche la parola scritta».

«Umm-hmm. Tanto perché tu lo sappia, il mio ufficio, dove sono seduta in questo momento, è un open space. E tutte quelle parole? Si dà il caso che abbiano un certo effetto su di me, quindi abbi pietà e smettila».

Le mando dei baci rumorosi dalla cornetta. «Ehi, pensaci. Non è romantico conoscersi partendo dall'interiorità, invece che dall'esteriorità? Esplorare vicendevolmente la mente e il cuore dell'altra persona prima del corpo?»

«Hmm... Adesso che me lo dici... È così che dovrebbe essere», dice Preity. «La società è esageratamente fissata sulle apparenze».

«La sopravvivenza dei più attraenti».

Facciamo una pausa di mezz'ora. Io finisco d'inscatolare i miei libri lasciando quelli di Bryan sugli scaffali delle nostra libreria, ci penserà lui più tardi. Preity richiama, con un po' più di privacy, da una sala conferenze, e riprendiamo la nostra conversazione...

Lei è sicura che se Kiran vuole *seriamente* sposare questo John Texas, come lo chiamano le nostre mamme, e lui vuole veramente sposare lei, allora succederà. Zio Yash si renderà conto che il treno lascerà la stazione con o senza di lui. O si sbriga a salire a bordo oppure saluterà dalla banchina. E stavolta per sempre.

Io non ne sono così sicura. Kiran e zia Meenal si sono impegnate moltissimo nel migliorare i loro rapporti, riportandoli sui binari prima che deragliassero definitivamente. Kiran si è resa conto dei rischi del viaggiare da soli e zia Meenal e zio Yash rappresentano il suo biglietto. «E poi, dopo tutto quello che ha passato la povera zia Meenal, Kiran non farebbe mai niente che la possa turbare o addolorare eccessivamente».

«E lo stesso vale per zio Yash», dice Preity. «Lui bacia la terra dove lei cammina. Hai notato come la sorvegliava in continuazione alla festa di Capodanno?»

«Sì, era dolcissimo», concordo.

«Quindi, se questa volta Kiran si rimette alla volontà di sua madre e zio Yash a quella di sua moglie, allora...».

«Dipende tutto da zia Meenal».

Passiamo un'altra ora a spettegolare e a fare ipotesi. Che succederà quando Kiran e John si vedranno di persona per la prima volta? Dove e quando s'incontreranno? Come fanno a sopportare l'attesa? Se la cosa funziona dove saranno le nozze? Un matrimonio in stile indiano o americano? Indù, cristiano o non religioso? Come alleveranno i propri figli?

«*Ehhiii*! Ma stai facendo caso ai nostri discorsi?», dice Preity. «Sembriamo proprio *loro*!».

Mi prende un colpo. «No, *loro* no! Dimmi che non è vero! Orrore degli orrori! Siamo davvero diventate come le nostre madri?»

«Ce l'hanno sempre detto che un giorno sarebbe successo».

«Sì, ma io non ci ho mai creduto. E tu?»

«Certo che no. Pensavo fosse una favola da vecchie mogli», dice Preity. «Nulla di più».

«Proprio così», dico. «Una leggenda urbana».

Preity si schiarisce la gola. «Non ti racconto nulla se non mi racconti anche tu».

«Cosa dovrei raccontare? Di cosa parli? Ci conosciamo?»
«Mi spiace. Ha sbagliato numero. Sto per riattaccare...».

Durante una passeggiata serale lungo il Maidan, mentre mamma e *Mashi* stavano mangiando il *misti dohi*, uno yogurt addolcito con lo zucchero grezzo, da ciotoline di terracotta usa e getta, e io ero costretta a rinunciare a quello e a tutta una serie di altre leccornie offerte dalle bancarelle in strada, mia madre fece il seguente commento: «È meraviglioso assistere a questo progresso, a questa rapida ascesa dell'economia indiana».

«Solo per la classe media, *Sejdi*...».

«Per lo più è vero, ma non vale per tutto. Ti ricordi quando eravamo giovani? I domestici avevano i vestiti strappati e andavano in giro senza scarpe. Il loro cibo era appena sufficiente. Ogni giorno gli davamo i nostri avanzi da portare a casa, così i loro figli non soffrivano la fame. Passando alla situazione attuale, guarda l'*ayah* della signora Chaudhury...».

«Lei è istruita».

Stabilito questo, mia madre spostò il suo caso di studio sulla domestica che lavorava part-time da *Mashi* e a tempo pieno dalla Signora Ray, al secondo piano. La domestica indossava dei *sari* decenti e dei *chappal*. I suoi bambini erano ben vestiti, ben nutriti, avevano una casa, andavano a scuola, persino la ragazzina che aveva quattordici anni, cosa che non sarebbe mai successa ai vecchi tempi. C'erano tutte le chance che non avrebbero fatto i domestici come i loro genitori. In ogni caso, avevano più possibilità di scelta e migliori opportunità delle generazioni precedenti. Vero, la domestica guadagnava una miseria, ma lei e suo marito, che faceva l'autista, guadagnavano abbastanza per mandare avanti la famiglia sia qui che nel villaggio Bihari dove erano nati. Il signore e la signora Ray pagavano le loro spese più cospicue, come le cure mediche, le iscrizioni scolastiche, i festeggiamenti per le nozze. Questo *era* progresso.

Anandita-*mashi* argomentò che il progresso era diseguale e auspicò una distribuzione più equa della ricchezza e maggiori vantaggi per le persone più bisognose.

Le due sorelle cominciarono a discutere con toni accesi e pesanti. Mi buttai nella mischia e cominciò un dibattito vivace e rumoroso nel migliore stile bengalese. Eravamo tutte d'accordo sullo scopo finale, ma avevamo opinioni diverse sui mezzi per raggiungerlo. Io ero la capitalista, mamma la socialista e *Mashi* la marxista/comunista.

Dopo un simile lavoro intellettuale ero senza fiato, ma allo stesso tempo piena di energie. Rinvigorita, con la testa leggera, rivitalizzata. Esattamente come mi sentivo dopo una bella corsa.

"La mia euforia del corridore è tornata!".

Mia madre aveva pile di giornali accatastati e disseminati dappertutto nella nostra stanza. Stava tentando di fare una panoramica, di avere una visione d'insieme del corpo dell'opera di mia nonna, per capire come organizzare al meglio i suoi lavori. Presi uno dei diari a caso, ne sfogliai qualche pagina, poi scrollai le spalle. «Per me è arabo», scherzai, incapace di leggere il bengali.

Mia madre mi fece segno di sedermi sul letto vicino a lei. «Vieni qui. Te lo traduco io. Comincia con una citazione di Tagore». Lo lesse prima in bengali e poi tradusse i versi in inglese:

Fa' che io non cerchi alleati sul campo di battaglia della vita,
ma che conti sulle mie sole forze.
Fa' che io non desideri di essere salvato a causa della paura e dell'apprensione
ma che abbia la pazienza di conquistare la mia libertà.

Ascoltai affascinata, esplorando i luoghi nascosti del cuore di mia nonna. Come me, lei soffriva di depressione clinica. A differenza di me, al tempo non sapevano che cosa fosse e la bollarono come pazza, fra le altre sciocchezze. Quando morì mamma e le sue sorelle erano piccole, e per loro rimase sempre come una specie di enigma; questo rese le sue memorie ancora più preziose, niente era più prezioso delle *sue parole*.

Fino ad allora, tutto ciò che sapevo di mia nonna mi era stato riferito. Questa era la prima volta che ascoltavo direttamente le sue parole. E, wow, il potere di quella voce! La sentivo parlare, la sua voce risuonava dentro di me. La sua scrittura pulsava di vita, respirava per lei, dopo tanto tempo che lei aveva smesso di farlo. La sua scrittura cambiava spesso, a volte anche all'interno della stessa pagina, i tratti della sua penna, fantasiosi, incisivi e netti, si appiccicavano, tremolanti. Parole cancellate, a volte intere frasi cancellate. Ripensando a tutti i tentativi incerti e alle false partenze di quest'anno, finalmente capii. Mi vidi al suo posto. Mentre correggeva. Modificava. Strappava intere pagine dai diari. Le faceva a pezzi. Ricominciava da capo.

Scriveva per se stessa, parlava della sua vita. Una visione intima di un mondo privato e racchiuso nella sua mente, di cui nessuno era a conoscenza e che a nessuno importava conoscere. Temi ricorrenti: amore non corrisposto, desideri incompiuti, rivalità, fallimento, morte.

C'era una tale passione nella sua voce. Una tale intensità nelle sue emozioni, nei suoi altalenanti cambi d'umore. Le immagini di un mondo vivido mi trasportarono in un altro mondo. Ero proprio lì, nella sua pelle, respiravo il suo respiro. Vedevo quello che vedeva lei. Ne sentivo l'odore. Il rumore. Lo percepivo. Lo assaporavo. Banali dettagli, come le minuscole pennellate nella pittura impressionista, in aggiunta al ritratto evocativo di una donna che non ho mai incontrato...

Un'estranea familiare...

Da un momento all'altro iniziò a formicolarmi il naso. Poi la parte posteriore delle braccia e delle cosce. Conoscevo quel formicolio. Mi raddrizzai lentamente, come se stessi ricorrendo uno starnuto. *Ehhh*...? *Ehhh*...? E dai, su... *Ehhh-ciùùù*!

«Ehi, mamma? Non sarebbe una buona idea se la tua antologia avesse sulla sinistra l'originale in bengali e a fronte la traduzione in inglese, in hindi o in qualsiasi altra lingua? Parli sempre dell'importanza delle lingue regionali e di renderle accessibili anche al di fuori del loro territorio di diffusione. Allora perché non fare un'antologia bilingue, o trilingue? E... Ooooh... E le illustrazioni? Non sarebbe divertente inserire delle illustrazioni?».

Una volta che cominciai a parlare non riuscii più a fermarmi. La mia mente si riempì di idee. Idee a profusione. Ancora idee. Sempre di più.

Quando feci ritorno a San Francisco, mi accorsi subito che Bryan aveva qualcosa, così non rimasi per niente sorpresa quando mi disse: «Rani, dobbiamo parlare».

La pazienza non fa parte delle mie principali virtù. «Che è successo? Chi è morto? Hai un'altra? Chi è? Giuro che l'ammazzo. O un altro. Non sarai mica...? Sei diventato?»

«Non è morto nessuno. Non c'è nessun'altra. E no, non sono gay». Si passò una mano sulla fronte. «Wow! Grazie perché riesci sempre a mettere le cose nella giusta prospettiva. Improvvisamente, investire nello start-up di una società di animazione digitale e trasferirsi a Bangalore per qualche anno non è il cambiamento più radicale che poteva capitare nella nostra vita».

«*Che cosa*???».

Mentre mi metteva a parte di una proposta che gli era piovuta dal cielo proprio quella settimana, rimasi incantata da un'immagine che non vedevo da tanto tempo: il suo largo sorriso da stupidone, quello di cui mi ero innamorata. Il suo *masti*!

In poche parole: Bangalore è la Silicon Valley dell'India e anche la città di Rajesh, amico e compagno di studi di Bryan, un altro genio del computer. Il nuovo business, una creatura di Rajesh, stava cercando del capitale da investire nella creazione di film d'animazione ad alta tecnologia. Pensate a *Shrek, Toy story* e *Monster & co.*, però con delle storie indiane per il mercato indiano. Doppiati in inglese, in hindi e nelle lingue regionali. Nuovi mercati. Nuove opportunità. Nuovi lavori qui, là, ovunque Rajesh riesca a trovare del talento.

«Potrebbe interessarti...?»

«Il papa è cattolico?», gli piombai addosso come un cucciolo, facendogli quasi perdere l'equilibrio e coprendogli la faccia di baci. «Sì! Sì, sì, sì, sì, sì...».

«Wow, è proprio vero che la lontananza accresce l'intensità dei sentimenti... Vai pure a Kolkata con tua madre, *tutte le volte che vuoi*».

Rimanemmo svegli fino all'alba a parlare, a ridere, a sognare...

Prima, non avevo mai capito come mia madre avesse trovato il coraggio di lasciarsi alle spalle il mondo che conosceva. Adesso lo so. Molto semplicemente, aveva un sogno che a casa non avrebbe potuto realizzare, così se n'è andata per inseguirlo, fino alla terra delle opportunità.

Insieme ai sistemi economici mondiali, crescono anche le terre delle opportunità, a beneficio di *tutta* l'umanità.

DA: "Rani Tomashot" <RaniTomashot@hotmail.com>
A: Kiran Deshpande; Preity Lindstrom
INVIATO: 5 settembre 20xx, 02:20
OGGETTO: "Gli Sceneggiatori Siamo Noi"

Ciao ragazze! Saluti da Bangalore!

Come va la vita lì? Qui è umidissimo, ma sta migliorando. Vi ho allegato delle foto. Come potete vedere il nostro appartamento è una figata. L'intero palazzo, tutta la città è uno sballo! La gente è carinissima, amichevole, simpatica, lascia senza fiato insomma. E avere uno staff di domestici (che adora noi occidentali) non è niente male. Pensavamo che avremmo avuto più nostalgia di casa, ma in realtà adesso che siamo così lontani siamo in contatto con amici e familiari MOLTO PIÙ di prima. Nessuno può andare dall'altro capo del mondo per un fine settimana, lo so bene. E così si fermano per settimane, a volte per mesi! Grazie a Dio ci sono i domestici… La "perfetta padrona di casa": NON sono io! E: per fortuna che fra due anni ce ne andremo, perché sto vedendo fin troppo mia suocera!! Potreste pensare che il monsone la allontanerà o la impaurirà, ma figuriamociii!!

Adesso, siccome non sto soltanto inseguendo la corona di Preity di "dea del multi-tasking", ma sto anche contando i giorni che mancano al matrimonio di ***Una Certa Persona***, e mi sto anche esercitando nella scrittura di sceneggiature per la Raj-Rani Animated Pictures (!!!), date un'occhiata all'esercizio di riscaldamento che ho scritto oggi… Kiran, amore, ho dimenticato qualcosa della nostra conversazione?

XOXOXO,

Rani

RANI: (con aria compiaciuta ma in maniera carina, accattivante) Stai parlando con la nuova co-proprietaria di una nuova società di animazione digitale!

KIRAN: (senza fiato) Non ci credo! Che bello!

RANI: Troppo bello. C'è mancato poco che mi inginocchiassi a baciare la terra. Sono cose come queste… inviti che ti piovono dal cielo… il sincronismo… che mi impediscono di prendere la tessera di atea, facendomi rimanere un'agnostica convinta.

KIRAN: Sono così felice per te!

RANI: Grazie, bambina. Sono molto soddisfatta sia per te che per me. E quindi, ehi, potrei farti una domanda personale?

KIRAN: Quanto personale?

RANI: Tu e John, avete mai fatto sesso al telefono?

KIRAN: No comment.

RANI: E sesso virtuale?

KIRAN: No comment.

RANI: (ridendo) Lo sapevo…

SHUKTO DI ANANDITA (VERDURE MISTE IN AGRODOLCE)

Ingredienti per 6-8 porzioni:

VERDURE:

1 melanzana media
1 tazza di Karela o cavolo verde o bietola o foglie di cavolo, a pezzettini
1 banana (o una banana verde) pelata e tagliata a fettine
1 tazza di ravanelli a fettine
2 pomodori medi a dadini
1 tazza di patate dolci pelate
1 patata media pelata
1 tazza di fagioli bianchi
1 tazza di carote a fettine, pelate
1 tazza di cavolfiore
8 cime di asparagi

SPEZIE:

2 cucchiai di semi di papavero, divisi
1 e ½ cucchiaio di semi di senape, divisi
1 pezzettino (circa 5 centimetri) di radice di zenzero fresco, pelata e tritata
¼ tazza di olio di semi di arachide
2 foglie di alloro
1 tazza di latte di cocco
1 cucchiaino di burro o di ghee
¼ cucchiaino di paanch phoron *(miscela bengalese di 5 spezie)*
sale (a piacere)
zucchero (a piacere)

Mettete a bagno in acqua tiepida, in una piccola ciotola, i semi di senape e quelli di papavero. Lasciate da parte. Lavate a fondo tutte le verdure.

Per gli asparagi: usando un pela verdure raschiate via la parte esterna più dura. Tagliate i gambi teneri in pezzettini da 5 centimetri.

Per le melanzane: tagliate in quarti nel senso della lunghezza, poi trasversalmente a fettine spesse poco più di 1 centimetro.

Per la Karela: tagliate a metà nel senso della lunghezza. Eliminate i semi. Tagliate le due metà a fettine sottili (0,3 centimetri).

Per le patate: tagliate a metà nel senso della lunghezza. Tagliate le due metà a fettine spesse circa ½ centimetro.

Tagliate le verdure rimanenti a cubetti. Frullate i semi precedentemente messi a bagno con la radice di zenzero fino a ridurli a una purea. Lasciate da parte.

Melanzane: in un ampio wok, fate riscaldare 1 cucchiaio d'olio a fuoco medio-alto. Aggiungete le melanzane. Fatele soffriggere per 2-3 minuti. Toglietele con una schiumarola per far scolare l'olio e mettetele da parte.

Karela: fate riscaldare un altro cucchiaio d'olio a fuoco medio-alto. Aggiungete la Karela. Portate a fuoco medio. Fate soffriggere per 3-4 minuti. Prendetelo con una schiumarola per far scolare l'olio e mettetelo da parte.

Fate riscaldare altri 2 cucchiai d'olio a fuoco medio-alto. Aggiungete le foglie di alloro e il *paanch phoron*. Quando le spezie cominciano a scoppiettare, aggiungete le verdure ancora crude. Fate soffriggere per 5-7 minuti. Portate a fuoco medio. Aggiungete la purea di ginger. Fate soffriggere per 2 minuti, mescolando costantemente.

Aggiungete le melanzane e la Karela, il latte di cocco, il sale e lo zucchero. Coprite finché non è quasi cotto, per 3-5 minuti, mescolando di tanto in tanto. Abbassate il fuoco e togliete il coperchio. Fate addensare la salsa e poi togliete dal fuoco.

Aggiungete il *ghee*. Servite con del riso.

SUGGERIMENTI DI ANANDITA:

La ricetta dello *shukto* non prevede né aglio, né cipolla, né peperoncino. Ricordatevi della stupidina Rani che viene canzonata nelle filastrocche bengalesi per bambini: "*Chhie chhie Rani randhtey shekheni, mashima key boley jholey mashla debo ki? Shuktani tey jhaal diyechhey, amboleytey ghee*". (Vergognati Rani: non sai cucinare il curry e metti il peperoncino nello *shukto* e il *ghee* nel *chutney*!).

PREITY CHAWLA LINDSTROM: IMPRONTE DELL'ANIMA

Persino l'uomo felice intravede
qualcosa, o un suono impercettibile lo tocca,
e il suo cuore trabocca di uno struggimento che
egli non è in grado di riconoscere. Allora sicuramente
sta ricordando, in un luogo ormai inaccessibile,
le forme che ha amato in una vita precedente, le
cui impronte sono ancora dentro di lui, in attesa.

KALIDASA

DA: "Preity Sharma Lindstrom" <ToyGirl@comcast.net>
A: <TriDelta_BetaSigma_Smarties@yahoogroups.com>
INVIATO: 23 ottobre 20xx, 07:29
OGGETTO: [TDBSS] Una domanda banale

Ciao a tutte, sorelle del club! Ho una domanda per quelle di voi dai trenta in su: a trentacinque anni quanto bene vi ricordereste di una storia romantica durata due settimane quando avevate vent'anni? Vagamente? Abbastanza bene? Benissimo?

Preity

DA: "Kathryn Serafin" <k.serafin@hotmail.com>
A: <TriDelta_BetaSigma_Smarties@yahoogroups.com>
INVIATO: 23 ottobre 20xx, 07:33
OGGETTO: RE: [TDBSS] Una domanda banale

È stata solo una cosa fisica o ha suscitato emozioni più profonde?

Kate <– ex megera

DA: “Preity Sharma Lindstrom” <ToyGirl@comcast.net>
A: <TriDelta_BetaSigma_Smarties@yahoogroups.com>
INVIATO: 23 ottobre 20xx, 07:36
OGGETTO: RE: [TDBSS] Una domanda banale

Molto densa di emozioni, tanto da far pensare di essersi innamorati. Fisicamente molto limitata, solo carezze e baci alla francese. :-) Poi una fine brusca e forse inspiegabile che potrebbe aver causato rabbia e sofferenza.

Preity

DA: “Helen Twomey” <HBTwomey@earthlink.net>
A: <TriDelta_BetaSigma_Smarties@yahoogroups.com>
INVIATO: 23 ottobre 20xx, 07:41
OGGETTO: RE: [TDBSS] Una domanda banale

Io mi ricorderei di ogni meraviglioso e intimo dettaglio e addolcirei i ricordi meno piacevoli. Quelli dolorosi rimarrebbero, ma non così brucianti come sono stati nella realtà. Diciamo sopportabili. I bei ricordi, invece, mi darebbero sempre grande gioia. :D

Helen

DA: “Nacy Bogatka” <appleforteacher@hotmail.com>
A: <TriDelta_BetaSigma_Smarties@yahoogroups.com>
INVIATO: 23 ottobre 20xx, 07:48
OGGETTO: RE: [TDBSS] Una domanda banale

Oh, sì. Quella parte di sofferenza/rabbia continuerebbe a bruciarmi nella memoria. Ma come ha detto Helen, le parti belle sarebbero ancora più belle, di una lucentezza ideale. Suggellate da una fine così improvvisa.

Sono due centesimi, anzi 20 dollari! (A causa del costo della vita in California,

Miss Nancy

DA: "Preity Sharma Lindstrom" <ToyGirl@comcast.net>
A : <TriDelta_BetaSigma_Smarties@yahoogroups.com>
INVIATO: 23 ottobre 20xx, 07:56
OGGETTO: RE: [TDBSS] Una domanda banale

E se questo amore (forse) perduto da tempo, che pensavi fosse scomparso per sempre, ricomparisse all'improvviso nella tua vita? Magari tramite un breve messaggio tipo: "Ciao come stai"? Sareste curiose? O sareste più della serie: "Ritorna sotto quel masso e lasciami in pace"?

Preity

DA: "Valentina Swiridow" <gipsy_007@yahoo.com>
A: <TriDelta_BetaSigma_Smarties@yahoogroups.com>
INVIATO: 23 ottobre 20xx, 08:14
OGGETTO: RE: [TDBSS] Una domanda banale

Oh, mio Dio! Sei messaggi prima delle otto di mattina! Ma siete tutte impazzite, oggi!

> E se questo amore (forse) perduto da tempo (che pensavi fosse scomparso per sempre)
> ricomparisse all'improvviso nella tua vita.

Mi verrebbe un attacco di panico. Davvero. Con delle reazioni tipo affanno ai polmoni, forse tremori, perdita dell'allegria, sensazione di eccitazione ma allo stesso tempo di paura. Chiamerei tutte le mie amiche più intime, manderei email alle ex compagne di college, ci penserei una, due, tre volte prima di rispondere (e nel caso mi chiederei quanto tempo far passare per non sembrare troppo impaziente). E comunque sarei MOLTO curiosa.

Tina Bambina

DA: "Leydiana Martinez" <Leydi.Martinez@pobox.com>
A: <TriDelta_BetaSigma_Smarties@yahoogroups.com>
INVIATO: 23 ottobre 20xx, 08:15
OGGETTO: RE: [TDBSS] Una domanda banale

Se fosse lui a contattarmi darei per scontato di avere a che fare con una persona molto più matura. Come me del resto. Sarei davvero un'immatura se fossi ancora arrabbiata, a 35 anni.

Leydi

DA: "Inglath Johnson" <Inglath@JohnsonHorseShelter.com>
A: <TriDelta_BetaSigma_Smarties@yahoogroups.com>
INVIATO: 23 ottobre 20xx, 08:27
OGGETTO: RE: [TDBSS] Una domanda banale

Dipende tutto da cosa è successo nel frattempo, dalla crescita personale di ognuno. Potrebbe essere mera curiosità. Con la maturità, il contatto si può gestire con un approccio mentale tipo: "Il passato è passato".

Se non c'è stata grande crescita personale, o se si cova ancora un sentimento di ostilità, allora si potrebbe ricadere su un atteggiamento tipo: "Sono ancora arrabbiato, non ho tempo da perdere con te".

Inglath

DA: “Lisa B. Ruddy” <GracesMommy@hotmail.com>
A: <TriDelta_BetaSigma_Smarties@yahoogroups.com>
INVIATO: 23 ottobre 20xx, 08:33
OGGETTO: RE: [TDBSS] Una domanda banale

Ok, Preity, tira fuori il rospo. Di che si tratta? :-)

DA: “Carmella Grimaldi” <thegrimaldifamily@erols.com>
A: <TriDelta_BetaSigma_Smarties@yahoogroups.com>
INVIATO: 23 ottobre 20xx, 09:01
OGGETTO: RE: [TDBSS] Una domanda banale

Quale rospo??? Ma non era una domanda banale??? - carm

DA: “Heather V. Taylor” <HeatherV@3TaylorLegal.com>
A: “Preity Sharma Lindstrom” <ToyGirl@comcast.net>
INVIATO: 23 ottobre 20xx, 09:05
OGGETTO: RISERVATISSIMO!

Ti sto scrivendo privatamente, fuori lista…

Oh. Mio. Dio.

Ho appena acceso il computer, sto guardando la posta, e mi è venuto un colpo…

Si tratta del ragazzo indiano di cui mi parlavi al primo anno di college! Quello che avevi incontrato durante le vacanze invernali! E, oh, che coincidenza! QUALCUNO sta andando in India per un matrimonio, il mese prossimo! PROVERAI A RINTRACCIARLO?!

Tanto perché tu lo sappia, mentre ti sto scrivendo, ho la pelle d’oca!!!!!!!!!!!!!!!!!!

Heather <— la tua compagna di stanza del primo anno che si ricorda TUTTO

Non avevo intenzione di andare al matrimonio di Kiran. Non l'avevo programmato, anche dopo che lei mi aveva risposto e che ci eravamo scambiate qualche altra email. Non ero andata al suo primo matrimonio, lei non era venuta al mio.

Poi mi telefonò ed entrambe respirammo il vento di cambiamento che stava soffiando sulle nostre vite di donne adulte. Dopodiché mi resi conto che stavolta non potevo perdermi il suo matrimonio, anche se ciò avrebbe significato lasciare, per la prima volta, mio marito e i miei figli, e viaggiare da sola fino all'altro capo del mondo.

«Sono sempre stata invidiosa di te», mi disse Kiran al telefono. «Ecco perché mi comportavo come una piccola stronza».

«Prima di tutto», dissi io, «tu eri una gran stronza. E seconda cosa, invidiosa di me? E per quale motivo saresti stata gelosa di me?»

«Perché tu sei perfetta, Preity».

Per poco non me la feci addosso dal ridere. «Nessuno è perfetto. E, meno di tutti, le persone che sembrano esserlo».

«Sì, vabbe', questo è quello che dicono sempre tutti, ma...».

«Lo sapevi che ero bulimica?». Non ci potevo credere che, tra tutti, lo stavo dicendo proprio a Kiran, ma una volta detto mi sembrò di essermi finalmente tolta un peso dalla testa (qui ci starebbe bene la foto di una lavoratrice indiana).

«No che non lo sapevo...! Ma porca miseria, possibile che nessuno mi dica mai niente sulle condizioni di salute di nessuno? In fondo, perché dovrebbero? Sono solo un medico».

«Nessuno lo sapeva. A parte il mio dentista».

Una pausa, e poi: «Nessuno...?»

«Nemmeno i miei genitori. E tuttora non lo sanno».

«Ma quando ti è successo? Per quanto tempo...? Lo sei ancora...?»

«Adesso sto bene. È andato avanti per circa cinque anni, a intermittenza. Cominciò al college quando il mio metabolismo rallentò vertiginosamente e mi arrivarono addosso le conseguenze di tutta una vita di: "*Khaa*, *beta*, *khaa*"».

A casa nostra: «Mangia, cara, mangia», per mia madre era una specie di *mantra.* Praticamente ci correva dietro, a me e a Tarun, con il cibo in mano. Non era mai: «Hai fame?», ma: «Prendi un po' di questo», o: «Prendi ancora un po' di quello». Potevamo dire: «No, grazie», tutte le volte che volevamo: lei ci riempiva lo stesso i piatti, tanto per essere sicura che i nostri stomaci non brontolassero e noi non sentissimo mai i morsi della fame, nemmeno lontanamente. Mamma diceva sempre che lei e papà «erano arrivati» (cioè avevano raggiunto il successo) quando avevano potuto rimpinzarsi (fino alla nausea) di gelato, considerato un vero lusso in India. Non c'è bisogno di dire che il gelato divenne un caposaldo nella nostra alimentazione.

Mio fratello minore, Joe l'atleta, riesce ancora a mangiare come un maiale senza preoccuparsi di diventare una palla, ma la mia tessera d'immunità all'accumulo di grassi era scaduta già al college. «Benvenuta nel mio mondo», disse Veronica, la mia migliore amica, quando salii sulla bilancia e strillai terrorizzata (qui ci starebbe una foto dell'*Urlo* di Munch). Avevo pensato che i miei jeans si fossero ristretti a causa del lavaggio, e invece no, ero proprio io che ero lievitata. Assomigliavo a un'oliva infilzata in uno stuzzicadenti! «Basta rimpinzarsi di gelato alla mensa», disse Veronica. «I dolci vanno direttamente ad accumularsi sui fianchi». Ma per quanto tentassi, non riuscivo a controllarmi. Persino oggi, non riesco a controllarmi con certi cibi e devo evitarli del tutto, come un alcolista deve astenersi dall'alcol.

«Mi marcirono i denti per l'acidità dei succhi gastrici», dissi a Kiran. «Nemmeno allora riuscii a dirlo ai miei. Riesci a immaginartelo? Non volevo ascoltare come sarebbe andata a finire. "Tutta la gente nel mondo che muore di fame, e qui questa ragazzina viziata e schifosa non solo ha il privilegio di mangiare come una regina, ma dopo che fa? Si mette le dita in gola e, intenzionalmente, vomita tutto. Vomita abbastanza cibo da nutrire un intero villaggio! Dovremo mandarla subito in India. A fare la volontaria negli enti pacifisti. Così forse imparerà qualcosa". Visto che non potevo rivelare ai miei il mio vergognoso segreto, non potei nemmeno permettermi di pagare le spese dentistiche, di cui avevo davvero bisogno, se non fin dopo il dottorato».

«Oh, Preity...».

«Ehi, vedendola dal lato positivo, almeno non ho contratto debiti per pagarmi gli studi. D'altro canto sto continuando a pagare, e ne ho ancora per parecchi anni, la Mercedes che ho in bocca».

«E io che avevo notato il tuo bellissimo sorriso proprio la notte di Capodanno...», disse Kiran. «Mi dispiace tanto».

«Non preoccuparti», le dissi. «Ormai è finita. Tutto è bene quel che finisce bene».

"Ecco quello che mi ha portato fino all'altro capo del mondo...".

A Mumbai, mi sento dapprima come una donna appena uscita dal coma, e poi come un fantasma. Come una moglie morta che, dal paradiso, riesce a scorgere le persone amate ma non a toccarle. La vita in India è proseguita anche senza di me. I miei ricordi, congelati nel tempo, si sciolgono e respirano. Adesso mi rendo conto di ciò che provano i miei genitori. Ecco perché mia madre non vuole mai tornare qui e mio padre non vede l'ora di andarsene.

Vengo a sapere che Riya-*didi* non ha mai consegnato la mia lettera ad Arsallan. L'ho rintracciato, fa il pediatra, lavoro fatto apposta per lui. Sto aspettando fuori dal suo ufficio, voglio solo dargli un'occhiata di sfuggita prima di decidere come e quando avvicinarlo. Ma quando lui esce, quando lo vedo, vengo sopraffatta da una raffica di emozioni.

È sempre lo stesso. A parte i capelli che adesso hanno delle striature ramate e argentate. Per il resto, è sempre *lo stesso*.

Non sembra che siano passati sedici anni. Non sembrano nemmeno sedici minuti. "Non abbiamo appena fatto una passeggiata sulla spiaggia? Non mi hai appena baciato sotto le stelle?".

"Non è forse vero che vorrei ricominciare la nostra storia dal punto esatto in cui l'avevamo lasciata?".

Mi rendo conto che mia madre aveva ragione.

I miei sentimenti sono troppo forti. I rischi sono troppo grandi.

"Come potremmo accontentarci di un caffè, di un pranzo, o di una cena. Non sarebbe abbastanza".

Le lacrime mi invadono gli occhi. Mi dirigo nella direzione opposta, cammino per interi isolati in stato confusionale, prima di chiamare un taxi. Una volta in hotel, mi faccio un bel pianto liberatorio, poi mi riprendo, mi do una sistemata e scendo nell'atrio. Chiedo al *concierge* di indicarmi un ristorante specializzato nella cucina tipica di Goa. Arrivata lì, ordino una fetta di *bebinca* e comincio a scrivere.

Ci metto un po' prima di trovare le parole giuste. Quando sono soddisfatta, ne stampo una copia e chiamo Rani che si trova già a Pune. «Ciao, devi farmi un grande favore, senza farmi domande però. Lo farai...?»

«Di' pure».

Questa volta seguo la cosa a distanza, osservo la consegna, mi assicuro che arrivi proprio nelle mani di Arsallan, aspetto finché non apre la busta con la mia lettera...

C'era una volta, tanto, tanto tempo fa, in una terra tanto, tanto lontana, una giovane principessa che incontrò un giovane principe proveniente da un altro regno. Per qualche sconosciuta ragione, la principessa e il principe entrarono immediatamente in confidenza, attratti l'uno dall'altra, come se i loro cuori si fossero già conosciuti in un altro tempo, in un altro luogo.

La principessa amò il principe ancor prima di conoscere l'amore. Non ebbe bisogno di dare un nome ai suoi sentimenti, sapendo intimamente che tutto ciò che lei provava lo provava anche il principe. Come un riflesso allo specchio. È così che succede quan-

do due anime si uniscono. Niente insicurezze, niente ansia per ciò che avverrà. Si sa e basta...

La loro storia romantica fu dolce, innocente e pura. Ma prima che il loro amore potesse mettere radici o prendere il volo, la principessa morì di una morte improvvisa e misteriosa. Passò alla sua prossima vita senza rendersi conto che la sua anima, come tutte le anime, portava dentro di sé i ricordi e le lezioni del suo passato, incluso l'amore del principe. Quando provi il vero amore, rimane parte di te, anche se non ne hai la consapevolezza.

E il fatto che, in una vita precedente, la principessa avesse conosciuto il Vero Amore, fu un ostacolo per tutti i pretendenti che seguirono. Lei seppe aspettare, non si accontentò. E sicuramente, quando arrivò l'amore della sua nuova vita, lei lo riconobbe come l'unico che il destino avesse scelto per lei. Insieme costruirono una vita meravigliosa. Non fu sempre facile. La vita li mise di fronte a molte prove da superare, ma loro fecero appello all'impegno preso l'uno nei confronti dell'altra, si diedero fiducia e si sostennero vicendevolmente, e alla fine superarono tutti gli ostacoli, imparando e diventando più forti insieme.

Poi una notte, improvvisamente, il passato tornò a sussurrarle all'orecchio. Le tornarono in mente attimi della sua vita passata, del suo vecchio amore, come dei messaggi in bottiglia lanciati nel mare che finalmente approdano sulla terraferma per raggiungere il loro destinatario. In mezzo a tanti bei ricordi le venne in mente una terribile ingiustizia avvenuta prima della sua morte. Uno sbaglio che non sarebbe mai stata in grado di riparare perché il principe non aveva mai ricevuto la sua ultima lettera, quella di addio. Al pensiero di avergli, anche se involontariamente, spezzato il cuore, le si spezzò il cuore a sua volta.

La principessa non poteva sopportare una cosa del genere. Doveva assolutamente trovare il principe, adesso un uomo adulto, dovunque egli si trovasse. Anche se avesse dovuto mettere il mondo sottosopra e scuoterlo. Lui doveva sapere la verità. Lei doveva dirgli le cose come stavano. Lei lo amava. Adesso. Allora. Sempre. Per sempre.

Quando la principessa trovò il suo principe, capì quante cose erano cambiate in sua assenza. Di fronte alla vita meravigliosa del principe e alle sue conquiste, il cuore le si riempì di gioia. Allo stesso tempo, la colpì una sensazione agrodolce: si rese conto che, sebbene potesse vedere il principe, non poteva toccarlo. Nonostante il suo cuore purissimo, lei non poteva rientrare nella sua vita, perché le parole che avrebbe tanto voluto dirgli adesso erano proibite, intrise di pericolo. Nel loro dolce nettare era contenuto un veleno capace di uccidere le persone a cui entrambi avevano promesso il loro amore.

Allora, con la più grande cura, scrisse un'altra lettera e rimase a osservare, a distanza, il corriere che la recapitava nelle mani del principe. Poi si girò e si allontanò senza voltarsi indietro, con la certezza che il principe avrebbe capito il messaggio che vi era contenuto:

«Siamo stati insieme prima. Staremo insieme di nuovo. Non dovremo mai dirci addio. Le anime gemelle come noi si dicono solo arrivederci...».

BEBINCA (DOLCE A STRATI CAPOVOLTO ALLA CREMA DI COCCO)

Ingredienti per 6-8 porzioni:

2 tazze di latte di cocco
2 tazze di zucchero grezzo
1 tazza di farina di riso
⅛ di cucchiaino di cardamomo in polvere
¼ cucchiaino di noce moscata grattugiata
10 tuorli d'uovo leggermente sbattuti
½ cucchiaino di sale
¾ di tazza di ghee *fuso o di burro non salato fuso*
3 cucchiai di mandorle tostate a scaglie

Fate riscaldare il forno fino a 250 gradi.

In una pentolina a fuoco molto basso mescolate il latte di cocco e lo zucchero, finché lo zucchero non si scioglie. Togliete dal fuoco. Lasciate raffreddare a temperatura ambiente.

In una scodella, mescolate la farina, il sale, il cardamomo e la noce moscata. Aggiungete il latte di cocco precedentemente zuccherato e poi i tuorli d'uovo. Mescolate finché la pastella non si ammorbidisce: non deve essere né troppo secca né troppo liquida. Aggiungete un po' d'acqua se è troppo secca o un po' di farina se è troppo liquida.

Imburrate una teglia profonda di alluminio (diametro di circa 20 centimetri) con 2 cucchiai di burro fuso.

Versate 1 tazza di pastella nella teglia pre-imburrata. Sistemate nel forno a metà altezza. Fate cuocere finché la superficie diventa leggermente dorata. Togliete dal forno. Spalmate 1 cucchiaio di burro sulla superficie. Rimettete nel forno finché non diventa marrone-dorata. Togliete dal forno. Con una spatola togliete il "pancake" e sistematelo su un piatto.

Ripetete lo stesso procedimento finché la pastella non è finita. Poi sistemate tutti i pancake, uno sopra all'altro, sulla teglia, e infornate per altri 15 minuti.

Fate raffreddare a temperatura ambiente. Capovolgete la teglia su un piatto. Estraete il *bebinca* con attenzione, in modo che la forma rimanga intatta.

Guarnite con le scaglie di mandorle tostate. Servite a temperatura ambiente.

KIRAN DESHPANDE: *SHAADI*

Non siate divisi,
invecchiate, meditate, prosperate insieme,
muovetevi per un obiettivo comune.
Parlate dolcemente l'uno all'altro;
vi farò avere un unico scopo
e una sola mente.

ATHARVA VEDA

Kiran e John

insieme ai loro genitori

Yashwant e Meenal Deshpande
William e Laura Leigh Cooper

hanno il piacere d'invitarvi
a condividere la gioia delle loro nozze
a Pune, in India
il 24 novembre 20xx

All'altare, io e John siamo uno di fronte all'altra ma non possiamo vederci.

Il conto alla rovescia verso l'ora zero, il *muhurta*, è cominciato…

«*Kuryat sada mangalam… shubha mangala savdhan…*». Gli invitati recitano antichi versi sacri in sanscrito leggendoli dal loro programma che prevede anche una traduzione inglese: «Possa questo matrimonio portare felicità… il momento ottimale per le nozze, secondo gli auspici, si sta avvicinando…».

Come vuole la tradizione, io sto sul lato ovest del *mandap*, un gazebo all'aperto, e guardo a est. John sta sul lato est e guarda a ovest. Entrambi siamo ben visibili agli occhi del sacerdote officiante e degli invitati, che si trovano rispettivamente a nord e a sud, ma invisibili l'uno all'altra. Fra di noi c'è l'*antarpat,* una tenda bianca con un svastica di buon auspicio tinta con la polvere di *kumkum,* piegata verso destra, ruotata di 45 gradi, con un punto in ogni quadrante: è un simbolo sacro induista di buon augurio, risalente al 1400 a.C.

L'*antarpat* simbolizza le nostre diverse identità sospese sulla soglia, che stanno per unirsi nel sacro vincolo del matrimonio. Nel preciso istante del nostro *muhurta*, non un minuto prima, non un minuto dopo, l'*antarpat* verrà tolto dal lato nord. Nel mezzo di una gran fanfara, io e John ci guarderemo negli occhi, ci adorneremo a vicenda con ghirlande di fiori freschi e verremo dichiarati marito e moglie. Fino allora, il sacerdote canta in continuazione il *mangalashtaka*, otto *shloka* di preghiere e di benedizioni, e gli invitati fanno piovere *akshata,* chicchi di riso colorati di rosso vermiglio. Mentre tutti recitano, l'eccitazione cresce: «*Kuryat sada mangalam… shubha mangala savdhan…*».

Nel posto in cui sono seduti gli invitati, regna l'eccitazione. Dove sono io, l'ansia. Mentre aspetto di vedere il mio sposo e di essere vista da lui, sono un fascio di nervi! Pensavo che sarebbe stata un'emozione mozzafiato stare in piedi di fronte a tutti, al centro dell'attenzione, ma non mi ero resa conto di quanto fosse snervante sapere che tutti gli altri vedono ciò che io non posso vedere, il *quadro al completo*, mentre io e John ne vediamo solo una parte, come una coppia di pesci rossi, separati dentro la loro boccia.

Che cosa starà facendo l'altro pesce rosso? Voglio vedere il suo viso. I suoi occhi. Sapere cosa sta pensando. Sta pensando quello che penso io? Cioè che è pazzamente innamorato di me o è semplicemente un pazzo, altrimenti non sarebbe qui! Riesce a sentire la mia presenza? Posso mandargli un messaggio telepatico? «E.T. telefono casa»!

Tenendo in mano la ghirlanda che gli darò, penso alle coppie di sposi che sono venuti prima, nel corso di migliaia di anni, che hanno aspettato in piedi dove adesso ci troviamo noi. Ai loro *mandap*. Separati dai loro *antarpat*. Aspettando i loro *muhurta.* Ai vecchi tempi, le coppie di sposi praticamente non avevano contatti, prima del matrimonio. Immagino quello che devono aver provato in questi momenti strazianti... "Uh, ripeti, Kiran: adesso non devi pensarci".

Sono a digiuno da stamattina, come John. Proprio quello che ci vuole, dopo tutto quello che abbiamo passato per arrivare a questo punto, per farmi andare in iperventilazione e poi svenire sull'altare.

«*Kuryat sada mangalam... shubha mangala savdhan...*».

Finalmente mio padre decise di darci la sua benedizione. Non che mi aspettassi un bigliettino di auguri, ma mentirei se dicessi che non sono rimasta delusa. La versione nuda e cruda è che papà si è trovato in minoranza, assediato dall'esercito di persone di mentalità più aperta che gli stavano intorno. Non aveva più energie per continuare a lottare e così si è arreso. La sua "benedizione" alla fine arrivò e suonava esattamente così: «Fa' ciò che vuoi. È la tua vita».

Commovente e piena di calore, non è vero?

Mia madre mi disse: «Dagli un po' di tempo. Nessuno cambia dal giorno alla notte».

Continuai a pensare a zia Uma, a quanto sarebbe stata felice se suo padre avesse fatto anche solo questo piccolo passo. Per essergli riconoscente, cercai di concentrarmi su ciò che avevo fatto io: insomma di vedere il bicchiere mezzo pieno. Ma non appena la macchina nuziale si mise in moto, e papà diventò una specie di automa facendo esattamente ciò che ci si aspettava da lui, il suo dovere, come se fosse scritto in qualche manuale dal titolo *Responsabilità del padre della sposa,* non provai che una piccola gioia intimamente accompagnata da un pizzico di tristezza. Avrei tanto voluto che io e lui ci fossimo guardati negli occhi, che lui avesse condiviso la mia felicità. Ma non è mai stato così, e probabilmente non lo sarà mai.

La prima volta che io e John ci incontrammo, ero talmente nervosa che dovetti prendermi un valium. «E se non gli piaccio?», avevo detto a mia madre. «E se è lui che non piace a me? Se non mi piace il suo odore? E se...? E se...?».

Lei mi aveva fatto sedere, mi aveva preso le mani e mi aveva guardato negli occhi. Con la voce serena di un istruttore di yoga, mi aveva detto: «Fidati di me. Credi che avrei mai permesso che le cose arrivassero fino a questo punto se avessi avuto anche un solo dubbio?».

Era fine estate e io e John stavamo continuando la nostra relazione a distanza. Era una condizione imposta da mio padre, un prerequisito a qualsiasi chance di avere la sua benedizione.

«Se per allora non avrete ancora cambiato idea, vedremo...».

«Mi sembra equo», aveva detto John.

Avevamo deciso di incontrarci a Parigi, noi due soli, il maggio precedente. Avevamo pianificato tutto, itinerario compreso. Poi, appena prima di comprare i biglietti, entrambi, indipendentemente, eravamo giunti alla stessa conclusione. Visto che eravamo arrivati fino a quel punto, perché non continuare a seguire la tradizione indiana, quella vecchio stile, da manuale?

Se non altro per fare una cosa diversa.

E così, ad agosto, John e la sua famiglia erano volati da Austin al District of Columbia per incontrarsi con me e la mia famiglia. Tradizionalmente questa era la «presentazione della sposa». Mia madre aveva sistemato tutti in salotto. Mio padre mi aveva scortato e mi aveva presentato.

Quando ero entrata nella stanza, John era stato il primo ad alzarsi. Era saltato dal divano stringendo un enorme mazzo di rose, gigli e fresie. Indossava una giacca sportiva blu scuro con dei bottoni dorati, su una camicia bianca che faceva risaltare la sua meravigliosa abbronzatura. Nell'istante in cui l'avevo visto, nel momento in cui i nostri occhi si erano incontrati, il mio cuore si era ridotto a una poltiglia. Tutti i vari *cliché*, le ginocchia che ti tremano, il respiro che ti manca... Tutto, avevo provato *tutto*. E dall'espressione infatuata di John, seppi che anche lui stava provando le stesse cose.

Era stato così carino, sua madre gli aveva dovuto dare qualche leggera gomitata e, quando si era accorta che non reagiva, gli aveva sussurrato: «I fiori, Johnny. Dalle i fiori».

Ci eravamo abbracciati, ma con tutti che stavano a guardare non era durato quanto avremmo voluto. Separarsi era stata agonia pura. I minuti sembravano ore, mentre versavo il tè, servivo dei dolcetti, facevo le solite chiacchiere di rito. Ero sconcertata mentre ascoltavo John, una voce così familiare che avrei riconosciuto ovunque, che usciva dalla bocca di quell'estraneo attraente. Era davvero una bella confezione, ma che vedevo per la prima volta. Avevo continuato a guardarlo di sfuggita, anche se avrei voluto fissarlo, i miei occhi su di lui, nel tentativo di fondere il conosciuto con lo sconosciuto. Finalmente, *finalmente*! I nostri genitori ci avevano lasciato da soli. Ci eravamo lanciati l'uno verso l'altra. Ci eravamo stretti forte. Da togliere il respiro. Avevo appoggiato una guancia sul suo petto, un orecchio sul suo cuore che batteva all'impazzata. Lui aveva intrecciato le dita nei miei capelli, accarezzandomi la testa, cullandomi contro di sé.

«Quanto sei alto», gli avevo sussurrato.

Lui: «Quanto sei bella».

«Mi piace il tuo odore».

«Sei splendida».

«Non ci credo che sei vero».

Una risatina. «Stai tremando».

«Sono tesa».

Lui si era abbassato e mi aveva sussurrato all'orecchio: «Non essere nervosa... Ti amo, Kiran».

Mi bruciavano gli occhi. Le mie dita si erano aggrappate alla sua camicia. Mi ero persa nel suo sguardo, le iridi blu inghiottite dalle pupille dilatate dal desiderio.

«Era quello che volevo sentirmi dire. Ti amo anch'io. Tantissimo».

Poi mi aveva baciato. Un bacio profondo. Un bacio della serie: "Io sono fatto per te e tu sei fatta per me". Magia pura.

Entrambi eravamo d'accordo. Era valsa la pena aspettare.

Cercare di combinare due fedi per mostrare rispetto nei confronti di entrambe le famiglie, delle loro convinzioni e tradizioni, non è una cosa semplice.

Avevo chiesto a Rani: «Come avete fatto tu e Bryan?»

«Una cerimonia laica nella cappella dell'università», mi aveva risposto.

«Non mi sei di nessun aiuto».

«Mi spiace. Chiedi a Preity».

Avevo fatto così. L'avevo chiamata. Avevamo subito stabilito un legame molto forte. Effettivamente era stato un po' strano. Come giudichereste un'alleanza tra Batman e Joker? Quantomeno un po' fuori luogo, o sbaglio?

Eric e Preity avevano fatto due cerimonie a due settimane di distanza. Una cerimonia luterana nella chiesa di famiglia in Minnesota per i genitori di lui, e una cerimonia induista in una villa a Middleburg, all'interno di una tenuta con allevamento di cavalli nella Virginia settentrionale. Eric era arrivato sul dorso di una giumenta bianca!

"Avrei dovuto esserci". Ce l'avevo con me stessa.

Io e John ci eravamo quasi decisi per un'unica cerimonia che combinasse le due fedi finché non ne avevo parlato con Preity. «Pensa solo a una cosa», mi aveva detto. «Il *guardaroba*».

Un'obiezione più che pertinente, che aveva spinto me e John verso l'idea di due cerimonie separate in un'unica, vorticosa giornata.

Mi ero ritrovata a telefonare... indovinate a chi? A Preity, di nuovo, per un consiglio. Era troppo? Era davvero una cosa fattibile? Ci eravamo lambiccate il cervello e alla fine della conversazione, quando avevo ottenuto la sua entusiastica approvazione su tutto, mi ero sentita non solo felice, ma davvero sollevata. L'avevo ringraziata a profusione per avermi permesso di tartassarla, per avermi fatto da cassa di risonanza.

Nessun'altra persona nella mia vita avrebbe potuto capirmi come Preity. Non c'era stato bisogno di spiegarle nulla. Lei era riuscita a spiegare me a me stessa! Eccome se lo aveva fatto! Sapeva esattamente quello che stavo cercando di realizzare con le mie nozze e gli ostacoli che avrei incontrato, perché c'era già passata.

Da bambine non avevamo nulla in comune a parte il fatto che i nostri genitori erano nati nello stesso paese. Adesso, come i nostri genitori, anche io e Preity avevamo condiviso le nostre esperienze di vita.

"Sante *samosa*, Batman".

Per le mie prime nozze, avevo organizzato tutto io e avevo fatto tutto a modo mio. Questa volta, avevo messo tutto nelle mani di mia madre. «Tutto quello che vuoi», le avevo detto, delegandola ufficialmente da parte mia e di John. «Basta che tu ci dica dove e quando hai bisogno di noi e quello che dobbiamo fare».

Mamma e le zie si erano buttate a capofitto. Lei doveva aver pensato: "Se solo l'avessi fatto prima, mia *pillu*, la vita sarebbe stata molto meno complicata". Non che questa volta fosse proprio una passeggiata, attenzione.

Dal momento che i riti e le tradizioni nuziali indiani differiscono a seconda delle varie culture, ogni zia aveva il suo irrinunciabile suggerimento da proporre. Mi era capitato di dovermi occupare di alcune pratiche di famiglia nell'area del District of Columbia, per cui mi trovavo in città per la prima riunione plenaria del circolo Hindi Bindi – che fortuna! – e avevo potuto assistere, divertita, a mia madre che presiedeva qualcosa di molto simile a una mandria di criceti.

«Entro un minuto, una a caso suggerirà di usare delle conchiglie marine», aveva detto una zia.

«Davvero sono così prevedibile?», aveva detto zia Uma.

«Sei tu la bengalese», aveva detto zia Saroj.

Zia Uma spingeva per ottenere il suono del mare soffiando nelle conchiglie. Nulla in confronto con zia Saroj che premeva per organizzare due feste pre-nuziali affinché lo sposo arrivasse alla cerimonia su un cavallo bianco, accompagnato dalla banda! E tutto ciò ancor prima che fosse solo nominato l'argomento cibo!

Attraverso la stanza lo sguardo di mia madre e il mio si erano incrociati. "*Arré deva*!".

«Le nozze nel Maharashtra sono un evento semplice, sobrio», aveva detto mia madre alle zie, diplomatica come sempre. «Hanno più a che fare con il *sanskar* che con il *naatik*».

A questo punto, avevo consultato la zia più vicina per i sottotitoli in inglese. *Sanskar* significa "rito di passaggio". *Naatik* sta per "messinscena".

«E così facciamo una bella cerimonia di nozze noiosa, ehm, volevo dire semplice», aveva detto zia Saroj.

«Volevi dire noiosa», aveva detto la mamma. Poi si era voltata verso zia Uma, ciarlando come una scolaretta: «Voleva dire noiosa».

«E dai, Meenu», aveva detto zia Saroj in tono conciliante. «Che sarà mai, un po' di pepe fra amiche?».

«E voi punju, è tutto qua il vostro contributo?», aveva detto zia Uma facendo l'occhiolino.

«Io penso semplicemente che se devi fare una cosa, devi farla bene», aveva detto zia Saroj. «Va bene seguire la tradizione per la cerimonia di nozze, ma prima e dopo? Perché annoiarsi se non ce n'è bisogno? Quand'è che voi e i vostri ospiti sarete di nuovo tutti insieme? Questo è un evento che accade una sola volta nella vita. Tutti si dovrebbero divertire, divertire, e ancora divertire, *hai na*?».

Sembrava che mia madre avesse riconsiderato la faccenda. «Forse un po' di *chutpata*...».

Poi mi aveva chiesto: «Che ne dici di un *sangeet* la vigilia delle nozze? E di un *mehendi* party prima del tuo *chuda*?».

Avevo alzato le mani giunte, in assenso. «Tutto quello che vuoi, mamma».

Al che le zie avevano cominciato a bisbigliare tra loro e a lodarmi: «Ma che brava figlia!». (Ah! Amnesia selettiva, sicuro: avete un'altra spiegazione?).

Sangeet significa "sessione di canto". È una festa in cui si canta e si balla.

La *chuda*, versione del Maharashtra dell'addio al nubilato, è una festa che si basa sui braccialetti. Il venditore di braccialetti porta la sua mercanzia a casa della sposa, lei e le sue amiche fanno dei giochi e scelgono i loro braccialetti. Quelli della sposa sono di vetro verde, il colore portafortuna per una nuova vita, e l'usanza vuole che sia sua madre a darglieli proprio durante il *chuda*.

Il *mehendi* invece è incentrato sull'*henné*. Con un cono simile a quello che si usa per fare le decorazioni di glassa su una torta, un artista esperto dipinge sui palmi delle mani e sui piedi della sposa degli intricati disegni etnici, in segno di buon augurio. Il *Mehendi* ha bisogno di parecchie ore per asciugarsi e può rimanere sulla pelle fino a due mesi. All'inizio è di un rosso profondo, poi si schiarisce diventando color terracotta, finché, gradualmente, sparisce del tutto, come un tatuaggio temporaneo. Sia il *mehendi* che il *chuda* sono feste riservate alle donne. Spesso anche le amiche presenti si fanno decorare i palmi per gioco, ma mai in modo così elaborato come quelli della sposa.

Non lo avevo detto alle zie, ma il giorno precedente, quando io e il mio fidanzato (adoro chiamarlo così... ma sarò di gran lunga più felice quando lo chiamerò marito!) stavamo discutendo dell'abbigliamento più adatto per il nostro imminente show in stile Oriente-Occidente, John aveva detto che più di tutto desiderava che io indossassi un capo in particolare... Moriva dalla voglia di vedermi soltanto in «*mehendi* e chiaro di luna», la nostra prima notte di nozze.

L'ho già detto che sono pazzamente innamorata di lui? Lo sono. Immensamente.

Mai madre aveva detto: «Vada per il *mehendi.* Forse anche per il *sangeet*, ma se lo facciamo che sia senza canzoni d'addio strappalacrime». Aveva diretto lo sguardo verso zia Saroj che aveva alzato il dito indice come per dire: "Almeno una?". «Nemmeno una. E niente *baarat*». Aveva cassato il cavallo e la banda in processione.

Zia Saroj era rimasta a bocca aperta. «Ma John è un *cowboy*. Non vedi il parallelismo...?»

«Io vedo che il nostro cowboy è quasi un metro e novanta. Se il "cavallo", per caso, è un cavallino arabo debole e malnutrito, potremmo essere nei guai».

Zia Uma aveva aggiunto: «E se, per caso, il giorno dopo dovessimo fargli un'antitetanica perché è stato seduto su una sella con un chiodo sporgente e arrugginito?»

«*Yeh India hai*», aveva detto mia madre, tanto per ricordare che saremmo stati in India, non in America.

«E non dimenticatevi del nostro vincolo più importante. Le nozze seguono la tradizione del Maharashtra, e quindi il *muhurta* sarà di mattina». Questa è l'ora migliore, secondo gli auspici, per celebrare la cerimonia di nozze (della durata di un'ora e mezza), seguendo i calcoli del *pandit* (sacerdote), considerando il periodo dell'anno e i *patrika*, gli oroscopi, della sposa e dello sposo.

A giudicare dalla "O"che formava la bocca di zai Saroj, se n'era *completamente* dimenticata. Però si era ricomposta immediatamente. «Come stavo dicendo, lo sposo dovrebbe arrivare in una bella limousine silenziosa...».

Tutte avevano riso e il pomeriggio era continuato così.

Mamma aveva appuntato i suggerimenti, li aveva inseriti in una lista scelta di soluzioni preferite e aveva istruito me e John su come si ordina "alla carta" fuori menu.

«Sei sicura che non ci sia anche qualche tradizione musulmana o ebrea che potrebbero voler inserire?». Senza volerlo, avevo sentito mio padre che si rivolgeva a mia madre. «Che ne so, parsi? Buddista? Giainista? Pagana?». Mio padre aveva un gran senso dell'umorismo, quando non voleva essere divertente.

Oh, be'. Non si può avere tutto. È quello che continuano a dirmi. Sempre, ancora e ancora. Come un mantra.

«*Kuryat sada mangalam… shubha mangala savdhan…*».

Mia madre non può sentir nulla di tutto questo. Fino al *muhurta*, rimarrà nello spogliatoio con le orecchie tappate: così ci ha detto.

Anticamente, la madre della sposa non era presente perché ascoltare questi *shloka* era troppo emozionante per lei. Oggi, viene semplicemente considerato un gesto di malaugurio.

Prima dell'inizio della cerimonia, mia madre aveva fatto una lettura. Il mio spogliatoio stava al piano di sopra, quello di John al piano inferiore. Avevo dato una sbirciatina dal balcone. John aveva fatto lo stesso sotto di me, senza che io potessi vederlo.

Mamma aveva fatto una descrizione dello svolgimento della cerimonia, nonostante fosse descritto anche nel programma, e aveva spiegato, a beneficio di quelli che non conoscevano quest'usanza, qual era il significato di "bucare" la cerimonia per ricomparire solo dopo lo scambio delle ghirlande.

«Tanto perché nessuno pensi che non amo mia figlia». Aveva detto menando il dito indice. «O il mio futuro genero. Li amo entrambi moltissimo. Ecco perché mi allontanerò alla fine di questa lettura».

«*Kuryat sada mangalam… shubha mangala savdhan…*».

I miei genitori avevano acquistato un appartamento alla periferia di Pune, sulle colline: un appartamento nuovo di zecca con tre camere da letto, tre bagni e due balconi. Sperando di incoraggiare papà ad andare in pensione, mia madre aveva dichiarato che avrebbe trascorso l'inverno in India con o senza di lui. Io e Vivek avevamo scommesso su quanto ci avrebbe messo papà a cedere: non può vivere senza la mamma.

Le nuove camere erano state utilizzate come la nostra *lagnaghar*, casa di nozze. La famiglia di John si era sistemata a casa della famiglia che lo aveva già ospitato durante il periodo trascorso in India. Io, Vivek e sua moglie Anisha, eravamo arrivati dieci giorni prima del matrimonio. Eravamo rimasti molto sorpresi: la sensazione era stata quella di essere a Scottsdale in Arizona. I nostri genitori avevano una vera oasi di prima classe nel terzo mondo. Vista sulle montagne. Complesso residenziale privato. Lussuose strade d'accesso in mattoni. Prati ben curati. Giardini immacolati. Piscina. Palestra. Papà e mamma avrebbero avuto tutti i comfort, quel posto era davvero fantastico!

Dopo una giornata di shopping estenuante, sarebbe stato bello svitarmi i piedi e portarli a casa. Mi ero fatta una doccia, mi ero messa in pigiama e mi ero sdraiata sul letto dei miei accanto a mia madre.

«Oh-oh... Sta facendo un'altra lista...».

Sapeva che stavo giocando. Per nessun ragione al mondo sarei mai riuscita a portare avanti quelle nozze, così complicate e a lunga distanza, senza le sue stupende doti organizzative. Il mese precedente, mi aveva mandato una bozza del programma di nozze che aveva preparato per i tre giorni di festa. Un libretto per ogni giorno. Trafiletti sui riti hindi, definizioni, traduzioni, cenni di storia, aneddoti, battute scherzose. Ispirata, anche la mamma di John ne aveva preparato uno sui riti cristiani. Ero rimasta così commossa, così profondamente toccata dall'enorme mole di tempo, sforzo e amore che aveva messo in ogni piccola cosa. Ero scoppiata in lacrime e le avevo telefonato immediatamente: «Ma allora è vero che mi ami...», le avevo detto. Aveva risposto: «Ma certo che ti amo, *pillu*», come se la cosa non fosse mai stata messa in discussione.

L'ultima delle sue famigerate liste era intitolata: *Cose che voglio fare prima di morire*. «Non dirmi che sono patologica», mi aveva detto. «Tutti abbiamo bisogno di obiettivi».

Avevo scorso la lista. «Impressionante. Ma dove hai messo:

"fare sesso in un luogo pubblico"?». Avevo puntato l'indice sul foglio. «Devi assolutamente aggiungerlo».

Lei aveva sospirato, un sospiro da: "Ma quanto mi farai penare ancora?", e aveva scosso la testa. Proprio l'incoraggiamento di cui avevo bisogno.

«Sai, gli ascensori del palazzo sono molto accoglienti. Potrebbe essere un'idea...».

«*Kiran*».

«Che? Oh scusa. Li chiamano "elevatori". L'inglese britannico, ci vuole un po' di tempo per abituarcisi, non è vero? Dai, dammi la penna. Lo scrivo io». Avevo fatto per prendere la penna.

Lei l'aveva passata nell'altra mano. «*Pooré*». Adesso basta. Ovvero, smettila di dire scemenze.

«La mia bocca ha bisogno di un lucchetto», le avevo detto in marathi battendola sul tempo, e facendola ridere controvoglia. «Eheheh». Con un sorrisetto subdolo avevo aggiunto: «E sì, è proprio divertente tartassare la mamma. Come si dice "traviare" in marathi?»

«Non te lo dico».

«Ok, allora lo chiedo a Ramesh». L'autista. «Lui me lo dirà».

«Ah! Non oserà. L'ho già avvertito che se ti insegna anche una sola bestemmia o una sola parolaccia, lo licenzio».

Io e Vivek avevamo scoperto solo adesso che nostra madre aveva omesso un sacco di parole dalla nostra istruzione in marathi.

«Meno male che il mio futuro maritino parla marathi come un locale, no?», avevo detto io.

Lei aveva emesso un altro sospiro, di quelli classici del genere: "Che cosa deve sopportare una povera madre". «Immagino che sia troppo tardi per annullare il matrimonio...?»

«Ho paura di sì... A meno che tu non voglia dire a *Giru-mama* di riprendersi il mio meraviglioso *sari* Paithani».

«No... Non potrei mai farlo», aveva detto lei rassegnata. «I negozi di *sari* non rimborsano gli ordini su misura. Ormai sono incastrata, il Paithani e John-*baba* fanno parte dello stesso pacchetto». Lei aveva ridacchiato, soddisfatta del suo scherzo. Chi l'avrebbe mai detto che il tumore le avrebbe portato in dono (o forse semplicemente *fatto venir fuori*?) il senso dello humor? Il programma che aveva preparato era infarcito di notiziole curiose come questa: «F.A.Q. da ricordare a memoria: L'hindi è una lingua. L'indù è una religione e un modo di vivere. Confondere le due cose è un errore abituale fra gli stranieri. Ma dire qualcosa di sbagliato può causare l'espulsione dal paese».

Avevo esaminato attentamente la sua lista, commentando: «Bella questa… E anche quest'altra… Oooh, "scrivere un romanzo", davvero?»

«Umm-hmm. Adoro leggere e ho sempre pensato che avrei voluto scrivere un libro, un giorno, solo che non ne ho mai avuto il tempo. La gente dice che se si vuole il tempo lo si trova, ma la giornata è fatta di sole ventiquattro ore. Comunque, farò un tentativo. Non so se verrà fuori qualcosa di buono. Vedremo…».

«Sarà fantastico. Le tue lettere sono dei capolavori».

Mi aveva accarezzato il viso e mandato un bacio. «Sono felice che lo pensi. Questa è la cosa più importante. Sai, scriverti ha rimesso in funzione una parte del mio cervello. Prima facevo fatica a finire la pagina. Adesso praticamente scrivo delle storie brevi. La lunghezza di un romanzo non mi fa più così paura».

«Credo che tu sia assolutamente in grado di farlo. Ma, uhm, posso farti una piccola piccolissima richiesta?». Avevo intrecciato le mani. «Ti prego, non un altro romanzo della serie *La vita è una merda e poi si muore*. Voglio dire, capisco benissimo che nessuno, incluso i presenti, voglia leggere quattrocento pagine di storie di gente felice, brillante e senza problemi, ma…».

«No? Davvero?». Aveva sbadigliato, intrecciato le dita e rivolto i palmi al soffitto per stiracchiarsi, facendomi scoppiare a ridere.

«Non preoccuparti, *pillu.* Lascerò le tragedie agli altri. Non fanno per me. Preferirei una storia che fosse, essenzialmente, incoraggiante. Certo, ci saranno ostacoli e avversità lungo il cammino, ma vorrei scrivere sui sopravvissuti. Sulla resistenza dello spirito umano».

«Adesso stai parlando... delle persone che prendono delle batoste ma continuano ad andare avanti. Quelle che io amo di più».

«Anch'io», aveva detto. Io mi ero rannicchiata accanto a lei, avevo appoggiato la testa sul suo grembo, chiuso gli occhi e mi ero addormentata.

«*Kuryat sada mangalam... shubha mangala savdhan...*».

«Ascoltate il suono di questi sacri mantra in sanscrito», aveva declamato mia madre nella sua lettura. «Tutti noi qui presenti, almeno una volta, abbiamo provato la sensazione di non essere in grado di spiegarci a parole, giusto?».

Le teste occidentali avevano annuito e quelle orientali avevano oscillato in segno di approvazione.

«Bene, i profeti che hanno autorizzato i versi delle Veda oltre quattromila anni fa, erano uomini molto saggi e perspicaci. Si sono accorti che il linguaggio ha un significato letterale e uno sonoro. Oltre a "immagini fatte di parole" dipinte dalle definizioni, il linguaggio crea "immagini sonore" evocate dalle vibrazioni. "E quindi, dove vuoi arrivare, Meenal?". Lo so che lo state pensando. Vi farò un esempio, così sperimenterete su voi stessi quello di cui sto parlando...». A questo punto aveva fatto un sorriso civettuolo. «Perché sapete che non posso spiegarmi con delle semplici parole».

Ecco, un gioco linguistico. Coloro che avevano un piede in due staffe, Oriente e Occidente, lo avevano capito e avevano ridacchiato.

«Noi traduciamo *om,* in sanscrito, con parole come "ciò che è", o "universo". Ma il suono, la vibrazione quando cantiamo *om* ha un significato aggiuntivo. La ripetizione di un mantra facilita la nostra concentrazione. Sul suono e la vibrazione. Su nulla e su tutto. Quando cantiamo, in ogni lingua, eleviamo il nostro livello di percezione, consapevolezza, coscienza che esiste qualcos'altro. Là fuori», aveva indicato il cielo, «e qua dentro». Si era messa una mano sul cuore.

«*Kuryat sada mangalam... shubha mangala savdhan...*».

John aveva un nuovo soprannome. John-*baba*, cioè Piccolo Johnny. L'aveva battezzato *Aji.*

Pare che in India sia un'usanza comune chiamare gli uomini adulti con i vezzeggiativi, alquanto imbarazzanti, che avevano quando erano piccoli. Zia Saroj mi aveva raccontato di uno dei fratelli di zio Sandeep, un colonnello bello grosso ed estremamente fiero, che diventava piccolo piccolo quando la madre lo chiamava Bunny in pubblico.

Secondo John un nomignolo come *Bunny* avrebbe seriamente compromesso la sua mascolinità (senza offesa, Bunny!), mentre *Baba* era adatto a lui, specialmente se pronunciato *bubba* (slang per "fratello", "ragazzo") che, da buon texano, gli era familiare.

John era stato davvero adorabile durante la sua prova abiti. Non riusciva a smettere di pavoneggiarsi di fronte allo specchio, sfoggiando i suoi vestiti nuovi, uno *sherwani* color crema con dei ricami dorati e una *dupatta* rosso scuro portata a mo' di stola. «Wow! Guardami! Sembro un indiano! Non sembro un indiano?». Con quei capelli biondi e quegli occhi azzurri? Hum, direi di no. Ma sicuramente il vestito gli stava a meraviglia.

Avrei voluto baciarlo seduta stante, ma mia madre continuava a ricordarmi che eravamo in India, quindi niente smancerie in pubblico. «Ma nella cerimonia di nozze indù non è previsto un momento del tipo: "E adesso puoi baciare la sposa"?», avevo chiesto, facendo arrossire e ridacchiare tutte le zie. No, no, per carità. Persino il sarto aveva fatto una risatina.

«*Arré!*», aveva esclamato la mia dolce nonnina, disturbando il pisolino estemporaneo di mio nonno che stava russando. «*Luvang-tod*!».

«*Huh*, *huh*, *luvang-tod*», aveva biascicato *Ajoba* e si era rimesso a dormire.

Aji ci aveva parlato di una tradizione del passato, quella del "chiodo di garofano". Dopo la cerimonia di nozze, prima del banchetto nuziale, esistono vari rituali paragonabili a quelli occidentali come il brindisi con lo champagne incrociando le braccia, il far tintinnare i bicchieri e le varie tradizioni sul bacio. Per il *luvang-tod,* la sposa stringe un chiodo di garofano fra i denti e lo sposo deve romperlo con i suoi. Contemporaneamente, gli invitati li incitano, aumentando il loro imbarazzo.

Aji ci aveva anche ricordato che a quei tempi gli sposi avevano pochissimi contatti prima del matrimonio, alcuni addirittura si vedevano *per la prima volta* alla cerimonia di nozze! Quindi quello era un rituale estremamente intimo e imbarazzante da svolgere in pubblico. Cercate di immaginarvi il vostro primo bacio di fronte alla famiglia al completo, inclusi i lontani parenti. Poi aggiungete chiunque altro conosciate, più qualche centinaio, a volte anche un migliaio di ospiti!

Aji aveva battuto le mani, facendo scampanellare i suoi braccialetti d'oro. Poi, con voce animata e canzonatoria aveva canticchiato: «*Kai bai Punyachi tariff*, *lavanga nighalya bareek*». Devi tanto ringraziare Pune, perché lì crescono i chiodi di garofano più piccoli.

«*Aji!*», eravamo scoppiati tutti a ridere e io avevo aggiunto: «Chi lo sapeva che eri una donna così sfrenata?».

Ajoba, senza nemmeno riaprire gli occhi, aveva commentato: «Pensavi di aver preso da tua madre? Neanche per sogno, hai preso da tua nonna!». *Aji* era diventata rosso fuoco e si era coperta la faccia con il *palloo*.

«*Kuryat sada mangalam… shubha mangala savdhan…*».

Il mio stomaco sta brontolando. Potrei anche uccidere per un *jalebi*! Quel dolcetto dorato e appiccicoso e altre leccornie ci stanno aspettando, infatti abbiamo fissato il tradizionale pranzo vegetariano nello stile del Maharashtra, in tarda mattinata, come fosse un brunch, in modo che io e John possiamo interrompere il nostro digiuno e tutti possano riposare prima della cerimonia cristiana nel tardo pomeriggio. Per quest'ultima, John indosserà lo smoking e io un abito lungo rosa pallido abbellito da cristalli Swarovski. Seguirà il banchetto serale, non vegetariano stavolta, in un hotel a cinque stelle che assomiglia al palazzo di un *maharaja*.

Al *mandap*, indosso l'abbigliamento da sposa tipico del Maharashtra. I miei capelli sono raccolti in uno chignon e decorati con *véni*, fili di fragranti tuberose. Alcuni *kudi* di diamanti appositamente disegnati da mia madre mi adornano i lobi. Il mio *sari* è regale, tessuto a mano in seta Paithani color giallo senape con ricami verde scuro sul bordo (*zari*) e delle code di pavone sul *pallao*. Lo sapevate che esistono novantasette modi di drappeggiare un *sari*? Io adesso lo so. Detto questo, non so se riuscirei mai a portarne a compimento nemmeno uno, senza assistenza. Mia madre, *Aji*, le zie e le cugine hanno tentato d'insegnarmi ma, come nel caso della treccia alla francese, da sola sono totalmente incapace. Fortunatamente, in famiglia ho una serie di super esperte.

Mentre la mamma mi vestiva, *Aji* ci aveva raccontato una storia su Krishna che si era tagliato un dito durante una visita alla sorella. «Immediatamente sua sorella strappò un pezzo del *sari* che indossava, un bellissimo Paithani, e lo avvolse attorno al suo dito, dicendo: "Possiedo i *sari* più belli, ma il Paithani, essendo il meglio del meglio, è il più adatto a fasciare il dito sanguinante di mio fratello"».

Tradizionalmente, i *sari* Paithani venivano drappeggiati in stile *nauvari*, a mo' di pantaloni, invece mia madre me lo aveva legato nello stile *pachvari*, quello attualmente più diffuso. Mentre io stavo in piedi con una lunga sottoveste e una blusa che lasciava l'ombelico scoperto, lei si era messa all'opera, cominciando dalla parte inferiore del mio corpo.

Aveva preso un'estremità del *sari* e aveva infilato l'angolo di stoffa nell'elastico della mia sottoveste, all'altezza dell'ombelico, ordinandomi di tenerlo fermo, poi aveva fatto un giro attorno e me ed era ritornata allo stesso punto. Completato il giro, aveva creato delle pieghe aggraziate, fermandole in cima con una molletta, mentre io avevo rimboccato la stoffa nell'elastico in vita, poi aveva assicurato le pieghe a mezza coscia con delle spillette, in modo che non si sfaldassero e seguissero armoniosamente i miei movimenti.

Prima di effettuare il secondo giro, aveva sollevato un po' il *sari* in modo da coprirmi i reni, avvolgermi i fianchi e arrivare all'altezza delle ascelle. Ritornando davanti, me lo aveva drappeggiato diagonalmente sul petto come fosse una cintura di sicurezza, coprendomi lo stomaco, il seno e la spalla sinistra, e facendo ricadere il *pallao* lungo la schiena. Un'altra spilletta sulla blusa all'altezza della spalla, ed ero pronta.

«Guardami», avevo esclamato meravigliata. «Sono un'indiana!».

«Davvero», aveva detto la mamma con orgoglio.

Aji aveva gli occhi umidi. «*Ai gha*...». Era rimasta senza fiato e aveva inspirato rapidamente come faccio io per rinfrescarmi il palato quando ho mangiato qualcosa di troppo piccante. «*Kithi sundar*, *maji pakhru*». Mi aveva preso il viso fra le mani. «*Umchi gunachi mulgi*».

Come è bella, la mia farfalla. La nostra dolce e brava ragazza.

Durante la cerimonia del *gadhagner*, in cui i parenti più stretti mi avevano consegnato i loro regali, *Aji* mi aveva dato il suo set di gioielli *tanmani* e il suo *patlia*, antichi braccialetti d'oro. Quando le avevo toccato i piedi in segno di rispetto, aveva avuto la stessa reazione. «*Ai gha*...». Aveva fatto un bel respiro, mi aveva poggiato una mano sulla testa e mi aveva benedetto: «*Akhanda saubhagyavati raho*».

Che il tuo matrimonio duri per sempre.

«*Kuryat sada mangalam*... *shubha mangala savdhan*...».

Quando muovo le braccia i braccialetti tintinnano melodiosamente. Sono quelli nuziali, che tradizionalmente alternano perline verdi a perline d'oro. Quasi tre dozzine: sei d'oro su ogni braccio, dieci *chuda* sul sinistro e undici *chuda* sul destro, in numero dispari che porta fortuna.

Sebbene le cerimonie del *mehendi* e del *chuda* tradizionalmente siano riservate alle sole donne, i nostri ospiti maschi, ansiosi di immergersi nella cultura indiana, avevano espresso il desiderio di partecipare. Allora avevamo deciso di aprire la festa a tutti gli ospiti con gran soddisfazione di ognuno. I ragazzi avevano persino fatto la fila per avere il loro tatuaggio temporaneo all'*henné*! Un trifoglio. Una croce. "Mamma" tatuato sul cuore.

Zia Uma aveva detto: «Una nonnina con un grosso *bindi* rosso ha dichiarato che questa è la più bella festa di *mehendi* a cui abbia mai partecipato!».

Zia Saroj aveva aggiunto: «Una signora con la puzza sotto il naso stava facendo dei commenti non proprio carini quando suo marito le ha detto: "*Chalta hai*", e l'ha zittita».

John mi aveva spiegato che quest'espressione hindi si usava per dare un consiglio. Traduzione letterale: "Che vuoi farci? Lascia perdere. D'accordo?".

Il giorno dopo, a pranzo, quando era andata via la luce, il padre di John aveva alzato il bicchiere per un brindisi e aveva detto: «*Chalta hai*».

Gli altri avevano seguito il suo gesto fra le risate e gli eco gioiosi di: «*Chalta hai*!». Persino mio padre si era unito al brindisi, ma dall'espressione sulla sua faccia avevo capito che non stava affatto pensando al blackout, anche prima che alzasse gli occhi al cielo.

«*Kuryat sada mangalam… shubha mangala savdhan…*».

La tecnica di mia madre nell'avvolgere il *sari,* mi lascia una grande libertà movimento. Posso calciare in alto come una *cheerleader* senza preoccuparmi di rimanere in sottoveste. L'avevo fatto vedere a Preity e a Rani.

«E brava zia Meenal», aveva detto Preity. «Così la nostra adorabile sposina potrà ballare fino all'alba».

Rani aveva ridacchiato. «Non arriverei a sperare tanto, bellezza».

«E invece sì, donna di poca fede».

«Di poca fede ma di grande esperienza».

Preity aveva riso. «Continua a credere quello che vuoi, pessimista che non sei altro. Proprio quando penserai che l'argomento è chiuso», aveva detto, muovendo la testa verso di me, «lei ti trascinerà sulla pista». E c'è da dire che al *sangeet* che si era tenuto sulla nostra terrazza (all'ultimo piano) splendidamente adornata con mosaici di maioliche, Rani si era rimangiata le sue parole.

Non avremmo potuto scegliere un clima migliore per il *sangeet*, nemmeno se lo avessimo ordinato appositamente. Caldo e secco con un meraviglioso venticello. Stelle di ogni costellazione avevano accettato il nostro invito e la luna sembrava così vicina da poterla toccare con un salto. Praticamente un intero fioraio si era trasferito a casa nostra, letti di fiori guarnivano tutto il perimetro del *gachhi* in un trionfo di colori e profumi inebrianti, *raat ki rani*, gardenie, ibiscus, rose, tuberose e calendule. Fili di lucette bianche illuminavano le lanterne di carta, fatte a mano, rosse, arancioni e gialle, ritagliate a forma di stelle e di luna. Nell'aria fluttuavano note di famose musiche da film, *bhangra* e risate.

Io, Preity e Rani indossavamo dei *sari* color pastello in georgette trasparente. Insieme, assomigliavamo a tre gusti assortiti di sorbetto: anguria (io), melone invernale (Preity) e melone francese (Rani).

Mentre ballavo con John, attraverso la pista ammiccavo a Rani, che scrollava le spalle con grande *nonchalance*. Dopo le avrei spiegato: «John adora tutti i tipi di musica, tutti i tipi di danza. La sua passione è contagiosa».

Vivek aveva sollevato il suo colletto, facendo finta di nascondersi. «Pazza. Da evitare».

La sua signora, che indossava un bellissimo *ghagara-choli* salmone e turchese, lo aveva ripreso, scherzando: «Parla per te, Vivek».

«E per me», Nikhil Tipnis gli era venuto in soccorso. «Non costringerci a tapparci le orecchie e a fare *la-la-la*».

La prima cosa che mi aveva detto Nik quando era arrivato in India per il matrimonio era stata: «Per favore, non prenderla male, ma sono davvero felice che fra noi due non abbia funzionato». E io avevo risposto: «Per favore, non prenderla male, ma ne sono davvero felice anch'io». Mi aveva detto che tutti i loro amici erano d'accordo: gli occhi di John avevano ripreso vita per la prima volta da quando Madelline era morta, e io dovevo essere una persona davvero speciale, con un grande cuore, per aver fatto questo. Dopo averlo ascoltato, ero rimasta scioccata e per un bel po' non ero riuscita a dire nulla, ma poi, quando finalmente mi ero ripresa, avevo detto a Nik che quello era il più bel complimento che avessi mai ricevuto in vita mia.

Io e Rani eravamo andate a sederci per riprendere fiato. «Kiran, Kiran, Kiran». Aveva scosso la testa. «L'avevo sempre saputo che ce l'avevi dentro, ma se non l'avessi visto con i miei occhi... Preity sarà molto depressa per esserselo perso». Rani aveva fatto un gesto verso di lei che si trovava dall'altro lato del *gachhi,* seduta sul dondolo. «Ehi, se Preity non ti ha realmente visto ballare, ha ancora il diritto di vantarsi? Sai, come quando cade un albero nella foresta...».

«Tu sei proprio matta», le avevo detto. «E io ti adoro». Soltanto a dirlo mi era venuto un groppo in gola. «Porca miseria, *non* voglio piangere proprio qui di fronte a tutti». Mi ero sventolata con il fazzoletto.

«*Non* lo farai». Anche Rani aveva cominciato a farmi aria con il suo fazzoletto. «La notte è ancora giovane. E, cosa ancora più importante, ho bevuto solo un drink. Quindi vai a far alzare Little Miss Muffet dal suo *pouf* e andiamo a ballare». Mi aveva abbracciato e spinto nella direzione di Preity.

Il dondolo in legno, molto simile per forma e dimensione alla parte superiore di un tavolo da picnic, era appeso alle travi di cemento. Una volta arrivata lì, Preity non c'era già più: ci avevo messo un po', perché ogni cinque passi mi si era avvicinata una zia. Lei stava in piedi vicino alle calendule, lo sguardo perso nella notte. Mentre mi avvicinavo l'avevo sentita parlare. Parlava da sola? Tra sé e sé? No. Sotto quel velo di capelli che sembravano di visone, aveva un cellulare accostato all'orecchio.

«Lo so». Aveva detto con voce dolce e sognante. «Anch'io... Ma ricordati, quando ti mancherò troppo ti basterà guardare il cielo e sapere che anch'io lo sto guardando. Quando penso che vediamo le stesse cose, lo stesso sole, la stessa luna e le stesse stelle, allora non mi sembri più così lontano. Il mondo non è poi così grande. Io posso essere qui e tu puoi essere là ma i nostri cuori saranno sempre vicini». Aveva lanciato un bacio nell'aria e aveva riattaccato. Poi, lasciando cadere indietro la testa, aveva fatto un lungo sospiro.

Non avrei dovuto rimanere lì ad ascoltare. Ero mortificata. E non potevo nemmeno muovermi perché altrimenti se ne sarebbe accorta. Avrei dovuto allontanarmi, una volta capito che era al telefono ma, Dio mio, quale essere umano vivente avrebbe resistito alla tentazione?

«I bambini?», le avevo chiesto, domandandomi tardivamente se prima non sarebbe stato meglio tossicchiare o schiarirmi la gola.

«Eric», aveva risposto, per nulla sorpresa o imbarazzata che avessi ascoltato la sua conversazione privata.

«È questo quello a cui devo mirare, spero?».

Le sua labbra si erano incurvate in un sorriso mentre la lattea luce lunare che le batteva sul viso la faceva sembrava eterea come un angelo. «Se lo desideri... Se ci metti tutto il tuo impegno... Se non dai mai per scontato ciò che hai. E poi, una o due stelle fortunate non guasterebbero». Mi aveva fatto l'occhiolino e mi aveva seguito sulla pista da ballo.

Il sacerdote aveva calcolato che il nostro *muhurta*, il momento preciso in cui le stelle si sarebbero allineate in nostro favore, sarebbe stato alle 8:15 di mattina.

«Non voglio che mi arrivi con i postumi della sbornia». Avevo detto a Vivek, togliendogli il bicchiere di mano prima che riuscisse a berne un sorso. Dall'odore, era inequivocabilmente un drink alcolico. Lui aveva protestato dicendo che era un uomo, che lui poteva, che eravamo in India, e bla-bla-bla. Avevo passato il bicchiere a Rani. «Benvenuto nell'India moderna».

«Vi, però adesso non tenermi il broncio», aveva detto Rani tanto per provocarlo. «Io sono un'artista. La gente pensa che io sia un'ubriacona. Poetica. Eccentrica. Sotto pressione, non ne parliamo. E se anche fosse vera soltanto una su tre di questa cose, adesso capisci perché ho bisogno di questo drink più di…».

«E invece non ne hai bisogno», Bryan le aveva rubato il drink e aveva fatto come se fosse il suo, sorridendo e annuendo a zio Patrick e zia Uma che in quel momento ci stavano guardando. «Hai messo tre x sulla casella dell'eccentricità, dolcezza. Quella è l'unica cosa che conta».

«Davvero? Non lo stai dicendo solo perché mi ami?». Rani aveva sbattuto le ciglia. «Semplicemente credo che potrei fare di meglio se mi applicassi. Lo sai, *si può sempre migliorare*, specialmente quando ti ritrovi in mezzo a tutta questa gente che continua a superarsi».

A quel punto eravamo scoppiati tutti a ridere.

Avevo lanciato un'occhiata oltre Vivek, e poi un'altra: non potevo credere ai miei occhi. «Ragazzi! Guardate che succede! Dietro di voi!».

John-*baba* era riuscito a far ballare una *line-dance* all'intero circolo Hindi-Bindi coi loro *sari*, incluso mia madre, sua madre, e Anandita-*mashi*!

«Oh, buon Dio!». Aveva detto Vivek ridendo.

«Incredibile!». Aveva concordato Bryan.

«Questo ragazzo è davvero uno da non farsi scappare!». Rani aveva battuto le mani. Una zia era venuta a dirmi: «Ma dove diavolo l'hai trovato, Kiran?».

Io avevo sorriso. «È stata mia madre che ci ha presentato».

Preity si era inserita tra me e Rani prendendoci a braccetto: «Allora vogliamo unirci anche noi?».

Io e Rani c'eravamo voltate verso di lei. E simultaneamente avevamo risposto: «Puoi scommetterci!».

Mentre stavo ballando, circondata da tutte le persone a cui tenevo di più, in una bella notte stellata, a un certo punto avevo visto mio padre in disparte, solo, con l'aria di chi avrebbe preferito di gran lunga stare in una sala operatoria o in qualsiasi altro luogo che non fosse lì.

Ed ecco di nuovo un pizzico di tristezza, a ricordarmi quel vuoto nel mio cuore che solo mio padre avrebbe potuto riempire.

Verso la fine del *sangeet*, io e John eravamo riusciti a rubare dieci preziosi minuti solo per noi. Vivek e Anisha erano rimasti a fare la guardia mentre noi pomiciavamo nell'oscurità come due adolescenti.

«Ancora quanto tempo?». Avevo chiesto piagnucolando. «Ci siamo quasi?»

«Manca poco». John si era portato alle labbra una delle mie mani decorate con l'*henné*. «Poco». Sapeva bene che ero triste per mio padre, anche se facevo di tutto per non pensarci. Lentamente, aveva seguito con il dito la linea del mio labbro superiore, aveva abbassato la testa in modo che la sua bocca sorvolasse sulla mia e mi aveva sussurrato esattamente quello che avevo bisogno di sentirmi dire: «*Kai bai Punyachi tariff, lavanga nighalya bareek*...».

Avevamo riso, la risata sommessa e intima di due innamorati complici. Ecco quello che amo di più di lui. Di noi. Che lui è forte quando io sono debole e viceversa. Ci teniamo in equilibrio a vicenda sulla bicicletta a due posti che è la vita. E riusciamo sempre a far ridere l'altro, la miglior medicina che esista.

Avevamo fatto tutto all'antica in questo nostro rituale di accoppiamento, ma aveva funzionato.

Incredibilmente, *funziona*...

«*Kuryat sada mangalam... shubha mangala savdhan...*».

«Per concludere», aveva detto mia madre al termine della sua lettura, «vorrei condividere con voi un pensiero di Rudyard Kipling. La maggior parte di voi sicuramente conoscerà la tanto citata frase d'apertura della *Ballata dell'Oriente e dell'Occidente*».

Poi aveva dato le informazioni biografiche più rilevanti: il Premio Nobel era nato a Mumbai da genitori inglesi nel 1865. Aveva lasciato l'India quando aveva cinque anni per poi ritornarci a sedici, a Lahore, che adesso fa parte del Pakistan, e l'aveva lasciata di nuovo a ventitré anni.

«Per tutti coloro che si siano mai sentiti incompresi, prendete nota. Siamo in eccellente compagnia». Poi aveva letto l'intera strofa:

Oh, l'Oriente è l'Oriente, e l'Occidente è l'Occidente,
e i due non si incontreranno mai,
finché la Terra e il Cielo non si presenteranno
al cospetto di Dio nel giorno del Giudizio;
ma non esiste né Oriente né Occidente,
né frontiera, né razza, né discendenza,
quando due uomini forti si trovano l'uno di fronte all'altro,
anche se vengono dalle estremità opposte della Terra!

«E adesso la mia umile interpretazione: "L'Oriente è l'Oriente, e l'Occidente è l'Occidente; in Verità, i due sono una cosa sola"».

Io e John eravamo ritornati al *sangeet* con Vivek e Anisha per il gran finale. Il potere di persuasione di zia Saroj aveva funzionato, avremmo concluso la notte di festa con una tradizionale ballata strappalacrime, in cui le spose indiane e i loro genitori piangono sempre a dirotto perché lei ormai è diventata grande e lascerà la loro casa per andare a vivere con la famiglia del marito. Perché mai mia madre aveva ceduto e aveva permesso tutto questo? John stava suonando il *sitar* e il suo amico Abhay suonava le *tabla,* i tamburi tradizionali indiani.

Erano davvero fantastici. Il pubblico era incantato. Nemmeno mio padre era immune a quella malia. Mentre ascoltava gli luccicavano gli occhi. All'improvviso si era piegato verso la mamma, le aveva detto qualcosa, poi si era alzato e si era allontanato. Lei non l'aveva seguito. Forse aveva ricevuto una chiamata urgente, ma non so perché, ne dubito. Mi ero scusata e lo avevo seguito. L'avevo trovato sulla scalinata, solo, nell'oscurità del ballatoio che portava al piano di sotto, la sua silhouette di profilo. Riluttante a interferire in un momento privato (non l'avevo già fatto abbastanza quella notte?) mi ero voltata, poi ci avevo ripensato e mi ero girata di nuovo verso di lui. Che male avrebbe fatto una volta in più? Cercando di non farmi notare, avevo sceso le scale ed ero arrivata accanto a lui.

«Ciao», aveva detto.

«Ciao».

«Bella serata».

«Mh-mh».

Nessuno dei due aveva guardato l'altro, poiché entrambi continuavamo a fissare la notte, di fronte a noi.

Avevo emesso un bel respiro e mi stavo preparando a dire qualcosa per congedarmi, ma le uniche parole che mi venivano in mente in quel momento erano: "Ok, è stato bello. Devo andare. A più tardi". Prima che fossi riuscita a partorire qualcosa di meglio, mio padre aveva detto: «Stavo proprio pensando...».

Stava parlando con me o a se stesso? Non era al cellulare, di questo ero sicura, quindi doveva essere una delle due.

«Che è il ramo duro che si spezza più facilmente», aveva continuato, «non quello più flessibile... E al pronto soccorso, che cosa notiamo nelle vittime degli incidenti automobilistici? Sono i corpi più rigidi e meno elastici quelli che si rompono, non i più snodati...». A quel punto mi aveva guardato con gli occhi lucidi. «Lo stesso vale per lo spirito, non è così?».

Non mi potevo muovere. Non riuscivo a respirare. Con imbarazzo, aveva trascinato la sua mano lungo la ringhiera. L'aveva poggiata sulla mia. Un lieve tocco. Poi ferma, immobile. Era rimasta lì. La mano di un chirurgo. Chissà quante vite aveva salvato questa mano. «Meglio tardi che mai?», aveva chiesto.

Avevo annuito e avevo stretto forte la sua mano nelle mie. «Meglio tardi che mai», avevo sussurrato, senza curarmi di asciugare le lacrime che mi rigavano il viso perché non volevo lasciargli la mano.

«SHUBHA MANGALA SAVDHAN!!!».

Un urlo finale. Una pioggia di riso. L'*antarpath* è venuto giù. Ed eccolo qua. Il mio pesce rosso. Finalmente. Mentre la musica *vajantri* sale in crescendo – lo *shehnai* e il *choughada* suonati dagli amici di John – senza un briciolo di timidezza ci godiamo ognuno la vista dell'altro.

John indossa un *topi* color crema a forma di barca, la mia testa è scoperta. I nostri visi sono incorniciati dai *mundavalya* intonati con il nostro abbigliamento, due fili di graziose perle adornano la nostra fronte, ricadendo sulle tempie con fiocchi di fiori e perline.

Mi sollevo sulle punte, soppesando la spessa ghirlanda fatta di rose rosse, gigli bianchi, astri rosa e porpora, fogliame vario e fili d'argento.

John non si sottrae scherzosamente al mio tentativo, ma abbassa la testa per facilitarmi l'operazione. Con un largo sorriso, mi dice: «Non avrei potuto aspettare un secondo di più».

«Nemmeno io», dico, sorridendogli a mia volta. «Che ne dici di sbrigarti con quella ghirlanda?».

Lui sostiene il mio sguardo, e fa passare sulla mia testa una collana più preziosa dell'oro o di qualsiasi gioiello.

Siamo ufficialmente marito e moglie.

Si scatena il pandemonio. La musica esplode, amplificata al massimo. Acclamazioni assordanti salgono verso il cielo riecheggiando fra le montagne. Manciate di riso attraversano l'aria riversandosi giù come pioggia rossa. Io e John siamo storditi, invasi, fino a traboccare, da un'allegria vertiginosa.

Con un'occhiata dietro le mie spalle, mi assicuro che mia madre sia tornata. Ed è lì, che ci guarda raggiante. Ovviamente avrà già perdonato Giru-*mama* per essersi dimenticata (era suo compito) di portare le foglie di mango che dovrebbero entrare in scena proprio adesso. Ci ha salvato papà, arrampicandosi su un muro di cinta e staccandole da un albero tre minuti prima della cerimonia!

Adesso, fra noi due, all'altezza della nostra fronte, John tiene il *kalash* di rame con l'acqua santa e un bouquet di foglie di mango che guarniscono una noce di cocco. Sorridendo, i nostri sguardi e i nostri cuori ormai saldati insieme, ci pieghiamo in avanti toccando contemporaneamente la coppa di rame con la fronte. E in quell'istante, con il caos che ci turbina intorno, noi due siamo immobili nell'occhio del ciclone.

"Kuryat sada mangalam... shubha mangala savdhan...".

I sacri mantra echeggiano ancora nella mia testa. Ancora. E ancora...

Una sensazione mai provata prima, di connessione, di forte legame. Con la storia, con l'universo, con il mio posto nel continuum spazio-temporale. Con i miei genitori. Con i miei nonni. Con mio marito. Con i miei futuri figli. Persino con i miei futuri nipoti.

Con tutto ciò che è stato. Con tutto ciò che sarà. *Con tutto ciò che è.*

Om.

GOSHT KI BIRYANI DI ZARKHA (STUFATO DI AGNELLO E RISO PILAF)

Ingredienti per 10 porzioni:

AGNELLO:

1 chilo e mezzo di agnello magro, disossato e tagliato a cubetti
10 teste di aglio fresco, pelate
¼ di tazza di radice di zenzero fresco, pelata e triturata
4 peperoncini verdi freschi, tagliuzzati
½ tazza di coriandolo fresco tritato
½ tazza di menta fresca tritata
1 cucchiaino di pepe di cayenna
½ cucchiaio di garam masala
1 cucchiaino di sale
½ cucchiaino di curcuma
1 tazza di yogurt bianco

Frullate fino a ottenere un pasta morbida: l'aglio, lo zenzero, i peperoncini, il coriandolo e la menta. Se necessario aggiungete da 1 a 3 cucchiai di acqua.

In una scodella di vetro, fate marinare l'agnello con il pepe di cayenna, il *garam masala*, il sale, la curcuma. Mescolate bene.

Aggiungete lo yogurt e impastate. Mescolate bene, in modo che l'agnello sia coperto uniformemente dallo yogurt.

Coprite la scodella con la plastica trasparente e mettetela in frigorifero da 1 a 3 ore.

RISO:

3 tazze di riso basmati
1 cucchiaino di sale
acqua

Nello scolapasta, risciacquate il riso sotto l'acqua corrente, tiepida, finché non si eliminano tutte le scorie.

Trasferite in una scodella di vetro. Aggiungete acqua fredda finché il riso non è sommerso di circa 8 centimetri. Aggiungete il sale rimescolando. Lasciate a bagno per 3 ore.

"BIRYANI":

4 e ½ tazze di acqua fredda
1 e ½ cucchiaino di zafferano
¼ tazza di latte caldo
2 cucchiai di ghee *o di burro*
2 foglie di alloro
4 grani di pepe nero
4 baccelli verdi di cardamomo
1 bastoncino di cannella
4 chiodi di garofano
6 tazze di cipolle gialle medie tagliate a metà e poi fatte a fettine sottili semicircolari
2 cucchiaini di coriandolo in polvere
1 cucchiaino di cumino in polvere
½ tazza di albicocche secche, a pezzettini non troppo piccoli
¾ tazza di uva passa
½ tazza di anacardi
½ tazza di mandorle a scaglie divisa in ¼ e ¼
1 tazza di olio di semi di arachide, divisa in ¼ e ¾
½ tazza di pistacchi
¼ tazza di coriandolo fresco tritato
¼ tazza di menta fresca triturata

Scolate il riso precedentemente messo a bagno. In una pentola media, a fuoco alto, portate il riso, in acqua fredda, a ebollizione.

Riducete il calore al minimo. Coprite e fate cuocere finché il riso non è quasi cotto, per circa 15 minuti. Mescolate il riso con una forchetta, in modo da separare i chicchi. Mettete da parte.

In una piccola ciotola mescolate lo zafferano al latte caldo. Mettete da parte.

In una padella ampia e con il fondo spesso, fate riscaldare 2 cucchiai di *ghee* a fuoco medio. Aggiungete le foglie di alloro, i grani di pepe, i baccelli di cardamomo, la cannella e i chiodi di garofano. Fate soffriggere finché non cambia colore, per circa 2 minuti.

Aggiungete metà delle cipolle. Fate soffriggere finché non diventano ben dorate.

Facendo attenzione aggiungete i cubetti di agnello marinato. Aggiungete, mescolando, il coriandolo e il cumino in polvere. Fate rosolare i cubetti di agnello finché non si abbrustoliscono uniformemente. Riducete il calore a medio-basso. Coprite e fate cuocere finché l'agnello non è quasi cotto, per circa 20 minuti, mescolando ogni 5 minuti.

Aggiungere le albicocche, l'uvetta, gli anacardi e ¼ di tazza di scaglie di mandorle. Fate soffriggere per 5 minuti. Togliete dal fuoco.

Fate riscaldare il forno a 300 gradi.

Ungete un'ampia casseruola da stufato con il burro. Prima, fate uno strato con ⅓ del riso. Cospargetelo con ⅓ del latte insaporito con lo zafferano.

Poi, formate uno strato con metà dell'agnello precedentemente saltato in padella.

Ripetete l'operazione, facendo un altro strato di riso, di latte allo zafferano e poi di agnello.

Fate un ultimo strato con il riso rimasto, il latte allo zafferano e i pistacchi.

Coprite bene con la pellicola di alluminio. Cuocete al forno finché tutto il liquido non evapora e il riso rimane soffice, per circa 30 minuti (attenzione: non far cuocere troppo!).

Nel frattempo, in una padella profonda, fate riscaldare ¼ di tazza di olio a fuoco medio. Aggiungete le mandorle rimaste. Fatele tostare finché non cambiano colore. Scolatele con una schiumarola. Fatele asciugare sulla carta da cucina. Mettetele da parte.

Nella stessa padella aggiungete l'olio rimanente. Quando è caldo aggiungete le cipolle rimaste. Fate soffriggere finché non sono abbrustolite e caramellate. Toglietele con una schiumarola. Fate asciugare sulla carta da cucina. Mettete da parte.

Quando lo stufato, nel forno, ha finito di cuocere, trasferitelo su un grande piatto da portata o su un'ampia scodella. Eliminate le foglie di alloro, i baccelli di cardamomo, la cannella, i grani di pepe nero e i chiodi di garofano.

Guarnite con le cipolle caramellate, le mandorle tostate, il coriandolo e la menta fresca. Servite immediatamente.

RINGRAZIAMENTI

Per completare *Il gusto proibito della cannella* ci sono voluti quattro anni, un periodo durante il quale ho fatto ben tre viaggi in India. Mi sento profondamente debitrice nei confronti di moltissime persone con le quali sono onorata di aver incrociato il mio cammino. Dozzine di indiani e pakistani sono stati così gentili e sinceri da accettare di condividere con me le loro esperienze e loro opinioni. *Per essere chiari: tutti gli eventuali errori e le licenze letterarie in questo romanzo sono totalmente a mio carico.*

I miei più sentiti ringraziamenti a queste persone fuori dal comune, anime care e generose che mi hanno davvero elargito fin troppo del loro tempo e della loro competenza:

Deepali Adhikari
Usman Aijaz
Tarun & Pratishtha Durga
Avinash & Aruna Karnik
Sanchayita Ray
Javed & Farida Talat
Osama Tariq

Tantissimi ringraziamenti anche a: Big T, Little Ani, Kumud B. Chitre (alias Kuma-maushi), Abhay-kaka, Varsha-kaki, Neela-atya, Ashu-maushi, Vilas-kaka, la famiglia Dighe, la famiglia

Sabnis, la famiglia Savkar, Swati Kaushal, Bela Kaul, Meenal Madhukar, e Seema Behl.

Il dottor Paul McKendrick (alias Pei McKay, famoso per la sua penna rossa), il mio incredibile e inimitabile insegnante di giornalismo delle superiori che mi ha regalato le seguenti inestimabili parole di saggezza: «Qualsiasi cosa scriverai, ci sarà sempre qualcuno a cui non piacerà».

Il dottor John Collins, uno dei miei insegnanti preferiti al college, le cui lezioni di etica continuano a influenzarmi e a ispirarmi.

Wayne Dixon, auto-definitosi "chef redneck" per aver provato le ricette.

Kathryn Quay, una delle donne più intelligenti che abbia mai conosciuto, per avermi fatto da *cheerleader* esaltata su richiesta, e per le bellissime avventure sul suo Learjet privato.

Danielle Girard, per il meraviglioso giro nella Bay Area.

Melissa McClone, per la frase: «Io mi prendo il tizio vicino a lui».

Roxanne Richardson, per «Voglio morire» e per la sua gigantesca parte sinistra del cervello.

Valentina Plant, per la sua gigantesca parte destra del cervello.

Marc MacYoung, per il «silenzio tra le note».

Sean Bosquez, per le «tre guerre».

Nicholas Tomashot, per «l'asciugatura dopo il risciacquo».

Swati Kausal, per «tigre di carta».

Negli ultimi sedici anni, ho avuto la meravigliosa opportunità di essere circondata da scrittori straordinari molti dei quali ho la fortuna di chiamare amici. Un ringraziamento speciale va a queste gemme preziose per aver condiviso con me il viaggio di questo romanzo e per il sostegno/entusiasmo sconfinato alle mie ricerche sulla cultura indiana: Pamela Bauer, Jean Brashear, Helen Brenna, Inglath Cooper, Jennifer Crusie, Debra Dixon, Kathleen Eagle, Lisa Gardner, Danielle Girard, Rosemary Heim, Lisa Hughey, Becky Klang, Christine Lashinski,

Susan Kay, Law, Melissa McClone, Malia Nahas, Tina Plant, Katie Quay, Rox Richardson, Barbara Samuel, Anna Seymour, Mary E. Strand, e Valerie Taylor.

E finalmente le tre madrine del circolo Hindi-Bindi, verso le quali non esistono parole per esprimere la mia profonda gratitudine.

Karen Solem, straordinaria agente che ha cucinato ogni ricetta presente in questo romanzo (ed è sopravvissuta per raccontarlo!) e che ha avuto un *bindi* e organizzato una festa di *Monsoon Wedding* per i suoi amici, assai prima che l'idea di questo romanzo cominciasse a prendere forma nella mia mente. Ora che ci penso, quasi mi dimenticavo di dirti che nel dicembre 2002 sembrava un obiettivo così lontano e difficile! Grazie per avermi spinto fuori dal nido e per avermi continuamente rassicurata che ero pronta a volare, quando io pensavo assolutamente di non esserlo. La frase più memorabile di Karen è stata «Urlo con te e con il mio cane, e nessuno dei due mi ascolta!». Avevi ragione!

Micahlyn Whin, editor da sogno che si è fatta le ossa su ogni romanzo che sia stato scritto sulla Diaspora indiana e che ha aspettando ansiosamente per molte lune che il mio romanzo approdasse sulla sua scrivania. Io dovevo scrivere questo libro. Tu dovevi farmi da editor. Grazie per aver instancabilmente difeso e protetto il mio lavoro, assicurandomi del tempo in più, tirando fuori il meglio di me, e permettendomi di scrivere la storia che volevo nel modo in cui volevo. Ti adoro, bellezza!

E per il gran finale il posto da cui ho cominciato questa vita e dove sono tanto felice di essere ritornata: mia madre. Dea della cucina e donna saggia come nessuna. Mummyji, è stato bellissimo viaggiare sull'Hindi-Bindi Express insieme a te. La mia fermata preferita: quando hai detto, confusa: «Tu stai insegnando a me la storia indiana?». Oh, quel piacere diabolico, quella soddisfazione sfacciata e compiaciuta, me li ricorderò per sempre, muahahaha! Non esistono parole adeguate per te, però le vibrazioni sonore espresse dalla ripetizione di questo mantra ci si possono avvicinare: «*Tu maji mummy ay… tu maji mummy aaaaay*!».

BIBLIOGRAFIA

Durante i quattro anni in cui ho scritto e ho fatto ricerche per *Il gusto proibito della cannella*, ho consultato centinaia di fonti. Vorrei ringraziare i seguenti autori e le loro eccezionali opere che ho trovato di particolare aiuto.

C. BLAISE - B. MUKHERJEE, *Days and Nights in Calcutta*, Doubleday & Company, New York 1977.

E. BUMILLER, *May You Be the Mother of a Hundred sons: a Journey Among the Women of India*, Penguin Books India, New Delhi 1990.

U. BUTALIA, *The Other Side of Silence: Voices from Partition of India*, Duke University Press, Durham, NC 2000.

D. CHOPRA, *Sacred Verses, Heading Sounds: The Bhagavad Gita, Hymns of the Rig Veda*, New World Library/Amber-Allen Publishing, San Rafael, CA 1994.

A. DANIÉLOU, *Music and the Power of Sound*, Inner Traditions International, Rochester, VT 1995.

S. DASGUPTA - S. DASGUPTA, *The Demon Slayers and Other Stories: bengali Folk Tales*, Interlink Publishing Group, New York 1995.

K. DUTTA, *Calcutta, A Cultural and Literary History*, Roli Books, New Delhi 2003.

S. HAERI, *No Shame for the Sun: Lives of Professional Pakistani Women*, Syracuse University Press, Syracuse, NY 2002.

V. MEHTA, *The Ledge Between the Streams*, W.W. Norton & Company, New York 1984.

R. MENON - K. BHASIN, *Borders & Boundaries: Women in India's Partition*, Rutgers University Press, New Brunswick, NJ 1998.

S.S. MITTER, *Dharma's Daughters, Contemporary Indian Women and Hindu Culture*, Rutgers University Press, New Brunswick, NJ 1995.

V. NAGASWAMI, *Courtship & Marriage: A Guide for Indian Couples*, Penguin Books India, New Delhi 2002.

P. NEVILE, *Lahore: A Sentimental Journey*, HarperCollins Publishers India, New Delhi 1997.

M. ROY, *Bengali Women*, University of Chicago Press, Chicago 1992.

A. SALIM, *Lahore 1947*, India Research Press, New Dehli 2001.

Caro Lettore,

Mio padre ha incoraggiato il mio amore per i libri durante la mia crescita. Come il padre di Kiran, anche il mio non aveva avuto un'infanzia privilegiata a Mumbai, ma aveva studiato sodo sin da giovanissimo ed era riuscito a ottenere una borsa di studio completa presso la University of Pennsylvania.

Mio padre mi ha sempre detto che durante la sua crescita certi cibi e tutti i libri erano considerati un lusso e che lui aveva sempre desiderato che almeno io potessi averli, per cui non mi avrebbe mai negato queste due cose. Questa era la sua definizione di «vivere il sogno», il sogno che lui ha voluto regalarmi. Così, nel corso della vita, sono stata viziata a volontà con cibo e libri. Le mie fortune, quelle che mio padre mi ha regalato, sono ciò che desidero di più trasmettere agli altri…

*Nelle ricerche per il mio romanzo, mi è capitato di leggere un articolo di un giornale on-line che parlava di Aseema (*www.aseema.org*), un centro non governativo per l'istruzione dei bambini di strada a Mumbai. Stavano cercando delle donazioni di libri per bambini per costruire una biblioteca. Gli ho mandato una mail. Tramite internet ho comprato e inviato libri per bambini dall'altra parte del mondo. Per la prima volta, questi bambini hanno avuto accesso a libri interessanti e pieni di belle illustrazioni. Così è cominciata la mia amicizia con questa lodevole organizzazione. Il loro scopo principale è promuovere l'istruzione e una corretta alimentazione.*

Adesso, oltre che con Aseema sto collaborando con una seconda associazione di beneficenza, una favolosa organizzazione di San Francisco che si chiama Room to Read (Spazio alla lettura) (www.roomtoread.org). *Queste persone si impegnano insieme alle comunità locali per la costruzione di scuole e biblioteche. Creare una biblioteca per bambini in una scuola già esistente costa circa 2000 dollari, costruire una biblioteca da zero 8000 dollari, e costruire una scuola dagli 11.000 ai 18.000. Mi piacerebbe poter sostenere tutte queste iniziative e una parte delle* royalties *derivanti dalla vendita del romanzo verranno utilizzate proprio per questo scopo.*

Mi sarebbe piaciuto tantissimo lavorare a questo romanzo per un altro anno e anche per altri dieci, ma due anni dopo la firma del contratto il mio editor e il mio agente mi hanno letteralmente strappato il manoscritto dalle mani. Mia madre avrebbe voluto che inserissi più ricette, ma ho dovuto ricordarle (a lei e a me stessa!) che questo è un romanzo, non un libro di cucina. Però ho promesso che mi sarei fatta perdonare, da lei e da chiunque altro desideri più ricette indiane, sul mio sito web: www.hindi-bindi.com.

Spero vivamente che lo visitiate. C'è una sorta di affinità tra i lettori. Leggere lo stesso libro è come viaggiare nello stesso pezzo di mondo. Anche se io sono qui e vivo la mia vita, e voi siete lì e vivete la vostra, adesso facciamo parte di una comunità. E anche se le nostre esperienze sono diverse, conosciamo le stesse persone: Kiran, Preity, Rani, Meenal, Saroj e Uma. Sarei felicissima di sapere ciò che pensate di loro. E se il vostro club di lettura avesse in programma di leggere questo libro, sarei davvero onorata di partecipare alle vostre riunioni tramite telefono in vivavoce.

Le vostre email saranno benvenute, scrivetemi pure a: HindiBindi@pobox.com.

Con affetto,
Monica Pradhan

Indice

Grandi Tascabili Contemporanei

Andrea Frediani, *300 guerrieri. La battaglia delle Termopili*
Anne Cherian, *La moglie indiana*
Scarlett Thomas, *Che fine ha fatto Mr Y.*
Federica Bosco, *Mi piaci da morire*
Andrea Frediani, *Jerusalem*
Judith Summers, *La mia vita con George*
Nancy Kilpatrick, *La notte dei vampiri*
Federica Bosco, *Cercasi amore disperatamente*
Giulio Castelli, *Imperator. L'ultimo eroe di Roma antica*
Sherry Jones, *A'isha, l'amata di Maometto*
Stuart MacBride, *Il collezionista di bambini*
Carole Matthews, *Il sexy club del cioccolato*
Leslie Carroll, *Matrimoni, bugie e appuntamenti*
Leander Deeny, *Gli incubi di Hazel*
Tom Martin, *Pyramid*
Federica Bosco, *L'amore non fa per me*
Rossella Canevari - Virginia Fiume, *Voglio un mondo rosa shokking*
Jane Elliott, *Diario di un'adolescenza rubata*
Nagib Mahfuz, *I romanzi dell'antico Egitto*
Stel Pavlou, *Il codice di Atlantide*
Scott Westerfeld, *I diari della mezzanotte*
Lisa Jane Smith, *I diari delle streghe*
Scarlett Thomas, *PopCo*
Harry Sidebottom, *Il guerriero di Roma. Fuoco a Oriente*
Claudio Rendina, *I peccati del Vaticano*
Lars Rambe, *Incubo bianco*
Elizabeth Chandler, *Baciata da un angelo*
Massimo Lugli, *L'istinto del lupo - La legge di lupo solitario*

Joss Ware (*alias* Colleen Gleason), *I diari delle tenebre. La lunga notte*
Simon Scarrow, *Il centurione*
Tim C. Leedom - Maria Murdy, *Il libro che la tua Chiesa non ti farebbe mai leggere*
Andrea Frediani, *Le grandi battaglie di Roma antica*
Amanda Filipacchi, *Il club degli innamorati*
Laurie Graff, *Devi baciare un sacco di rospi*
Alan F. Alford, *Il mistero della genesi delle antiche civiltà*
Vincenzo M. Mastronardi - R. De Luca, *I serial killer*
Andrea Frediani, *I grandi condottieri che hanno cambiato la storia*
Klaus Werner-Lobo, *Il libro che le multinazionali non ti farebbero mai leggere*
Bruno De Stefano, *L'Italia del pizzo e delle mazzette*
Michael Muhammad Knight, *Islampunk*
Mario Caprara - Gianluca Semprini, *Destra estrema e criminale*
Julia Gregson, *Matrimonio a Bombay*
Andrea Frediani, *Un eroe per l'impero romano*
Azhar Abidi, *Il mio matrimonio pakistano*
Helene Cooper, *Le bambine di Sugar Beach*
Scarlett Thomas, *L'isola dei segreti*
David Gibbins, *Atlantis*
Nancy Kilpatrick, *La guerra dei vampiri*
Joachim Bouflet, *Il diario segreto di Lucrezia Borgia*
Azadeh Moaveni, *Viaggio di nozze a Teheran*
Craig Smith, *Il mistero del dipinto di Cristo*
Federica Bosco, *L'amore mi perseguita*
Ali Eteraz, *Il bambino che leggeva il Corano*
Isabelle Aubry, *La prima volta avevo sei anni*
Naseem Rakha, *Una madre non dimentica*
Claudio Rendina, *La santa casta della Chiesa*
Andrea Frediani, *Le grandi battaglie dell'antica Grecia*
Lynn Picknett, *La storia segreta di Lucifero*
Furio Sampoli, *Le grandi donne di Roma antica*
Giuseppe Antonelli, *Il libro nero di Roma antica*
Hiram Bingham, *La città perduta degli Inca*
Ludovico Gatto, *Le grandi donne del Medioevo*
Robin Lumsden, *La vera storia delle SS*
Guy Patton - Robin Mackness, *L'enigma dei templari*

Ian Lawton - Chris Ogilvie-Herald, *Il codice di Giza*
Piers Paul Read, *La vera storia dei Templari*
Giuseppe Antonelli, *Gli uomini che fecero grande Roma antica*
Michael A. Cremo - Richard L. Thompson, *Archeologia proibita*
Andrea Frediani, *Le grandi battaglie di Napoleone*
Paul K. Davis, *Le 100 battaglie che hanno cambiato la storia*
Michael Baigent - Richard Leigh, *Origini e storia della massoneria*
Laurence Gardner, *I segreti dell'arca perduta*
David Webster, *La misteriosa fine dell'impero maya*
Paul Jordan, *La sindrome di Atlantide*
Bill Putnam - John Edwin Wood, *Il tesoro scomparso di Rennes-le-Château*
Andrea Frediani, *I grandi generali e condottieri di Roma antica*
Claudio Rendina, *I papi. Storia e segreti*
Laurence Gardner, *L'enigma del Graal*
Lin Anderson, *La bambina che giocava con il fuoco*
Giovanna Bandini, *Il bacio della tarantola*
Luca Canali, *Gli ultimi giorni di Giulio Cesare*
Gianni Bisiach, *I Kennedy*
Dana Stabenow, *CSI Alaska. Il silenzio della neve*
Claudio Rendina, *L'oro del Vaticano*
Stephen Hodge, *I manoscritti del Mar Morto*
Jemma Forte, *La mia peggiore amica*
Leslie Carroll, *Amori e centrifughe*
Carmen Reid, *Il club dello shopping*
Gerri Brightwell, *La casa dei segreti*
Sherry Jones, *La sposa guerriera. A'isha e la rivolta islamica*
Giulio Castelli, *Gli ultimi fuochi dell'impero romano*
Roberto Genovesi, *La legione occulta dell'impero romano*
Chris Priestley, *Le terrificanti storie di zio Montague*
Tom Harper, *La città dei libri proibiti*
Donatella Bersani, *Indignate. È arrivato il momento di dire basta*
Gaile Parkin, *Il profumo dello zucchero a velo*
Simon Scarrow, *Sotto l'aquila di Roma*
Michael White, *L'anello dei Borgia*
Elizabeth Eslami, *Il mio matrimonio combinato*

Anagramma

Ultimi volumi pubblicati

Raffaella Bedini, *Sei parte di me*
Federica Bosco, *L'amore mi perseguita*
Laurie Graff, *Come baciare il rospo giusto*
Federica Bosco, *S.O.S. amore*
Meenakshi Reddy Madhavan, *Diario segreto di una ragazza indiana*
Leslie Carroll, *Prima o poi mi innamoro*
Simona Sparaco, *Bastardi senza amore*
Niamh Green, *Uomini maledetti bugiardi*
Hardeep Singh Kohli, *Indian Takeaway*
Federica Bosco, *Innamorata di un angelo*
Carole Matthews, *Per un'ora d'amore*
Federica Morrone - Cristiana Rumori, *Il teorema dell'amore perfetto*
Mink Elliott, *Il Club dei genitori disperati*
Clare Dowling, *Quando l'amore va in vacanza*
Quintin Contreras, *L'amore costa caro*
Judith Summers, *George è tornato*
Sara Shepard, *Giovani, carine e bugiarde*
Giuditta Scalzi, *I mammiferi felici ridono fino a tarda notte*

Nuova Narrativa Newton

FRANCO MATTEUCCI, *Il profumo della neve*
NAGIB MAHFUZ, *Il Settimo Cielo*
COLLEEN GLEASON, *Cacciatori di vampiri*
JAMES VANORE, *Il vangelo dei vampiri*
LISA JANE SMITH, *Il diario del vampiro. Il risveglio*
NAGIB MAHFUZ, *Karnak Café*
COLLEEN GLEASON, *La condanna del vampiro*
STUART MACBRIDE, *La casa delle anime morte*
WHITLEY STRIEBER, *2012 L'apocalisse*
NANCY KILPATRICK, *La rinascita del vampiro*
NAGIB MAHFUZ, *Autunno egiziano*
LISA JANE SMITH, *Il diario del vampiro. La lotta*
LISA JANE SMITH, *Il diario del vampiro. La furia*
La maledizione del vampiro, a cura di PETER HAINING
Vampiri!, a cura di STEPHEN JONES
LISA JANE SMITH, *Il diario del vampiro. La messa nera*
COLLEEN GLEASON, *La rivolta dei vampiri*
LISA JANE SMITH, *I diari delle streghe. L'iniziazione*
LISA JANE SMITH, *Il diario del vampiro. Il ritorno*
CHRISTOPHER LINCOLN, *Billy Bones. L'armadio dei segreti*
GIULIO CASTELLI, *Gli ultimi fuochi dell'impero romano*
BINA SHAH, *Il bambino che credeva nella libertà*
VITO BRUSCHINI, *The Father. Il padrino dei padrini*
SIMON SCARROW, *Sotto l'aquila di Roma*
LISA JANE SMITH, *I diari delle streghe. La prigioniera*
COLLEEN GLEASON, *Il crepuscolo dei vampiri*
STUART MACBRIDE, *Il collezionista di occhi*
NANCY KILPATRICK, *Gli amori del vampiro*

LISA JANE SMITH, *Il diario del vampiro. Scende la notte*
AZADEH MOAVENI, *Viaggio di nozze a Teheran*
LISA JANE SMITH, *I diari delle streghe. La fuga*
Sul tetto del mondo, a cura di JON E. LEWIS
MASSIMO LUGLI, *Il Carezzevole*
HARRY SIDEBOTTOM, *Il guerriero di Roma. Il re dei re*
LISA JANE SMITH, *I diari delle streghe. Il potere*
COLLEEN GLEASON, *Il bacio del vampiro*
L'ultima scalata, a cura di HAMISH MACINNES
VERONICA Q, *Vietato ai minori*
DAVID IGNATIUS, *Attacco a Teheran*
ANDREA FREDIANI, *Dictator. L'ombra di Cesare*
CHRIS PRIESTLEY, *Le terrificanti storie di zio Montague*
GAILE PARKIN, *Africa Social Club*
SIMON SCARROW, *Il gladiatore*
LISA JANE SMITH, *Il diario del vampiro. L'anima nera*
FABIO DELIZZOS, *La setta degli alchimisti. Il segreto dell'immortalità*
MAHBOD SERAJI, *Le notti di Teheran*
CHRISTOPHER LINCOLN, *Billy Bones. Sulla strada per Maipiù*
Wolfmen. Storie di lupi mannari, a cura di STEPHEN JONES
FRANCO MATTEUCCI, *Lo show della farfalla*
ROBERTO GENOVESI, *La legione occulta dell'impero romano*
NAGIB MAHFUZ, *Per le strade del Cairo*
MICHELLE MORAN, *La regina eretica. Il romanzo di Nefertari*
STEPHANIE SALDAÑA, *La sposa di Damasco*
TOM HARPER, *La città dei libri proibiti*
RAYMOND KHOURY, *Il segno di Dio*
STEVE ALTEN, *2012 La resurrezione*
LISA JANE SMITH, *Il diario del vampiro. L'ombra del male*
OLLE LÖNNAEUS, *Il bambino della città ghiacciata*
SIMON SCARROW, *Roma alla conquista del mondo*
MICHAEL WHITE, *L'anello dei Borgia*
ELIZABETH ESLAMI, *Il mio matrimonio combinato*
VICTORIA COREN, *I love poker*
LAWRENCE ANTHONY con GRAHAM SPENCE, *L'uomo che parlava agli elefanti*
ANDREA FREDIANI, *Dictator. Il nemico di Cesare*
JENNIFER JORDAN, *La scalata impossibile*

MARTIN BOOTH, *The American*
MISCHA HILLER, *Fuga dall'inferno. Una storia palestinese*
TORSTEN PETTERSSON, *A L'alfabetista*
PIERO DEGLI ANTONI, *Blocco 11. Il bambino nazista*
ÀLEX ROVIRA - FRANCESC MIRALLES, *L'ultima risposta di Einstein*
ROXANA SABERI, *Prigioniera in Iran*
SCARLETT THOMAS, *Il nostro tragico universo*
WHITLEY STRIEBER, *Omega point. Al di là del 2012*
PAOLO DI REDA - FLAVIA ERMETES, *Il labirinto dei libri segreti*
ANN FEATHERSTONE, *Il circo maledetto*
ANDREA FREDIANI, *Dictator. Il trionfo di Cesare*
GIULIO CASTELLI, *476 A.D. L'ultimo imperatore*
Alla fine del mondo. Le grandi avventure polari, a cura di JON E. LEWIS
ANN BRASHARES, *Grande amore*
FEDERICO GHIRARDI, *Bryan di Boscoquieto e la Maledizione di Morpheus*
VITO BRUSCHINI, *Vallanzasca*
CHRISTOFFER CARLSSON, *Lo strano caso di Stoccolma*
LORENZO BORGHESE, *I segreti di una principessa*
PATRICK WOODHEAD, *Il tempio degli eterni*
LOREDAN, *La spia del Doge. Leonora e i misteri di Venezia*
LORENZA GHINELLI, *Il Divoratore*
ROSS LECKIE, *Hannibal. Il conquistatore*
NAOMI RAGEN, *Una moglie a Gerusalemme*
LISA JANE SMITH, *Il diario del vampiro. La genesi*
GRAHAM BROWN, *La profezia della pioggia maya*
LAURA J. SNYDER, *Il club dei filosofi che hanno cambiato il mondo*
CHARLENE LUNNON - LISA HOODLESS, *Le bambine silenziose*
JESSICA JIJI, *Il profumo dei fiori in Iraq*
NELSON JOHNSON, *Boardwalk Empire*
SIMON SCARROW, *La spada di Roma*
MASSIMO LUGLI, *L'adepto*
DANIEL DEPP, *La città dei senza nome*
KENIZÉ MOURAD, *La principessa ribelle*
PHIL RICKMAN, *I pilastri di Camelot*
CHRISTIAN CAMERON, *Il tiranno*
KATIE ALENDER, *Le cattive ragazze non muoiono mai*
STUART MACBRIDE, *Sangue nero*
OLLE LÖNNAEUS, *Cuore nazista*

GERARD O' DONOVAN, *Il crocifisso*
HARRY SIDEBOTTOM, *Il guerriero di Roma. Sole bianco*
UNNI LINDELL, *La trappola di miele*
ANDREA FREDIANI, *Marathon*
LISA JANE SMITH, *Il diario del vampiro. Sete di sangue*
FRANCESCO FIORETTI, *Il libro segreto di Dante*
BASHARAT PEER, *Il sogno del soldato bambino*
RAYMOND KHOURY, *L'eredità dei Templari*
LARS RAMBE, *Il mosaico di ghiaccio*
NAGIB MAHFUZ, *Il viaggio di Ibn Fattouma*
FRANCESCA BERTUZZI, *Il carnefice*
ANTONIO SALAS, *L'infiltrato*
LISA JANE SMITH, *Il diario del vampiro. Strane creature*
DAVID GIBBINS, *Il vangelo proibito*
SIMON RICH, *Il compagno di banco*
ANNA JANSSON, *Il sacrificio*
RAZAN MOGHRABI, *Le donne del vento arabo*

Anne Cherian

La moglie indiana

Anne Cherian è nata e cresciuta a Jamshedpur, in India. Ha studiato a Bombay e Bangalore, e ha conseguito due master (in giornalismo e letterature comparate) all'università della California, Berkeley. Vive a Los Angeles, ma si reca periodicamente
in India. *La moglie indiana* è il suo primo romanzo.

GTC n. 2. Volume di 384 pagine. Euro 6,90

Neel è un anestesista, fiero di essere una persona razionale e decisa, dentro e fuori la sala operatoria. Quando la madre lo richiama in India perché sposi una brava ragazza indiana, Neel non si scompone: lui ha già una fidanzata a San Francisco e una carriera ben avviata, un matrimonio combinato è l'ultima cosa che gli passa per la testa.
Leila ha trentacinque anni ma non è ancora stata promessa a nessuno: la famiglia è troppo povera per procurarle una dote e inoltre si vocifera di una sua relazione segreta con un ragazzo musulmano. L'apparente libertà americana si confronterà con le tradizioni e le usanze indiane quando le vite di Neel e Leila si uniranno nel più improbabile dei matrimoni combinati. Entrambi saranno costretti a lottare per conciliare i propri desideri con le aspettative delle famiglie e dovranno imparare a conoscersi a fondo.
La moglie indiana segna l'esordio di un'autrice che ha sperimentato sulla propria pelle il distacco dalla terra natia e l'integrazione in un nuovo Paese, con un romanzo capace di ricreare tutto il complesso e contraddittorio fascino di un mondo esotico.

NEWTON COMPTON EDITORI

Bina Shah

La bambina che non poteva sognare

Bina Shah inizia la sua carriera come giornalista nel 1996. Nel 1998 è editor della prima rivista on-line pakistana, «Spider». Ha pubblicato diversi articoli come freelance per «Libas» e «The Friday Times». È una grande musicista, suona il flauto e il pianoforte. Vive a Karachi, dove il traffico e l'inquinamento la fanno impazzire, ma dove ama fare shopping e andare in spiaggia. La Newton Compton ha pubblicato *La bambina che non poteva sognare* e *Il bambino che credeva nella libertà*.

GTC n. 31. Volume di 288 pagine. Euro 6,90

Laila è una bambina pakistana di famiglia cristiana. Vive in uno dei quartieri più malfamati e poveri della città di Karachi, e già da piccola deve imparare a sopravvivere. Dopo la morte della sorella Jumana, gravemente malata di tubercolosi, e il crollo emotivo della madre, Laila si ritrova in balia del patrigno che decide di venderla come prostituta. La sua unica possibilità di salvezza è la fuga. Quando Laila incontra Madame Ansari, ricca signora dei quartieri benestanti della città, la fortuna sembra sorriderle: finalmente può sperare in una vita nuova, più facile, più serena. Ma un giorno un incidente mette a repentaglio la vita della bambina: Laila verrà allontanata e si troverà nuovamente sola, di fronte all'incubo di finire in un orfanotrofio. È un'ulteriore violenza dalla quale fuggire. Ma dove scappare? Dove trovare l'amore, l'affetto, la speranza di una vita normale? Sullo sfondo di una terra povera ma ricca di tradizioni, la storia di una bambina costretta a correre da sola, forte e coraggiosa, verso un futuro che non può più negarle la felicità.

NEWTON COMPTON EDITORI

Azhar Abidi

Il mio matrimonio pakistano

Azhar Abidi è uno scrittore di origini pakistane. Dopo aver completato gli studi in Inghilterra, si è trasferito a Melbourne, dove vive tuttora. Ha esordito nel 2006 con il romanzo Passarola rising, che è stato accolto con entusiasmo da critica e pubblico. L'indirizzo del suo blog è www.azharabidi.com

GTC n. 51. Volume di 256 pagine. Euro 6,90

A Karachi, Bilqis Ara Begum sta organizzando il ricevimento per il matrimonio di suo figlio Samad. La famiglia è riunita, la servitù ha istruzioni precise. La sposa ben presto avrà le mani dipinte di henné, e sfoggerà l'abito e i gioielli tradizionali... Eppure questo non è il matrimonio che Bilqis aveva sognato per il figlio: Kate, la donna a cui si è legato Samad, viene da Melbourne, Australia, e rischia di allontanare definitivamente il ragazzo dalle sue origini e dai doveri verso la famiglia. Per di più un inquietante segreto mette a dura prova la tranquillità della casa: una ragazza della servitù, Mumtaz, si incontra di nascosto con un combattente per la libertà. E mentre il Pakistan intero è in tumulto, tenuto in pugno da mullah e militari, e in Kashmir si temono insurrezioni, Bilqis si trova costretta a mettere in discussione le proprie convinzioni e le proprie certezze.

Gaile Parkin

Il profumo dello zucchero a velo

Gaile Parkin è nata e cresciuta in Zambia e ha studiato in Sudafrica e Inghilterra. Ha vissuto in diverse nazioni africane, incluso il Ruanda, dove si è occupata di attività di sostegno a donne e ragazze sopravvissute al genocidio. Lavora come consulente nel campo dell'istruzione ed è impegnata nelle campagne di sensibilizzazione contro la discriminazione femminile e la diffusione dell'AIDS. Molti personaggi di *Il profumo dello zucchero a velo* sono ispirati a storie vere.

GTC n. 119. Volume di 288 pagine. Euro 6,90

Angel è una donna speciale, come le sue splendide torte. Originali e coloratissime, sono la gioia delle feste di Kigali. Il Ruanda ha attraversato una grande tragedia, ma ora la gente ha voglia di riprendere in mano la propria vita e ricominciare a festeggiare. Battesimi, matrimoni, compleanni: ogni torta è un'opera d'arte, e deve rispecchiare l'animo della persona a cui è dedicata. E così la saggia Angel fa accomodare i clienti, offre loro una tazza di tè al latte con tanto zucchero e cardamomo e un vassoio di dolcetti appena sfornati: solo ascoltando i loro racconti può trovare ispirazione per le sue creazioni. Certe storie, però, non possono lasciare indifferenti. E così, tra una glassa di cioccolato e una spolverata di zucchero a velo, Angel ascolta, consola e dispensa consigli miracolosi. E a volte, quando qualcosa proprio non la convince, decide di dare una mano al destino...

NEWTON COMPTON EDITORI

Elizabeth Eslami

Il mio matrimonio combinato

Elizabeth Eslami, irano-americana, è nata in South Carolina nel 1978. Dopo la laurea, ha conseguito un master in scrittura creativa. Ha scritto numerosi racconti, pubblicati su prestigiose riviste. *Il mio matrimonio combinato* è il suo primo romanzo.
Potete leggere di lei sul suo blog: www.elizabetheslami.blogspot.com

GTC n. 122. Volume di 320 pagine. Euro 6,90

Jasmine è cresciuta in America, ma è sempre stata incuriosita dal suo enigmatico padre, un iraniano dal passato misterioso che ha sposato un'americana. Ora, dopo una crisi profonda che l'ha portata ad abbandonare il college a un passo dalla laurea, Jasmine è costretta a tornare a casa dai suoi per confrontarsi con la sua strana famiglia e con il proprio futuro. Tormentata e disillusa, la ragazza non sa proprio immaginare quale direzione prenderà la sua vita. Il padre invece un'idea sembra averla, e anche molto precisa: con l'inaspettata complicità della madre, intende organizzare per la figlia un hastegar, un matrimonio combinato. In un primo momento Jasmine non prende sul serio il progetto dei genitori, almeno fino a quando non iniziano a farsi avanti i pretendenti… Confusa, contrariata e incuriosita al tempo stesso, Jasmine a poco a poco scoprirà la verità sul padre e su una figura ancora più enigmatica e sconosciuta: se stessa.

Kenizé Mourad

La principessa ribelle

Giornalista di origini turco-indiane, **Kenizé Mourad** è figlia di una principessa di stirpe ottomana rifugiatasi in Francia e di un rajah. Dopo aver lavorato come reporter specializzata in questioni riguardanti il Medio Oriente e l'India, ha raggiunto la fama mondiale con il suo romanzo d'esordio, Da parte della principessa morta, in cui ha narrato la storia avventurosa della sua famiglia, come nel successivo Il giardino di Badalpur.

NNN n. 272. Volume di 336 pagine. Euro 14,90

Quasi un secolo prima di Gandhi, una donna si pone alla testa di una rivolta contro la dominazione britannica nel subcontinente indiano. Kenizé Mourad – già autrice del bestseller internazionale Da parte della principessa morta – ci racconta, in questo nuovo romanzo, una pagina poco conosciuta della storia indiana, attraverso l'epopea di un'indimenticabile eroina e della sua coraggiosa lotta contro l'imperialismo britannico. Nel 1856, infatti, la Compagnia delle Indie Orientali è determinata a estendere il proprio dominio anche sul regno di Awadh, ricco Stato indipendente nel Nord del Paese, e sulla sua capitale, la splendida Lucknow, "la città d'oro e d'argento", nota per la sua bellezza e per la convivenza pacifica nel suo territorio di musulmani e indù. Ma Hazrat Mahal, quarta moglie del sovrano dell'Awadh, costretto all'esilio dalla Compagnia, decide di fronteggiare gli inglesi per mantenere la libertà del suo popolo, in attesa del ritorno del consorte. Al suo fianco combattono Jai Lal, rajah a capo delle truppe ribelli, e i sepoy, soldati indiani dell'armata britannica convertiti alla nuova causa e disposti a sacrificare la propria vita per l'indipendenza di Lucknow.
Straordinaria figura femminile, Hazrat Mahal si batterà con coraggio e determinazione, al punto che persino l'intrepido Jai Lal ne rimarrà perdutamente affascinato…

NEWTON COMPTON EDITORI

Basharat Peer

Il sogno del soldato bambino

Basharat Peer, nato nel Kashmir nel 1977, ha studiato giornalismo alla Columbia University. Ha lavorato come reporter in India e ha scritto per diverse testate, tra cui «The Guardian», «New Statesman», «The Nation», «Financial Times Magazine». Vive a New York. *Il sogno del soldato bambino* è il suo libro d'esordio, vincitore del premio Vodafone Crossword Book, uno dei più prestigiosi riconoscimenti letterari in India.

NNN n. 288. Volume di 288 pagine. Euro 12,90

Basharat nasce in un villaggio del Kashmir, alle pendici dell'Himalaya, nel distretto meridionale di Anantnag. La sua infanzia trascorre serena tra i campi di riso e di senape, i supereroi dei fumetti, i racconti della nonna e le amorevoli cure dei genitori. Fino all'inverno del 1989, quando centinaia di giovani partono alla volta delle montagne per unirsi al movimento separatista del Fronte di Liberazione del Kashmir. È l'inizio della guerra: il terribile conflitto tra India e Pakistan per il controllo del Kashmir, che farà più di settantamila vittime. Oggi Basharat Peer è un giornalista, e ci conduce tra i villaggi un tempo felici, per raccontarci la sua amata terra attraverso gli occhi della gente che fu testimone di massacri e distruzioni. Storie di brutalità, coraggio, amore, odio, fede, dolore e speranza: un reportage indimenticabile e coraggioso, vivido e struggente, da cui emerge la cruda realtà della guerra e la nostalgia di un Paese splendido devastato dall'odio e dalla violenza.

NEWTON COMPTON EDITORI

Roberta Gately

Le ragazze di Kabul

Roberta Gately, infermiera, operatrice umanitaria e scrittrice, ha preso parte a diversi progetti umanitari nel Terzo Mondo, dall'Africa all'Afghanistan. Ha scritto per il «Journal of Emergency Nursing» e per «BBC World News Online». È impegnata attivamente nella promozione di iniziative a favore dei profughi e degli emarginati. Il suo sito internet è www.robertagately.com.

NNN n. 290. Volume di 336 pagine. Euro 9,90

Due destini che si incrociano, sulle labbra il colore rosso della passione. Elsa è americana, ha ventidue anni e fa l'infermiera in un piccolo villaggio dell'Afghanistan. Ogni giorno i suoi occhi vedono povertà, dolore, orrore e devastazione. Ma Elsa è una donna coraggiosa e ostinata e continua a lavorare senza sosta. Si adatta ai costumi locali e indossa il burqa, senza però rinunciare alla sua grande passione: il rossetto. Nascosta sotto abiti pesanti, Elsa ogni mattina continua a colorare le sue labbra. Rosso ciliegia, malva, rosa, sfumature che l'aiutano a sorridere e ad andare avanti, anche quando la legge sanguinaria dei talebani arriva nel suo villaggio. Parween è una giovane e ribelle afgana, che come Elsa non si piega alla repressione del regime. I talebani le hanno ucciso il marito e lei vuole vendetta. Sarà proprio un rossetto, ritrovato per caso dopo la spaventosa esplosione di un autobus, a farle incontrare. È l'inizio di un'amicizia che cambierà per sempre la vita di entrambe.